Peter Goldsworthy
Wunsch und ich

Zu diesem Buch

John James – kurz J. J. genannt – und seine Schülerin Eliza sind das provozierendste Paar der Saison: Eliza ist ein Gorillaweibchen, und J. J. soll ihr die Gebärdensprache beibringen. Irgendwie bisher im Leben zu kurz gekommen, widmet sich der etwas gehemmte und einsame J. J. mit Hingabe dem Auftrag eines Tierschützer-Ehepaars. Die Hingabe aber mündet in eine Katastrophe – J. J. wird der Sodomie angeklagt. Und auch seine Auftraggeber, fanatische Anhänger der Bewegung »Stimmrecht für Primaten«, geraten ins Zwielicht: Der sensationellen Lernfähigkeit Elizas, deren Lieblingsgebärde »Wunsch« war, war eine Gehirnmanipulation vorausgegangen, von der J. J. nichts wußte. Mit enormer Sensibilität läßt Goldsworthy diese ungewöhnliche Geschichte John James selbst erzählen, so daß der Leser ganz in den Bann der Vielschichtigkeit und Intimität dieses Themas gezogen wird: eine tief berührende Liebestragikomödie, in der die moralischen, philosophischen und wissenschaftlichen Aspekte behutsam zu einer fesselnden Geschichte von Liebe, Leidenschaft und Tod verbunden sind.

Peter Goldsworthy, geboren 1951 in Minlaton/Australien. Seit Abschluß des Medizinstudiums arbeitet er als Arzt und Schriftsteller. Er veröffentlichte Kurzgeschichten, zwei weitere Romane und Gedichte. Er lebt in Adelaide.

Peter Goldsworthy
Wunsch und ich

Roman

Aus dem Englischen von
Margitt Lehbert

Piper München Zürich

Gefördert von der Australischen Bundesregierung
aus Mitteln des Australia Council,
der Bundesbehörde für kulturelle Angelegenheiten

Ungekürzte Taschenbuchausgabe
Piper Verlag GmbH, München
Juli 1999

Titel der australischen Originalausgabe:
»Wish«, HarperCollins, Sydney 1995

Umschlag: Büro Hamburg, Andreas Rüthemann
Umschlagabbildung: Ken Joudrey
Foto Umschlagrückseite: John Hemmings
Satz: deutsch-türkischer fotosatz, Berlin
Druck und Bindung: Clausen & Bosse, Leck
Printed in Germany   ISBN 3-492-22692-2

Erstes Buch

Handzeichen des Auslan

Mutter

Gut

Schlecht

Wunsch

Zeigen

1

Ich beginne mit einer Gebärde, nicht mit einem Wort. Die Faust mit dem Daumen nach oben ist die Gute-Hand, sie gibt guten Dingen eine Form. Die Gute-Hand, die sich entfaltet und ans Herz klopft: *Freundlichkeit.* Die Gute-Hand, die die Stirn berührt: *Wissen.* Der aus der Faust hervorstehende Daumen, gegen die Lippen geneigt: *Bier!*

Das Gute schwingt auch bei der Ausnahme noch mit: Die Gute-Hand, die ruckartig über die Schulter weist: *Verpiß dich.*

Aber vor allem ist die Gute-Hand Begrüßung: *Hallo, wie geht's, schön dich zu sehen* – sie drückt Willkommen aus. Willkommen in meiner Welt und in meiner Sprache.

Englisch ist meine zweite Sprache. Gebärdensprache war – ist – meine erste. Ich denke noch immer in Gebärden, ich träume in Gebärden. Ich führe im Schlaf Gebärden aus …

Der Lieblingswitz meiner Exfrau: Sie wache jeden Morgen mit blauen Flecken übersät auf. Von der Gebärdensprache übel zugerichtet. Es war ein Witz, der sich abnutzte, der unmerklich zur Beschwerde wurde und schließlich zum Scheidungsgrund.

Ich bin nicht gehörlos, aber ich habe mich immer in der Gebärdensprache zu Hause gefühlt. Meine Eltern sind taub. Stocktaub. Taub wie Nesseln, taub wie Beton. Und stolz wie Pfauen, *Deaf Pride*, lange, bevor es dafür ein Wort oder eine Gebärde gab.

Von Geburt an habe ich gelernt, mit den Händen zu sprechen; es gab sonst keine Möglichkeit, meine Eltern zu erreichen. Das Gemurmel der Wörter und Sätze – zu Beginn erschien es mir unnatürlich und gefühllos – kam erst später, aus den Mündern anderer Menschen. Das Neue wuchs nur langsam; auch heute noch kann ich mit meinen Händen Dinge sagen, die ich nie in Worte zwängen könnte.

Aber wie kann ich hier über solche Dinge schreiben? Wie kann man ein paar flatternde Hände – die Flügel eines Schmetterlings, eines Vogels – auf eine glatte Seite spießen?

Vor fast genau einem Jahr stand ich mit meiner Mutter auf den Stufen vor dem Gehörloseninstitut auf East Terrace. Fünf Jahre war ich weg gewesen, verloren, so will es mir jetzt scheinen, in der fremden Welt des Sprechens, in einer Ehe, die auf dem Treibsand gesprochener Wörter gebaut war.

Es war die Mitte des Sommers, des Morgens – die Mitte des Lebens. Geschieden und arbeitslos, blickte ich einem neuen Jahr ohne jegliche Struktur oder Verantwortung entgegen, ohne die tröstliche Routine des Familienlebens. Starke Gefühle überkamen mich, als ich zum großen Backsteingefängnis des Instituts emporblickte, wo ich eine zweite Heimat in meiner Kindheit und wohlwollende Arbeitgeber in den ersten Jahren meines Berufslebens gefunden hatte. Ich streckte meine Hand aus; die Hand meiner Mutter wartete schon, sie las wie immer meine Körpersprache, fast bevor ich etwas geäußert hatte. Arm in Arm gingen wir die Treppe hinauf, eine kleine, weißhaarige, trotz ihrer sechzig Jahre noch agile Frau und ihr eher schwerfälliger Sohn mittleren Alters. Ich schob, von Beklommenheit und Zweifel gepackt, die Tür auf. Und während ich hier diese Wörter krakele, komme ich zum Kern der Sache: wie man vor allem *Gefühle,* die sich so leicht und natürlich im Tanz der Gebärden ausdrücken lassen, die so sehr Teil der eigentlichen Vokabeln der Gebärdensprache sind, in Wörter übersetzt.

Ich bin versucht, in die obere Ecke jeder Seite eine einfache Gebärde zu skizzieren, und dann rasch durchzublättern wie die Trickfilmbilder, die ich früher auf die Eselsohren meiner Schulbücher kritzelte, um sie zu ruckartigem Leben zu erwecken.

Aber meine Geschichte in einem Flimmern von Bücherecken zu erzählen würde ewig dauern. Und auch dann gingen die Hälfte des Sinns und mit Sicherheit die ganze Leidenschaft verloren, das Ballett von Augen und Brauen, Mund und Zunge, das kleine Zucken der Achseln, die Körpermimik, die ganze Darbietung eben.

Also bleibe ich im Morast der Wörter stecken. Ich spreche fast so, wie ich die Gebärdensprache benutze, aber was im einen flüssig klingt, ist im anderen schlicht ungrammatisch. Meine Sprache gleitet in die merkwürdigen Satzstellungen und Zeitformen der Gebärdensprache ab; es stottert vor näheren Bestimmungen und Nebensätzen. *Das ist eine Person ich weiß nicht, wer es ist. Das ist ein Baum – nicht. Dieses Buch werde ich auslesen geben dir.* In der Gebärdensprache kann man sich jede Gebärde zu eigen machen, die kleinste Veränderung in der Ausrichtung oder Bewegung der Hände kann einen Beigeschmack, eine Nuance hinzufügen. Oft bewege ich meine Hände unbewußt, während ich spreche, wie die Hände eines Begleiters, der einer Singstimme Resonanz gibt. Wenn ich schreibe, kann ich immer noch besser

formulieren als beim Sprechen – man hat Zeit, nachzudenken und zu korrigieren –, aber selbst wenn mein Stift sich bewegt, zuckt meine freie Hand oft noch, wandelt die Wörter ab, während ich sie niederschreibe, oder drückt ihren Sinn gewandter aus.
Gelegentlich fällt es mir leichter, Gebärden zu skizzieren. Diese Gebärde zum Beispiel, die meine Mutter ausführte, während ich die Glastüren des Instituts aufstieß und sie meine Hand losließ, um ihre in den Gebärdenraum zwischen uns zu heben.
Die Wunsch-Hand mit gekreuzten Fingern: eine einfache Gebärde, die meine geistige Verfassung an diesem Tag viel besser zum Ausdruck bringt, als tausend Wörter es könnten.

2

Schön, daß du wieder da bist«, sagte Jeremy Hinkley. Er war noch genau wie früher. Er saß da, die Füße auf einem breiten Schreibtisch aus Teakholz – einem Teakholzplateau – und lächelte selbstgefällig, von sich völlig eingenommen. Seine Hände, die er im Nacken verschränkt hatte, bewegten sich nicht.
Ich führte ein übertriebenes Dankeschön aus, einen blumigen, zweihändigen Salam, aber mein Sarkasmus ging völlig über seinen Verstand.
»Wie lang ist es her, J. J.?« fragte er. »Vier Jahre? Fünf?«
Ich hielt die gespreizte Hand hoch – fünf Finger, Gebärden-Esperanto –, aber trotzdem konnte ich ihn nicht dazu bewegen, seine Muttersprache für meine aufzugeben.
»Die Zeit vergeht wie im Fluge«, sagte er, ein Ausdruck, der

nach der größeren Schönheit der Gebärdensprache nur so schreit.
»Die Zeit ist ein Vogel.« Ich stimmte ihm zu: rechter Zeigefinger tippt auf linkes Handgelenk, beide Hände breiten sich aus und fliegen wie Flügel empor.
Durch die großen Erkerfenster hinter ihm schien die Morgensonne herein und blendete mich. Ich hatte das Gefühl, im Scheinwerferlicht zu sitzen und genau überprüft zu werden. Ich fummelte eine dunkle Brille aus meiner Manteltasche und setzte sie auf.
Er lächelte nachsichtig: »Es werden dir hier vielleicht ein paar Veränderungen auffallen, J. J.«
Ich zog die Augenbrauen hoch und wartete ab. Er lehnte sich zurück, räkelte sich in seinem Sessel, kostete die Süße des Augenblickes aus: sein ehemaliger Lehrer saß jetzt demütig vor ihm in seinem Büro. Bald würde er mir meine alte Stelle anbieten, aber erst mußte ich mir wohl eine Rede anhören.
»Wir entwickeln hier eine andere … Philosophie.«
Endlich kamen seine Hände zum Vorschein; er formte das letzte Wort in der Gebärdensprache, benutzte eine halbvertraute Geste aus dem Ameslan – American Sign Language, der Gebärdensprache, die man in den Vereinigten Staaten benutzt. Das hatte sich also auch nicht geändert: Hinkleys Schwäche für fremde Gebärden. Was er sagt, klingt genauso, ist gewürzt mit schicken französischen Ausdrücken und hochgestochenen lateinischen Sinnsprüchen. Aber normalerweise falsch ausgesprochen, falsch gebildet. »Rauscht-Vorbei« – Hinkley nennen ihn seine gehörlosen Freunde, von denen er nicht viele hat, gern hinter seinem Rücken.
»Wie, andere?« fragte ich in der Gebärdensprache. Auslan – Australian Sign, unsere Gebärdensprache.
Rauscht-Vorbei redete weiter: »Neue Richtungen, ganze neue … Gebiete. Eine *Menge* Veränderungen.«

Ich formte eine Gebärde des Scheinentsetzens: Klauen-Hand über dem Herzen, Weiße-Augen.
Er schaute mir unentwegt ins Gesicht und weigerte sich, meine Pantomime zur Kenntnis zu nehmen. Das hier war seine Show; meine Rolle bestand lediglich darin, dankbar zu sein. Ab und zu einen Salam, vielleicht sogar einen Kotau zu machen.
»Es dauert vielleicht eine Weile, bevor du dich, äh, neu orientierst, J. J. Ich habe dich schon mal mit Bleistift für Auslan für Anfänger eingetragen. Du kannst mittwochs den Abendkurs unterrichten.«
Wieder ein selbstgefälliges, übertrieben breites Lächeln. Ich hatte damals Rauscht-Vorbei die ersten Gebärden beigebracht, und er war noch lange nicht bereit, mich das vergessen zu lassen. Manche Schulden sind zu hoch, um zurückgezahlt zu werden, von einem Erlaß ganz zu schweigen.
»Ich würde lieber Fortgeschrittene unterrichten.«
Ich unterrichte sehr gerne; ich glaube, es bringt das Beste in mir zum Vorschein. In Anbetracht meines katastrophalen Familienlebens waren vielleicht die befriedigendsten Beziehungen, die ich überhaupt hatte, mit Schülern – mit außergewöhnlichen Schülern, mit begabten Schülern. Ein wirklich gutes Verhältnis zwischen Lehrer und Schüler ist eine Art Liebe, denke ich, selbstlos und rein. Und ebenbürtiger, als es beim ersten Blick erscheinen mag – man ist auf der gleichen Wellenlänge, hat sich zu einer gemeinsamen Reise aufgemacht.
»Ich unterrichte die Fortgeschrittenen, J. J.«
Ich zuckte mit den Achseln. »Wie auch immer.«
Er beobachtete mich, während er die manikürten Fingerspitzen seiner schlanken Hände zierlich aneinanderdrückte. Hände sind die Stimme, mit der man geboren wird, wenn man gehörlos ist: rauh, winselnd, glatt, krächzend.

Hände und Gesichter. Ich habe fließenden Händen zugesehen, deren Ton man nur als musikalisch oder melodisch bezeichnen kann. Ich habe knochigen, steifen Händen zugesehen, die eine zackige, exakte Gebärdensprache ausführten. Meine eigenen? Die Hände eines dicken Mannes: gepolsterte Handteller, Finger, die am ehesten wie kleine, aus ihren Häuten platzende Partywürstchen aussehen. Sie sprechen eine volltönende Gebärdensprache, sagen mir gehörlose Freunde, aber sie schonen das Auge. Denn Hände müssen vor allem etwas sein, durch das man *hindurch*sieht, etwas, das nicht zu viel Aufmerksamkeit auf sich lenkt, dem Sinn nicht in die Quere kommt.
Hände aus Glas, sage ich meinen Schülern. Das Glas kann leicht getönt, sogar bunt sein, aber es muß immer durchsichtig bleiben.
Rauscht-Vorbeis Hände waren eine riesige Ablenkung, besonders für ihn selber. Das Medium war die einzige Mitteilung. Seine Stimme war genauso, ganz Stil, keine Substanz: kehlig und dezent, die glatte Stimme eines Nachrichtensprechers. Er hatte in die Welt der Gehörlosen hineingeheiratet und war erst spät zur Gebärdensprache gekommen; er benutzte seine Hände hauptsächlich als Beigabe zum Sprechen.
»Es gibt ein paar Gebiete, auf denen du deine Kenntnisse wohl etwas auffrischen mußt, J. J.«
Ich zog die Brauen hoch: Wo denn, zum Beispiel?
»Zum Beispiel fördern wir Ameslan. Ich weiß, das geht dir gegen den Strich, aber wir leben heute in einer Welt, die immer weiter schrumpft. Wir können unsere kleine Gemeinde hier nicht von den Entwicklungen der übrigen Welt abkapseln.«
Eine einstudierte Rede. Abwesenheit schärft den Blick; man sieht genauer, was sich geändert hat. Was ich nach fünf Jahren sah, war folgendes: die Zeitdifferenz, die Kluft zwi-

schen Absicht und Handlung, eine Kluft des Eigennutzes, der Egozentrik.
Auf einmal sagte er unvermittelt: »Die Sache mit dir und Jill tut mir aufrichtig leid.«
»Mußte so kommen«, antwortete ich in der Gebärdensprache.
Wenn man die Gebärdensprache spricht, richtet man seine Augen auf den Hals des Partners, um Gesicht und Hände zugleich sehen zu können. Er hielt seine Augen ein gutes Stück höher, blickte in meine. Ein alter Kampf, ein alter Unterschied unserer Prioritäten.
»Es geht mich vielleicht nichts an«, sagte er, »aber ich denke, es ist gut, daß du da raus bist. Es muß fürchterlich gewesen sein, mit ihr zu leben.«
Es ging ihn tatsächlich nichts an. Vielleicht stimmte ich mit ihm überein, aber ich spürte Jill gegenüber noch so etwas wie eine nachklingende Loyalität. Sie war zehn Jahre lang meine Frau gewesen, sie war die Mutter unserer Tochter; er war seit zehn Minuten mein Arbeitgeber. Ich hatte keine Lust, unsere Probleme mit Rauscht-Vorbei Hinkley zu diskutieren.
Ich hatte keine Lust, sie mit *irgend jemandem* zu diskutieren, nicht einmal mit mir selber. Der Bruch schmerzte noch zu sehr.
»Beide schuld«, sagte ich in Gebärden. »Tanzen kann man nur zu zweit.«
Ich gab der Gebärde für Tanz eine extra Tangodrehung, eine einmalige Improvisation. Er kapierte es nicht. Die Gebärde für »Rauscht-Vorbei« ist einfach: die Flache-Hand gleitet nach hinten über den Kopf, wobei sie über die Haare streicht, eine so einfache, so ausdrucksvolle Gebärde, daß sogar die hörende Welt sie sich angeeignet hat.
»Na dann bis Mittwoch«, sagte er und stand auf.
Ich folgte ihm zur Tür, ungeduldig, ihm zu entkommen,

aber er war noch nicht ganz damit fertig, mit mir zu spielen.
»Du kannst gerne ein paar Kurse bei mir nehmen, J. J.«, sagte er. »Ich würde dir wirklich gerne helfen.«
Selber Arschloch, dachte ich. Die Grobe-Hand zitterte an den Spitzen meiner Finger, noch eine Esperantogebärde, für jeden verständlich. Irgendwie gelang es mir, die Faust zu ballen – zu *knebeln* – und zu schweigen. Es reichte, die Gebärde zu denken, sie ihm im Geiste an den Kopf zu werfen, während ich sein Büro verließ.

3

J-O-H-N J-A-M-E-S. Ein kurzer Name; eine Kurzgeschichte – ein kurzer Roman –, wenn man die zwei Wörter im Fingeralphabet, Buchstabe auf schleppenden Buchstaben, ausführt. Das ist das Problem mit dem Fingeralphabet: Wenn man beim letzten Buchstaben ankommt, hat man den ersten schon längst vergessen. Etwas mit dem Fingeralphabet zu sagen dauert ewig, aber es gibt keine einzelne Gebärde – keine Hieroglyphe – für John oder für James.
Die Welt der Gehörlosen nennt mich J. J. Gebärden-Kurzschrift: die J-Gebärde wiederholt. Oder manchmal Doppel-J, Zweimal-J: die Zwei-Hand, gefolgt von einem J.

Freunde benutzen den Gebärdennamen, den meine Eltern mir gegeben haben: ein Kosename, ein Familienname. Wenn man ihn auf einem Blatt Papier erstarren läßt, sieht er etwa so aus: erst die Gute-Hand, die die Lippen berührt – Gut-an-den-Lippen, was süß bedeutet. Dann der Zeigende-Finger, der einen Schneidezahn berührt.

Süßmaul. Ohne Erläuterung verständlich, obwohl inzwischen überholt: Ich bin nicht annähernd so erpicht auf Süßes wie früher. Zucker habe ich vor Jahren aufgegeben, in dem vergeblichen Versuch, etwas Ballast loszuwerden. Eine Diät ohne Zucker war Jills Idee, ihre Beweisführung wie immer unanfechtbar. Als die Ehe scheiterte, hatte ich die Lust auf Zucker verloren. Sie ist immer noch nicht zurückgekommen.

Der Name blieb hängen: *Süßmaul.* Die Gehörlosen geben einander gerne solche Namen, Namen, die wie Indianernamen etwas bedeuten, japanische Namen, Spitznamen. Sitzender Büffel. Lotosblume. Rauscht-Vorbei.

Meine Mutter erfand endlose Spitznamen, Spitzgebärden, für mich. Butter-Ball. Kleiner-Bär. Groß-Ohr.

Groß-Ohr war eine sanfte Stichelei, mit gespielter Sympathie und gespielter Trauer geformt. Ich war einer der Behinderten, gab sie mir zu verstehen, ich war mit einem Paar Ohren geboren, die Krach hineinließen.

»Du hörst, aber du zuhörst nicht«, sagte sie in Gebärden, halb im Scherz. »Deine Ohren stehen dir im Weg.«

Angeborene Mißbildungen, so nannte sie sie gerne. Zierlappen. Unter der Oberfläche dieser Scherze verbarg sich eine große Enttäuschung, selbst eine kleine Familientragödie: Ich konnte hören.

Auch Angst verbarg sich hinter diesen Scherzen. Eines Tages würde mich die Welt der Hörenden, die breitere Welt des Sprechens, mit Sicherheit an sich reißen und nie zurückgeben.

Von Scherzen und Liebe unter Druck gesetzt, bemühte ich mich wirklich nach besten Kräften, gehörlos zu sein. Als Kleinkind war die Rolle einfach, Gebärdensprache fällt einem in dem Alter mühelos zu: ein weisender Finger, eine hochgezogene Augenbraue, geschürzte Lippen, das allgemein verständliche Alphabet der Gebärdensprache. Es ist ein Teil unserer Natur, ist uns eher angeboren, würde *Deaf Pride* argumentieren, als das Sprechen. Und ist viel einfacher zu erlernen. Bei einem Kind ist in den ersten paar Monaten die Hand schneller als die Zunge; die dümmsten gehörlosen Säuglinge lernen die Gebärde für *Milch* oder *Mutter* lange, bevor Hörende die Wörter benutzen können, um dasselbe zu erbitten.

Milch ist einfach eine Pantomime fürs Melken, die Gespreizte-Hand wird zur Faust und zieht an einem gedachten Euter.

»Transparent« nennen es die Gebärdenwörterbücher. Ich ziehe den Ausdruck »durchsichtige Gebärden« vor. Sogar die Nichtgehörlosen (diese armen, behinderten Wesen) können einer so einfachen Pantomime den Sinn ablesen, können einfach durch sie *hindurch*sehen.

Die Mutter-Hand ist undurchsichtiger, ein Pfadfindergruß, in etwa wie ein M geformt, wenn man nur daran glaubt.

Die Mutter-Hand, die Gute-Hand, die Gespreizte-Hand, die Flache-Hand – das sind die eigentlichen Buchstaben unseres Alphabets, die Bausteine der Gebärdensprache. Das schwerfällige Abc des Fingeralphabets gehört nur an den Rand, an die Grenze zur Fremdsprache, der gesprochenen, ein letzter Ausweg für den Fall, daß alle Stricke reißen.

4

Im Erdgeschoß saß meine Mutter mit verschiedenen alten Freundinnen an einem Tisch in der hinteren Ecke des Gemeinschaftsraumes – ein improvisiertes Treffen des Komitees der Gehörlosenbibliothek. Wie immer blickte sie hell-

seherisch auf, als ich das Zimmer betrat, und zog die Augenbrauen zu einer unzweideutigen Frage hoch. Ich hob die Hände und antwortete von der Tür aus: »Beginnen M-I-T-T.«
Die Arme weit über den Kopf gestreckt, schüttelte sie die Hände – Applaus – und drückte dann die Hände zusammen, ein triumphierendes »Gratuliere!«.
Ich holte mir an der Teemaschine eine Tasse Wasser, rührte einen Löffel Kaffee hinein und blickte mich mit wachsendem Selbstvertrauen um. Die merkwürdigen Kehlkopflaute und das explosive Gelächter der Gehörlosen erfüllten meine Ohren, das Vogelgeflatter ihrer Hände erfüllte meine Augen. Ich kannte alle, die in dem großen Raum saßen, oder wenigstens alle, die über fünf Jahre alt waren. Köpfe drehten sich nach mir um, das Lächeln von Menschen, die mich wiedererkannten, erblühte hier und da, Hände winkten zum Gruß.
»Willkommen, J. J.«
»Siehst gut aus!«
»Mach den Zucker nicht leer, Süßmaul.«
Ich hob mit einer Hand die Tasse mit dem ungesüßten Kaffee und drückte den Handteller der anderen auf mein Herz: *Herzlichen Dank.* Mir wurde warm ums Herz; plötzlich liebte ich sie alle. Ich hatte sogar einen kleinen, sentimentalen Rest Gefühl für Rauscht-Vorbei übrig, der oben allein in seinem Büro saß und seine amerikanischen Gebärden übte.
Ich stellte den Kaffee ab und erwiderte diese Gute-Hand-Grüße, die Daumen nach oben in zweihändigem Stereo, beide Arme breit nach oben gestreckt. Es war ganz einfach herrlich, wieder hierzusein.
Es war weniger einfach zu verstehen, warum ich überhaupt gegangen war – aber ich hatte meine Ausreden schon parat, hatte eine plausible Darstellung der Wahrheit. Jill – meine Exfrau – ist Linguistin, sie beschäftigt sich mit den Spra-

chen der Ureinwohner Australiens. Um die Sprache eines Steinzeitvolkes in der Zentralwüste Australiens zu lernen, war sie gezwungen, am Massachussets Institute of Technology in den Vereinigten Staaten zu studieren. Natürlich bin ich ihr als liebender, hilfreicher Gatte gefolgt. (Das war jedenfalls leicht zu erklären.) In Boston wurde aus ihrem *honours degree* ein Magister, der Magister wurde zum Doktor – und die Liebe schrumpfte langsam zur Pflicht zusammen. Der Kampf jener Jahre – der unvermeidbare Druck des Studiums, die Verpflichtungen der Kindererziehung, das bescheidene Einkommen durch eine Reihe von Teilzeitjobs – das alles band uns noch aneinander, aber nur künstlich. Jeder Tag brachte neue Schwierigkeiten, oder wir erfanden welche, weil wir spürten, wie nötig dieser Kitt geworden war. Als Jill endlich nach Adelaide zurückkehrte, eine Akademikerin mit fester Stelle, und ich ihr mehr erleichtert als unterstützend folgte, konnte die Klärung unserer Situation nicht weiter aufgeschoben werden. Zum erstenmal in unserer Ehe hatten wir Zeit im Überfluß; Zeit, um die Unterschiede zwischen uns aufzuspüren, und Muße, um über sie zu streiten.

Die Gebärde für *Ehe* ist eine einfache, zweihändige Pantomime, die O.-K.-Hand, die einen Ring über den dritten Finger der Gespreizten-Hand streift.

Scheidung ist noch anschaulicher: Der gedachte Ring wird vom Finger gerissen und über die Schulter in die Vergangenheit zurückgeworfen.

5

Sprache – das Geräusch der Sprache – habe ich anfangs vom Fernseher gelernt. Ich wußte aus Büchern, wie Wörter aussehen, aber der Fernseher war jahrelang mein Gesprächspartner. Er hielt im Wohnzimmer seinen Einzug, als ich drei war, seitdem hockte er in der Ecke und lief ununterbrochen, eine Art Hintergrundmusik – eine Klangberieselung – für die Augen. Das war lange vor den Tagen der Untertitel, lange vor Videotexten. Meine Eltern konnten den Apparat nicht hören, aber sie aalten sich gerne in seiner flimmernden Gegenwart, das elektronische Feuer wärmte sie mit seinem fortwährenden Glühen. Es gab immer viel zu sehen. Die wenigen Stummfilme, die im Nachtprogramm liefen, waren ein Muß: Chaplin, Keaton, Dick und Doof. Sport war immer gut – egal welcher. Sie mochten Filme mit Tanzeinlagen, eine weitere Sportart. Fred Astaire und Ginger Rogers, Ballett im 1. Programm, Jivefilme, Rock 'n' Roll – ihr Geschmack umfaßte alles. Musik blieb ihnen verschlossen, aber nicht ihr Rhythmus. Sie stellten die Lautstärke hoch, zogen Pantoffel und Strümpfe aus und drückten die nackten Füße wie geschwollene Ohren gegen die vibrierenden Dielen.

Meine Mutter liebte Naturfilme; mein Vater zog Zeichentrickfilme vor. Am liebsten mochte er Road Runner. Der Road Runner muß für Gehörlose geschaffen worden sein, wurde wahrscheinlich *von* Gehörlosen geschaffen. Mein Vater saß jeden Abend wie gebannt vor dem Apparat und lachte sein hohes Lachen – das übertrieben laute Lachen, das er selber nicht hören konnte –, und es entging ihm nichts außer dem schnellen Kollern des Vogels, dem Geräusch eines Luftstroms über einer leeren Bierflasche.

Jeden Mittwochabend sahen sie sich *The Golden Years of Hollywood* an und sonntags den Film der Woche. Seit ich fünf war, übersetzte ich ihnen diese Filme, seitlich auf einem Kissen zwischen meinen Eltern und dem Apparat sitzend, übertrug ich den Dialog in die Gebärdensprache, wenn mein Vater mir seine Zehen auffordernd ins Kreuz stieß.
Ausländische Filme – Filme mit Untertiteln – nutzten ihnen wenig. Sie konnten nicht erkennen, wer die Wörter sprach, die auf dem Bildschirm erschienen. Videotexte waren ein Geschenk des Himmels. Mein Vater kaufte den ersten Decoder der Stadt, vielleicht sogar des ganzen Landes.
»Teuer.« Besorgt formte meine Mutter die ausdrucksvolle Mischung aus den Gebärden für *Geld* und *Schmerz.*
Irgendwie fanden sie das Geld und ertrugen den Schmerz. Geräte für Gehörlose interessierten meinen Vater, einen geborenen Bastler. Er arbeitete als Zeichner – wie viele Gehörlose hatte er ein außergewöhnliches Talent für Design, ein scharfes Gespür für räumliche Dimensionen. Er bastelte abends und am Wochenende gerne in seinem Werkzeugschuppen. Einmal hat er eine »Türglocke« mit blinkendem Licht konstruiert und einige Exemplare an gehörlose Freunde verkauft. Er hat auch einen »Babyalarm« erfunden, als ich geboren wurde: Ein kleines Mikrophon wurde an meiner Krippe angeschraubt und mit einem vibrierenden Gerät im Kissen meiner Mutter gekoppelt. Der *Mark-I*-Alarm war ein großer Erfolg; bald verkaufte er den *Mark II* an Gehörlosengemeinden in ganz Australien.
Die ersten Gebärdensprachenvideos, Teletext-Decoder und Programme mit Videotext überraschten ihn nicht. Er hatte sich diese Dinge selber schon ausgedacht, hatte nur nicht das elektronische Know-how und vielleicht auch nicht das Betriebskapital, um sie zusammenzulöten.

Die Gebärde für *Vater:* der Anfangsbuchstabe, wiederholt: ein Hervorheben in Großbuchstaben.
Beim Schreiben krakele ich immer Zeichnungen zwischen die Wörter. Natürlich fehlt ihnen etwas, vielleicht sogar das Wesentliche. Die Gebärdensprache ist leblos, sobald sie auf ein Blatt Papier trifft: so tot wie die Hieroglyphen, die jemand an eine Grabwand gemalt hat. Es ist nicht einmal mehr Gebärdensprache, denn die bewegt sich ja und atmet, flüstert, schreit, pirouettiert, tanzt.

6

Die Gebärde für *Haus* ist die einfache Skizze eines Kindes, ein in die Luft gemaltes Fingerfarbenbild.
Genau wie das Haus meiner Eltern: ein roter Backsteinkasten auf der Esplanade von Glenelg, so ordentlich und viereckig und gepflegt wie ein Puppenhaus, gefüllt mit kleinen Puppenornamenten.
Der Garten ist ebenso ordentlich, ein glattes Viereck Rasen wie Billardfilz, vorne am Zaun eine einzige, militärische Linie Rosenbüsche in Reih und Glied. Ach-t*ung*! Prä-sentiert die *Blu*men!
Ich könnte diese kleine, ordentliche Welt wie fast alles viel besser mit meinen Händen beschreiben. Ich könnte jedes Zimmer beschreiben, jede ordentliche Gartenblume, könnte Dinge im hellen Licht der Gebärdensprache hochhalten, hin und her wenden, sie mit einer Gebärde polieren. Ich könnte beinahe den Duft jenes Gartens in die Luft malen.
Vor allem könnte ich die Welt gegenüber zeigen, die auf der anderen Seite der Esplanade. Die wogende Flache-Hand einer Welle. Das Vorwärtsrollen der stürzenden Brandung.

Sand: ein unsichtbares Rieseln zwischen den Fingern. Ich habe das Meer immer geliebt; es scheint mein eigentliches Element zu sein, natürlicher für mich als das Land, als wäre ich amphibisch. Dick und unbeholfen zu Lande, bin ich zumindest im Wasser schön. Und unsinkbar.
Ich gehe jeden Abend in einem engen Neoprenanzug schwimmen, Gummiflossen an den Füßen, mehr Seehund als Mensch. Das Meer beruhigt mich am Ende des Tages; ich denke gerne nach, meditiere, während ich gewichtslos im Dunkeln treibe.
Meine Mutter würde den Strand mit ganz anderen Gebärden beschreiben. Sie haßt im Haus das Knirschen von Sand unter den Füßen, im Garten den Schaden, den das Salz anrichtet. Ich habe sie nie schwimmen, nicht einmal im seichten Wasser paddeln sehen. Ihre erhobene Flache-Hand, die umherkreuzende Rückenflosse eines Haies, begleitete meine Kindheit als ständige Warnung.
Sie arbeitet als Bibliothekarin, ein idealer Job für Gehörlose. Nach der Arbeit leitet sie ehrenamtlich die Gehörlosenbibliothek; von neun bis siebzehn Uhr arbeitet sie in der öffentlichen Bibliothek. In meiner Kindheit ging ich jeden Tag nach der Schule dorthin, um zu lernen oder zu schmökern, bis geschlossen wurde. Mutter bewegte sich mit der Anmut einer Tänzerin durch die stillen Gänge – Gehörlose können immer tanzen – und stellte Bücher von ihrem Handwagen in die Regale ein. An jeder Wand hingen geheimnisvolle Schilder: *Ruhe bitte!*
Die Hörenden haben eine *pst!*-Gebärde, um sich Ruhe zu erbitten: ein erhobener Finger wird gegen gespitzte Lippen gedrückt. Diese Gebärde sagt den Gehörlosen nichts, sie ist in die Wörterbücher der Gebärdensprache nicht aufgenommen. Was bedeutet denn Ruhe?
Die Bibliothek meiner Mutter war mein zweites Zuhause. Ich war ein Einzelgänger, ein Dicker, ein Bücherwurm; mei-

ne besten Freunde traf ich in Büchern. Einen guten Teil meiner Kindheit (der Teil, den ich nicht im Wasser verbrachte) verbrachte ich lesend an den großen, breiten Tischen, oder ich lieh mir Bücher aus und las sie zu Hause. Fernsehen brachte mir das Hören bei, von der Bibliothek lernte ich lesen. Es war eine merkwürdige Art zu lesen – ich wußte von vielen langen Wörter, die ich in Büchern sah, erst viel später, wie sie klangen. Ich lernte nie, sie richtig auszusprechen; ich kann es bis heute nicht. Ich sah sie beim Lesen, anstatt sie zu hören. Sie traten durch meine Augen ein, lange bevor sie auch durch meine Ohren drangen; ich kannte sie vom Sehen, nicht vom Hören.

Sogar neue Wörter sprach ich falsch aus. Jahrelang sagte ich *Chef* – wie es auch geschrieben wird. *Ch*arakter, *Ch*or, *Ch*ef. Ich höre es im Kopf immer noch so: chauvinistischer Chef. Ich höre es lieber so: es hat für mich mehr Charakter, einen volleren Klang. Bei *Menuett* ist es genauso. Andere hören Menu-Ett, wenn sie das Wort geschrieben sehen, ich höre Me-Nütte. Etwa wie Berghütte.

Bücher führten mich in die Irre. Meine Klassenkameraden lachten laut, wenn ich Vorlesen mußte oder wenn ich lange Wörter sagte, die keiner erkannte. Meine Eltern konnten sich davon keine Vorstellung machen. Wie denn auch? Und trotzdem schrieb ich ihnen die Schuld daran zu – oder begann jedenfalls langsam, sie ihnen zuzuschreiben.

Meine Mutter ist eine kleine, zierliche Frau; zum Teil ist ihre tänzerische Anmut die kompakte Anmut der Kleinen. Mein Vater ist auch klein, aber stämmiger – ein Athlet, ein Sprinter. Ein Road Runner. Er wurde als Teenager knapp Zweiter im Sprinten in Bay Sheffield und nicht so knapp Dritter im Stawell Gift. Er hätte gewonnen, behauptet meine Mutter gerne, wenn er einen guten Start gehabt hätte. Er konnte den Startschuß nicht hören und verlor wertvolle Sekunden damit, die anderen Läufer zu beobachten oder auf das

Rauchwölkchen zu warten. Er selbst war zu stolz für den Schutz solcher Ausreden. Meine Mutter hat eine ganze Schublade voller Zeitungsausschnitte aus jenen glorreichen Tagen. Er sieht auf jedem Bild gleich aus: ein kleiner, frecher Zwerghahn mit geblähter Brust und stocksteifem Rücken, der direkt in die Kamera blickt. »Der Taube Blitz« nannten ihn die Schlagzeilen der Sportseiten. Daraus wurde später, als er australischen Football spielte, einfach »Blitz«. Blitz James. Darauf war er stolz. Er wollte keine besondere Rücksichtnahme, keine besonderen Adjektive. Das Leben war für ihn leichter als für die meisten Gehörlosen; seine schnell zuckenden Muskelfasern hatten ihm alle möglichen halbgeschlossenen Türen geöffnet. Er hatte kein Verständnis für die, die sich den Einlaß durch diese Türen nicht erzwingen konnten. Er urteilte immer eher als meine Mutter über andere und glaubte fest daran, daß die, die im Kalten sitzen, auch dorthin gehören, es auch verdient haben.
»Gib das ganze Geld den Armen, und … was passiert?« hatte er mich mal in der Gebärdensprache gefragt.
Ich zuckte mit den Achseln: Was?
»In sechs Monaten haben die Reichen es alles wieder.«
Meine Mutter, die zufällig mitgehört – mitgesehen – hatte, warf ihre Hände entsetzt in die Luft.
Er hatte ein ganzes Repertoire solch kleiner Sprüche oder Gebärden: ein Klischee für jede Gelegenheit. Wahrsagende Gebärden. Er war ein Meister auf dem Footballfeld, ein kleiner, schneller Mann, der einige hundert Spiele im Ortsverein und zwei in der Bundesmannschaft gespielt hatte. Nach der Arbeit nahm er mich manchmal zum Spaß mit an den Strand. Er konnte mir aus jeder Entfernung den Football direkt an die Brust werfen. Er konnte mit einem Football eine Krähe aus einer Schwarzkiefer schießen.
Ich konnte nicht einmal das Meer aus einem Abstand von

fünf Metern treffen. Sobald er mir den Rücken kehrte, steuerte ich die Sicherheit des Wassers an. Schon damals war ich auf dem Land zu langsam und zu ungeschickt. Zu dick.

»Zu knuddelig«, formte meine Mutter beruhigend. Sie hatte ihre eigene zweihändige Gebärde für *knuddeln,* eine Familiengebärde, etwas zwischen *umarmen* und *Bär,* in das ein bißchen *Liebe* gemengt war: die Arme mit geballten Fäusten über der Brust gekreuzt.

Wir hatten auch eine Familiengebärde für *dick:* die Lippen fest zusammengepreßt, die Wangen aufgebläht. Oder war es eher eine Gebärde, die die *Ursache* dieses Dickseins beschreibt, einen mit Essen vollgestopften Mund?

Sie erlaubte meinem Vater nie, mich zu kritisieren. Sie besaß einen viel schärferen Sinn als er für Gerechtigkeit; viele Gehörlose haben diesen Sinn. Jeder, der einmal unter phantasielosen Menschen gelitten hat, hat diesen Sinn. Sie trat immer für die Unterlegenen ein, für alle Unterlegenen. Sie war immer für die Mannschaft auf der untersten Sprosse der Footballeiter. Als ich klein und mein Vater am Ende seiner Karriere war, nahm sie mich fast jeden Samstag mit, um ihn spielen zu sehen. Sie feuerte mit hektischen Gebärden die verlierende Mannschaft an, auch wenn er, was meistens der Fall war, für die siegende Mannschaft spielte. Er brauchte kein Mitgefühl, er hatte sich nie als der Unterlegene gefühlt.

»Fantastische Intuition«, sagte ein Kommentator einmal im Fernsehen – wir sahen eines Samstags die Wiederholung eines Footballspiels, wo mein Vater den Ball hart über seine Schulter warf und einen Mannschaftskameraden direkt auf die Brust traf. »James braucht keine Ohren – er hat Augen im Hinterkopf.«

Mein Vater stieß mir mit dem Zeh in den Rücken; ich übersetzte, und sie lachten beide das explosive, zügellose Lachen der Gehörlosen, das sie selber nicht hören können;

ein lautes, unmelodisches, fremdes Lachen, nach dem sich die Leute auf der Straße umdrehten und das mir unendlich peinlich war.
Die Gebärde für *peinlich* lernte ich früh: die dominante Faust-Hand verschwindet hinter dem Schutzschild der Flachen-Hand – sie versteckt verschämt den Kopf. Verkriecht sich. Und eine noch einfachere, ausdrucksvollere Gebärde: die Flache-Hand, die hochrutscht und das Gesicht verbirgt. Manchmal fügt man noch die Gebärde für *rot* hinzu: schamrot, mit rotem Gesicht.
Wenn ich das Wort »peinlich« auf dieses Blatt schreibe, wenn ich mich an jene Zeiten erinnere, kommen diese Gebärden meinen Gefühlen am nächsten. Das *ist,* was ich fühle. Die Gebärde ist das, was sie darstellt.
Auch die bizarre Sprache meiner Eltern war mir peinlich. Sie konnten sie selber nicht hören, hatten sie sich aus der Beobachtung von Zungen- und Lippenpositionen zusammengereimt. Sie klang verschwommen und unklar, eine Sprache aus Vokalen, als hätte man die Ränder der Konsonanten glattgeschmirgelt. Es klang wie die Sprache von Clowns oder Spastikern.
Als ich ein Teenager wurde, fiel es mir schwer, in Gegenwart anderer ihr Sohn zu sein. Mein Verhalten läßt sich heute schwer erklären, noch schwerer verzeihen, ich schien mich über Nacht verändert zu haben. Ich liebte sie noch immer, das brauche ich nicht extra zu betonen – zu Hause, wenn wir allein waren. In der Öffentlichkeit schämte ich mich. Die zwei Gefühle – Liebe und Scham – verschmolzen und verzerrten einander zu merkwürdigen neuen Gestalten.
Ich bestand darauf, daß sie in der Öffentlichkeit den Mund hielten und nur über mich mit anderen sprachen. Ich ging immer ein paar Schritte vor oder hinter ihnen. Ich kaufte eine billige Gitarre, brachte mir ein paar Grundakkorde bei und sang mich durch das ganze *Bob Dylan Songbook*, eine

private Welt, die sie nicht teilen, die sie nicht einmal betreten konnten.

Ich sprach schlecht über sie, schrie oft häßliche Dinge hinter ihrem Rücken. Meinen Vater zu beschimpfen, wenn er mich für ein Vergehen bestraft hatte – ein paar Zentimeter hinter seinem Kopf zu stehen und *Arschloch* zu brüllen und *ich hasse dich* –, wirkte herrlich befreiend. Vielleicht erlaubte es mir auch, schneller durch diese beschämende Zeit zu kommen. Ich belog sie auch, machte mich lustig über sie. Einmal, aber auch nur einmal, habe ich den Film der Woche absichtlich falsch übersetzt, indem ich zunächst, ab und zu, einen Satz erfand, und schließlich, ganze Szenen improvisierte.

Meine Eltern konnten ein wenig von den Lippen lesen, und beide reagierten auch sehr gut auf Körpersprache, aber irgendwie übersahen sie anfangs meine Verbesserungen – meine Lügen. Da ihre Aufmerksamkeit zwischen dem Bildschirm und meinen Händen hin- und herging, konnten sie weder das eine noch das andere genau im Auge behalten und die Fehler in der Logik nicht sofort entdecken. Sie sahen außerdem beide genau das, was sie sehen wollten; meine Mutter war immer eher bereit, an ein Happy-End zu glauben als an ein trauriges.

Die Lügen wuchsen bald lawinenartig, mein löcheriges Gedächtnis konnte den Veränderungen nicht folgen. Als der Film sich langsam seinem Ende näherte, überflog Enttäuschung das Gesicht meiner Mutter, breitete sich über ihre zierlichen, klaren Züge wie ein Fleck aus. Ich war zu weit gegangen. Sie konnte es tolerieren, in der Öffentlichkeit gemieden zu werden, sie konnte meine private Musikwelt tolerieren, aber das hier war ein Vertrauensbruch. Es dauerte eine Weile, bis sie wirklich wahrhaben wollte, was ich getan hatte; endlich erhob sie mit Tränen in den Augen ihre Hände.

»Nicht lustig«, formte sie, »grausam«.
Grausam: die Zeige-Hand wird zum Messer und schlitzt die Kehle durch. Dasselbe Messer drehte sich in meinem Herzen. Ich bereute sofort, was ich getan hatte, und suchte nach Ausreden.
»Witz«, formte ich, »nur ein Witz.«
»Du lügst.« Mein Vater stieß als Antwort die Zwei-Hand vom Mund weg: Doppelreden, gespaltene Zunge.
Er stand auf und gab mir eine schallende Ohrfeige. Diesmal verteidigte meine Mutter mich nicht.
»Du gehörlos – nicht«, formte sie traurig. »Du verstehst – nicht.«
Dieser Vorwurf war immer da, knapp unter der Oberfläche: Wenn ich gehörlos geboren wäre, wäre ich vielleicht ein besserer, anständigerer Mensch geworden.
Wenn ich jetzt an meine Teenagerjahre denke – schäme ich mich vor mir selber. Ich winde mich innerlich; unwillkürlich fliegen meine Hände hoch und bedecken mein Gesicht. Die Gebärdensprache drückt es am besten aus.

7

Mittwoch abend, Auslan für Anfänger, Zimmer 101 – mein erster Kurs seit Jahren. Ich zog theatralisch einen Reißverschluß über meinen Lippen zu und klopfte zweimal auf meine Uhr. Keine klassische Gebärde, aber die Bedeutung war klar: kein gesprochenes Wort in den nächsten zwei Stunden.
Meine Nervosität spiegelte sich deutlich in den Gesichtern meiner Schüler. Etwa zwanzig Anfänger hatten sich an den Rändern des Klassenzimmers verteilt, von mir und vonein-

ander durch die mächtige Zentrifugalkraft der Schüchternheit getrennt.
Keiner von ihnen war gehörlos. Der Kurs für Anfänger richtete sich eher an Freunde und Verwandte von Gehörlosen, ein Kurs für Hörende. Oft belegten ihn Sozialarbeiter, auszubildende Krankenpfleger und Lehrer, so daß wir genügend Teilnehmer hatten. Ich schnappte ein Buch vom nächsten Tisch, drehte es mit übertriebenem Interesse hin und her, legte es wieder weg und führte dann die Gebärde vor. Zwei offene Handflächen, die sich wie an Scharnieren berühren: zwei Seiten. Köpfe nickten hier und dort, Hände begannen zögernd, die Gebärde nachzumachen. Ich ging zwischen den verstreuten Tischen umher, zeigte auf andere alltägliche Dinge, führte schweigend die dazugehörigen Gebärden aus. Tisch, Fenster, Stift – alles einfache Darstellungen. Durchsichtige Formen.
»Sind wir zu spät?«
Eine Stimme – die heisere Altstimme einer Frau – zerriß die Stille; alle drehten sich nach ihr um. Zwei Nachzügler standen in der Tür: ein dünner, älterer Mann in Kordhosen und Jackett und eine etwas mollige, jüngere Frau in Jeans und einem Khakihemd. Eine Zigarette hing zwischen ihren Lippen; sie nahm sie heraus und sprach noch einmal, eine kleine Rauchexplosion.
»Wir sind doch im richtigen Zimmer? Auslan für Anfänger? Endlich?«
Ein pummeliger schwarzer Hund schob den Kopf mit heraushängender Zunge zwischen ihre Beine durch und schaute sich um; ein überraschtes Kichern lief durch den Raum.
»Das Gebäude ist ein totales Labyrinth«, sagte sie.
Ich drückte einen Finger an die Lippen; sie begriff sofort, drehte sich zu ihrem Begleiter und schlug mit der Faust gegen ihre Stirn: bin-ich-blöd.

Ich mochte sie auf Anhieb, sie war eine geborene Gebärdensprecherin. Sie war in den Dreißigern, mit einem gemütlichen Gesicht, vielen Lachfältchen und einem breiten, schiefen Lächeln. Der Rest ihres Körpers sah auch gemütlich aus, er war eine Sammlung von Wülsten, die unbekümmert in ziemlich engen Jeans steckten. Ein unsymmetrischer Pferdeschwanz krönte ihren Kopf, nachlässig frisiert wie eine vertikale punkige Fontäne. Sie blickte von der Zigarette zu mir und hob fragend die Augenbrauen. Ich schüttelte bestimmt den Kopf, sie verzog ihr Gesicht in gespieltem Schmerz, nahm einen letzten, übertriebenen Zug und trat die Kippe unter ihrem Absatz aus. Wieder kicherten meine Schüler; sie genossen die Vorstellung. Sie zeigte auf den Hund und hob wieder die Augenbrauen, für eine weitere unausgesprochene Frage. Ich breitete die Hände aus und zuckte mit den Achseln; ich kannte keine Regel, die das Mitführen von Hunden im Klassenzimmer verbot. Sie trug schwere Arbeitsstiefel, wodurch sie wie ein Clown aussah, als sie theatralisch auf Zehenspitzen einen Tisch in der ersten Reihe ansteuerte. Ihr dicker schwarzer Hund watschelte mühsam hinterher. Sein vorderes und hinteres Ende schienen nichts miteinander zu tun zu haben.

Ihr menschlicher Gefährte folgte gleichfalls. Trotz seines Alters und seiner kleinen Statur schien auch er die Aufmerksamkeit auf sich zu lenken. Er trug überraschend jugendlich aussehendes Haar zur Schau, aber das Gesicht darunter war zerfurcht und ledern – er erinnerte mich an einen Schrumpfkopf. Er ging leicht nach vorne gebeugt und wählte jeden Schritt mit Bedacht. Seine Kleidung sah irgendwie akademisch aus: Das Jackett und die Kordhosen waren braun, das Hemd war dunkel. Dazu trug er ein Paar weiße Turnschuhe, die dreifach gestreiften Laufschuhe eines Sportlers, was gar nicht paßte. Trotz des klaren Altersunterschiedes lag, als sie sich nebeneinander hinsetzten, etwas in ihrer Körpersprache – eine gewohnte Vertraulichkeit, eine Art unbewußter *pas-de-deux* –, was sie als Ehepaar erscheinen ließ.

Der Hund breitete sich auf dem Boden aus und legte seine Schnauze auf ihren Stiefel. Ich lenkte die Aufmerksamkeit der Klasse wieder auf mich zurück, indem ich leicht an meine Brust klopfte und damit das einfachste aller Possessivpronomen bildete.

Mein, schrieb ich in großen Buchstaben an die Tafel.

Köpfe nickten; so weit, so gut.

Name, fügte ich hinzu, dann formte ich das Wort mit der freien Hand: eine undurchsichtige, mit der Haken-Hand geformte Gebärde.

Die Klasse wartete; ich legte die Kreide weg und schrieb langsam und mit beiden Händen im Fingeralphabet: »J-O-H-N«.

Ich formte für die Schülerin in der hintersten Ecke: »Dein Name ... was?«

Sie wich noch weiter zurück. Ich wies auf eine Wandkarte über ihrem Kopf – ein gezeichnetes Fingeralphabet – und erschmeichelte mir ein widerstrebendes, verformtes J-O-A-N-N-A aus ihren schüchternen Händen.

Sie brauchte dazu eine gute Minute. Ich spielte Erschöpfung, Langeweile, wischte mir melodramatisch den Schweiß von der Stirn. Wieder gab es Gekicher. Ich formte eine Abkürzung – »J-O« – und spielte große Erleichterung. Die Schüler lachten lauter, das Eis der Schüchternheit begann langsam zu schmelzen. Nach knapp fünf Minuten übten alle Begrüßungen und Namen im Fingeralphabet.

»Hallo.«

»Hallo.«

»Sehr erfreut. Mein Name ist J. J. Dein Name was?«

»Mein Name S-T-E-L-L-A.«

Die Nachzüglerin in der ersten Reihe lächelte zufrieden. Sie war hier eindeutig die begabteste Schülerin. Sie räkelte sich bequem auf ihrem Stuhl, die Beine gespreizt, ihre Körpersprache entspannt, offen, interessiert – ein scharfer Kontrast zu ihren Klassenkameraden, die noch Angst hatten, sich zu blamieren.

Ihr Gefährte oder Mann begriff die Gebärden ebenfalls schnell, wenn auch nicht ganz so schnell wie seine Frau:

»Mein Name C-L-I-V-E.«

Die Art, wie er das Fingeralphabet gebrauchte, hatte etwas Gemessenes und übermäßig Kontrolliertes. Seine Beine waren pedantisch gekreuzt, seine Haltung war aufrechter, weiblicher als die seiner Frau. Er schien der Typ zu sein, der mitten im Satz eine Pfeife aus der Tasche zieht, Tabak hineinstopft, ein Streichholz anreißt und meditativ pafft, bevor er seinen Gedanken zu Ende bringt.

»Sehr-erfreut, C-L-I-V-E.«

Sein ledernes Gesicht kam mir bekannt vor, aber ich konnte ihn nicht ganz unterbringen. Ich überflog die Namenliste auf meinem Tisch. Auch der Nachname hatte den Beigeschmack des Bekannten: *Kinnear, Clive*. Genau darunter: *Todd, Stella*.

»B-I-N-K-Y«, schrieb Stella im Fingeralphabet und zeigte auf ihren Hund, der platt wie eine Robbe am Boden lag und mit trauervollen Cockeraugen emporblickte.

Ich formte einen Gruß an Binky; er wedelte träge mit dem Schwanz gegen den Boden. Mehr Gekicher.

Ich steuerte die Klasse weiter durch das gängige Anfängerrepertoire. Zeichen für *ja* und *nein*. *Bitte* und *danke*. Die Bartgebärde für *Mann*, die Langes-Haar-Gebärde für *Frau*. Ich öffnete das Fenster und führte die Zitternde-Hand-Gebärde für *kalt* vor; schloß das Fenster, wischte meine Schweißstirn: *heiß*.

Mehr Lachen, ein paar klatschten.
Ich schüttelte über das Händeklatschen mit gespieltem Entsetzen den Kopf, legte die Hände über meine Ohren, schüttelte erneut den Kopf. Überall verwirrte Gesichter. Ich führte Gehörlosenapplaus vor: Die Hände schütteln und tanzen hoch über dem Kopf. Die Klasse folgte lächelnd und nickend meinem Beispiel.
Ich war auf bekanntem Terrain und fühlte mich immer wohler. Ich formte die Zahlen eins bis zehn, zehn bis zwanzig, zwanzig bis hundert. Ich formte das Zeichen für eintausend, dessen elegante Sparsamkeit ich immer schon liebte: ein einzelner Finger *eins*, gefolgt vom Häkchen für *Komma*. Zweitausend: *zwei, Komma*.
Die Klasse entspannte sich langsam, öffnete sich. Die Gebärdensprache hat diese Wirkung; sie bringt einen dazu, ein bißchen aus sich herauszugehen. Sie bringt auch *mich* dazu; wenn ich von der Rede in die Gebärdensprache wechsele, bin ich weniger unbeholfen, extrovertierter.
Ich werde ich selbst.
Wenn die Zeit ein Vogel ist, dann ist dieser Vogel sicherlich ein Mauersegler; wie früher flog die Stunde vorbei, Schüler begannen, diskret nach ihren Uhren zu schielen.
»Gibt es noch letzte Fragen?« schrieb ich mit Kreide an die Tafel.
Stella hob die Hand; ich nickte.
»Dürfen wir sie mündlich stellen?«
Ihre Worte, die ersten gesprochenen Worte seit zwei Stunden, klangen übermäßig laut, beinahe verletzend. Oder vielleicht war es ihre Stimme, die Stimme einer Raucherin, kratzig wie Sandpapier.
Ich antwortete: »Im Unterricht – nur Gebärdensprache. Sprechen – verboten.« – Mit der Gebärde für *verbieten:* nachdrücklich, unmißverständlich, und fügte gesprochen hinzu: »Aber da der Unterricht offiziell vorbei ist ...«

Stella atmete mit übertriebener Erleichterung aus. »Dann noch eine letzte Frage. Was ist die Gebärde für Spargel?«
Zuerst dachte ich, ich hätte sie falsch verstanden: »Die Gebärde für was?«
»Spargel.«
Noch einmal ging ein Kichern durch den Raum; Stella achtete nicht darauf und wartete. Ich schürzte die Lippen und legte die Stirn in Falten. Ich kannte keine einfache Gebärde für Spargel. Ich war versucht zu improvisieren – Lang-Grün-Gemüse, Grün-Bleistift-Gemüse. Schließlich schrieb ich es im Fingeralphabet: S-P-A-R-G-E-L.
»Lange Methode«, fügte ich entschuldigend hinzu. »Langsame Methode.«
Während der Raum sich leerte, hatte sie noch eine weitere Bitte: dürfe sie beim nächstenmal eine Videokamera mitbringen? »Mit Ihrer Erlaubnis, natürlich. Notizen sind bis zu einem gewissen Punkt prima, aber so viel von der ... Dynamik geht dabei verloren.«
Aus der Nähe schien sie ein bißchen älter zu sein, als ich gedacht hatte. Mitte Vierzig etwa. Ihr Gesicht hatte den losen Sitz eines oft getragenen Kleidungsstücks: ein bewohntes Gesicht, Lachfältchenaugen, schlaffe Wangen, ein volles Lächeln.
»Unsere Adoptivtochter lernt die Gebärdensprache. Es wäre nützlich, die Videos zu Hause zu haben.«
»Ihre Tochter ist taub?«
»Sie ist stumm. Sie ist nicht taub – nur stumm.«
Ich war verwirrt. »Ihre Tochter kann hören, aber sie kann nicht *sprechen?«*
Stellas Körpersprache zeigte plötzlich eine Spur Zurückhaltung; sie wandte sich hilfesuchend an ihren ältlichen Mann.
»Eliza wurde ohne Stimmbänder geboren«, sagte er.
Dabei sah er mir etwas zu ruhig in die Augen. Der Körper

ist sein eigener Lügendetektor: eine sichtbare Anzeige – ein Leck – von Zeichen und Gebärden, die unabhängig vom Sprechen die Wahrheit sagt. Der Körper verrät die Stimme immer.

Clives gezwungene Ruhe machte mich stutzig, ich wurde aufmerksam. Ein Kind, das ohne Stimmbänder geboren wurde? Ich hatte noch nie von einer solchen Behinderung gehört. Ich wartete neugierig; er fügte aber nichts hinzu, und ich kannte die beiden nicht genug, um nachzuhaken.

Ich fragte: »Wie alt ist sie denn?«

Stella übernahm wieder die Kontrolle über das Gespräch: »Acht.«

»Ich nehme an, sie kennt schon die Grundlagen der Gebärdensprache?«

»Ein bißchen hat sie schon gelernt. Im, äh, Heim. Nicht viel, aber sie ist uns natürlich um Meilen voraus.«

»Dann sollte *sie* vielleicht diesen Kurs besuchen.«

Stellas Körpersprache verriet wieder, daß sie auswich.

»Eliza ist sehr schüchtern«, murmelte ihr Mann, dessen Bewegungen und Sprache kontrollierter und bewußter waren. »Wir hatten gehofft, sie würde mitkommen wollen, aber sie ist vielleicht noch nicht ganz so weit.«

Ich wußte, daß ich diese ruhige, präzise Stimme schon einmal gehört, daß ich dieses Gesicht gesehen hatte, konnte es aber immer noch nicht unterbringen.

»Filmen Sie ruhig den Unterricht«, sagte ich, »aber machen Sie keine Kopien. Kurse in der Gebärdensprache sind eine Einkommensquelle für das Institut.«

Er winkte etwas ungeduldig ab: »Es versteht sich von selber, daß wir Ihr Material – Ihr geistiges Eigentum – niemals zu mehr als unseren persönlichen Zwecken verwenden würden.«

Stella sagte scherzend: »Wir versprechen, die Videos nicht an Hollywood zu verkaufen, J. J.«

Sie hakte sich bei Clive ein und bugsierte ihn zur Tür hinaus. Als ich ihnen folgte, fiel mir zum erstenmal auf, daß er ein Toupet trug: ein rötlichbraunes Toupet. Vorne war es gut getarnt, aber hinten hob es sich von der ledernen Haut seines Halses deutlich und unnatürlich ab. Dieser Anflug von Eitelkeit bestätigte offenbar meine Vermutung, daß er mit einer Frau verheiratet war, die seine Tochter sein könnte.

8

Wie viele dicke Menschen fahre ich für mein Leben gern; Räder schenken einem Freiheit und Mobilität, die man mit den Beinen niemals erreichen kann. Das Auto ist eine Art Kompensation. Und auch eine Art Asyl: ein warmer, oft mit Musik gefüllter Kokon. Wie das Meer bietet das Auto gute Gelegenheit zum Nachdenken. Beim Fahren fallen mir oft wichtige Dinge ein.

Ich versuchte immer noch, das irgendwie bekannte Gesicht von Clive Kinnear unterzubringen, während ich nach der ersten Unterrichtsstunde losfuhr. Ein Bekannter von Freunden? Ich hatte keine Freunde, die nicht gehörlos waren. Meine ehemaligen Freunde hatten sich nacheinander als Jills Freunde entpuppt; seit der Scheidung schien sie das Sorgerecht für all unsere Freunde zugesprochen bekommen zu haben, und zwar von ihnen selbst. Sie ergriffen ihre Partei.

Kannte ich ihn aus dem Fernsehen? Das Gesicht einer prominenten Person? Stellas entspanntes Lächeln kribbelte auch irgendwo in meinem Inneren, aber je angestrengter ich nach einem Anhaltspunkt suchte, desto schwieriger wurde es, mich an etwas zu erinnern. Mit jedem unbehol-

fenen Versuch, in meinem Gedächtnis zu kramen, wurde alles noch verschwommener.
Ich ließ es auf sich beruhen. Die Nacht war warm, ich war erschöpft, ich fuhr mit offenen Fenstern. Feuchte Luft umfloß mein Gesicht wie Balsam, das Meer wartete kühl und erfrischend auf mich, ich wollte nur schwimmen. Eine Ampel hielt mich am oberen Ende der Jetty Road auf, am unteren Ende glitzerte das Meer im Mondlicht wie gehämmertes Metall; ungeduldig ließ ich den Motor aufheulen.

FREILANDHÜHNER

Dieses auf das Schaufenster einer Fleischerei gemalte Wort fing irgendwie meinen Blick, und der Zusammenhang stellte sich sofort her: Clive Francis Kinnear.
Die Ampel sprang auf Grün um, hinter mir hupte ein Auto. Ich fuhr an den Bordstein, um nachzudenken. Weitere Schlüssel drehten sich, weitere Türen öffneten sich, eine Kette von Assoziationen stellte sich ein: Vor ein paar Monaten berichtete das Fernsehen von einer Protestaktion vor einer Legebatterie irgendwo in den Hügeln. Unklare Bilder von Mehlbomben, eingerissenen Zäunen, an die Achsen von Gefrierlastwagen geketteten Aktivisten.
»Tierbefreiung«, hatte ich für meinen Vater übersetzt, der damals im Wohnzimmer saß und mir seinen Fuß in den Rücken stieß. Erst die Tier-Hand mit ihren zwei Hörnern, dann die durchsichtige Gebärde von gefesselten Händen, die sich befreien.
Er hatte ein wütendes Hyänenlachen gelacht. »Selber Tiere«, formte er. »Haarig, rasiert-nicht, gewaschen-nicht.« Zufrieden mit seinem Los und der Existenz, die er sich ohne Hilfe, ohne Almosen, erarbeitet hatte, kümmerten ihn die Ansichten irgendwelcher Randgruppen ebensowenig wie Menschen oder Tiere, die vielleicht Hilfe brauchten.

Meine Mutter sah ihn mißbilligend an. Er verbesserte sich scherzhaft: »Du recht, Mutter. Tieren ungerecht. Tiere sauber.«
Er lachte noch einmal, diesmal lachte sie sogar mit, das schallende, unmelodische Gelächter eines Hyänenpaares ertönte.
Ich habe die Gebärdensprache meiner Eltern als eine Art Pidgin-Englisch aufgeschrieben, aber sie war natürlich mehr. Viel, viel mehr. Ich könnte dieser Sprache mit Wörtern nie gerecht werden – die Nuancen, die Schattierungen, die Bewegungen –, und deshalb ist es so vielleicht besser: eine Niederschrift der physischen Gebärden statt eines Versuches, ihre ganze Bedeutungsschwere zu übersetzen. Das wäre eine Neuschöpfung, eine neue Form von Poesie.
Wir hatten noch eine Weile Nachrichten gesehen. Der Bildschirm wimmelte vor dünnen Vegetariern in zerschlissenen Jeans, indischen Kitteln und Rasta-Dreadlocks, die laut riefen und skandierten. Mein Vater präsentierte eine Auswahl seiner bekannten Ansichten. Es sei derselbe gemietete Verein, den er gestern einen amerikanischen Satellitenstützpunkt habe stürmen sehen. Derselbe Verein, der sich die Woche davor in einem tasmanischen Regenwald an die Bäume gekettet habe.
Ich ignorierte ihn, soweit es ging; die Nachrichten interessierten mich mehr als sein Kommentar. Clive Francis Kinnear hatte nicht zu den anderen gepaßt: ein älterer, ruhigerer, sprechender Kopf in braunem Akademikerhabit, glatt rasiert zwischen all den Bärten. Es hatte mir imponiert, daß er sich weigerte, die Stimme zu erheben – er *senkte* sie, um Aufmerksamkeit zu gewinnen, die Leute mußten sich vorbeugen und anstrengen, um seine Worte zu verstehen.
Ich erinnerte mich auch an folgendes: Er hatte klargestellt, daß er sich von manchen Dingen distanziere, die seine An-

hänger getan hatten, obwohl er vorsichtig hinzufügte, er »verstehe« ihre Wut.

Mein Vater hatte sarkastisch die Gebärde für *Heiliger* ausgeführt, indem er mit dem Zeigefinger einen Heiligenschein über seinen Kopf malte. Diese Gebärde fiel mir im Auto vor der Fleischerei in der Jetty Road wieder ein. Sie paßte wie angegossen: Der heilige Franziskus der Tiere.

Ich ordnete mich wieder in den Verkehr ein und fuhr nach Hause. Meine Eltern waren noch wach und saßen sich am Küchentisch gegenüber; Mutter tat so, als lese sie ein Buch, Vater stieß einen Schraubenzieher ins Innere des Toasters. Sie taten noch eine Weile lang so, als seien sie beschäftigt, während ich im Eisschrank nach etwas Eßbarem stöberte. Ich wußte, daß sie auf mich gewartet hatten. Der Geduldsfaden meiner Mutter riß zuerst.

»Gute erste Stunde?«

»Toll! Fühle wunderbar!« formte ich – zwei Gute-Hände, die vom Bauch aufsteigen und am Herzen hinausexplodieren.

Eine leichte Übertreibung ihr zuliebe, aber nur eine leichte. Ich war erschöpft, aber auch glücklicher, als ich seit Monaten gewesen war. Die Gebärdensprache hatte mich wie immer erhoben und das Beste in mir zum Vorschein gebracht.

Sie lächelte erleichtert.

»Arbeit morgen?«

»Arbeit ganzen Tag. Montag – Gehörlosenklinik. Medizinische Übersetzungen. Unterricht – nachmittags.«

»Fleißig, fleißig.« Sie formte die einfache Handwerkergebärde, ein Sägen und Hacken mit den Händen.

Mein Vater schaute mit gebeugtem Kopf halb unter seinen Augenbrauen hoch und nickte mit schroffer Anerkennung. Über die Jahre hatte ich die Liebe, die er einmal für mich empfunden haben mag, Stück für Stück verbraucht,

manchmal absichtlich, meistens nicht. Daß ich zu dick wurde, um Sport zu treiben, war nur die erste Enttäuschung von vielen. Ich hatte die falsche Frau geheiratet, dann alles noch schlimmer gemacht, indem ich sie verließ. Er konnte diese beiden Lebensfehler nicht verzeihen, vor allem nicht den zweiten.
Sein Interesse an meinem Unterricht war hauptsächlich egoistisch – wenn ich jetzt eine feste Stelle hatte, würde ich vielleicht eine eigene Wohnung suchen. Er schenkte seine Aufmerksamkeit wieder dem Toaster; ich aß mein Abendessen in Gebärdenschweigen und spürte trotz des beruhigenden Lächelns meiner Mutter, wie sich eine wachsende Verlegenheit im Zimmer breitmachte. Ich hatte noch eine Frage.
»Gebärde S-P-A-R-G-E-L wie?«
Sie sah mich überrascht an: »Du noch hungrig?«
Ich schüttelte den Kopf: »Du mir beibringen Gebärde.«
Sie warf meinem Vater einen Blick zu; er zuckte mit den Achseln und legte den Schraubenzieher weg, um mit den Fingern zu wackeln, die Gebärde für das Fingeralphabet.
Sie schüttelte bestimmt den Kopf; mit den Fingern zu buchstabieren war für sie immer die letzte Ausflucht. Sie überlegte einen Augenblick, dann formte sie die Gebärde für *französisch* oder *Frankreich:* das Kneifen eines stilisierten Schnurrbarts.
»Französisches Zeichen?« fragte ich.
»Vielleicht. Schau Bibliothek – morgen.«
Wieder erfüllte Verlegenheit den Raum, ließ unsere Hände ruhen. Ich fühlte mich fehl am Platz, ein Kuckuck in einem kleinen, engen Nest.
»Schwimmen.« Ich benutzte die Gebärde, die ich bevorzugte, das Schwänzeln eines Fisches mit der Flachen-Hand. Meine Mutter runzelte die Stirn und hob ihre eigene Flache-Hand, die umherkreuzende Rückenflosse, die ich

schon seit langem gelernt hatte zu ignorieren. Im Schlafzimmer streifte ich meinen Neoprenanzug über – eine rollende Bewegung wie das Anstreifen eines Kondoms –, ein paar Minuten später watschelte ich mit Schwimmflossen und Taucherbrille an ihnen vorbei. Mein Vater legte das Werkzeug nieder und formte spöttisch die Gebärde für Robbe, zwei Flossen, die zusammen wedelten.
»Arf, arf«, bellte ich laut, aber natürlich nur für mich, und ließ sie dort sitzen: zwei kleine, ordentliche Leute in einem kleinen, ordentlichen Haus, die sich letztendlich gemeinsam am wohlsten fühlten.

9

Am nächsten Mittwoch kam ich früh ins Institut. Der heilige Franziskus saß schon in der ersten Reihe, er winkte, als ich hereinkam, mit der Flachen-Hand und fügte die Buchstaben meines Namens hinzu: »J. J.« Er trug den gleichen Habit aus Kord, die gleichen weißen Turnschuhe und das rötlichbraune Toupet. Seine Hände waren die eines alten Mannes, schwielig und voller Flecken. Die Buchstaben waren langsam und gestelzt, aber präzise und vorsichtig eingeübt, das Gebärdenäquivalent einer synthetischen Computerstimme.
Stella stand hinten im leeren Klassenzimmer und montierte eine Videokamera auf ein Stativ. Ihr schwarzer Hund Binky lag ihr ergeben zu Füßen. Sie trug die gleichen Jeans und das Khakihemd, aber ihr Haar fiel offen auf ihre Schultern; dadurch wirkte ihr Gesicht noch breiter. Sie lächelte warm und winkte den breiten Daumen-hoch-Gruß: »Hallo!«
Wie verschieden ihre Charakterzüge waren, wurde schon

in diesen Anfängergrüßen deutlich: Clives Hände waren kühl und methodisch, präzise wie ein Lehrbuch; Stellas dagegen waren weniger genau, aber dafür großzügiger, offener, extravaganter.

»Spargel«, sagte ich laut und zeigte ihr die französische Gebärde: eine geistreiche Penisvariante.

Sie lachte heiser, ihre Hände ahmten meine nach.

Weitere Schüler erschienen. Manche formten »hallo«; ein oder zwei sagten es, bemerkten ihren Fehler und bedeckten den Mund – hoppla!

Ich führte die offizielle *Hoppla*-Gebärde vor: die Faust schlägt gegen die Stirn, eine formalere Version von Stellas Improvisation in der ersten Stunde. Alle lächelten: eine viel entspanntere Klasse.

Bin, schrieb ich an die Tafel. *Ist. Sind. Waren.*

Ich wischte die Worte mit dem Lappen in einer Bewegung wieder weg. Kein Verb »sein« in der Gebärdensprache, das wollte ich klarstellen.

Clive sah aufmerksam zu; Stella nickte hinter ihrem Stativ; die anderen sahen mehr oder weniger verständnislos zu. Ich schrieb zwei weitere Sätze an die Tafel: erst *Ich bin Lehrer* und dann dasselbe in der Gebärdensprache: *Ich ... Lehrer.* Ich schrieb noch eine zweite, nachdrücklichere Variante auf: *Ich Lehrer ... wahr.* An der Tafel sah es unbeholfen aus, aber mit den Händen gesprochen war es das überhaupt nicht. Ich formte den Satz flüssig in der Gebärdensprache – dann langsamer; ich forderte alle im Zimmer mit Gebärden nacheinander auf, sich hinzustellen und die Gebärden zu formen, wobei sie *Lehrer* durch *Schüler* ersetzen sollten.

Stella mit ihren geschickten und Clive mit seinen präzisen Händen zeichneten sich vor den anderen aus. Sie lernten beide schnell, überraschend schnell für Erwachsene. Das Gehirn ist ein Sprachschwamm, behaupten manche Leute – es lernt Sprachen mühelos. Das ist eben, was es *von Natur aus tut*, es ist für Worte, für Grammatik geschaffen. Unter dem Mikroskop sieht es wahrscheinlich sogar aus wie eine Sprache, hat dieselbe anatomische Gestalt. Das Problem ist, daß die Schaltungen im Alter defekt werden. Oder der Schwamm ist zu durchweicht, vollgesogen mit Erinnerungsgerümpel und uralten Geschichten, unfähig, noch Neues und Frisches aufzunehmen.

Clive und Stella formten vielleicht nicht so fließend wie Kinder, aber ihre Hände waren so intelligent wie die Anfängerhände der begabtesten Erwachsenen, die ich kannte. Ich ertappte mich dabei, hauptsächlich zu ihnen zu sprechen, sie wurden eine Klasse innerhalb der Klasse, die zwei Lieblinge des Lehrers. Sie folgten mir problemlos durch ein Labyrinth von grammatischen Grundlagen, Wortstellungen, Pronomen.

Am Ende des Unterrichts kamen sie wieder auf mich zu. Die anderen Schüler verschwanden recht schnell, aber die beiden hatten noch endlos Fragen. Schon jetzt sagten oder fragten sie soviel wie möglich mit den Händen.

Gleichfalls durch Gebärden lud ich sie in den Gemeinschaftsraum ein, um etwas zu trinken; ich mußte die Einladung ein paarmal langsam wiederholen, aber dann verstanden sie mich.

Clive sah vielsagend auf seine Uhr, aber Stella ignorierte ihn. »Darf ich rauchen?« Ich nickte; sie schulterte ihre Videokameratasche, steckte sich eine Zigarette an und folgte mir tief inhalierend. Binky lief ihr schwankend hinterher. An mehreren Tischen wurde in schneller Gebärdensprache geschwatzt, die Hände verschwammen, und die Gebärden wurden ab und zu durch ein Hyänenlachen oder einen zu laut gesprochenen Satz mit glatt abgeschliffenen Konsonanten untermalt. Rauscht-Vorbei saß allein an einem Tisch in der Ecke; er blickte auf und winkte hoffnungsvoll.

Wir standen an der Theke; ich bot meinen Gästen die normalen Alternativen an: *Tee* durch den wippenden Beutel; die faustmahlende Gebärde für *Kaffee.*
Eigentlich war diese Bezeichnung falsch, denn es handelte sich um löslichen Kaffee, aber Stella strahlte vor Freude über eine weitere Entdeckung und mahlte heftig mit ihren Fäusten. Clive drehte ruhiger. Diese Gebärde war mir noch neu – sie war dem American Sign entnommen und hatte sich in meiner Abwesenheit eingenistet. Ich hatte verbissen einige Monate lang das alte Auslan »C« für Kaffee benutzt, aber Widerstand war zwecklos. Keiner erinnerte sich, keiner verstand mich.
Hoffentlich sah Rauscht-Vorbei nicht zu.
Ich führte die Milchgebärde vor; Stella lachte – eine kleine Rauchexplosion – und schüttelte den Kopf; Clive folgte etwas langsamer meinem Beispiel. Zucker – die Gute-Hand an den Lippen – erneutes Kopfschütteln. Ich gab Kaffeepulver in die Tassen und füllte sie mit Wasser aus der Teemaschine. Meine Gäste waren nicht ganz bei der Sache. Sie beobachteten verschiedene kleine Gruppen, die um gestikulierende Hände gebeugt saßen wie um die Flammen eines geräuschlosen, flackernden Feuers.
»Es ist eine wunderschöne Sprache«, murmelte Stella.
»Sie kann auch häßlich sein«, sagte ich ihr. »Sie kann alles sein, was sie möchte.«
Sie berührte ihre Kameratasche. »Würden die Leute es mir übelnehmen, wenn ich sie aufnähme – für Eliza?«
»Sie könnten ja fragen.«
»Wie denn?«
»Sie könnten mich bitten, für Sie zu fragen.«
Sie lachte. »Vielleicht nicht heute abend. Sie sehen alle ... so vertieft aus. Ich möchte sie nicht stören.«
Ich stellte die Kaffeetassen auf ein Tablett und nahm einen Teller Schinkenbrote aus der Vitrine.

»Würden Sie gerne etwas essen?« sagte ich und fügte hinzu: »Wir haben auch Vegetarisches zu bieten.«
Clive blickte mich erstaunt an.
»Sie kennen unsere Arbeit?«
»Ich habe Sie schon im Fernsehen gesehen, heiliger Franziskus«, sagte ich und malte frech den Heiligenschein über meinen Kopf.
Etwas gewagt, aber ich fühlte mich in ihrer Gesellschaft schon wohler. Sie lachten beide – das erste Lachen, das ich von dem pedantischen Clive gehört hatte.
»Sie dürfen nicht alles glauben, was Sie im Fernsehen sehen«, sagte Stella.
»Gottbewahre!«
Sie nahm sich ein Käsebrot; beide folgten mir an einen leeren Tisch, der möglichst weit von Rauscht-Vorbei stand. Ich verteilte den Kaffee; wir saßen und tranken vorsichtig.
»Clives Bücher sind seine wirkliche Arbeit«, sagte Stella.
»Ich muß sie mal lesen.«
»Man kriegt sie in allen guten Buchhandlungen«, sagte er.
Stella fügte mit perfektem Timing hinzu: »Und auch in manchen schlechten.«
Es schien ein eingespielter Witz zu sein; die Vorführung eines Duos, eines geübten Teams. Stella biß einmal in ihr Brot und gab den Rest dann unter dem Tisch an Binky weiter; Clives Aufmerksamkeit schweifte wieder zu den Gebärden, mit denen am Nachbartisch gesprochen wurde. Seine Lippen bewegten sich kaum merklich, wenn er Bruchstücke eines Satzes mitbekam und für sich übersetzte.
Ich sagte: »Äh … Und Ihre Tochter …«
»Eliza«, half er mir.
»Eliza. Wann beginnt sie mit dem Kurs?«
»Wir arbeiten noch daran.«
»Sie ist … acht?«
Sie nickten beide. Ich fuhr fort: »Beim Spracherwerb spie-

len die ersten Jahre eine entscheidende Rolle. Sie sollte die Gebärdensprache so bald wie möglich lernen.«

Ein unsichtbarer Stromschlag durchzuckte sie; Stella sprach schließlich für beide: »Sie ist wirklich *sehr* schüchtern, J. J. Vielleicht ist ein Kurs nicht das richtige für sie. Wir hatten gehofft – wir wissen, daß es vielleicht zuviel verlangt ist ...« Sie hielt inne und atmete tief durch, bevor sie weitersprach. »Wir hatten gehofft, daß Sie vielleicht Lust hätten, ihr Unterricht zu geben. Privatunterricht.«

»Es wenigstens eine Weile zu probieren«, fügte Clive hinzu.

Ich fühlte mich geschmeichelt, aber es gab strenge Regeln über so etwas, vorgeschriebene Bahnen.

»Jeremy Hinkley, der Direktor, unterrichtet die Fortgeschrittenen. Er sitzt dort drüben. Ich könnte Sie bekannt machen.«

Sie blickten zu Rauscht-Vorbei hinüber; er lächelte und winkte; sie wandten sich wieder mir zu.

Clive sagte: »*Sie* haben das Lehrbuch geschrieben.«

»Das war vor Jahren. Es ist schon überholt.«

Heute bemühe ich mich, mein Buch, *Gebärdensprache für Anfänger*, nicht zu erwähnen. Es ist ein Abc-Buch der Grundgebärden, das ich in meinen Zwanzigern geschrieben – oder eher gezeichnet – habe. Es als Lehrbuch zu bezeichnen würde ihm eine übertriebene Autorität verleihen, es war kaum mehr als eine zusammengeheftete Broschüre; obwohl es eine Weile lang ein Verkaufsschlager in der Welt der Gehörlosen gewesen ist.

Ich sagte: »Johnsons Wörterbuch ist viel eher auf dem neuesten Stand.«

Er blieb beharrlich: »Wir wollen einen Lehrer, nicht ein Wörterbuch. Man hat uns gesagt, Sie sind am qualifiziertesten.«

Stella lächelte und formte: »Sie guter Lehrer ... wahr.«

Weitere Schmeicheleien, aber ich war dafür empfänglich.

Von Frau und Tochter getrennt, von meinen Eltern entfremdet, brauchte ich eigentlich eher Liebe als Schmeicheleien – aber in der Not frißt der Teufel Fliegen. Die Gesellschaft von Freunden, die kleinen, gesprochenen Liebesbisse ihrer Schmeicheleien, das war mir zumindest eine Ersatzliebe, eine vorübergehende Stütze. Besonders, wenn ihre Schmeicheleien sich mit meiner Selbsteinschätzung deckten. Denn ich war doch wohl tatsächlich ein guter Lehrer – meine beste Schülerin hatte offensichtlich den heutigen Unterrichtsstoff, eine Portion Grammatik, gut gelernt.
»Ich gratuliere.« Ich formte für Stella meine linke Hand, die die rechte schüttelt, eher ein Selbstglückwunsch.
Sie verstand die Ironie und lachte.
»Das kommt jetzt etwas plötzlich«, sagte sie. »Aber kommen Sie doch am Samstag abend zu uns zum Essen. Wir könnten Sie dann während des Abendessens in die Mangel nehmen.«
Clive wandte sich scharf an sie, die Einladung hatten sie offensichtlich nicht besprochen.
»Das fände ich schön«, sagte ich, bevor sie die Einladung zurücknehmen konnte.
»Und Ihre – Partnerin ist natürlich auch eingeladen«, fügte sie hinzu, mehr eine Frage als eine Einladung.
Ich fand es einfacher, in der Gebärdensprache zu antworten, und ergriff meinen Ringfinger.
»Sie sind verheiratet?« unterbrach mich Stella eifrig.
Ich schüttelte heftig den Kopf und brachte meine Gebärde zu Ende, zog den gedachten Ehering vom Finger und schmiß ihn fort.
»Oh«, sagte sie, unsicher, ob sie lachen oder ihr Beileid ausdrücken sollte. »Das tut mir leid.«
Ich schüttelte den Kopf. »Ist nicht nötig.«
Clive sah wieder auf seine Uhr; diesmal ging Stella auf die Andeutung ein. »Wir müssen los. Samstag abend, J. J.?«

»Ich freue mich schon darauf. Und auf Eliza.«
Wieder tauschten sie kaum merklich einen Blick; Stella sagte noch einmal: »Das wird vielleicht nicht möglich sein, J. J. Sie geht sehr früh ins Bett.«
»Soll ich lieber nachmittags kommen?«
Clive rettete seine Frau: »Ich glaube, es ist zu diesem Zeitpunkt noch nicht das richtige. Sie hat einen strengen Tagesablauf.«
Stella fügte munter hinzu: »Kommen Sie um acht. Wir wohnen in den Hügeln, es ist nicht ganz leicht zu finden. Haben Sie ein Auto?«
Ich nickte.
»Ich faxe gleich morgen früh einen Plan ans Institut«, sagte sie.

10

Die Nacht zum Samstag schlief ich nicht gut. Es war heiß; eine Mischung aus Unruhe und Vorfreude erhitzte mich noch um ein paar weitere Grad. Ich schließe nicht so leicht Freundschaft mit Hörenden. Ich schiebe es auf meine Größe, auf die gesellschaftliche Barriere des Dickseins. Ich finde gesellige Zusammenkünfte – Zusammenkünfte, die keine vorgegebene, bewährte Struktur haben – beinah unerträglich. Ein Klassenzimmer ist prima, Lehrer- und Schülerrollen sind klar definiert und abgegrenzt. Aber auf einer Party fühle ich mich völlig verloren. Die Leute sehen an einem vorbei, sehen durch einen durch, wenn man dick ist. Es ist merkwürdig: Irgendwie bringt man sie damit in Verlegenheit.
Nichts als Ausreden? Das behauptete Jill jedenfalls gerne.

Sie verwies oft auf Beispiele, dicke Vorbilder, denen ich ruhig nacheifern könne.
»Gerry Swain ist dick – der bringt immer so richtig Schwung in die Party.«
»Überkompensation«, lautete meine Diagnose.
»Du benutzt deine Größe als Ausrede, John. Die unverblümte Wahrheit ist, daß du *Menschen* nicht magst.«
»Ich mag Menschen sehr wohl. Ich mag bloß manche deiner Freunde nicht.«
Natürlich war in dem, was sie sagte, eine Spur von Wahrheit. Fett ist eine Substanz, in der man sich bequem verstecken, eine Barriere, hinter der man sich prächtig verschanzen kann.
Ich schlief unruhig; gegen fünf wühlte ich mich aus den verknäulten Laken und streifte meinen Neoprenanzug über. Ich schlich durch die Hintertür, überquerte die Esplanade und watschelte die Stufen zum Strand hinunter. Das Meer war glatt wie Glas, eiskalt, erfrischend. Während ich zwischen der Schwärze des Nachthimmels und der schwarzen Tiefe des Golfs schwebte und weit draußen im Wasser trieb, nahm ich mir vor, mich auf das Essen mit Clive und Stella regelrecht vorzubereiten. Dafür zu *büffeln*.
Gegen sechs wurde der Himmel im Osten langsam hell und der Lärm der Morgenvögel klang über das stille Wasser zu mir herüber. Ich kam gerade wieder an Land, als die ersten Küchenlampen entlang der Esplanade angingen, darunter auch unsere. Meine Mutter rumorte in der Küche und bereitete das Frühstück vor.
»Früh wach«, formte sie, als ich hereinkam.
»Viel zu tun.«
»Wasch Füße«, fügte sie streng hinzu. »Draußen.«
Nach dem Frühstück ging ich mit ihr zur Bibliothek und wehrte ihre Überraschung mit der Antwort »Nachfor-

schungen« ab, eine Art wiederholtes Kratzen im Dreck – wörtlich »wieder suchen«.
Noch eine dem Amerikanischen entlehnte Gebärde.
Ein einziges Exemplar von C. Francis Kinnears Buch *Die Rechte der Tiere* war im Katalog aufgeführt; ich holte es mir aus der Biologieabteilung. Meine Mutter stempelte das Buch ohne Kommentar; ich hatte immer schon alles mögliche – und zuweilen unmögliche – gelesen.
Ich versteckte mich den ganzen Nachmittag in meinem kleinen Büro im ersten Stock des Instituts und las. Das strenge Aussehen des Buches – schmuckloser, gesangbuchschwarzer Einband – paßte zum Inhalt. Ein Photo von Clive blickte vom Deckblatt, aber es war das schmeichelhafte Photo eines viel jüngeren Clives. Die meditativen Augen waren dieselben, und der pedantisch heruntergezogene Mund stimmte, aber die dichten Haare waren noch echt. Eine Pfeife stak aus der Brusttasche seines Jacketts.
Unter dem Photo bot eine biographische Notiz weitere Auskunft:

Clive Francis Kinnear verbrachte zwanzig Jahre damit, der erzieherischen Fürsorge der Jesuiten zu entkommen, und gab schließlich kurz vor dem Abgrund der heiligen Weihen seine theologischen Studien auf, um in Sydney einen Abschluß in Zoologie zu erzielen. Er setzte als Rhodes Scholar seine Studien am Balliol College in Oxford fort. Heute ist er Privatdozent an der Universität von Adelaide. Zusammen mit seiner Frau, der Veterinärin und gefeierten Dichterin Stella Todd, ist er einer der Begründer der Tierrechtsbewegung.

Den Jesuiten »entkommen«? Vor dem »Abgrund« der heiligen Weihen? Diese saloppe Art klang eher nach Stella als nach ihrem ernsten Mann. Man konnte ziemlich sicher

annehmen, daß sie diese kurze Biographie geschrieben hatte, wohl mitsamt der unbescheidenen Selbstbeschreibung »gefeiert«.
Für Stella, stand als Widmung drin.
Das Buch selbst war eindeutig Clives Werk, eine geschriebene Fassung seiner kühlen, beschwörenden Stimme. Man konnte seinen gemessenen Ton schon im ersten Absatz des Vorwortes deutlich hören:

> *Beim Schreiben dieses Buches wäre es allzu einfach, an die Gefühle der Leserinnen und Leser zu appellieren, indem man die Grausamkeiten, die wir Menschen den Tieren zufügen, in emotionsgeladener Sprache beschreibt. Aber gefühlsbedingte Reaktionen verblassen, sie werden bald von neuen und anderen Eindrücken verdrängt. Mein Ziel ist es, meine Leserinnen und Leser mit Logik zu überzeugen. Ich habe versucht, in präziser und nüchterner Sprache die Behandlung von Tieren in verschiedenen vom Menschen betriebenen Industrien zu beschreiben: in der Fleischindustrie, der medizinischen Forschungsindustrie, der Tierprodukteindustrie, der Haustierindustrie, der Fischfangindustrie. Ich habe zudem versucht, eine Art logische, ethische Basis herauszuarbeiten, die wir unseren zukünftigen Beziehungen zu Tieren zugrunde legen könnten. In jedem meiner Argumente lasse ich die Leserinnen und Leser ihre eigenen Schlüsse aus dem präsentierten Material ziehen – obwohl ich die Schlüsse für unausweichlich halte.*

Dem Vorwort folgte ein 300 Seiten langer Katalog von Terror und Grausamkeiten – Verbrechen – gegen Tiere. Vivisektion, Folterung, Vernachlässigung, Einkerkerung, Entbehrung. Genozid. Die Nüchternheit der Sprache, die sachliche Beschreibung machten das Grauen nur schlimmer. Im

nachhinein schien es mir ein brillanter rhetorischer Trick: so schaffte er beides, und seine kühlen Worte schürten am Ende nur das Feuer der Gefühle beim Leser.
Jedenfalls bei *diesem* Leser. An dem Tag schwor ich, für den Rest meines Lebens auf den Genuß von Fleisch zu verzichten. Und lehnte alle Lederprodukte ab. Sowie an Tieren getestete Mittel. Gelatine. Schmalz. Walparfüme. Knochen, Elfenbein. Milchprodukte. Wolle. Ich verzichtete sogar auf Seide – Seidenraupen, so der heilige Franziskus in Kapitel 7, wurden bei lebendigem Leibe in ihren Kokons gekocht.
Ich kam am Nachmittag vor Glaubenseifer glühend nach Hause, jubelnd vor Begeisterung, berauscht von meiner Begeisterung. Niemand war da, ich hatte das ganze Haus für mich. Ich begann mit meinem eigenen Zimmer, mit meinen eigenen Sachen. Ich leerte meine Kommode und machte kurzen Prozeß mit allem, was ich fand. Meine Socken und Pullover aus Wolle und mein einziger Seidenschlips wanderten sofort in den Müll.
Ich zerriß auf der Suche nach Entendaunen das Futter meines Parkas. Mein Kissen ebenfalls – es war mit Schaumgummi gefüllt. Pflanzlich, nicht tierisch. Oder sogar anorganisch: Polyäthylen oder Polyester. Nachdem ich mein Schlafzimmer entseucht hatte, knöpfte ich mir den Rest des Hauses vor. Clives Horrorgeschichten klangen mir noch in den Ohren; ich leerte den Speiseschrank, warf die Dosen mit Sardinen und Lachs und Thunfisch weg, die Erbsensuppen mit Speck, die Hühnersuppen, die Töpfchen mit der Lieblingsanchovispaste meines Vaters. Seine Reaktion interessierte mich nicht im geringsten: Überdies lag in den bevorstehenden Einwänden und Vorwürfen ein weiterer Reiz. Diesmal hätte ich das Recht auf meiner Seite; ich würde ihm von einer höheren Kanzel predigen können. In einer großen Befreiungsaktion leerte ich den Eisschrank von Milch, Butter, Yoghurt und Käse und zuletzt, endlich, wur-

de das Gefrierfach von seinen gefrorenen Hühnerleichen gesäubert. Ich konnte mich kaum überwinden, konnte das entsetzliche Zeug kaum ansehen, Freiland hin oder her.
Ich schleppte die vollen Mülltonnen für die Müllabfuhr ans Gartentor. Ich taute das Gefrierfach ab und wusch die Holzbrettchen, auf denen so viel Tierfleisch in kleine Stücke gehackt worden war, in kochendheißem Wasser.
Ich hatte das ganze Haus entgiftet. Ich hatte ihm den Mund mit Seife ausgewaschen. Aber ich fühlte mich immer noch verunreinigt. Ich zog mich aus, ging unter die Dusche und schruppte meine ganze Oberfläche, dann zog ich mir reine Baumwollkleidung an und schrieb schnell einen Zettel mit einer rechtschaffenen Erklärung, oder Ausrede, die ich auf dem Küchentisch, an *Die Rechte der Tiere* geklammert, hinterließ.

11

Die lange Fahrt in die Hügel beruhigte mich. Der gleichmäßige Fahrtwind und das besänftigende Rauschen von Reifen auf Asphalt haben immer diesen Effekt. Ich fahre einen Kabinenroller, einen winzigen Fiat, eines der wenigen Dinge, die ich aus meiner Ehe gerettet hatte. Jill, selber winzig, eine kompakte, sachliche Person, bevorzugte kleine Wagen. (Ich scheine von kleinen, kompakten Menschen umgeben zu sein.) Große Autos, hatte sie mich überzeugt, waren verschwenderisch.
Jill sammelte alle möglichen kleinen Dinge. Wir haben unser gemeinsames Leben in einem Wirrwarr von winzigen Ornamenten, Miniaturtopfpflanzen und Bonsaibäumchen verbracht. Unser Bett war zu schmal; ich wurde oft

verdrängt und mußte auf einer Matratze im Gästezimmer schlafen. Die Kleider, die sie mir zu Geburtstagen oder Weihnachten schenkte, waren immer ein paar Nummern zu klein. Unsere Mahlzeiten waren spärlich. Vielleicht war es ja eine vernünftige Wirtschaft: weniger essen, weniger anziehen. Nach Rosies Geburt mußten wir drei Menschen durchfüttern und hatten zusammengerechnet nur eine Halbtagsstelle. Ich unterrichtete ein paar Kurse am Institut, sie hatte einen Lehrauftrag an der Uni, nie war Geld im Haus.

Waren die zu kleinen Kleidungsstücke auch ein Ausdruck ihrer Hoffnung, eine Ermunterung, eines Tages genügend zu schrumpfen, um hineinzupassen? Ich schrumpfte genug, um in den Fiat zu passen: ein Einpersonengefährt, ein Einzelgängerauto, selber nicht viel mehr als ein enges Kleidungsstück. Wenn ich ihn fahre – beziehungsweise anhabe –, habe ich das Gefühl, in etwas Enganliegendes und Stützendes geschlüpft zu sein, ein Neoprenanzug aus gehämmertem Metall.

Meine Empörung klang mit dem Fahren ab; die herkömmlichen Einwände gegen Vegetarismus begannen in meinem Kopf zu rumoren: Tiere fressen Tiere, warum nicht wir? Und zu den Tierversuchen: Ist ein einziges Menschenleben nicht mehr wert als das Leben noch so vieler Tiere? Antworten auf diese Fragen lagen in Clive Kinnears Buch vergraben – überzeugende Antworten, Schritt für Schritt mit unanfechtbarer, jesuitischer Logik ausgeführt –, aber ich konnte mich irgendwie nicht mehr an sie erinnern. Ich erinnerte mich nur noch an die Anklage in den letzten Zeilen seines Vorworts: *Nach einer Führung durch die Schlachthöfe mag den Besuchern das Abendessen vergehen, aber sie werden am nächsten Morgen doch wieder ein deftiges Frühstück mit Würstchen und Speck schaffen.*

Ich folgte den gefaxten Anweisungen und fuhr die lange

Steigung der Greenhill Road hoch, schaffte es gerade noch über die höchste Hügelkette und rollte auf der anderen Seite in das Summertown-Tal hinab. Es war Spätsommer, Sommerzeit; 20 Uhr gehörte eher noch zum Spätnachmittag als zum Abend. Die östlichen Hänge des Tales mit ihrem Mosaik aus Weinbergen und Kirschgärten waren noch ins goldene Nachmittagslicht getaucht, auf der Westseite lagen zumeist schon Schatten. Stella hatte empfohlen, mit etwa vierzig Minuten Fahrzeit zu rechnen; es waren beinahe sechzig, bevor mein Fiat endlich in den letzten unbefestigten Schotterpfad bog.

Dichter Busch säumte die eine Seite des Weges, ein Zaun und ein Stoppelfeld flankierten die andere. Ich fuhr durch eine leichte Kurve und stand vor einem hölzernen Gatter im Zaun. Eine Sammlung Tiere graste auf der anderen Seite: mehrere steife Pferde, eine kleine Herde Ziegen und ein paar träge, graue Känguruhs, zwei uralte Esel und ein einsamer, humpelnder Rothirsch, dem ein ganzes Hinterbein fehlte. Keines davon bewegte sich ohne Schwierigkeiten; auf keinen Fall hatten sie einen Marktwert als lebendes Inventar. Das Gefühl, vor einem Altersheim für Tiere zu stehen, bestätigte mir, daß ich mein Ziel erreicht hatte, daß Stella in der Nähe war.

Hinter dem Gatter überquerte der Weg das Feld, lief an einem kleinen, trüb aussehenden Teich entlang, wand sich einen nahegelegenen Hügel hinauf und verschwand in einem Wäldchen aus einheimischen Kiefern und Eukalypten. Diese Bäume ragten abrupt aus der rasierten, stoppeligen Kopfhaut des Hügels, es sah aus wie ein abgeschorener Mohawk; ein Haus ließ sich hier und dort durch das Wäldchen erahnen.

BITTE SCHLIESSEN stand auf einer Metalltafel, die mit Draht am Gatter befestigt war – aber erst mal mußte ich es ja öffnen. Der Schnappriegel wurde elektronisch betätigt; eine

Gegensprechanlage war in den hölzernen Gatterpfosten eingelassen. Ich drückte auf die Klingel; eine verzerrte Version von Stellas Altstimme kam kurz darauf aus dem Lautsprecher: »Drück das Gatter einfach auf, J. J. Es ist offen.«
Beim Klang ihrer Stimme hoben alle Tiere auf dem Feld mit gespitzten Ohren die Köpfe und drehten sie in meine Richtung – dann wandten sie sich enttäuscht wieder den Stoppeln zu.
Der staubige Weg hinter dem Gatter sah tückisch aus; ich ließ den Wagen draußen stehen und ging schnell zu Fuß über das Feld. Die Tiere ignorierten mich. Ein weiterer Zaun markierte die Grenze zwischen Feld und Bäumen; ich öffnete ein zweites Gatter und spazierte in das Mohawkwäldchen hinein. Ein Autoreifen hing an einem dicken Hanfseil von einem hohen Ast; ein Häuschen aus behandeltem Kiefernholz kauerte oben auf einer Astgabel: Es schien mir gefährlich hoch zu sein.
Zwischen den lichter werdenden Bäumen kam das Haus zum Vorschein; ein zweistöckiger Bungalow, der zweite Stock eindeutig später hinzugefügt. Ein Jeep stand daneben, eine Rostschleuder, matschbespritzt, mit offenem Verdeck. Stella saß rauchend am Rand einer langen Veranda. Sie hatte einen dreckigen Overall und dreckbeschmierte Arbeitsstiefel an; anscheinend wurde diese Farm noch bewirtschaftet. Zwei dicke Hunde mit tränenden Augen lagen links und rechts von ihr auf dem Boden; als ich mich näherte, wedelten sie ein wenig mit den Schwänzen.
»Herzlich willkommen in Fort Knox, J. J.«
Ich war von dem kurzen Aufstieg außer Atem und schnaufte ein bißchen. »Sie lieben, äh, ihr liebt die Einsamkeit?«
»Wir müssen an die Tiere denken.«
Die Hunde lagen flach da und beobachteten mich, durch ihre eigene Fettleibigkeit noch platter gegen den Verandaboden gedrückt. Sie rieb einem die Ohren; der andere

knurrte leise und schnappte eifersüchtig nach ihrem Oberschenkel.
»Und natürlich hat unsere Arbeit uns Feinde eingebracht. Wir müssen unsere Telefonnummer *täglich* ändern: lästige und böse Anrufe, sogar die eine oder andere Morddrohung.«
Ein dritter Hund watschelte aus dem Haus, als sei er vom Klang ihrer Stimme angelockt worden.
»Binky hast du ja schon kennengelernt«, sagte Stella.
»Ein ehemaliger Patient?«
»Seine Familie fand, Binky sei zu alt – sie baten mich, ihn einzuschläfern.«
»Und das konntest du nicht?«
Sie beugte sich hinunter und drückte ihre Nase liebevoll gegen seine: »Könntest du das?«
Die beiden anderen Hunde erhoben sich mühsam und stupsten sie, um auch eine Portion Aufmerksamkeit zu kriegen.
Sie stellte sie vor: »Chester und George.«
»Weitere Asylanten?«
Sie zog an ihrer Zigarette und blies den Rauch zur Seite, als sei sie besorgt, daß er schlecht für ihre Tiere sein könnte.
»George streunte umher. Ein paar Kinder aus der Gegend haben ihn gefunden und hierhergebracht. Chester brauchte eine kleine Operation. Ich habe ihm das Leben gerettet, und seine Scheißfamilie hat die Rechnung nicht bezahlt.«
Sie machte eine Pause und sah mich an.
»Da habe ich ihn an Stelle der Bezahlung eben behalten«, sagte sie endlich mit einem kleinen Lächeln, offenbar damit ich nicht auf den Gedanken kommen könnte, sie habe etwa ein weiches Herz, sei sentimental. Vielleicht sollten ihre Worte auch klarmachen: sie habe zwar ein weiches Herz für Tiere, sei aber von Menschen nicht so leicht auszunutzen.
Sie schnürte ihre Stiefel auf, zog sie aus und führte mich ins

Haus. Ein Wohn- und Eßzimmer ging von der breiten Diele ab; am hinteren Ende schloß sich einer breiten Theke eine kleine Küche an, als liege sie geschützt in einer Armbeuge. Das Zimmer machte einen unaufgeräumten und verwahrlosten Eindruck; ich bahnte mir vorsichtig einen Weg zwischen einem Wirrwarr von Hundeschüsseln, Bergen von Zeitungspapier, leeren Weinflaschen und einem halben Dutzend Schuhe, darunter anscheinend kein einziges Paar. An drei Wänden des Zimmers standen Regale, die bis zur Decke mit Büchern vollgestopft waren; Bücher und Zeitschriften stapelten sich auch auf jeder horizontalen Fläche – auf dem Sofatisch, auf den Boxen der Stereoanlage, auf den Stühlen. Einige waren Kinderbücher, auch ein paar bunte Bälle und etwas Kuschelspielzeug lagen herum, aber das Pflegekind Eliza war nirgendwo zu sehen.

Clive, der eine Schürze mit der Aufschrift **EINE FRAU GEHÖRT INS HAUS – UND IN DEN SENAT** trug, schnitt auf der Küchentheke etwas Weißes und Schlüpfriges in Würfel. Der scherzhafte Slogan paßte irgendwie nicht zu ihm; er würde so etwas nie sagen. Er winkte freundlich mit dem Messer.

»Riecht herrlich.« Ich formte zwei durchsichtige Gebärden.

»Schmeckt herrlich«, formte Stella fließend zurück. Sie hatte eindeutig ihre Hausaufgaben gemacht. »Nimm Platz«, fügte sie mit ihrer Stimme hinzu. »Mach es dir gemütlich.«

Die Hunde hatten das gesamte Sofa in Beschlag genommen; ich sank in den nächsten Ledersessel, leicht überrascht, einem solch unsäglichen Material in diesem Haus überhaupt zu begegnen.

Stella las meine Gedanken oder in meinem Gesicht: »Reg dich nicht auf, J. J. – Vinyl.«

Clive brachte uns vorsichtig ein Tablett mit Getränken: zwei Flötengläser mit schäumendem Sekt für mich und Stella, ein Glas Sodawasser und Angostura Bitters für sich.

»Prost.«
»Prost.«
Stella nahm an ihrem Sekt nippend Clives Platz in der Küchennische ein – eine Spielerin, die den anderen ablöst – und hantierte mit den dampfenden Töpfen, aus denen es duftete. Clive warf ein weißes Tuch über den Tisch und deckte ihn für drei Personen. Seine Bewegungen wirkten entspannt und besonnen; inzwischen dachte ich, das liege weniger an seinem Alter als an seinem Temperament.
Ich sagte: »Eliza ißt nicht mit?«
»Sie schläft schon.«
»Jetzt bin ich aber enttäuscht. Ich hatte mich darauf gefreut, sie endlich kennenzulernen.«
»Hast du Kinder, J. J.?« fragte er.
Ich hielt meinen Zeigefinger in die Luft; er formte fragend den Bart eines Jungen, das lange Haar eines Mädchens.
»Mädchen«, antwortete ich.
»Ihr Name – was?«
Ich hielt eine gedachte Blume an meine Nase und schnüffelte.
»Fleur?« riet er laut.
Ich schüttelte den Kopf und wartete. Teils weil ich mich kaum dagegen wehren kann, den Lehrer zu spielen, teils weil mir die Gebärdensprache die einzige Chance zu sein schien, einen interessanten oder wenigstens ungewöhnlichen Gast abzugeben.
»Margaret?«
»Beinah«, formte ich: beide Zeigefinger, die eine Lücke schließen.
»Violet?«
Der Austausch drohte, zu einer Scharade zu verkommen; Stella rettete uns, indem sie eine Terrine dampfende Suppe mitten auf den Tisch stellte.
Ich formte die Frage: »Spargel?«

Sie lachte noch einmal über die grüne Penisform und buchstabierte mit den Fingern: »B-O-R-S-C-H-T-S-C-H«.
Sie sahen mich erwartungsvoll an; das Wort war eine Herausforderung, der ich nicht genügen konnte. Ich hob beide offenen Hände: »Ich gebe auf.«
Clive verteilte die Suppe und reichte dann einen Korb mit warmen Brötchen herum. Stella nahm vier – eins für sich, eins für jeden Hund. Die hatten sich zu ihren Füßen niederplumpsen lassen, die Schnauzen flach am Boden; die dicken Hängebacken verbreiteten sich wie Pfützen. Ihre Schwänze schlugen bei jedem Brocken, den sie ihnen gab, dankbar gegen den Teppich.
Eine Weile lang redeten wir über dies und das. Ich zeigte ihnen noch ein paar Gebärden: *Löffel, Schüssel.* Stella versuchte, die Gebärde für *Suppe* zu erraten: die Löffel-Hand, die man zum schlürfenden Mund hebt.
»Beinah«, formte ich wieder und fügte dann gesprochen hinzu: »Aber die wirkliche Gebärde ist etwas stilisierter.«
»Ein bißchen weniger wirklich«, scherzte sie.
Ich legte den Löffel hin und zeigte ihnen die Gebärde für *Brot:* eine Brotschneide-Geste; eine flache Hand, die den Laib der anderen zersägt.
Trotz all dieser zusätzlichen Handbewegungen fiel der Borschtschspiegel in meiner Schüssel schnell. Stella füllte aus der Terrine für sich und mich nach; der Spiegel sank erneut. Clive aß zurückhaltender; der Spiegel in seiner Schüssel änderte sich kaum. Das Gespräch floß – in Wörtern und in Pidgin-Gebärdensprache – mühelos dahin, bis Stella, die immer fusseliger wurde, noch eine Zigarette aus der griffbereiten Schachtel schüttelte.
»Darf ich auch eine haben?«
Sie lächelte bei meiner Bitte. »Ich verderbe dich doch nicht, J. J.?«
»Ich hoffe doch.«

Ich nahm die Zigarette zwischen die Lippen und beugte mich zu ihrem Feuerzeug herüber. Sie sah mir amüsiert zu, während ich den Rauch in die Backen zog.
»Um Gottes willen, du mußt *inhalieren*, J. J.«
Clive räumte die Schüsseln ab; Stella verteilte die übriggebliebenen Krusten an ihre Freunde unter dem Tisch. Deren traurige Augen schienen wie die Augen von Flundern oben auf die Köpfe gewandert zu sein und beobachteten uns abwartend.
»Magst du Hunde, J. J.?«
»Tja, ich denke schon. Ich hatte noch nie einen.«
»Es gibt Hundemenschen und Katzenmenschen, findest du nicht?«
Clive sah aus der Küche zu; ich hatte plötzlich das deutliche Gefühl, daß diese Frage eine Prüfung war, ein Persönlichkeitstest.
Was war es nun – Hund oder Katze?
»Clive ist ein Katzenmensch«, sagte sie und blies einen trägen Rauchring in seine Richtung.
»Ich *bewundere* Katzen«, sagte er. Er schüttete eine glänzende Masse Spaghetti zum Abtropfen in ein Sieb. »Ich bewundere ihre Zielstrebigkeit. Ihre innere Freiheit.«
Stella gluckste heiser. Es war wieder ein Dialog, der zur Routine geworden war, das sah ich. Er sprach über sich selbst; halb Spott und halb das bekräftigend, was er verspottete.
»Hunde sind ein guter Charaktertest für Menschen«, sagte sie. »Hunde spüren den inneren Menschen. In ihrer Einstellung zu Hunden geben Menschen ihr wahres Wesen preis.«
»Komm her, Kleiner«, sagte ich zu Binky und beugte mich hinab, um seine Ohren zu kraulen. »So ein lieber kleiner Junge.«
Stella lachte und sagte: »Es ist ein Weibchen.«

Sie hielt noch eine Kruste unter den Tisch. Ich fragte: »Leben die Hunde vegetarisch?«
»Na klar.«
»Aber das ist doch unnatürlich. Hunde sind Fleischfresser.«
Sie schüttelte den Kopf. »Allesfresser, so wie wir.«
»Wart *ihr* immer Vegetarier?«
»Endstation einer langen Reise«, sagte Clive aus der Küche. Er trug vorsichtig eine riesige Schüssel dampfende Spaghetti hinein, dann eine zweite mit einer dicken, roten Soße.
»Für Clive ist vegetarisches Essen intellektuelle Pflicht«, sagte Stella. »Für mich das reine Vergnügen.«
Er verteilte die Soße aus kleingeschnittenen Zwiebeln, Tomaten und roter und grüner Paprika. Es schien mir das Leckerste zu sein, was ich je gegessen hatte. Die Hunde starrten zu uns hoch und sabberten mit offenen Mäulern.
»Er hat dich bekehrt?« fragte ich.
Sie schüttelte den Kopf: »Es hat mich irgendwie überkommen.«
Sie mahlte gedankenverloren schwarzen Pfeffer über ihre Schüssel. »Ich habe immer vegetarische Gerichte bestellt, wenn ich geflogen bin. Manchmal moslemisches Essen. Koschere Speisen. Was es genau war, war mir nicht wichtig. Es ging darum, etwas Besonderes zu bestellen, etwas mit Sorgfalt Gekochtes. Nur nicht den üblichen Plastikscheiß der Fluggesellschaften. Später ging es mir zu Hause ähnlich. Wenn man vegetarisch kocht, muß man sich ein bißchen mehr Mühe geben. Es steckt mehr *Liebe* darin.«
»Dann kam also erst das Vergnügen – und dann die Theorie?«
»Was für eine Theorie?«
Sie lachte und schaute neckend zu Clive hinüber. Er schien ihre Respektlosigkeit zu genießen; vielleicht spürte er, daß er so etwas brauchte.

»Es schmeckt hervorragend«, sagte ich ihm.
»Stellas Rezept«, murmelte er.
Sie sog mit lautem Behagen ein paar einzelne Spaghetti in den Mund: »Als ich Clive kennenlernte, war seine Vorstellung von einer vegetarischen Mahlzeit Vogelfutter und Mineralwasser. Es war für ihn eine Art *Buße*.«
Er brachte noch ein kleines, amüsiertes Lächeln zustande.
»Clive steht nicht so sehr auf Vergnügen«, sagte sie.
»Theoretisch finde ich es schon gut, meine Liebe«, sagte er. Es war sein erster Scherz an dem Abend.
Er wandte sich mit einem bohrenden Blick an mich. Ich spürte, daß ich noch immer einer Prüfung unterzogen wurde, daß er meine Reaktionen maß.
»Wir konnten einander anfangs nicht ausstehen«, sagte Stella gerade. »Wie Tag und Nacht.«
»Sie hielt mich für einen alten, verkalkten Mann«, murmelte er.
Sie beugte sich vor und streichelte liebevoll seinen Nacken: »Du bist ja auch ein alter, verkalkter Mann!«
»Und ich hielt sie für eine Unruhestifterin – nicht gänzlich unverdient.«
Sie spielte die Entrüstete: »*Wer* ist hier der Unruhestifter?« Sie wandte sich wieder an mich: »Ich erzähl' dir mal was über Seine Heiligkeit ... Weißt du, daß er an seiner Uni Tiere aus dem Fachbereich Zoologie verbannt hat?«
Ich schüttelte amüsiert den Kopf.
»Da war die Kacke aber am Dampfen! Man kann natürlich Tiere aus dem Fachbereich Physik verbannen. Man kann sie auch aus dem Fachbereich Romanistik verbannen ... Aber aus der Zoologie? Die Uni hat ihn seitwärts befördert. Einen ›Persönlichen Lehrstuhl‹ nannte man das dann.«
Clive sagte milde: »Es bedeutet, daß man nichts mehr zu sagen hat.«
Er stand auf und räumte methodisch den Tisch ab, die zwei

leeren Pastateller stellte er übereinander, den dritten – seinen beinah unberührten – obendrauf. Er öffnete noch eine Flasche Rotwein und brachte einen Teller mit verschiedenen Käsesorten: Es gab mehrere blaue Schimmelkäse, geräucherten Käse, ein großes Stück Camembert.
»Ihr eßt Milchprodukte?«
»Handgemolken«, sagte er.
Stella schnitt unordentlich einen Brocken Camembert ab, schaufelte ihn auf einen Kräcker und biß hinein, die vollen Lippen anerkennend geschürzt.
»Guter Käse«, sagte sie. »Sehr fotzig.«
Ich wußte nicht, wo ich hinsehen sollte. Clive blieb unbeeindruckt, während sie unter den Tisch reichte und eine Handvoll Kräcker verteilte. Er betete sie an: sie konnte gar nichts falsch machen. Mein anfänglicher Eindruck, daß er ein bißchen Chaos, ein bißchen Extrafarbe in seinem Leben brauchte, schien sich zu bestätigen. Das Gespräch ging weiter; mehr über ihr gemeinsames Leben, ihre gemeinsamen Ansichten. Sie stritten sich dauernd, spielerisch – nicht so sehr über ihre Ansichten als darüber, wie man zu ihnen gelangt: welchen Weg man einschlagen muß, um das anvisierte Ziel zu erreichen. Clive argumentierte aus der Sicht des »Kosmos«: ein Ort, wo alle empfindungsfähigen Wesen bestimmte Rechte hätten. Seine Hauptprämisse war, daß man keinem Wesen Schmerz zufügen dürfe; alles andere folge darauf. Die menschliche Vernunft war für ihn die höchste Autorität. Seine religiöse Erziehung schien keine Spuren hinterlassen zu haben. Sein Körper alterte vielleicht, aber sein Verstand war messerscharf, so jugendlich wie die Perücke, die ihn wärmte. Stella war nicht besonders interessiert an den theoretischen Fundamenten des Begriffs von Gut und Böse: sie *wußte* es einfach. Wir wissen es *alle*, argumentierte sie. Selbst die Bösen *wissen* in ihrem Herzen, daß sie böse sind, wenn sie Zeit zum Nachdenken haben.

»Das nehme ich als gegeben an. Ich interessiere mich für das Wie, nicht für das Warum. Für Wirkungen, nicht für Ursachen.«

Sie rauchte unaufhörlich, was sie sagte, konnte man immer öfter nicht nur hören, sondern auch sehen: jede Silbe kam als Rauchwölkchen aus ihrem Mund wie eine Sprechblase.

»Stella ist eine absolute Pragmatikerin«, sagte ihr Mann nicht ohne Stolz.

»Zu wissen und nicht zu handeln«, antwortete sie, »bedeutet, daß man noch nicht weiß.« Sie drehte sich zu mir und verspottete sich dann charmant selber: »Sagt Meister Konfuzius.«

Ich hörte fasziniert zu. Es war das spannendste Gespräch, das ich seit Jahren gehört hatte; es ging hin und her, beide wandten sich von Zeit zu Zeit um Zustimmung oder richterliche Entscheidungen an mich. Ich hatte das Gefühl, eigentlich eine Schiedsrichterpfeife zu brauchen, ohne zu wissen, wie ich sie hätte einsetzen sollen. Ich gab immer dem Recht, der gerade sprach. Und wenige Sekunden später überzeugte mich schon das Gegenargument. Seit Jahren sehnte ich mich danach, an solchen Disputen teilzunehmen. Ich lauschte gebannt, aufgeregt – zu aufgeregt vielleicht. Ich trank auch viel zuviel; gegen Mitternacht fiel mir das Weinglas aus der Hand. Der dunkle Wein verbreitete sich auf dem weißen Tischtuch wie auf Löschpapier.

»Es tut mir leid. Wie dumm von mir. Ich hole einen Schwamm.«

»Laß ruhig«, sagte Stella unbekümmert.

»Nein, ich wische es weg. Streu schon mal Salz darauf.«

»Es macht nichts«, sagte sie.

Sie streckte ihre Hand aus und warf ihr eigenes Glas absichtlich um. Ein zweiter, größerer Fleck erblühte auf dem Leintuch. Clive interessierte sich weniger für den ver-

schütteten Wein als für meine Reaktion auf die merkwürdige Hochherzigkeit seiner Frau.
Verlegen wühlte ich auf der Suche nach meinem Autoschlüssel in der Tasche. »Vielleicht sollte ich so langsam gehen.«
Clive, der den ganzen Abend nichts als Sodawasser und Bitters getrunken hatte, bestand darauf, daß ich nicht selbst fahren dürfe. »Nimm ein Taxi, J. J.«
»Von hier?«
»Es kostet weniger als ein Begräbnis.«
Stella goß sich nach.
»*Ich* fahre dich nach Hause.«
»Das könnte ich nie zulassen, meine Liebe«, sagte Clive milde wie immer. »Du hast noch mehr getrunken als J. J.« Er hielt mir die offene Hand entgegen: »Schlüssel, bitte, J. J.«
Ich gab sie ihm; diese alte, braune Maus von einem Mann hatte eine Ausstrahlung, eine Autorität, der man sich nicht so leicht entziehen konnte. Er stand auf und ging zum Telefon, das auf der Küchentheke stand.
Stella beugte sich über den Tisch und flüsterte trunken und voller Sarkasmus: »Du sollst immer verantwortlich handeln. Du sollst immer ein vernünftiges Leben führen.«
Clive murmelte etwas ins Telefon und legte den Hörer wieder auf. »Zwanzig Minuten.«
»Was ist denn überhaupt die Gebärde für betrunken?« fragte Stella.
Ich führte sie vor: zwei wackelige Finger, die unsicher über die Flache-Hand wanken.
»Ich finde es fantastisch«, sagte sie lachend. »Ach Scheiße, ich liebe diese Sprache.«
Clive stand am Bücherregal und suchte mit zur Seite geneigtem Kopf ein Buch. Stella sprach in rauschhafter Begeisterung weiter. »Was ich am meisten an ihr liebe – sie

ist so *wahr.* So natürlich. Man könnte in der Gebärdensprache nie lügen.«

»Natürlich kann man lügen«, sagte ich. »Es gibt Leute, die würden sagen, das macht eine Sprache überhaupt aus.«

Clive zog mit Mühe ein Buch aus der dichtgedrängten Reihe.

»Vielleicht möchtest du das ausleihen, J. J. Vieles von dem, was wir heute abend besprochen haben, wird darin weiter ausgeführt.«

Er schob das Buch über den Tisch: *Die Rechte der Tiere*, ein schon vertrautes schwarzes Gesangbuch. Ich schob es zurück.

»Ich hab's schon aus der Bibliothek geholt.«

Stella sagte ungläubig: »Wann hast du es denn ausgeliehen? Heute morgen etwa?«

Mein Gesicht verriet mich; Stella lachte laut, ein Hab-ich-dich-Lachen: »Tatsächlich!«

Clive rang sich zu einem Lächeln durch: »Ich fühle mich geschmeichelt.«

Er hämmerte das schwarze Buch mit der flachen Hand wieder an seinen alten Platz, sah sich kurz auf einem niedrigeren Regal um und nahm vorsichtig ein anderes, dünneres Buch heraus.

»Ich bezweifele aber sehr, daß du hiervon ein Exemplar hast.«

»Davon hat jeder ein Exemplar«, behauptete Stella.

»Nimm's ruhig. Stellas Tiergedichte sind sehr … aufschlußreich.«

»Du *mußt* nicht, J. J.«, sagte sie.

Ich nahm das Buch, eine geheftete Sammlung ihrer Gedichte, *Ausgewählte Freunde.*

»Ich habe das Buch in den Lehrplan für Zoologie I aufgenommen.«

»Einen Gedichtband?«

»Eine der letzten Exekutivhandlungen, die man mir noch erlaubte. Und wohl der Tropfen, der das Faß zum Überlaufen brachte. Aber ein Buch wie dieses zeigt trotz seiner Fehler ...«

»*Was* für Fehler?«

Er lächelte, sich halb entschuldigend für den Zwischenruf seiner Frau: » ... trotz ihrer Fehler zeigen diese Gedichte der Wissenschaft, wie weit sie noch gehen muß. Ein Hauptgrund, weshalb ich mich mit meinen Kollegen überwarf, J. J. – ich begann zu begreifen, daß das Studium der Wahrnehmung der Tiere, ihres Bewußtseins, völlig vernachlässigt wurde. Wir könnten unsere millionste Sprague-Dawley-Ratte zerlegen und haben trotzdem keine Ahnung, was die Ratte darüber denkt.«

Ich winkte mit dem Buch: »Das hier wird es mir erklären?« Ich scherzte, er nicht. »Näher kommt man der Sache auf englisch nicht.«

»Was er damit meint«, sagte Stella, deren heisere Stimme immer undeutlicher klang, »ist, daß das Buch von einer Ratte geschrieben wurde!«

Der Summer der Gegensprechanlage übertönte ihr lautes Lachen; Clive stand auf und sagte in ein Wandmikrophon: »Wir kommen.«

Ich erhob mich mühsam; Clive begleitete mich zur Haustür. Stella folgte uns; ihre drei Hunde blieben wie gestrandete Robben träge unter dem Tisch liegen. Clive nahm eine Taschenlampe, die an einem Nagel an der Veranda hing; wir folgten einer schwankenden Lichtspur durch die Bäume ans erste Gatter.

Ein Taxi wartete mit laufendem Motor auf der anderen Seite des Feldes hinter dem zweiten Gatter; verschiedene Augenpaare – rote, gelbe – glühten zurück, als Clive den Strahl seiner Taschenlampe über die Dunkelheit spielen ließ. Es schien kein Mond; die Nacht war pech-

schwarz. Es lohnte sich kaum, eine Abschiedsgebärde zu formen.
»Ein herrlicher Abend«, sagte ich laut .»Vielen Dank. Euch beiden.«
Der Taxifahrer, ein Riese, beugte sich herüber und öffnete die Beifahrertür. Ich nahm vorsichtig Platz.
»Wohin soll's gehen, der Herr?«
»Glenelg.«
»Sie haben wohl im Lotto gewonnen?«
Ich schlug Stellas kleines, schmales Buch auf, beugte mich vor und las im Licht des Armaturenbretts, während der Taxifahrer uns über die unbefestigten Landstraßen lotste. Alle ihre ausgewählten Freunde schienen Tiere zu sein; jedes Gedicht war über ein anderes Tier, klang, als wäre es *von* diesem Tier geschrieben – war der Versuch, sich in das Tier hineinzudenken, die Welt durch die Augen dieses Tieres zu sehen.
Ich las das erste Gedicht, *Hund*, und verstand kein Wort, aber die verrückte Syntax faszinierte mich. Es schien alles sehr ... Stella. Der Wein hatte meine gewöhnliche Zurückhaltung aufgelöst; ich las das Gedicht noch einmal, diesmal laut, und versuchte, mir daraus einen Reim zu machen. Und langsam begriff ich es, wie wenn man ein Puzzle löst oder einen Code dechiffriert. Ich *kapierte* es – etwas davon.

Draußen ruft mich jede Sonne:
neues Schnuppern dort, verworrenes Schnuppern
das ich noch nie geschnuppert.
Sonne macht alles Schnuppern laut
bis Sonne sich versteckt und dann gibt's Naß.
Ich hasse alles Naß: kleine Stücke Naß
die von Hoch fallen, lange Fäden
Naß, die von trockenen Fäden
im Grün kommen. Naß abschütteln

und hineinlaufen, ich schnuppere das Schnuppern
von Zwei Beinen, die Weiße Tür öffnen:
der kalte Zwinger, wo Fleisch wohnt.

Ich blickte hoch; der Taxifahrer sah nervös zu mir herüber. Sein Kopf berührte das Dach, sein riesiger Bauch war fest gegen das Lenkrad gedrückt. Er wurde mir langsam sympathisch: ein Bruder, ein Dicker, der gerne fuhr und so Arbeit mit Vergnügen verband.
»Was halten Sie davon?« fragte ich.
»Was ist es überhaupt – eine Kindergeschichte?«
»Ein Gedicht.«
»Ich hab' nie viel Zeit für Gedichte gehabt.«
»Ich kenne die Person, die das geschrieben hat.«

»Sie können dem Typ sagen, die Stelle mit dem kalten, weißen Zwinger hat mir gefallen.«
»Der Frau.«
»Der Frau. Ja, das finde ich gut. Der Zwinger, wo Fleisch wohnt. Ich habe auch eine kleine Vorliebe für den kalten, weißen Zwinger.« Er warf einen verständnisvollen Blick in meine Richtung: »Sie sehen aus, als seien Sie vielleicht von derselben Tendenz beseelt.«
Der Stolz der Dicken. Untereinander ist es uns nicht peinlich.
»Stört es Sie, wenn ich rauche?« fragte er.
Ich schüttelte den Kopf; ich hätte ihm in dem Moment alles verziehen. Mit einer Hand schüttelte er eine Zigarette aus der Schachtel, die auf dem Armaturenbrett lag, mit der anderen zog er den Anzünder heraus; das Taxi steuerte er einfach mit einer leichten Seitenbewegung seines gegen die Lenkstange gedrückten Bauches durch eine Kurve.
»Servolenkung«, meinte er.
Er gab an, ein Bruder unter Brüdern; eine Art Bauchtanz.

»Auch eine?«
Ich schüttelte noch einmal den Kopf; es reichte mir völlig, mich zurückzulehnen und für den Rest der Fahrt die Geschicklichkeit seines Bauches zu bewundern.

Meine Mutter war noch wach und wartete nervös am Küchentisch. Ein frisch aufgegossener Tee zog in der Kanne unter der Teehaube; Teeblätter aus der letzten Kanne dampften noch, kaum merkbar, in der Spüle.
Die Mülltüten, die ich vorhin mit Tierprodukten vollgestopft hatte, standen aufgerissen und geleert auf dem Tisch. Das Tierfleisch in Dosen war anscheinend wieder in den Speiseschrank gewandert; die Kleider aus Wolle und Seide lagen ordentlich gestapelt auf der Bank.
»Warum?« Mutter machte eine verwirrte Geste. »Wir dachten … Einbrecher.«
Der fleischfressende Einbrecher. Ich küßte sie von hinten auf den Kopf, setzte meine Ellenbogen leicht auf ihre Schultern und formte ein paar Zentimeter vor ihrer Nase Gebärden.
»Ihr Zettel gelesen?« Ich benutzte die Orientierungspunkte ihres Körpers statt des meinen, eine Art Bauchreden.
»Ja. Aber verstehen – nicht.«
»Tierbefreiung«, erklärte ich ihr.
Sie drehte sich zu mir um: »Fühlst du dich gut – nicht?«
»Wunderbar.« Ich übertrieb die Gebärde, aber nur ein bißchen. So fühlte ich mich tatsächlich.
Sie hielt inne, wollte etwas sagen oder mich noch eine Weile dort behalten, um mich auszufragen oder auszuschimpfen: »Du wo heute abend?«
»Essen mit Freunden.«
Ein Hauch von Freude ließ ihre Kummerfältchen weicher werden – erleichterte Mutterfreude: »Welche Freunde?«
»Berühmte Freunde.« Wörtlich hieß die Gebärde kennen-überall Freunde.

Die Rechte der Tiere lag noch ungeöffnet auf dem Tisch, schwarz wie die Bibel; ich griff danach und drehte es um. Clives jüngeres Gesicht blickte vom schwarzen Einband, meditativ, ruhig.

Meine Mutter zeigte auf ihn; ich nickte. Ihre Kummerfältchen wurden wieder tiefer; ihre Hände bewegten sich nervös, wurden still, zuckten wieder, zwangen sich wieder zur Ruhe. Irgendwas lag ihr auf den Fingern – aber was? Eine Warnung?

»Sorgen – nicht.« Ich küßte sie auf ihren Scheitel, nahm das Buch und ging auf mein Zimmer, um mich hinzulegen.

Ich las eine Weile, aber unkonzentriert – zwischen die Sätze mischten sich die Gesichter und Stimmen meiner neuen Freunde, sie schlichen sich in meine Gedanken ein. Der Wein hatte meinen Kopf ziemlich verwirrt, das stimmte schon, aber es war auch die Aufregung, die mich ablenkte. Die Gespräche des Abends wiederholten sich in meinem Kopf wie auf einer Endlosspule. Aufregende Themen, für mich – Gespräche über Dinge, auf die es ankommt, über wichtige Ideen. In der Vergangenheit waren meine Freunde außer ein paar begabten Schülern Jills Freunde gewesen; zumeist Kollegen. Sie fachsimpelten oder betrieben akademischen Klatsch, mir als Außenstehendem sagte das alles nichts.

Ich nahm Stellas Gedichtbändchen in die Hand; es enthielt kleinere Lesehäppchen, die keine ausgedehnte Konzentration erforderten und mir für meinen momentanen Zustand besser geeignet schienen. Ich las einige Gedichte noch einmal laut und genoß es, die Welt wie durch andere Augen zu sehen: schlitzförmige Katzenaugen, weite Eulenaugen, Augen mit durchsichtigen Eidechsenlidern.

Ein kleines Spiel, um die Zeit zu vertreiben: Ich verdeckte die Titel der einzelnen Gedichte, sobald ich die Seite umschlug, und versuchte, das jeweilige Tier aus dem Inhalt des Textes zu erraten – versuchte, mit dem Tier zu *fühlen*.

Du mit Füßen bleib mir fern;
Ich höre dich herandonnern.
Die Erde mein Ohr, meine hart gespannte
Trommel, höre ich dich, Großfuß, Klumpfuß,
durchs Gras rumsen: zwei Baßtrommeln,
zehn Wirbeltrommeln. Oben die Sicht ist
falsch: Unten ist die Luft kühl,
die Sicht ist weit genug. Genug:
Bleib fern, du, du; ich habe zwei scharfe Spitzen;
ich mag den Geschmack von Ferse und Zeh.

Endlich döste ich ein. Die ganze Nacht trieb ich trunken zwischen Schlaf und Wachen. Ich reiste ruckartig durch die Zeit. Ich öffnete die Augen: Die Ziffern auf meinem Wecker waren eine Stunde vorwärts gesprungen. Meine Lider schlossen sich und öffneten sich wieder: noch eine Stunde. Ich konnte vor dem Fenster das Geräusch der Wellen hören: ein weiches, stetes Pochen. Das Meer massierte das Ufer. Ein kühles, erfrischendes Geräusch; ein lockendes Geräusch – aber diesmal war ich zu müde oder einfach zu betrunken, um zu antworten.

12

Ich öffnete die Augen; helles Licht sickerte an den Rändern des geschlossenen Rolladens herein. Die Ziffern auf meinem Wecker waren auf 12.00 gesprungen.
Irgendwo klingelte ein Telefon. Die Tür zu meinem Schlaf-

zimmer öffnete sich; der Lärm wurde lauter, tat weh. Die Silhouette meiner Mutter erschien; das rote Licht des Telefon- und Faxgerätes blitzte hinter ihr im Flur.
»Telefon.« Sie formte die eine einfache Darstellung mit der Ambivalenten-Hand: halb Gute-Hand, halb Schlechte.
Ich rappelte mich hoch und hörte Stellas heisere Altstimme am anderen Ende der Leitung.
»Na, wie geht's dir heute morgen, J. J.?«
»Prima«, log ich.
»Ich dachte, du würdest dich heute vielleicht ein bißchen mitgenommen fühlen.«
»Es geht eigentlich. Vielen Dank. Euch beiden. Es war ein wirklich schöner Abend.«
»Das fanden wir auch. Aber wir haben ein schlechtes Gewissen: Ich habe dir Alkohol aufgedrängt, Clive hat dich gezwungen, dein Auto zurückzulassen. Wir dachten – ich könnte nachher zu dir fahren und dich abholen. Du könntest mit uns zu Abend essen – und dann selber nach Hause fahren.«
»Macht euch bitte meinetwegen keine Umstände.«
»Es ist überhaupt kein Problem. Ich fahre sowieso in die Stadt. Ein kleiner Umweg. Um acht dann?«
Das Telefon klingelte sofort wieder, nachdem ich den Hörer aufgelegt hatte; sie hatte es sich wohl doch anders überlegt oder wollte zu einer anderen Zeit kommen.
»Stella?« sagte ich.
»Weißt du überhaupt, wie spät es ist, John?«
Jills Ton war mild, aber der förmliche Klang meines Vornamens, den ich selten hörte, widersprach diesem Ton. In einer jahrelangen Ehe hatte ich mich an eine Reihe von liebevollen Kosenamen gewöhnt oder an Kosenamen, die einmal liebevoll gewesen waren und später im schlimmsten Fall eine bequeme Angewohnheit geworden waren. Die Abkürzung J. J., natürlich – die auch alle anderen benutz-

ten, solange wie ich denken kann. Süßmaul. Und einst, vor langer Zeit: mein Süßer.
»Deine Tochter sitzt seit dem Frühstück auf der Stufe vor der Haustür, John.«
Der Name klang, als ob sie mich mit der Pinzette anfaßte.
»Es tut mir leid, Jill. Ich muß wohl verschlafen haben.«
»Ich hatte was vor.«
»Ich komme sofort.«
»Das hat nun auch keinen Sinn mehr.«
»Ich denke, du hattest was vor.«
»Ich mußte es schon abblasen.«
»Es tut mir wirklich leid.«
Die Gebärdensprache hat endlos viele Gebärden für »Es tut mir leid«, viel mehr Gebärden, als es Entschuldigungsworte gibt. Vielleicht entschuldigen sich die Gehörlosen öfter als die Hörenden. Die über das Herz gedrückte Flache-Hand ist die einfachste, eine Gebärde der Familie James, aber man kann ihre Bedeutung, ihre Aussagekraft, nicht durch ein Telefon vermitteln. Entkörpert, der Unterstützung einer Gebärde beraubt, hatte meine Stimme gar keine Chance.
Nicht, daß Jill böse klang. Ihr Ton blieb wie immer ruhig; wenn man sie unter Druck setzte, behauptete sie einfach, sie führe ausschließlich Tatsachen auf.
»Glaubst du, eine Entschuldigung reicht da aus? Ist eine Entschuldigung nicht ein bißchen zu wenig? Sie scheint nicht zu verhindern, daß es immer wieder passiert.«
Diese Art, mich freundlich, vernünftig zurechtzuweisen, hatte am Ende unserer Ehe immer eine kolossale Wut in mir geweckt; mit etwas mehr Abstand schaffte ich es bestenfalls, mir eine entsprechende Antwort zu verkneifen.
»Mehr, als mich bemühen, kann ich nicht. Ich komme, so schnell es geht.«

Ich legte auf, und dann wurde mir auf einmal klar, daß ich ja keinen fahrbaren Untersatz hatte.
»Scheiße!« brüllte ich laut.
Meine Mutter fuhr gelassen fort, die Frühstückssachen abzuräumen. Ich winkte, um ihre Aufmerksamkeit auf mich zu lenken.
»Ich Auto borgen?«
»Dein Auto – wo?«
»Panne.« Ich formte ein Gemisch aus dem frontalen Zusammenstoß von »Unfall« und dem Zusammenbruch von »abnutzen«.
Sie betrachtete mich mißtrauisch; es ist vielleicht nicht unmöglich, in der Gebärdensprache zu lügen, aber es kann schwierig sein.
»Bitte?«
»Frag.« Sie nickte in die Richtung von Vaters Werkzeugschuppen.
Das hatte gar keinen Sinn. Er würde mir bloß sagen, ich solle zu Fuß gehen, ich könne ein bißchen Bewegung gut gebrauchen.
Ich formte: »Er braucht Auto – nicht. Dringend. Rosie wartet ... Bitte.«
Mein Appell an ihre großmütterlichen Instinkte hatte mehr Erfolg. Sie hielt mir die Schlüssel hin, ließ sie einen Moment lang unschlüssig in der Luft baumeln, als würde sie es sich doch noch anders überlegen, und ließ sie dann in meine offene Hand fallen.

13

»Du bist spät, John.«
Rosie saß auf dem Zaun vor dem Haus. Ich darf nicht ins Haus; sie wartet immer draußen auf mich.
Ich beugte mich vor und öffnete die Tür. »Es tut mir leid, Schatz. Ich habe verschlafen.«
Sie nickte – verschlafen zu haben war anscheinend eine völlig plausible Ausrede, wahrscheinlich sogar die einzig erlaubte – und rutschte von Zaun herunter. Sie trug ein Trägerhemd und zerbeulte Jeans, das dichte Haar hatte sie unter eine Baseballkappe gestopft. Als sie ins Auto stieg, sah ich, daß ihre Lippen purpurrot geschminkt waren, wie in einem Horrorfilm.
»Weiß deine Mutter, daß du Lippenstift benutzt?«
»Sie leiht sich meinen aus, Paps.«
Meine Tochter behandelt mich und ihre Mutter am liebsten mit amüsierter Herablassung. Sogar das »Paps« hat einen ironischen, distanzierenden Effekt, den ich nicht ganz benennen kann. Sie hat Jill oder mir niemals die Scheidung vorgeworfen; Herablassung war wohl ein weniger gefährliches Ventil, eine Strategie, um Schuld zu vermeiden und nicht Partei ergreifen zu müssen. Wir wurden beide gleichermaßen für zu albern und exzentrisch gehalten, um uns dafür verantworten zu müssen.
»Was steht denn heute auf der Tagesordnung, Paps?«
»Der Zoo?«
»Na toll, das klingt ja echt spannend.«
Elf Jahre alt, aber beinahe wie neunzehn – theatralisch, altklug und sehr anspruchsvoll. Sie fummelte am Radio; plötzlich erfüllte Rapmusik das kleine Auto. Wir haben sie beide fürchterlich verwöhnt – die übliche Überkompensa-

tion, die übliche Verschiebung des Schuldgefühls bei Scheidungen. Auch wenn man versteht, was abläuft, scheint es trotzdem abzulaufen. Erkenntnis, sogar Selbsterkenntnis, hilft einem nicht, es zu ändern.

»Was habe ich gerade *gesagt*, Papa?«

»Äh … etwas über deinen Geigenlehrer?«

Sie prüft mich gerne, hält mich durch kleine Verständnistests auf dem Posten, durch improvisierte mündliche Examen.

»Du hast nicht zugehört, Paps.«

»Ich habe einen Parkplatz gesucht.«

Ich parkte ein; wir stiegen aus und gingen durch die Drehkreuze in den Zoo. Ich kaufte am Kiosk zwei große Portionen Eis; wir besuchten die Raubkatzen. Rosie führte mir zuliebe die Gebärde für Tiger vor: ein Paar Pfoten. Am nächsten Käfig formte sie die Mähne eines Löwen. Die Leoparden: ein Gemisch aus Pfoten und Flecken. Dann fand sie in einem nahegelegenen Käfig einen Ozelot und wandte sich grinsend zu mir, die Hände in die Hüfte gestemmt: eine Herausforderung, Und-was-ist-*das*-bitteschön?

»Klein-gefleckt-Pfote«, formte ich elegant.

Eine zweite Runde Eis, die Giraffen, die Eisbären. Das Füttern der Seehunde. Eine Fahrt auf dem Fluß in Paddelbooten, am Spätnachmittag ein Besuch bei Hungry Jack's, um Hamburger zu essen. Wir saßen einander in einer kleinen, bunten Sitzgruppe gegenüber. Sie aß eine große Portion Pommes frites und zwei Cheeseburger; ich nippte an meinem Kaffee.

»Kann ich mal ehrlich sein, Papa?«

»Natürlich.«

»Du bist dann nicht beleidigt?«

Während unserer gemeinsamen Tage wird ihre Einstellung mir gegenüber immer milder. »Papa« ersetzt langsam

»Paps«, Zuneigung verdrängt Herablassung, gegen Abend fühlt sie sich manchmal sogar berufen, mir Ratschläge zu geben, kleine Verordnungen zur Besserung meines Charakters. Sie gibt mir Empfehlungen für meine Ernährung, Ratschläge zur Körperpflege, kommentiert meine Kleidung. Einmal hielt sie mir sogar eine unvergeßliche kleine Standpauke zum Thema persönliche Frische. Ich ziehe es vor, diese klugen Sprüche als Zeichen ihrer Liebe zu interpretieren, aber wenn ich da an meine eigene Jugend denke, könnten sie genausogut Zeichen dafür sein, daß sie sich meiner schämt.

»Solange es nicht um mein Gewicht geht.«

Sie lächelte und schüttelte den Kopf, saugte kurz und laut an ihrer Cola und wandte sich dann, plötzlich ernst geworden, mir zu: »Ich glaube, ich bin ein bißchen zu alt für den Zoo.«

»Du bist doch erst elf.«

»Fast zwölf. Ich bin sehr reif für mein Alter.«

Als wolle sie gleich den Beweis dafür liefern, zeigte sie ein mütterliches Interesse an meinem mangelnden Appetit: »Hast du keinen Hunger, Papa?«

»Ich bin bei Freunden zum Essen eingeladen.«

»Kenne ich sie?«

»Ich glaube nicht«, sagte ich und sah auf meine Uhr. »Am besten packst du den Rest deines Essens gleich ein, Schatz.«

Ein jüngeres Mädchen mit einfacheren Bedürfnissen paßte einen Moment lang nicht zum purpurroten Lippenstift: »Papa! Ich wollte noch einen Milchshake!«

»Nächste Woche kriegst du zwei.«

»Du hast es ja echt eilig. Ist die Frau so was Besonderes?«

Ist das Fernsehen an solcher Frühreife schuld: an der Manieriertheit, dem erwachsenen Gerede, den Anzüglichkeiten? Wieviel davon versteht sie eigentlich und wieviel plappert sie nach? Ich fuhr sie nach Hause – zum Haus ihrer Mutter, meinem ehemaligen Zuhause, einem ordentlichen

Backsteinhäuschen in einer grünen Seitenstraße von Norwood.

»Warte hier, Papa. Mutti will eine Konferenz über die Ferien.«

Jill und ich unterhalten uns immer im Auto. Ich darf seit dem Tag, an dem ich auszog, das Haus nicht mehr betreten. Ich kann mich nicht mehr an die Ursache unseres letzten Streites erinnern – sie wurde schnell von den Wirkungen überspült. Ich weiß noch, daß ich mit den Händen herumfuchtelte. Ich weiß noch, daß Jill wie immer still und vernünftig sprach. Diese süße Vernunft brachte das Faß zum Überlaufen. Nachdem sie zur Arbeit gegangen war, packte ich meinen Koffer und lud die Dinge, an denen ich wirklich hing, in den Fiat. Ich habe versucht, einen Abschiedsbrief zu schreiben, wollte meine Wut in Worten ausdrücken; es ging nicht. Noch immer auf hundert schob ich den Gartenschlauch durchs Schlafzimmerfenster, stellte den Rasensprenger mitten aufs Bett, drehte den Wasserhahn auf und fuhr weg.

Ich war darüber viel verwunderter als Jill. Sie hat mir auf jeden Fall schneller verziehen, als ich mir selber verzeihen konnte. Vielleicht verstand sie solche Handlungen einfach als eine ausdrucksstärkere Form der Gebärdensprache, nicht so sehr Körpersprache als Dingsprache – Bett, Rasensprenger und Wasser werden vorübergehend zu Körperteilen oder zumindest zu Ausrufezeichen. Die gerichtliche Verfügung, erklärte sie freundlich, sollte mich vor mir selber genauso schützen wie sie. Um zu verhindern, daß so etwas noch einmal geschieht.

Ich meinte zu Rosie: »Sag Mama, ich rufe sie an. Heute habe ich keine Zeit, mit ihr zu reden. Bis nächsten Sonntag, Schatz.«

»Komm nächste Woche aber *pünktlich*, Paps«, sagte sie, schmiß die Tür zu und lief die Auffahrt hoch, ohne sich umzublicken.

Ein Nachmittag konzentrierter väterlicher Erziehung hatte mich erschöpft, aber es war eine schöne Erschöpfung und überdies hatte ich Aussicht auf ein belebendes Bad im Meer und einen Abend bei meinen Freunden. Ich war schon zu lange nicht mehr im Wasser, in meinem natürlichen Element, gewesen; als ich in die Esplanade einbog, konnte ich an nichts anderes denken.
Stellas zerbeulter Jeep stand in der Auffahrt meiner Eltern. Schwimmen konnte ich also vergessen. Sie hielt im Wohnzimmer hof, ein leeres Sherryglas lässig in der Hand. Binky lag auf dem Teppich, eine sich ausbreitende Pfütze schwarzen Hundefleisches, die Schnauze auf Stellas Fuß.
»Tut mir leid, J. J. *Mea culpa*. Ich bin zu früh. Aber ich habe meine Gebärden geübt.«
Sie wandte sich an meine Mutter: »Guter Lehrer« und zeigte auf mich.
Meine Mutter nickte ein bißchen steif und beugte sich vor, um den Hund zu streicheln. Als frustrierter Hundemensch kam sie leichter mit Binky zurecht als mit ihrer Besitzerin. Mein Vater ist weder ein Katzen- noch ein Hundemensch – und eigentlich auch kein besonderer Menschenmensch. Sein Mißfallen war unübersehbar, obwohl Stella, die ihre groben Anfängergebärden so formte, als tue sie ihren widerwilligen Gastgebern einen riesigen Gefallen, das wohl nicht bemerkt hatte. Das Sherryglas, das sie immer noch hielt, war ihr im Weg. Mein Vater schenkte aus einer Karaffe nach, vor allem um ihre Hände zum Schweigen zu bringen, und machte dann zu mir so schnelle Gesten, daß sie sie nicht verstehen konnte: »Schon Mutter Essen gekocht – du gesagt nicht du ißt bei Freunden heute abend.«
Unter den Entschuldigungen, die ich als Antwort gab, bedeckte ich auch mein Herz mit der offenen Hand, eine Gebärde, die sogar Stella verstand.
»Bin ich im Weg?« fragte sie.

»Kein Problem«, sagte ich. »Ich hatte nur vergessen, dem Hauptquartier alle meine Bewegungen zu melden.«

14

Stella fuhr ihren Jeep stakkatoartig; es ruckte gewaltig, sie schaltete ungeduldig, bremste häufig, nahm die Kurven schnell. Binky, die mit den Vorderpfoten auf dem Armaturenbrett zwischen uns stand, behielt irgendwie das Gleichgewicht. Ich selber fand es nicht besonders angenehm, so hin und her geworfen zu werden, vor- und zurückzuschwanken.

»Ich habe gestern abend noch deine Gedichte gelesen«, sagte ich, um Stella abzulenken. »Ich konnte gar nicht mehr aufhören. Sie sind fantastisch.«

»Danke schön.«

»Die Tierstimmen waren völlig überzeugend.«

»Natürlich billigt sie Clive nicht so ganz«, sagte sie.

Ich wartete und sie fuhr erklärend fort: »Ich begehe die Sünde des Anthropomorphismus. Seine Heiligkeit glaubt, es sei falsch, Tieren menschliche Gedanken zuzuschreiben. Als ziehe man ihnen Menschenkleider an – es sei würdelos.«

»Aber es sind ja keine Menschengedanken, es sind ja gerade Tiergedanken. Genau wie ein Tier die Welt sehen würde.«

»Vielleicht nicht *genau*, J. J. Sie sind ja schließlich in einer Menschensprache geschrieben.«

»Aber diese Wörter sind nichts als Symbole. Übersetzungen. Die Wahrnehmungen sind Tierwahrnehmungen. Ich finde sie fantastisch.«

»Steckst du mir einen Sargnagel an, bitte?« sagte sie. Anscheinend hatte sie jetzt genug Lob gehört.
Ich zog eine Zigarette aus der Schachtel auf dem Armaturenbrett und zündete sie mit ziemlicher Mühe an, während sie vor Ungeduld über den träge fließenden Verkehr die Spur immer wieder wechselte. Ich nahm die Zigarette aus meinem Mund und steckte sie ihr sacht zwischen die Lippen.
»Gut angezündet«, sagte sie, während sie den Rauch inhalierte. »Ich glaube, ich habe noch nie eine besser angesteckte Zigarette geschmeckt.«
Der kleine Schuß Nikotin schien sie zu beruhigen; das Auto wurde wenigstens ein bißchen langsamer.
Sie sagte: »Ich hoffe jedenfalls, daß meine besten Gedichte sich der Art, wie ein Tier denken oder vielleicht nur wahrnehmen kann, wenigstens annähern oder so weit annähern, wie es in unserer Sprache überhaupt möglich ist.«
Sie bremste an einer Ampel scharf ab und trommelte mit ihren Fingern gegen das Lenkrad.
»Was ist die Gebärde für Rot?« sagte sie.
Ich machte ein O mit den Lippen und malte den Umriß mit der Zeige-Hand.
»Lippenstift«, sagte sie erfreut. »Das finde ich schön!«
Sie drückte ihre Zigarette im Aschenbecher aus und wandte sich mit schalkhaft funkelnden Augen zu mir.
»Und was ist dann Braun?« fragte sie, verlagerte ihr Gewicht auf eine Gesäßbacke, schob ihre eigene Zeige-Hand unter die gehobene Backe und umkreiste die Stelle, wo ihr After sein mußte.
Sie kreischte vor Lachen, hoch amüsiert; wieder einmal wußte ich nicht, wo ich hinsehen sollte. Ich hatte die Exzesse des Vorabends auf den Alkohol geschoben, aber heute? Nach zwei Gläsern Sherry? Ich hatte Angst, mir auszumalen, was sie meinen Eltern gesagt – geformt – haben könnte.

»Ich glaube doch wahrhaftig, daß du rot wirst, J. J. Oder versuchst du, mir eine weitere Gebärde für die Farbe Rot zu zeigen?«
Die Ampel sprang um; immer noch leise lachend, gab sie Gas.
»Du bist selber schuld, J. J. – du bist deinen Lehrerpflichten nicht nachgekommen. Du hast uns noch gar keine Farben beigebracht. Nicht einmal Schwarz und Weiß.«
Eine Gelegenheit, das Gleichgewicht wiederherzustellen. Ich formte die Gebärde für Weiß, eine undurchsichtige Gebärde, eine von der O.-K.-Hand gespielte Variation; sie schaute seitwärts auf meine Hand, verwirrt.
»Ich kapiere es nicht.«
»Sieh lieber auf die Straße«, sagte ich.
»Aber ich sehe keinen Zusammenhang mit der Farbe Weiß.«
»Du *brauchst* auch keinen zu sehen. Es ist eine undurchsichtige Gebärde. Sie ahmt die Farbe Weiß nicht nach, sie *ist* die Farbe Weiß.«
»Ich ziehe Gebärden mit etwas Poesie vor, so wie bei Rot. Ich sehe gerne ihren Ursprung. Steck mir doch bitte noch einen Sargnagel an.«
Ich begann, es zu genießen, ihre Zigaretten anzuzünden. Es war etwas Intimes, eine Art stellvertretender Kuß. Ich spürte ein Prickeln, eine Turbulenz in den Venen, als ich ihr die Zigarette zwischen die Lippen schob.
»Du bläst eine gute Zigarette, J. J.«, sagte sie neckend. Sie mußte wissen, welchen Effekt das auf mich haben würde.
»Ich gebe immer mein Bestes.«
Die spielerische Schlagfertigkeit meiner Antwort – die auch ein Filmstar hätte geben können – überraschte mich. Sie war uncharakteristisch, ich hatte keine Ahnung, woher sie kam.
Stella nahm den Faden wieder auf: »Deine Gebärde für Weiß hat doch sicherlich *irgendwann* irgendwas repräsen-

tiert. Sie muß doch ursprünglich eine natürliche Verbindung zur Farbe gehabt haben.«
»Warum denn? Gesprochene Worte haben doch auch keine natürliche Verbindung mit dem, was sie repräsentieren«, sagte ich.
»Muh.«
»Bis auf die gelegentliche Lautmalerei.«
Das überzeugte sie nicht. Sie steuerte mit einer Hand und formte mit der anderen die O.-K.-Hand, drehte sie hin und her und sah sie sich immer wieder grübelnd an.
»Vielleicht die Ziffer Null«, murmelte sie durch ihren Rauch. »Null Farbe.«
»Schon möglich. Ich habe tatsächlich irgendwo gelesen, daß es mit Blässe zu tun hat – dem blassen Gesicht eines Kranken. So wie: Fühlst du dich O. K., oder bist du krank?«
Sie lachte: »Das klingt ziemlich weit hergeholt. Zeig mir noch ein paar Farben.«
»Blau wird dir gefallen. Die Gebärde ist eher durchsichtig – blaue Venen auf dem Handrücken ...«

15

Ihre beiden anderen Hunde warteten mit gespitzten Ohren am zweiten Gatter. Ich stieg aus und öffnete es, Stella fuhr hindurch. Als der Jeep hielt, drängten sich die Hunde schwanzwedelnd um ihn.Wegen der gegenseitigen Liebesbekundungen kam Stella auf dem kurzen Weg vom Schuppen zum Haus nur langsam voran. Clive kniete im Wohnzimmer und fummelte an den Knöpfen eines kleinen tragbaren Fernsehgeräts, das auf einem Videorecorder in der Ecke des Zimmers stand.

Eliza war nicht zu sehen.
Stella beugte sich zu Clive und küßte ihn auf das Toupet, eine flüchtige Begrüßung, die mir im Gegensatz zu der Zuneigung zu stehen schien, die sie ihren Hunden hatte angedeihen lassen.
»Hast du das Interview aufgenommen?«
»Größtenteils.«
»Eliza ist schon im Bett?«
Er nickte geistesabwesend. »Ich gehe rauf und sage ihr gute Nacht«, sagte sie.
»Soll ich mitkommen?«
»Ich sehe erst mal nach, ob sie noch wach ist.«
Sie nahm einen Schlüssel vom Haken in der Küche und ging zur Treppe. Ich sah überrascht zu. Schließen sie etwa ihr stummes Pflegekind nachts in ihr Zimmer ein? Es schien mir unhöflich zu fragen – noch.
Clive fummelte an den Einstellungen des Videorecorders herum; ich saß auf dem Sofa und schaute zu, wie der Bildschirm scharf wurde und wieder verschwamm. Wenigstens funktionierte die Tonspur, diskutiert wurde über die Fruchtbarkeit von Affen in Gefangenschaft.
Stella kam die Treppe herunter. »Sie schläft schon. Tut mir leid, J. J.«
Es überraschte mich nicht, aber das Schweigen und die ausweichenden Antworten zum Thema Eliza begannen mich zu nerven. Irgendwas war hinter einer Wand von Ausreden verborgen. Stella zapfte zwei Gläser Wein aus einem Karton und reichte mir eins.
»Chateau Pappe«, sagte sie, »aber es hat wenigstens bei mir den gewünschten Effekt.« Sie wandte sich an Clive. »Sehen wir uns doch noch mal das Interview an, bevor wir essen.«
Der Bildschirm hörte auf zu flimmern; das flache, rötlichbraune Gesicht eines Orang-Utans, der mit einem Ausdruck unendlicher Langeweile an der Kamera vorbeistarr-

te. Ein Off-Kommentar, dessen Lebhaftigkeit neben der Gleichgültigkeit des Affen merkwürdig wirkte, verkündete aufgeregt, daß Fatima, ein bisher unfruchtbares Affenweibchen, von einem Gynäkologen künstlich befruchtet worden sei. Eine Reihe von gesprächigeren Köpfen ersetzten den von Fatima: der Chirurg selber, dann ein Zoowärter, ein Veterinär.

»Ich komme als nächster«, murmelte Clive.

Sein vertrautes Gesicht füllte plötzlich den Bildschirm. »Meines Erachtens sollten solche Eingriffe nur mit der Einwilligung des Affen stattfinden.«

Die Interviewerin – eine nichtssagende Schönheit, Mitte zwanzig, perfekt zurechtgemacht – war verwirrt. »Wie bitte, Herr Professor?«

»Volltreffer«, lachte Stella neben mir.

»Ich glaube, ich habe sie völlig überrumpelt«, murmelte Clive. »Sie war ausschließlich damit beschäftigt, sich für die Rettung einer vom Aussterben bedrohten Tierart zu beglückwünschen.«

»Fatima *will* vielleicht gar nicht Mutter werden«, sagte gerade sein früheres, interviewtes Selbst auf dem Bildschirm.

Die Interviewerin hatte den Grund unter den Füßen verloren und fragte hilflos: »Aber was ist dann mit der Erhaltung der Art, darum geht es doch, oder?«

»Es wäre bedauerlich, wenn die Art aussterben würde. Aber die Rechte jedes einzelnen dieser Art sind viel wichtiger – viel greifbarer. Ich glaube, wir sollten diese Rechte juristisch wesentlich genauer definieren. Der Mandant Affenweibchen sollte gründlich mit den Vor- und Nachteilen vertraut gemacht werden und sich dann ein eigenes Urteil bilden dürfen.«

Die Interviewerin lachte verwirrt. Es klang wie ein Witz, aber sie war sich nicht ganz sicher; Clives steifes, ausdrucksloses Gesicht verriet nichts.

»Ein Orang-Utan, der seine Einwilligung gibt?« fragte sie. »Aber das kann doch nicht Ihr Ernst sein, Herr Professor?«

»Doch, das ist mein voller Ernst. Es handelt sich um eine sehr wichtige Frage.«

»Aber wie kann denn ein Affe seine Einwilligung geben?«

»Verschiedene Kommunikationsarten haben sich in den letzten Jahren als vielversprechend erwiesen. Ich hätte gedacht, das ist inzwischen Allgemeinwissen. Es sind mehrere Tastatursprachen für Affen entwickelt worden. Vielleicht haben Sie schon einmal von Yerkisch gehört: Diese Sprache wurde im Yerkes Primatenzentrum in den Vereinigten Staaten entwickelt ...«

Das Gesicht der Interviewerin, jetzt in Nahaufnahme, spiegelte Erleichterung wider, Belustigung, Herablassung. Affen, denen man Sprechen beibringt? *So was* konnte sie in den Griff kriegen: der heilige Franziskus Clive Kinnear, verschrobener Schutzheilige der Tierrechte, der sich wie auf Kommando lächerlich macht.

»Das war's«, sagte Clive. »Den Rest haben sie herausgeschnitten.«

Stella stand auf, stellte den Fernseher ab und rieb dann liebevoll Clives Nacken.

»Du solltest sie nicht gegen dich aufbringen«, sagte sie. »Du mußt lernen, sie zu melken. Sie *auszunutzen*.«

»Ich habe nur die Wahrheit gesagt«, antwortete er. »Das Argument ist unanfechtbar.«

Er stand auf und trat hinter die Küchentheke, hob einen Topfdeckel und starrte hinein.

»Die Idee ist ein bißchen überraschend«, sagte ich. »Sie *klingt* schon etwas abgedreht.«

Er tat den Deckel zurück. »Was ich gesagt habe, ist nicht neu, J. J. Es ist schon eine ganze Menge über Affensprachen veröffentlicht worden. Bekoff in Colorado hat sogar vorgeschlagen, daß man in den kommenden Jahren eine Art öffentliche Vormundschaft – also vom Staat berufene Vormünder – für Affen einführt.«

Wenn ich das Argument schwarz auf weiß gesehen hätte, hätte ich ihm vielleicht zugestimmt, wenn es sich um eine Unterschriftensammlung gehandelt hätte, hätte ich wahrscheinlich unterschrieben, aber irgendwas an seinem Tonfall irritierte mich: diese kühle Annahme, daß man zustimmen müsse.

»Man hat Affen tatsächlich schon die Gebärdensprache beigebracht«, sagte er.

Darüber wußte ich etwas, es war in der Gehörlosenwelt vor ein paar Jahren ein heißes Thema gewesen. Viele fanden, es sei eine Beleidigung, daß ihre – unsere – schöne Sprache Affen beigebracht wurde. Eine alte Wunde brach auf: die früher gängige Vorstellung, die Gebärdensprache sei keine echte Sprache, sondern eher ein primitives Kauderwelsch, eine amüsante Pantomime, eine Scharade.

Ich leerte mein Glas und sagte: »Ich hatte verstanden, daß es eher eine Art Nachahmen war. Ein Nachäffen.«

»Nicht Affen. Menschenaffen.«

Seine Korrektur war wieder geduldig, sachlich, ohne jede Anklage. Clive lachte selten; ich spürte, daß er noch seltener wütend wurde.

Er trat hinter der Theke hervor; Stella nahm seinen Platz ein, das eingespielte Küchenteam.

»Es war *viel* mehr als bloße Nachahmung, J. J.«, sagte er. »Die Schimpansen hatten zum Teil einen Wortschatz von mehreren hundert Wörtern. Und sie wendeten ihn kreativ an.«

»Darüber läßt sich streiten«, warf Stella ein und nahm mir damit das Wort aus dem Mund.

»Das finde ich nicht. Es war eindeutig. Dem ersten dieser Schimpansen, Washoe, bot man ein Radieschen zum Probieren an. Er erfand seine eigene zusammengesetzte Gebärde dafür: ›weinen-weh-Essen‹. Er nannte eine Wassermelone, ›trink-Frucht‹.«

»Ein Gedicht!« rief Stella über die Theke.

»Jedenfalls eine Metapher, meine Liebe.«

Ich sagte: »Ich habe gehört, daß nur eine einzige Frau, deren Muttersprache die Gebärdensprache ist, am Washoe-Projekt mitgewirkt hat. Und sie war von vielen der sogenannten Gebärden, die der Schimpanse gelernt hat, nicht sonderlich beeindruckt.«

»Es gab Übertreibungen«, sagte Clive. »Natürlich. Die Anzahl der Gebärden. Die Sätze.«

Ich kramte noch einen Einwand aus einem vergessenen Winkel meines Gedächtnisses hervor. »Wenn man einen Schimpansen mit einer Schreibmaschine in ein Zimmer sperrt, wird er irgendwann aus all den anderen Permutationen und Kombinationen von Buchstaben auch den gesamten ›Hamlet‹ tippen – rein nach dem Wahrscheinlichkeitsprinzip. Vielleicht war das sogenannte Gebärdenformen der Affen nichts weiter als Zufall.«

Clive, offensichtlich von diesem alten Argument gelangweilt, nickte so geduldig wie zuvor. »Ich gebe zu, daß vieles an dieser Arbeit einer statistischen Analyse nicht standhalten würde, daß die Behauptungen übertrieben sind. Ich gebe zu, daß den Trainern daran gelegen war, Gebärden zu entdecken. Aber ich habe mir in den letzten paar Jahren das Informationsmaterial genau angesehen. Es gibt einen Kern, der mir unanfechtbar zu sein scheint. Es scheint klar zu sein, daß die Affen viele Merkmale haben, die als ausschließlich menschlich gelten. Das Bewußtsein ihrer selbst. Das Bewußtsein einer Zukunft – sogar ein Gefühl für die Zeit und den Tod.«

»*Das* hättest du im Interview sagen sollen«, warf Stella ein, während sie eine große Schüssel hereintrug.

»Das *habe* ich auch im Interview gesagt. Sie haben es herausgeschnitten.«
Stella stellte die Schüssel mit gebratenem Gemüse auf den Tisch; ich lächelte, als ich hineinsah, und hob die Hände in den neutralen Gebärdenraum.
»Spargel?«
Stella antwortete laut. »Elizas Lieblingsspeise. Wir essen es oft.« Sie bot mir Wein an, ich deckte das Glas mit der Hand zu, als sie es halbvoll gegossen hatte. Vielleicht langweilte Clive die Diskussion, aber mich faszinierte sie, ich wollte einen klaren Kopf behalten. Ich spürte auch die ersten Anzeichen eines neuen Impulses: ihn zu reizen, seine glatten Federn mal tüchtig zu zausen.
»Sind sich Affen denn der Gefahren bewußt, die eine künstliche Befruchtung mit sich bringt?«
»Vielleicht, wenn man es ihnen richtig erklärt.«
»Es käme wohl darauf an, wer es ihnen erklärt.«
Er zuckte mit den Achseln. »Vielleicht auch darauf, *wie* man es erklärt.«
»Aber *du* würdest doch sicherlich keinem Schimpansen die Gebärdensprache beibringen wollen, oder?«
Er sah mich verwirrt an und wartete. Ich fuhr fort: »Ich hätte gedacht, du findest das falsch. Eine Form der Ausbeutung, als ob man Affen in Zirkuskleider steckt. Sie zu dressierten Affen macht ...«
Er nippte nachdenklich an seinem Sodawasser und Bitters. »Vielleicht«, sagte er. »Aber das ist wieder eine andere Geschichte.«
Jetzt war ich an der Reihe, verwirrt zu sein. Stella dolmetschte: »Die Arbeit ist von anderen schon gemacht worden, J. J., egal, ob sie moralisch ist oder nicht. Man *hat* Affen eben schon die Grundlagen der Sprache beigebracht. Die Arbeit mag unmoralisch sein, aber Clive denkt, es wäre unlogisch, keinen Nutzen aus ihren Ergebnissen zu ziehen.«

Ein plötzlicher, seltsamer Gedanke – vielleicht eine Inspiration – überkam mich, eine Erklärung dafür, warum ich überhaupt hier war und warum sie sich mit mir angefreundet hatten. Eine *Anhörprobe* machten.

Ich sagte unvermittelt: »Euer Pflegekind ist ein Schimpanse.«

Clive sah mich sichtlich überrascht an; diesmal hatte ich ihn überrumpelt. Ich hatte mich selber überrumpelt – sogar während ich sie aussprach, schien mir die Idee verrückt zu sein. Aber seine Körpersprache – und die von Stella hinter ihm – sagten mir, brüllten mir zu, daß ich den Nagel auf den Kopf getroffen hatte.

»Eliza ist ein Schimpanse!« sagte ich.

Es war eher eine Schlußfolgerung als eine Frage, aber er beantwortete sie.

»Eigentlich ein Gorilla«, sagte er nach einer Weile.

»Ein *Gorilla*?«

Stella fügte schnell hinzu: »Ein ganz besonderer Gorilla.«

Geraume Zeit saßen wir einfach da, schweigend, geplättet, beschäftigt mit den Nachwirkungen einer Offenbarung. Ich hatte mich selber genauso überrascht wie Clive und Stella – vielleicht sogar noch mehr. Die Rädchen in meinem Hirn, die kurz gestoppt hatten, fingen endlich wieder an, sich zu bewegen. »Ihr wollt, daß ich ihm die Gebärdensprache beibringe.«

»Ihr«, korrigierte mich Clive, der wieder ruhig und gelassen war. »Nicht ihm.«

Stella war aufgeregt. »Wir *brauchen* dich, J. J. Eliza entwickelt sich so schnell, daß wir nicht mithalten können. Sie braucht einen richtigen Lehrer für ihre Sprache.«

Wieder schwiegen wir ziemlich lange. Ich schlürfte auf Autopilot meinen Wein, während sich meine Gedanken überschlugen. Zwei Gefühle kämpften in meinem Kopf: einmal Belustigung – diese Leute hatten offensichtlich nicht alle Tassen im Schrank –, dann aber auch eine wachsende Enttäuschung. Ich hatte angenommen, ich werde als Freund umworben, während die Einladungen zum Essen vielleicht nichts weiter als Einstellungsgespräche waren.

»Es ist ein sehr wichtiges Projekt«, sagte Clive endlich. »Elizas Ausbildung ist für unsere Bewegung von entscheidender Bedeutung.«

Er sprach noch langsamer, als spreche er zu einem Kind. »Wir sehen sie als die Wortführerin ihrer ganzen Art. Ihrer ganzen *Gattung*.«

Stella riskierte einen ihrer typischen Witze: »Eine Art Wortführtier.«

Ich lachte nicht; ich fühlte mich ausgenutzt. Allerdings fand ich es schwer, es ihnen zu sagen. Ich konnte das Gefühl nur indirekt ausdrücken.

»Aber nutzt ihr sie dann nicht *aus*? Macht ihr sie nicht zum Gegenstand eines weiteren Tierversuchs? Das ist doch genau das, wogegen ihr kämpft.«

Clive ließ mich gleichmütig ausreden. »Womöglich. Aber vielleicht wird *sie* auch zustimmen, daß der Zweck die Mittel heiligt.«

Stellas Antwort war direkter. »Du hast natürlich recht, J. J. Aber wir können das Rad der Zeit nicht zurückdrehen – wir können nichts tun, damit sie *vergißt*, was sie schon weiß. Wir können sie jedenfalls nicht in den Dschungel zurückbringen. Sie ist mit Menschen – einer Art Menschen – aufgewachsen.«

»Wo?«

Sie blickte zu ihrem Mann hinüber; er schüttelte kaum merklich den Kopf. Sie fuhr fort: »Ich denke, wir sollten darüber zum gegenwärtigen Zeitpunkt noch nichts weiter sagen. Sagen wir einfach, ihre Kindheit war ... voller Entbehrungen. Wir wollen ihr ein echtes, menschliches Zuhause bieten. Und ihr unter anderem die schreckliche Lage ihrer Mittiere verständlicher machen.«

»Ihr seid doch nicht ganz dicht! Ihr seid doch bekloppt!«

Meine Hände bewegten sich, wie so oft bei starken Gefühlen, beim Sprechen unwillkürlich mit: ein Wirbel von Gebärden untermalte diese Worte. Oder waren die Worte nichts als Laute, die meine Gebärden untermalten? »Nicht-ganz-dicht«: die Fingerspitzen an der Stirn öffnen sich, *explodieren* förmlich; die Vernunft weg, verschwunden, fortgeflogen. *Bekloppt*: die Zeige-Hand kreist schnell vor der Schläfe, rührt wie wild, eine uralte Esperanto-Beleidigung aus dem Pausenhof.

Stella streckte ihre Hände über den kleinen Tisch, faßte meine und streichelte sie sanft, als wolle sie ein Paar panische Vögel beruhigen.

»Es tut mir leid, daß wir nicht ganz offen mit dir sein konnten, J. J. Wir mußten dich erst kennenlernen. Und ... du mußtest uns auch kennenlernen.« Sie lächelte: »Wir mögen dich. Beide. Wir denken, du bist ideal für Eliza.«

Ich saß da mit steinerner Miene.

»Bitte, J. J. Wir wollen *dich*. Du bist eine ganz besondere Person. Lern sie erst mal kennen, mehr verlange ich ja gar nicht. Dann kannst du entscheiden.«

Die Komplimente taten langsam ihre Wirkung; die Andeutung einer Freundschaft butterte das harte Brot; meine Neugier regte sich wieder. »*Falls* ich zustimme, und ich sage jetzt nicht, *daß* ich zustimme, wann kann ich sie treffen?«

»So bald wie möglich.«

»Heute abend?«

Sie tauschten zufriedene Blicke aus; sie wußten, daß sie mich hatten.

Clive sagte: »Wir wecken sie nicht gerne – sie schläft von Sonnenuntergang bis Sonnenaufgang. Warum übernachtest du nicht einfach? Du könntest sie dann gleich morgen früh kennenlernen.«

»Meine Eltern würden sich Sorgen machen.«

»Ruf doch an«, sagte Stella, sah dann meinen Blick und schlug die Faust gegen ihre Stirn. »Tut mir leid. Das war wirklich blöd von mir ... Schick ihnen ein *Fax*.«

»Sie werden das Fax vielleicht erst morgen früh sehen.«

»Ich ruf' wieder ein Taxi«, sagte Clive.

»Nein«, sagte ich mit Nachdruck. »Das brauche ich nicht.«

»Du hast wieder getrunken, J. J.«

»Ein halbes Glas?«

»Die Menge ist nicht immer ausschlaggebend.«

Ich hob etwas gereizt die Stimme. »Das ist meine Sache, Clive, nicht deine. Ich bin noch gut in der Lage zu fahren.«

Ich füllte wieder mein leeres Glas. Clive wandte sich um Beistand an Stella; sie lachte nur. »Hurra, J. J. – gut so!«

Er zuckte mit den Achseln, stand auf, wühlte in seinem Schreibtisch und drückte mir dann einen Stapel loser A4-Seiten in die Hand.

»Ein bißchen Nachtlektüre. Das Manuskript meines neuen Buches. Es ist nur die erste Fassung, aber wenn du am Projekt zweifelst, hilft das vielleicht, dich umzustimmen.«

Ich starrte fassungslos auf die Titelseite: *Stimmrecht für Primaten*.

»Du willst Affen das *Stimmrecht* geben?«

Er zuckte mit den Achseln: »Der Titel ist eine Vereinfachung. Der Verleger wollte etwas, was man gut vermarkten kann, etwas Eingängiges.«

»*Wer* wollte etwas Eingängiges?« sagte Stella.

Er lächelte sein Minimallächeln. »Stella ist auf den Titel gekommen.«

»Dichterische Freiheit«, sagte sie zu mir.

»Natürlich geht der Titel zu weit«, sagte Clive und fügte dann nach einer Pause hinzu: »Obwohl ich schon glaube,

daß den Affen eines Tages das Stimmrecht zugesprochen werden könnte. Man müßte eine Art Auswahlprüfung entwickeln. Allgemeinwissen. Begriffsvermögen.«
»Sie könnten ja auch fürs Parlament kandidieren«, schlug ich vor.
Jetzt war Stella an der Reihe, laut zu lachen: »Sie würden wahrscheinlich besser regieren als die, die wir jetzt haben.«
Clive sagte: »Sie würden vielleicht den ganzen Scheiß durchschauen. Es liegt ja oft eine Art Weisheit im Einfachen.«
Sein ruhiger Kopf dachte die Sache durch, setzte eine unbezweifelbare Tatsache vor die andere, weigerte sich, voreilige Schlüsse zu ziehen. Er erinnerte mich plötzlich an einen Geher in einem Wettkampf: ein Fuß war immer schon am Boden, bevor er den anderen hob.
»Natürlich müßten sie, um zu wählen, auch die australische Staatsbürgerschaft haben. Was bedeutet – wenn man sie als normale Immigranten behandeln würde –, daß sie sich sowieso einer allgemeinen Prüfung unterziehen müßten. Und dann wäre das Problem gelöst.«
Diesmal war ich ziemlich sicher, daß er sich einen Scherz erlaubte, daß er sich selber auf die Schippe nahm. Sein Sinn für Humor war, wenn er sich überhaupt zu zeigen versuchte, was man drollig nennt – nicht sehr deutlich, kaum existent. Die Gebärdensprache, die sonst so ausdrucksvoll ist, hat dafür kein Äquivalent. Eine bestimmte schlappe Haltung der Handgelenke beim Formen der Gebärde für *witzig* käme der Sache vielleicht am nächsten.
»Und was wäre mit Affen, die hier geboren wurden?« fragte ich, immer noch entschlossen, ihn zu ärgern. »Im Zoo, sagen wir mal? Wären die nicht automatisch gebürtige Australier?«
Ein breites Lächeln legte Stellas Gesicht in Falten; sie sah, daß ich mich über ihren Mann lustig machte. Er starrte gei-

stesabwesend in die Ferne und dachte darüber nach, folgte jedem eingeschlagenen Weg zu seinem logischen Ziel, kehrte zurück und schlug den nächsten ein.
Sie zwinkerte mir hinter seinem Rücken zu. Ich fummelte eine Zigarette aus ihrer Schachtel, zündete sie an, beugte mich über den Tisch und steckte sie ihr sanft zwischen die Lippen. Sie lächelte.
»Danke, J. J.«
»Es war mir ein Vergnügen.« Komischerweise ein besonderes Vergnügen vor der Nase ihres Mannes, als sei es etwas Verbotenes, ihr eine Zigarette zwischen die Lippen zu schieben.
»Lies einfach das Manuskript, J. J.«, sagte er gerade gelassen. »Ich hoffe, daß es sehr überzeugend ist. Auch wenn du nicht denkst, daß eine Kuh oder vielleicht ein Regenwurm bestimmte Rechte haben sollten – lies das über die Affen.«
Stella argumentierte plötzlich aus einer anderen Ecke. »Lies, was *sie* über den Tod denken, über Schmerz – über sich selber.«
»Noch etwas«, sagte Clive. »Bis wir es weiterdiskutiert haben, würde ich dich bitten, nichts, was wir hier besprechen, anderswo zu erzählen.«
»Ist es ein Geheimnis?«
Stella zog einen Reißverschluß über ihren Lippen zu. »Bitte, J. J. – es ist sehr wichtig, daß du es keinem erzählst. Wenigstens nicht in nächster Zeit.«
Wir standen gleichzeitig auf; während Stella vor uns zur Tür hinaus und in die Nacht ging, nahm Clive meinen Arm und hielt mich zurück. Seine Stimme war gedämpft, es war eine nur für mich bestimmte Bemerkung.
»Ich habe es nicht gerne, wenn Stella raucht, J. J. Ich hoffe, du kannst mich darin unterstützen – es ist eine so unvernünftige Angewohnheit.«

16

Ich las an dem Abend Clives Manuskript von vorne bis hinten. Ich fing im Bett an, stand später wieder auf und zog in die Küche, weil es unbequem war, die losen Blätter im Bett zu lesen, hauptsächlich aber, weil ich mich zu sehr aufregte, um dortzubleiben.

Das Buch war eine weitere Sammlung von Horrorgeschichten, die mit extremer Kaltblütigkeit erzählt wurden; zunächst wand ich mich bei der Lektüre, später hätte ich am liebsten vor Entrüstung geschrien. Abermals hatte der Stil nichts Gefühlsbetontes, es war kein einfacher Appell an unser Gerechtigkeitsgefühl. Es war genau die Art von Buch, die ich inzwischen von C. Francis Kinnear erwartete, eine logische Zusammenstellung nackter Tatsachen. Affentatsachen. Und doch war das Ergebnis beim Leser eine glühende, wütende Hitze.

Die Geschichten waren größtenteils austauschbar, Variationen über ein einziges Thema. Die medizinischen Versuche waren das Schlimmste. Schimpansen wurde bei vollem Bewußtsein mit mechanischen Vorrichtungen wiederholt gegen die Schädelbasis geschlagen, um Gehirnerschütterungen und Schädelbrüche zu erforschen. Rhesusaffen schoß man aus nächster Entfernung in den Kopf, um Schußwunden zu untersuchen. Pavianen wurde das Rückgrat gebrochen, um doppelseitige Lähmung untersuchen zu können …

Viele dieser Berichte kamen von Spionen, von Tierrechtsaktivisten, die als Spitzel in verschiedenen Forschungsinstituten arbeiteten: militärischen, akademischen, industriellen. Andere stammten von Forschern, die ihre Arbeit einfach nicht mehr ertragen konnten.

Die immer wieder gleichen Geschichten durchzogen das ganze Buch, mit anderen mehr oder weniger erfinderischen Foltern, anderen Primatenarten, größeren Mengen von Primaten. *Riesigen* Mengen: zwischen 200 000 und 400 000 wurden in den fünfziger Jahren aus tropischen Gebieten an Labore in der gemäßigten Zone geliefert, las ich, wobei diese Zahlen im Augenblick auf etwa 50 000 pro Jahr leicht zurückgegangen waren. Millionen von Primaten, eine wahre Massenvernichtung.

Verhalte ich mich wie ein Lehrer, wenn ich diese Zahlen wiederhole? Sie auf das Papier schreibe wie an eine Tafel? Nun, ich bin ja auch Lehrer.

Die letzten Kapitel im *Stimmrecht für Primaten* waren weniger beunruhigend, aber nicht weniger fesselnd. Hier wurden die Geschichten von all den Affen – Schimpansen, Gorillas, Orang-Utans – dokumentiert, mit denen man sprachlich zu kommunizieren versucht hatte. Koko, Gebärdensprecher des Ameslan. Donald und Gua, die sich durch eine Tastatursprache miteinander unterhielten. Die Tragödie von Washoe, die als Mensch erzogen, dann unter Schimpansen im Zoo ausgesetzt wurde und verzweifelt jeden vorbeigehenden Menschen in Gebärden anflehte, freigelassen zu werden, die wissen wollte, warum sie dort unter all die »schwarzen Käfer« geraten war.

Es gab Fotos in dem Buch; Porträts junger Affen mit blitzenden Augen, intelligent – schön. Und hier, nur hier, war dann auch eine Spur von Sentimentalität. Die Fotos waren nicht ganz so nüchtern wie der Text.

Die Kamera lügt nicht? Die Motive waren doch sicherlich wegen ihrer Niedlichkeit ausgewählt worden – um eine menschliche Seite in den Affen zu finden, eine Verwandtschaft, damit die Leser sich mit ihnen identifizieren konnten.

Die Fotos hatten, anders als der Text, die Hauptsünde des

Anthropomorphismus begangen, obwohl ich es gar nicht als Sünde auffaßte.
Ihre Wirkung in Verbindung mit dem unterkühlten Horror des Textes war stark und unbestreitbar; der einzig mögliche Schluß war, daß man den Affen das Stimmrecht zubilligen sollte. Oder daß sie zumindest unter den Schutz einer Art öffentlicher Vormundschaft gestellt werden müßten.
Ich schlief unruhig und verwickelte mich im Laken – ein in einem Schleppnetz gefangenes Walroß. Im Morgengrauen streifte ich meine Gummihülle über, schlüpfte aus dem Haus und lief die Strandtreppe hinunter. Das Meer, ruhig und glatt wie Öl, beruhigte mich; ich trieb eine ganze Weile schwerelos in Ufernähe, unwillig, eine Bewegung zu machen, die die klare Oberfläche einbeulen oder zerreißen könnte. Von Fett und Gummi flott gehalten, trieb ich aufrecht dahin, die Hände an der Seite, den Kopf ein gutes Stück aus dem Wasser. Ich hätte dort schlafen können, senkrecht, bequem schwebend – aber im Osten füllte sich der Himmel über den Dächern mit Licht; die Hügelkette, von hinten beleuchtet und scharf wie ein Messer, hob sich gegen den kommenden Tag ab. Jedesmal, wenn mein auf- und abtanzender Kopf sich in die Richtung drehte, spürte ich ein kleines, prickelndes Gefühl von Aufregung.
Ich stieg aus dem Wasser, als die Sonne gerade über Mount Lofty aufging, kletterte wieder zum Haus hoch, spülte meinen Neoprenanzug unter dem Gartenschlauch ab und hängte ihn zum Trocknen auf. Meine Mutter bereitete das Frühstück; das ganze Haus war vom Gestank bratenden Specks erfüllt. Schweinespeck wurde gebraten, nicht Schimpansenspeck, aber ich schob meinen Teller zur Seite.
»Hungrig – nicht?«
Ich rieb mir den Bauch und formte für sie die Schlechte-Hand, das Spiegelbild der Guten-Hand: der kleine Finger statt des Daumens hinausgestreckt. Ich war krank, hatte ich

ihr gesagt – aber ich meinte, daß es mich krank *mache*. Krank machen, krank sein: die verschiedenen Bedeutungen haben dieselbe Gebärde in der Gebärdensprache und denselben Redelaut. Beim Geruch des Specks wurde mir schlecht. Ich hatte immer geglaubt, Geschmack und Gerüche hätten eine Art absoluten, wirklichen Wert. Andere Sinne – Farben, Formen, Geräusche – waren subjektiver, aber ein bestimmter Geschmack war tatsächlich moralisch gut oder schlecht. Scheiße stinkt böse. Blumen riechen ... anständig. Der Geruch von bratendem Speck war mir bisher immer als etwas absolut Appetitliches vorgekommen, aber irgendwie hatten die Worte von C. Francis Kinnear meine Wahrnehmung verändert.
»Heute im Bett bleiben«, riet meine Mutter.
Ich schüttelte den Kopf. Ich war etwas nervös über das, was mich in den Hügeln erwartete, aber ich war auch aufgeregt. Und ich wußte, daß diese Nervosität nur durch Kontakt mit ihrer Ursache überwunden werden konnte, diesen Moment hinauszuschieben würde die Nervosität nur steigern. Während ich auf die aufgehende Sonne zufuhr, wurde ich wieder von körperlicher Turbulenz heimgesucht: flache, beengte Atmung, fummelnde Hände. Die Droge des Meeres war schon längst abgeklungen. Mein Herz klopfte so laut wie die vier kleinen, sich quälenden Zylinder des Fiats, als ich die letzte Hügelkette unter Mount Lofty überquerte und in das Summertown-Tal dahinter rollte – obwohl ich immer für möglich hielt, daß Eliza nicht zu Hause sein oder noch schlafen oder sonstwie nicht abkömmlich, nicht verfügbar sein würde.

Zweites Buch

Handzeichen des Auslan

Faust

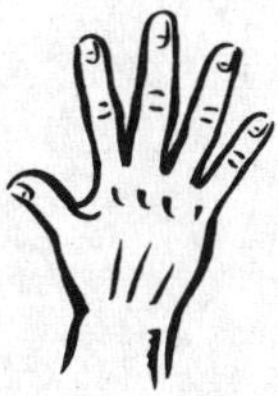

Ausgebreitet

Flach

Ambivalent

Unverschämt

»Es ist ein großer Pavian, aber in den meisten Dingen so sehr wie ein Mensch, daß ich, obwohl man sagt, es gäbe eine ganze Art von ihnen, trotzdem glauben muß, daß es sich um ein von einem Mann und einem Pavianweibchen gezeugtes Monster handelt. In der Tat glaube ich, daß er schon viel Englisch versteht, und ich bin der Meinung, daß man ihm Sprechen oder Gebärden beibringen könnte.«

Samuel Pepys, 1661

1

Sie betrat zögernd das Wohnzimmer, hielt sich nahe an der Wand, ging aufrecht, aber ungeschickt auf zwei Beinen, in einem seitwärts schwankenden Watschelgang. Ich konnte sie sofort riechen – ein wilder, aber nicht unangenehmer Geruch, süßlich und muffig, auf eine Art bekannt, die ich nicht sofort identifizieren konnte. Ihre langen Arme berührten ab und zu den Teppich, aber nur, um das Gleichgewicht zu halten. Sie schien ihre Arme nicht als Vorderbeine zu benutzen, um sich zwischen ihnen hindurchzu-

stemmen, wie es Schimpansen tun, als ob sie an Krücken gingen.
Sie blickte zu mir hoch, dann schnell weg, dann wieder zurück – verzweifelt neugierig, spürte ich, aber ohne zu drohen oder sich aufdrängen zu wollen.
Sie war größer, als ich erwartet hatte, knapp eins fünfzig, untersetzt, mit gewölbter Brust und kräftigen Muskeln. Und bedeckt mit dichtem Fell, einem glatten Pelz, der auf den Schultern und Oberarmen am dichtesten und schwärzesten war.
Die Gebärdensprache hat eine zweihändige Gebärde für Pracht und Extravaganz: Daumen und Finger streicheln die Revers eines gedachten Nerzmantels und fühlen die Qualität. Für diese perfekte Beschreibung von Elizas Pelz gibt es keine verbale Entsprechung.
»Versuch, sie nicht anzustarren«, murmelte Clive mir ins Ohr. »Gorillas finden es unhöflich, wenn man starrt.«
Sein Gesichtsausdruck blieb so ernst wie immer, sein schmaler Mund humorlos. Wie sollte ich nicht starren? Der Anblick war erstaunlich, verwirrend. Elizas Kopf war immer noch halb weggedreht; ihre Nase sah breit und eingedrückt aus, beinahe eindimensional platt, eher eine Öffnung direkt im Vorderteil des Kopfes als eine Nase. Es erinnerte mich an das Nasenloch im menschlichen Schädel.
Die Ohren waren klein und zierlich, feine Elfenohren, die den Dumbo-Klappen der Schimpansen oder Trickfilmaffen in keinster Weise glichen. Sie wären bei einem jungen Mädchen nicht fehl am Platz gewesen.
Das Menschlichste an ihr aber waren die schwarzen Augen. Als ich sie gefunden hatte, konnte ich einige Minuten lang nirgendwo anders hinblicken. Schüchtern erwiderte sie immer wieder meinen Blick; jedesmal ein bißchen länger verweilend.
Clive und Stella warteten, gespannt, aber ohne Eile, ohne

nachhelfen zu wollen – sie wollten, daß ihr Schützling von allein zu sprechen, Gebärden zu formen begann. Sie tauschten mehrmals Blicke, schauten dann zu Eliza und wieder zu mir. Sie stand immer noch zur Seite gedreht, zögerte, sich mir gänzlich zuzuwenden; ihr Blick, der jetzt ruhig war, erschien mir nachdenklich und neugierig. Noch gab es keine Anzeichen von Intelligenz in ihren Händen, keine Spur einer Bewegung, die als Gebärdensprache hätte gelten können.

Ich dachte an die Kommentare der Washoe-Skeptiker: Wenn Washoe sich an der Nase kratzte, wurde es als Gebärde für *kratzen* interpretiert, wenn Washoe irgendeinen Finger in den Mund steckte, wurde es als Gebärde für *trinken* interpretiert.

Clive wartete weiterhin gelassen, aber Stella, ruheloser als er, konnte sich nicht mehr zurückhalten.

»Guten Morgen«, formte sie für Eliza.

Keine Antwort. Stella wiederholte die Gebärde etwas dringender. Ihre eigene Gebärdensprache war grob, klobig und überschwenglich; sie brüllte, ohne es zu wissen.

»Vielleicht ist sie vor Fremden schüchtern«, sagte ich verlegen.

»Du bist ihr erster Fremder.«

»Dann ist sie wahrscheinlich erstarrt vor Angst.«

Stella wandte sich wieder an Eliza, ihre Gebärden waren viel zu langsam und viel zu laut, als spreche sie mit einem Papagei, der sich weigert, etwas aufzusagen.

Die glitzernden, schwarzen Augen sahen von Stella zu mir herüber, dann bewegten sich zum erstenmal die Hände, langsam, zögernd: »Guten Morgen.«

Ich hatte erwartet, daß sie Gebärden formen würde, lauerte förmlich darauf – aber die Wirkung war doch elektrisierend, jenseits aller Erwartungen. Als hätte ein Hund, eine Katze, ein Pferd plötzlich das Maul geöffnet und gesprochen. Oder war sie doch nur ein Papagei? Ich versuchte krampfhaft, diese erste Welle des Erstaunens zu bändigen, unvoreingenommen zu bleiben. Diese Handbewegungen waren doch sicherlich nichts als eine Art Nachahmung. Worte ohne Bedeutung.

Ich fand endlich meine eigenen Hände wieder und antwortete mit einer anderen Version von *hallo*!: die Mutter-Hand, die von der Schläfe aus salutiert.

Sie ahmte die Gebärde nach, langsam – äffte sie nach, konnte ich doch nur denken –, und wiederholte den einfachen Gruß mehrmals. Ihre Hände waren zum Teil vom Körper verdeckt, die Gebärde minimal, ein Gebärdenflüstern. Ihre Handteller waren schwarz und unbehaart, die Finger kurze Stümpfe, eher Daumen als Finger; der Daumen selbst war eher wie ein kleiner Finger, ein schlankes Anhängsel, das in einem ungeschickten Winkel zur Hand stand. Ihre Gebärden hatten etwas von einem starken Akzent oder einem Sprachfehler, der durch eine geschwollene Zunge oder eine Hasenscharte entstanden war.

Stella wies auf mich und buchstabierte dann langsam meinen ganzen Namen im Fingeralphabet: J-O-H-N J-A-M-E-S. Keine Antwort. Stella wiederholte die Sequenz annehmbar genau. Die Augen des Gorillas fanden wieder die meinen und glitten dann schnell weg. Stellas Hände bewegten sich immer noch, bettelten um eine Antwort; ihre Pflegetochter wich weiter zurück und drehte uns plötzlich den Rücken zu.

»Du schikanierst sie«, mahnte Clive sanft seine Frau.

»Ich will, daß J. J. es *sieht*.«

»Meine Liebe, das ist genau, was wir beschlossen hatten, nicht zu tun. Sie fühlt sich ganz offensichtlich nicht wohl.«

»Sie ist doch in Ordnung.«

»Sie ist *nicht* in Ordnung.«

Ein merkwürdiger Gedanke überfiel mich, während ich diesen breiten, schwarzen Rücken ansah: Vielleicht schämte sich Eliza vor uns drei angezogenen Wesen ihrer Nacktheit.

»Trägt sie gerne Kleider?«
»Ja«, sagte Clive. »Aber wir finden es entwürdigend. Die Wirkung ist lediglich komisch.«
Verwendete er je das Wort »komisch« ohne den Zusatz »lediglich«?
»Wir erlauben ihr manchmal als Extravergnügen, sich anzuziehen«, fügte Stella schnell hinzu.
Gewiß war Eliza auf ihre Art angezogen: gekleidet in ihren dichten, glänzenden Pelz. Ihre Brüste waren nackt und hatten große Brustwarzen, erschienen aber, mit denen der Menschen verglichen, eher männlich als weiblich. Ihr Geschlechtsteil lag gänzlich im Fell verborgen. Sie war sich doch sicherlich nicht ihrer Nacktheit bewußt oder der gesellschaftlichen Bedeutung von Nacktheit. Hatte sie die Verlegenheit von Menschen in ähnlichen Umständen gespürt und sich das Gefühl angeeignet, ohne die Ursache zu kennen? Oder nur die Zeichen nachgeäfft, die Körpersprache, ohne Gefühl und ohne Grund?
»Ich würde vorschlagen, wir gewöhnen sie etwas langsamer an deine Anwesenheit, J. J.«, sagte Clive.
Er schwieg und wartete; ich brauchte eine Weile, bis ich die Andeutung richtig verstand.
»Du willst, daß ich gehe?«
»Ich hoffe, es scheint dir nicht zu unhöflich, zumal du eben erst gekommen bist. Eliza darf sich tagsüber im ganzen Haus frei bewegen. Es ist eindeutig ihre Privatsphäre. Vielleicht wäre es am besten, wenn du morgen wiederkommst. Wir sollten die Begegnung jeden Tag ein bißchen verlängern.«
Ein letztes Argument von Stella: »Aber er glaubt uns nicht, Clive. Es ist doch wichtig, daß er uns *glaubt*.«
»Ich bin nicht voreingenommen«, sagte ich. »Ich komme gerne morgen wieder.«
Tatsache war, daß ich nun doch voreingenommen war, mei-

ne Ansichten hatten sich verhärtet. Ich würde zum Teil aus Neugier und zum Teil aus Freundschaft zurückkommen, aber das Gefühl von Verwunderung, von etwas Neuem und Erstaunlichem, das mich bei Elizas Eintritt ins Zimmer erfüllt hatte, war verschwunden. Die nackten Tatsachen waren doch sicherlich die: diese dicken Tierhände, diese *Pfoten*, konnten vielleicht die ein oder andere Gebärde nachäffen, aber sie konnten keinen Sinn in die Gebärden hineinlegen, geschweige denn die Gebärden zu einer Sprache verknüpfen.

Eliza drehte ihren Kopf ein wenig und sah aus dem Augenwinkel zu.

»Du formen auf Wiedersehen«, forderte Stella sie mit den Händen auf.

Eliza, bewegungslos in ihre Ecke gedrückt, ignorierte sie. Ich spürte einen Anflug von Mitleid; sie konnte ihr Schicksal nicht bestimmen, ob sie nun darüber sprechen konnte oder nicht. Sie sah ausgesprochen menschlich aus, besonders in der Feinheit ihrer Gesichtszüge: eine Kreuzung zwischen Arten, gekreuzte Primatenkindlichkeit. Sie war fast ausgewachsen, aber ihr Gesicht war sicherlich nicht das eines erwachsenen Gorillas. Ihre Stirn stand nicht so weit hervor, ihr Kopf war unverhältnismäßig groß und rund – der große Kopf eines Kindes.

Stella wiederholte die Aufforderung mündlich und etwas strenger: »Sag auf Wiedersehen, Eliza.«

»Vielleicht reicht das für heute«, murmelte Clive.

Als wir uns wegdrehten, hob der Affe endlich die Hand.

»Da!« sagte Stella. »Hast du das gesehen?«

Ich lächelte beruhigend, aber es schien mir lediglich das Verscheuchen einer Fliege gewesen zu sein.

Clive schloß vorsichtig hinter uns die Tür ab, Stella zog ihre matschbeschmierten Arbeitsstiefel an, und die zwei gingen mit mir durch die Bäume zum ersten Gatter. Falls Clive ent-

täuscht war, ließ er es sich nicht anmerken; Stellas Enttäuschung war dafür überdeutlich an ihrem gezwungen lustigen Tonfall und dem nervösen Ziehen an ihrer Zigarette zu erkennen.
Wir gingen durch das Gatter auf das freie Feld hinaus. Verschiedene grasende Tiere hoben die Köpfe und näherten sich uns.
»Sie ist nur ein bißchen schüchtern, J. J. Wenn sie dich mal kennt, wirst du *erstaunt* sein.«
Meine Neugier war von der Frage, ob Eliza die Gebärdensprache beherrsche, zu trivialeren Dingen übergegangen.
»Wie habt ihr sie denn in die Finger gekriegt?«
»Wir haben sie gerettet.«
»Gestohlen«, verbesserte sie Clive.
»Sie ist *gestohlen*?«
Er verspürte das Bedürfnis, sich genauer auszudrücken: »*Entführt* wäre vielleicht das bessere Wort dafür.«
Wir hielten am zweiten, äußeren Gatter an. Ich wartete und hoffte auf weitere Andeutungen; Stellas und Clives Augen trafen sich abwägend. Der dreibeinige Rothirsch kam erstaunlich schnell angehumpelt und rieb mit der Schnauze Stellas Hände; sie fischte etwas Leckeres aus den Untiefen ihres Overalls.
»Eliza war ein Labortier, J. J.«, sagte sie.
Clive fügte noch Details hinzu. »Wir hatten Berichte über eine Firma bekommen, die mit Primaten arbeitet. *Rhesus macaques* hauptsächlich. Die normalen Horrorgeschichten.«
»Welche Firma?«
»Es ist wahrscheinlich besser, wenn du den Namen nicht weißt. Sagen wir einfach, die Arbeit ernüchterte einen der Primatologen.«
»Ein Anfall von Schuldgefühl«, warf Stella ein.
Weitere Tiere gesellten sich zu uns; abgelenkt kniete Stella sich zwischen die reibenden, stoßenden Schnauzen und

verteilte Zuckerwürfel, Streicheleinheiten und Liebkosungen. Sie kannte jeden Invaliden beim Namen; als sie so in Ohren flüsterte und Nasen rieb, schien sie selbst zu ihnen zu gehören, ein warmherziges Muttertier mit breitem Mund und großen Brüsten, das seine Liebe wie Milch verteilt.

Clive, dünner und kaltblütiger, ignorierte die zusammenströmende Menagerie.

»Der besagte Primatologe war ein ehemaliger Student von mir.«

»Du hast ihn gut ausgebildet.«

Er zuckte mit den Achseln. »Wir haben über die Jahre den Kontakt nie verloren. Er fand, was dort geschah, nicht gut.«

»Was geschah denn?«

»Chirurgie an Föten. Ich bin mir nicht so sicher, daß ich ihn gut ausgebildet habe, J. J. Die Forschung dort hat ihn anscheinend nicht *grundsätzlich* gestört – eher die Methoden. Keine adäquate Narkose. Und die Tatsache, daß die Forschung sich immer mehr von *rhesus macaques* zu den Menschenaffen hin bewegte, das begann ihm nahezugehen.«

Stella, halb verborgen zwischen großen, zuckenden Ohren und felligen Köpfen, blickte auf. »Eines Abends nahm er Eliza mit nach Hause – und brachte sie nicht mehr zurück.«

»Er hat einen zweihundert Pfund schweren Gorilla gestohlen?«

Sie lachte. »Damals war sie noch ein bißchen kleiner.«

»Und was ist mit der Polizei?«

»Die, äh, Entführung ist der Polizei nicht gemeldet worden.«

Sie wandte sich wieder ihren Freunden zu, um mir Zeit zu geben, diese Nachricht zu verdauen. Wieder einmal war es Clive, der die Lücke füllte. »Die Firma will nicht auffallen. Das letzte, was die da wollen, ist Medienpräsenz. Es ist im heutigen Klima sehr schwer geworden, mit Primaten zu experimentieren.«

»Was hoffentlich zum Teil auch unser Verdienst ist«, sagte Stella.

Clive winkte mit der Hand ab, das Einheimsen von Verdiensten war ihm völlig egal. »Die Firma hatte eine Einfuhrerlaubnis für Makaken, aber sie würde nie und nimmer die Erlaubnis bekommen, einen Gorilla zu halten. Die Bundespolizei hätte *großes* Interesse an ihren Aktivitäten.«

»Dann könntet ihr sie doch an die Polizei verpfeifen? Oder an wen auch immer.«

»An das Amt für Nationalparks und Naturparks. Es gibt auch ein Überwachungsorgan, den Ausschuß für Wirbeltierkontrolle. Die Polizei handelt nach deren Ermessen. Wenn wir die Firma anzeigen, zeigen wir uns selber an. Eliza würden sie uns wegnehmen und in einen Zoo stecken. Es gibt eine Gorillakolonie in Melbourne – und etwas Schlimmeres für sie können wir uns gar nicht vorstellen.«

»Wieso denn? Sie wäre doch sicherlich unter ihresgleichen glücklicher.«

»*Wir* sind ihresgleichen«, sagte er geduldig.

Stella stand abrupt auf, weniger geduldig, entrüsteter. Die Tiere wichen erschrocken zurück.

»J. J. – du hast sie doch kennengelernt. Du hast mit ihr gesprochen! Und du willst sie in einen Zoo stecken? In ein *Gefängnis*?«

Gerügt ging ich durch das Gatter; sie folgten mir. Die Herbstsonne, eine Altweibersonne, stand noch hoch, stach und drückte auf Gesicht und Kopf; ich sehnte mich nach dem Meer.

»Diese Firma«, fragte ich, eine letzte Frage vor dem Abschied. »Was für Chirurgie mit Föten machen die denn?«

Wieder tauschten die beiden fast unmerklich Blicke, Clive

entschloß sich zu antworten: »Wie ich schon sagte, J. J., es ist vielleicht besser, wenn du die Details nicht weißt, jedenfalls jetzt erst mal. Die Rechtslage ist nicht ganz klar.«
Stella fügte hinzu: »Wenn sie wirklich gestohlen ist, wären wir im Besitz gestohlener Ware. Und du wärst ein Komplize.«
»Ich ziehe es vor, sie als illegale Einwanderin zu betrachten«, sagte Clive, »statt als Ware.«
»Eine Asylantin«, sagte Stella weniger ernsthaft.
Wir kamen beim Auto an; ich fummelte in der Tasche nach meinem Schlüssel. Clive berührte sanft meinen Unterarm: »Wir bitten dich noch einmal, das alles vertraulich zu behandeln. Kein Wort über diese Sache, mit niemandem – bitte. Können wir uns auf dich verlassen?«
Ich nickte, meinte aber, hinzufügen zu müssen: »Ich weiß aber nicht, ob ich eine langfristige Garantie geben kann.«

2

Hatte Eliza ihre Hand erhoben, um *Auf Wiedersehen* zu winken? Vielleicht, aber was beweist eine einzige Gebärde? Wenn ich die Manuskriptseiten durchblättere und mir die Skizzen ansehe, die ich hier und da zwischen die Wörter gezeichnet habe, kommt mir der Verdacht, daß das Grundproblem sehr schwer zu begreifen ist: Die Gebärdensprache ist nicht einfach eine Pantomime, die aus durchsichtigen Gebärden besteht. Skizzen einzelner Gebärden sind Einzelstücke eines groben Alphabets, weiter nichts; sie können nicht den Anspruch erheben, eine Sprache zu sein. Gewiß, diese einzelnen Gebärden sind natürlicher als die Buchstaben eines Alphabets; die meisten haben eine klare

mimetische Bedeutung, eine besondere Resonanz und Schönheit. Aber die Summe einer Sprache ist immer größer als ihre Bestandteile. Die Bestandteile werden irrelevant. Das letzte, woran jemand, der von Geburt an die Gebärdensprache benutzt, denkt, ist die Schönheit oder auch nur die Bedeutung jeder einzelnen Gebärde. In fließenden Händen wird die Sprache geglättet, stilisiert; die Druckschriftbuchstaben des Kinderalphabets werden zur flüssigen Schreibschrift des Erwachsenen.
Diese Gedanken beschäftigten mich, während ich fuhr – und sie waren von einer gewissen Enttäuschung gefärbt. Ich war so abgelenkt, daß ich auf der Greenhill Road falsch einbog, weiter in die Hügel hinein. Ich wendete den Wagen nicht. Die Sonne schien; das kompakte Treibhaus des Autos fing ihre Wärme ein und verstärkte sie; ich fühlte mich bald angenehm durchgebacken. Die Rhythmen des Wagenmotors massierten mich sanft, meine Stimmung veränderte sich langsam. Ich tuckerte durch bewaldete Täler und über sonnenverbrannte Kämme, bis das Land wieder flach wurde; der Wagen kämpfte sich mühsam eine letzte kleine Steigung hoch, und plötzlich sah ich auf eine riesige Ebene vor mir. Der Murray River glitzerte in der Ferne, ein sich windendes Silberband, so weit das Auge blicken konnte; ich wünschte meinen Neoprenanzug herbei und erwog einen Moment, ohne ihn zu schwimmen.
Statt dessen fuhr ich den Wagen zur Seite, kippte den Sitz nach hinten und schlief, von Müdigkeit überwältigt, ein. Ich träumte, am Strand zu sein und im seichten Wasser zu waten. Plötzlich wurde das Wasser aufgewühlt: Zwei Wale brausten aus der Brandung wie Lokomotiven empor und strandeten links und rechts von mir. Sie spien Dampf. Ihre Haut war dick wie die von Nashörnern und mit Narben und Entenmuscheln bedeckt. Ihre tiefliegenden Augen, die nahe an den Winkeln der riesigen Mäuler lagen, blinkten

und rotierten; panisch sahen sie mich, sahen sie einander an. Ihre Lippen zuckten und bewegten sich schnell, als ob sie unhörbare Worte mit den Lippen formten – aber kein Laut kam hervor.

Kein Wal-muh; kein Sonar-piep.

Als ich auf diese zuckenden Lippen starrte, überkam mich eine Inspiration, das Geheimnis der Walkommunikation. Natürlich! Wale lesen von den *Lippen* ab! Es war so offensichtlich, warum hatte ich es nicht eher erkannt? Ihre Augen lagen nahe an den Mundwinkeln, damit sie nicht nur von den Lippen des Wales neben sich ablesen konnten, sondern auch von den eigenen – damit sie sich sozusagen selbst sprechen hören konnten.

Es schien mir ein bedeutender Durchbruch zu sein, ich wußte, daß ich weltberühmt werden würde. »Überallbekannt.« Das Problem war nur: Ich konnte nicht verstehen, was die Wale sagten. Es muß wichtig gewesen sein – eine Mitteilung, um derentwillen sie sich selber absichtlich auf den Strand hatten laufen lassen, um derentwillen sie ihr Leben lassen würden, damit ich es erführe.

Ich habe nie gelernt, von den Lippen abzulesen. Mit einem funktionierenden Satz Ohren geboren, hatte ich diese Fähigkeit nie gebraucht. Ich starrte auf die heftig zuckenden Lippen der Wale ohne die geringste Ahnung, was sie mir sagen wollten.

3

Eliza hatte sich in dieselbe Ecke gekeilt, als Stella mich am nächsten Morgen ins Wohnzimmer führte, ein schwarzer Buddha, unbeweglich und teilnahmslos. Hatte sie etwa die ganze Nacht dort gehockt? Wenigstens hatte sie ihren Rücken der Wand zugekehrt und blickte nun auf die Tür. Ich hatte den Eindruck, daß sie wartete, auf mich wartete.

»J-O-H-N J-A-M-E-S«, buchstabierte sie langsam mit den Fingern und wandte sich Stella um Anerkennung zu.

Stella lächelte selbstgefällig – aber für mich war noch nichts bewiesen. Vielleicht hatten sie sich die Nacht mit Papageienarbeit um die Ohren geschlagen.

Ich wies auf Eliza und hob die Augenbrauen: »Du …?«

Sie saß bewegungslos da. Ich blickte auf Stella zurück; jetzt war ich an der Reihe, selbstgefällig dreinzuschauen. Und dann sah ich aus dem Augenwinkel das erste kleine Wunder; ich drehte mich gerade noch rechtzeitig zu ihr, um die letzten Buchstaben einer Sequenz zu sehen: Z-A-K-I-N-N–E-A-R. Die verschiedenen Buchstaben waren mißgebildet, aber ihre Hände bewegten sich sehr schnell, schneller, als ich es je beim Buchstabieren gesehen hatte – die Gesten verschwammen wie im Zeitraffer, wie die Hände eines Pianisten, der eine schwierige Passage spielt.

Das Erstaunen, das gestern in mir erloschen war, flammte erneut empor. Wenn die Bewegungen ihrer Hände nichts als ein Nachäffen waren, dann war es ein überragend gutes Nachäffen. Ich fand keine Worte, keine Gebärden, und rettete mich in die Banalität des Sprechens.

»Ein umständlicher Name für einen Gorilla.«

Stella antwortete: »Clive denkt, die gewöhnlichen Clownnamen – Koko, Bobo, so was – sind zu würdelos.«

»Zirkusnamen«, bestätigte er.

»Form noch was«, formte Stella in Richtung Eliza.

Sie beobachtete uns mißtrauisch. Lag da nicht auch eine Spur Groll in den scharfen, schwarzen Augen? Sie hatte zwar keinen Zirkusnamen, aber man erwartete doch Tricks von ihr.

Stella buchstabierte nochmals mit den Fingern – E-L-I-Z-A-

K-I-N-N-E-A-R –, und Eliza ahmte wieder in ganzer Länge nach, mit demselben Zeitraffer des Fingeralphabets, obwohl es natürlich viel länger dauerte, als die Worte zu sprechen.
Ich formte ein »E«. Und fügte ein »du« hinzu – die gezielte Zeige-Hand.
Sie sah mich verwirrt an.
»Kurzer Name«, erklärte ich in Gebärden, ohne zu erwarten, daß sie mich verstehen würde, aber unsicher, was ich sonst tun sollte.
Kurz verstanden auch Clive und Stella nicht. Ich versuchte eine überall übliche Gebärde, die Zange der Haken-Hand zeigt *klein*. »Verschwendet Zeit – nicht«, fügte ich hinzu.
Sie ahmte fließend nach, diesmal ohne die Sprachfehler ihrer früheren Gebärden. Eine Erkenntnis: Das Nuscheln ihrer Gebärdensprache hatte nichts mit der Anatomie ihrer Hände zu tun, nichts mit der beschränkten Intelligenz eines Affen. Sie hatte einfach treu nachgeahmt, was man ihr beigebracht hatte. Die Menschen, die sie unterrichtet hatten, waren keine gebürtigen Gebärdensprecher.
Es gab aber immer noch keine Anzeichen für etwas, das über ein Nachäffen hinausging – keine Anzeichen von Verständnis.
Ich sagte laut: »Wenn sie in Gebärden sprechen kann – ich sage noch nicht, daß ich überhaupt glaube, daß sie es kann –, sollte sie einen Gebärdennamen haben.«
Verständnislose Blicke diesmal von Clive und Stella: bitte-erklären.
Ich versuchte es: »Eine einzelne Gebärde – oder zwei. Einen Kuschelnamen.«
»Sie ist doch kein Kuscheltier«, sagte Clive, immer der Buchstabengläubige.
Ich erkannte diesen semantischen Punkt an. »Schlechte Wortwahl. Ich meine damit, sie sollte einen Namen inner-

halb der Familie haben. Einen Spitznamen. Weil es leichter zu formen ist. Etwas Einfaches.«

Sie warteten auf Vorschläge.

»Zum Beispiel *Nerz*«, sagte ich und formte die Pelzmantelgebärde.

Stella war entsetzt. »Willst du sie etwa nach dem Fell eines toten *Tieres* benennen?«

Ich sagte schnell: »Es hat keine Eile. Uns wird schon ein anderer Namen einfallen. Etwas, das richtig für sie ist, das zu ihr paßt.«

In der Ecke saß Eliza, die breiten schwarzen Hände im Schoß, wieder ganz still, und beobachtete uns abwartend; egal, wie sehr Stella flehte, die Hände bewegten sich nicht wieder. Wir hatten sie für den Tag genug angestrengt, gab Clive zu verstehen.

Ich winkte von der Tür, diesmal war die antwortende Gebärde eindeutig ein Abschiedsgruß, wenn auch nur der Abschiedsgruß eines Papageis.

Wiederum wandte sie sich an Stella, um Anerkennung zu bekommen; ich fragte mich, nicht zum erstenmal, unter was für einem Druck sie stand, ihre Tricks vorzuführen.

Wie Stella sich von mir verabschiedete, ließ viel tiefer blicken: Sie war enttäuscht und versuchte, dies unter dem Gegenteil, unter falscher Begeisterung, zu verbergen. Sie redete den ganzen Weg zum Gatter auf mich ein, während sie sich durch die Tiere schob, die uns folgten. Ich tapste ihr durch die Herde hinterher; als wir das Gatter erreichten, hielt sie an und schlug mit der Faust gegen die Stirn, ein nun bekannter Teil ihres Repertoires.

»In all der Aufregung habe ich das Video vergessen«, sagte sie zu Clive.

»Soll ich es holen gehen, Schatz?«

»Ich hole es schon.«

Wir warteten, gegen das äußere Gatter gelehnt, auf ihre

Rückkehr. Die Tiere wahrten Distanz; sie schienen sich nicht zu Clive, ihrem Hauptverteidiger und Sprecher in der Welt der Menschen, hingezogen zu fühlen. Das plötzliche Schweigen machte mich verlegen, aber Clive schien entspannt zu sein, unverkrampft. Er war ein Mensch, der nicht viele Worte macht, sprach nur, wenn er etwas zu sagen hatte. Die Sonne ergoß ihre Wärme über unsere Köpfe wie ein schweres Öl, aber ich widerstand der Versuchung, ein Schwätzchen über das Wetter abzuhalten. Solch ein Schwätzchen, vermutete ich, konnte schnell in einen langen Vortrag über Isobare, Regenfallmodelle und Computersimulationen des El-Niño-Effekts ausarten.
Stella erschien mit einer Videokassette in der Hand.
»Das haben wir gestern abend aufgenommen«, sagte sie. »Falls du noch zweifelst, wird das dich überzeugen, da bin ich mir sicher.«
Ich verspürte keine Eile, mir die Kassette anzusehen. Sie würde kaum etwas enthüllen, was ich nicht schon gesehen hatte; vielleicht ein paar weitere Zirkustricks. Ich verbrachte den Nachmittag am Institut und bewältigte einen ganzen Berg Schreibarbeit. Zu Hause schaute ich nach dem Abendessen mit meinen Eltern einen multi-kulturellen Fernsehfilm, eine indische Fassung von Romeo und Julia auf Hindi. Ein moslemischer Romeo, eine Hindu-Julia mit einer Kulisse von Elefanten und Marmorpalästen, das Ganze mit Untertiteln. Ich saß wie seit alters auf einem Kissen am Boden. Mein Vater stupste mich dann und wann mit den Zehen, um zu erfahren, wer mit wem sprach oder was im Off passierte. Ein Happy-End, keiner starb, meine Eltern gingen lächelnd schlafen. Sobald ihre Tür sich schloß, schob ich Stellas Video in den Apparat und drückte auf Play, aber ohne viel zu erwarten.
Ich fühlte mich erschöpft, wollte selber bald schlafen und schaute unter schweren Lider zu. Es hätte vom selben Hin-

du-Filmemacher stammen können – es gab zwar keine Untertitel, aber die wackelige Handkamera und die unscharfen Einstellungen waren charakteristisch. Wie zu erwarten, füllte Stellas drängende Stimme die Tonspur; ihre Hände erschienen oft in Nahaufnahme in der Ecke des Bildschirms, soufflierten, boten Beispiele zur Nachahmung an. Eliza, die Hauptfigur, hockte in ihrer Ecke und bot vage, uninteressiert Handgebärden als Antwort. Ich wanderte in die Küche, setzte einen Topf Milch auf, um Kakao zu machen, und behielt durch die Tür ein Auge auf dem Bildschirm. Fast hätte ich es verpaßt. Dort zwischen den Papageienimitationen, dem gleichgültigen Achselzucken und den Verweigerungen kam eine Serie von Gebärden, die auf einmal klar waren und sich mehrmals schnell wiederholten: »S-T-E-L-L-A gehen. Ich schlafen. Ich schlafen …«

Schlafen: die überall übliche Gebärde für Schlaf oder süße Träume; der Kopf leicht geneigt, die Flache-Hand wie ein Kissen darunter. Ich war sofort aufmerksam, paradoxerweise von dieser Gebärde für Schlaf geweckt, von einer deutlich beabsichtigten Mitteilung. Ich lief zurück ins Wohnzimmer, die Augen auf den Bildschirm gerichtet, und wurde Zeuge einer noch erstaunlicheren Mitteilung. Eliza zeigte verärgert auf die Kamera, auf Stella, dann formte sie die Löffel-Hand und hielt sie unter ihr Gesäß, eine improvisierte Schöpfkelle. Ihre eigene Erfindung, sicherlich, aber die Bedeutung war völlig klar: »Du – Scheiße!«

Ich stoppte verblüfft das Band, ließ es zurücklaufen und spielte diese Sequenz noch ein paarmal ungläubig durch: *Du – Scheiße!*

Es gab überhaupt keinen Zweifel. Ihre schwarzen Hände hatten diese Beleidigung mit klarer Absicht geformt, hatten sie so gezielt und genau in Stellas Richtung geschmissen, wie ihre Kusinen im Zoo die tatsächliche Substanz durch die Gitter werfen.

Nach solch aufregender Entdeckung war an Schlaf nicht zu denken. Ich zog meinen Neoprenanzug an und trieb gut zwei Stunden wie hypnotisiert im Meer, während dieser Ausdruck immer wieder vor meinem geistigen Auge ablief. Soweit ich wußte, hatte Eliza die erste symbolische Äußerung getan, das erste Gedicht gesprochen, das je von einer anderen Gattung geschöpft wurde.

4

Aus einer Laune heraus hielt ich am nächsten Morgen vor einem Einkaufszentrum und kaufte eine Portion frischen Spargel. Eine Blumenfrau um die Ecke wickelte ihn unter Protest wie einen Blumenstrauß in grünes Kreppapier ein und machte das Ganze mit einem Stück Tesa fest. Ihr Sarkasmus – »Wer ist denn die Glückliche?« – war anscheinend ansteckend; der Strauß auf dem Beifahrersitz sah nur noch komisch aus, während ich in die Hügel fuhr. Ich riß die Kreppapierhülle ab, als ich beim Farmgatter aus dem Auto stieg, und war versucht, das ganze Bund Spargel wegzuwerfen.

Aber was für ein Geschenk überreicht man sonst einem achtjährigen Gorilla? Eine Banane etwa? Spargel war meine einzige Idee.

Ich drückte auf den Knopf der Gegensprechanlage; Stellas Stimme knackte durch den Lautsprecher, wie immer hoben sich die Köpfe sämtlicher Tiere in der Umgebung.

»Drücken, J. J. Es ist schon auf.«

Ich schob den Spargel tief in meine Manteltasche und ging durch das Gatter. Die Tiere widmeten sich wieder ihrem trockenen Stoppelfrühstück und beachteten mich nicht weiter. Ich lief um den Teich herum zum zweiten Gatter und betrat das Wäldchen. Flötenvögel trillerten, Bienen summten, dicke Säulen Sonnenschein fielen zwischen den Blättern nieder, es war wieder ein wunderschöner Morgen.

Links und rechts neben sich die Hunde, saß Stella auf der Veranda. Ihr Overall und ihre Arbeitsstiefel waren mit frischem Matsch bekleckert; sie hatte um den Teich herum gearbeitet. Die unvermeidliche Zigarette stak ihr zwischen den Lippen, ihre Augen waren gegen den Rauch halb geschlossen.

»Einen wunderbaren Morgen wünsche ich dir, J. J.«

»Ich dir auch.«

»Und? Hast du dir das Band angesehen?«

Ich nickte; Stella, die meine Sinnesänderung spürte, lächelte selbstsicher, schnürte ihre Stiefel auf und führte mich ins Haus.

»Ich habe das Gefühl, dieser Tag wird einfach gut«, murmelte sie.

Eliza saß tief in ihrer Lieblingsecke und wartete. Ich zog den Spargel aus der Tasche und bot ihn ihr an; sie starrte eine ganze Weile auf das welke Bund, ließ sich dann langsam nach vorne fallen und rollte auf mich zu – ein einziger Purzelbaum. Als sie wieder aufrecht stand – es gab etwas von Natur aus Stabiles oder selbsttätig Aufrichtendes an dem niedrigen Schwerpunkt ihrer Gestalt –, nahm sie das Bund.

»Danke schön.« Mit ihrer freien Hand formte sie eine eindeutig beabsichtigte Mitteilung.

Clive, der zusah, hielt seine Hand hin. »Lunch«, sagte er zu Eliza und formte gleichzeitig eine einfache Sandwichgebärde, die er offensichtlich oft geübt hatte. Das Bund wurde nur zögernd abgegeben; er wandte sich mit einer milden Rüge an mich: »Sie hat gerade gefrühstückt, J. J. Wir ermuntern sie nicht dazu, zwischen den Mahlzeiten zu naschen.«

Eliza schaute mich aufmerksam an; ich spürte den Drang, mich zu verteidigen, uns beide zu verteidigen. Vielleicht konnte diese Rüge die Grundlage für eine Art Allianz sein. »Ich hätte gedacht, Gorillas essen in freier Wildbahn den ganzen Tag lang. Grasen dauernd.«
Er nickte. »Das ist nötig, wenn die Nahrungssuche zeit- und arbeitsintensiv ist, in der Gefangenschaft ist das aber ganz anders – es führt allzu oft zu Gewichtsproblemen.«
Er wollte mich damit gewiß nicht kränken; er hatte es gar nicht in sich, gehässig zu sein. Irgendwann würde ich ihn vielleicht darauf hinweisen, daß die Probleme von Abstinenz und Selbstverleugnung genauso groß sein können wie die des Dickseins, aber für den Moment verkniff ich es mir. Aus dem Augenwinkel bemerkte ich, daß Eliza wieder begann, Gebärden zu formen. Es fiel mir schwer, ihren nuschelnden, ungenauen Gebärden zu folgen, so schnell liefen sie ab; sie hielt die schwarzen Hände immer noch schüchtern nahe am Körper, nur zum Teil sichtbar.
Die merkwürdige Anatomie dieser schwarzen Hände lenkte auch ab, die Mitteilung wurde durch das Medium verdeckt.
»Langsamer«, schlug ich vor, rechter Zeigefinger, der im Schneckentempo den linken Unterarm hochkriecht.
Sie erkannte die Gebärde nicht. Ich zeigte ihr eine durchsichtige Alternative: linke Handfläche ein Gaspedal, rechte Faust ein Fuß, der sich leicht hebt. Offensichtlich war sie schon in Autos gefahren; die Geschwindigkeit ihrer Hände verringerte sich sofort. Das Zimmer schien auf einmal erfüllt von ihrem Duft, einer nun bekannten Muffigkeit, einen süßlich beißenden Duft, den sie sicherlich vor Aufregung verströmte.
Ich schaffte es, beim drittenmal einen Sinn in ihre Hände hineinzulesen: »Forme mir Name du.«
Die Syntax war schwerfällig – falsch ausgesprochene Ge-

bärdensprache, die auf verbale Satzstellung aufgepfropft war, dazwischen auch noch das Fingeralphabet. War es eine treue Nachahmung von etwas schlecht Beigebrachtem oder eine spontane Frage?
»Forme deinen Namen, J-O-H-N J-A-M-E-S.«
Beim zweitenmal war es zwar verständlicher, aber auch pleonastisch – es war eine Frage, die bereits die Antwort enthielt. Hatte sie doch weniger Verständnis für diese Gebärdenaustausche, als ich zu denken oder zu hoffen begann?
»Kurzer Name.« Sie formte deutlich. »Schneller Name.«
Mein Herz setzte für einen Schlag aus. *Kurzer Name* hatte ich ihr vorher gezeigt, aber das Zusammenfügen von *schnell* und *Name* war neu, das hatte sie nicht von mir. Hier war fraglos der Beweis dafür, daß sie beim Formen von Gebärden auch dachte. Ich wandte mich Stella zu. Zufriedener Triumph stand ihr deutlich ins Gesicht geschrieben. Sogar Clives schmale Lippen trugen einen Ausdruck unterdrückten Stolzes.
Eliza vereinfachte die Frage noch weiter, als spreche sie zu einem Kind oder zu jemandem, der zu dumm war, es sonst zu kapieren: »Ich – E. Du – J.?«
Endlich fand ich meine Hände wieder: »J. J.«
Ihre Aufregung war deutlich, doch in der sprunghaften Rastlosigkeit ihres Körpers sichtbarer als in ihrem Gesicht. Und in diesem Geruch, der immer beißender wurde. Ihr Blick blieb fest auf mich gerichtet, als wolle sie sich nichts entgehen lassen, und trotzdem saß sie noch ein bißchen zur Seite gewendet in ihrer Ecke, wodurch ihre Hände schwer zu lesen waren.
Ich zeigte ihr meinen Gebärdennamen: Süßmaul. Sie ahmte ihn sofort nach. Ich sagte ihr, ich sei froh, sie kennenzulernen – in der Gebärdensprache wörtlich »wohl getroffen«.

Sie erwiderte die Höflichkeit mehrmals, jedesmal schneller und mit perfekt ausgeführter Handgebärde.
»Forme mehr«, forderte sie mich dringend auf. »Forme mehr. Du formen mich!«
Für mich war dies alles immer noch seltsam, traumhaft. Ich war halb überwältigt; nichts als die gewöhnlichen Geräusche – oder Gebärden – von Erwachsenen für Kinder fielen mir ein. Wie-heißt-du? Wo-wohnst-du?
»Wie alt du?« fragte ich, wörtlich: »Wie-viele-du?«
Verstand sie den Begriff von Alter, von Jahren? Sie hielt acht Finger hoch und fragte mich dasselbe.
Ich formte »zu alt« mit der ausdrucksvollen Gebärde für das Alter: die Zwei-Hand skizziert gedachte Altersfalten ins Gesicht, während man eine traurige Armesündermiene aufsetzt. Sie lachte zum erstenmal, ein weiches, kehliges Glucksen. Aus dem Munde eines Menschen hätte es gezwungen und unnatürlich geklungen.
Sie antwortete: »Zu alt – nicht.«
Ihr erstes Grinsen war genauso beunruhigend wie ihr Lachen, es glich eher einem Zähnefletschen ohne Lächeln.
»Ein Haufen Jahre.« Die Antwort schien sie zu verwirren, ich änderte ein Wort: »Ein Haufen Geburtstage«, und sie verstand mich und grinste noch einmal.
Das Lächeln sah vielleicht nicht menschlich aus, aber es lag menschliche Freude in der tiefen Schwärze ihrer Augen; sie glänzten mit jeder neuen Entdeckung vor Heiterkeit.
»Zeig mir deine Hände.«
Sie legte sie sanft in meine; ich konnte sie zum erstenmal aus der Nähe betrachten. Sie waren länger als Menschenhände: eine Verbindung aus weichem, unbehaarten Leder und Haaren – *Fell* – an ganz falschen Stellen. Sie konnte den winzigen Daumen gegen den dicken Zeigefinger bewegen, aber ich bezweifelte, ob der Daumen bis an

ihren kleinen Finger reichen würde. Ihre Hände waren ein anderes Instrument, eine andere Stimme.
»Schöne Hände.«
»Zu Haufen Haar.« Sie formte und improvisierte, oder verband damit ein weiteres Wort, indem sie auf den dicken, zottigen Teppich zeigte, auf dem wir standen. »Teppich-Hände.«
Ich lachte halb amüsiert, halb über den Witz erstaunt und erwiderte: »Warme Hände. Ausdrucksvolle Hände.«
Und dann tat sie etwas noch Erstaunlicheres. Ihre Hände lagen in meinen, aber eine weitere Hand, eine dritte Hand – länglicher, anders geformt – erschien zwischen den anderen und formte etwas.
»Hallo, Süßmaul!«
Ich trat zurück; sie stand auf dem linken Fuß und lachte; ihr rechter Fuß klopfte geschickt mit dem großen Zehdaumen gegen ihren Vorderzahn.
Ich ließ ihre Hände fallen und klatschte.
»Wir beklatschen sie hier nicht gerne«, sagte Clive. »Und belohnen sie auch nicht mit Essen. Sie führt ja keine Tricks vor.«
Wie immer lag keine Rüge in seiner Stimme, nur die gewöhnliche sachliche Erklärung.
»Aber sie ist doch nur ein Kind«, sagte ich. »Wir belohnen doch Kinder auch, wenn sie gut lernen, wenn sie was Neues können.«
»Sie ist genaugenommen kein Kind mehr«, sagte er. »Sie ist acht. Sechzehn oder siebzehn in Menschenjahren. Sie menstruiert schon. Sie ist jeden Monat eine Weile in Brunst. Sie ist ein ausgewachsenes, geschlechtsreifes Gorillaweibchen.«
Göttliche sechzehn. Ich sah sie an; sie schaute zurück, weigerte sich, die Augen abzuwenden, wartete darauf, mehr zu sehen, mehr zu lernen.

»Mehr Gebärden.« Sie schlug ihren rechten Fuß, ihre dritte Hand, ungeduldig gegen den Teppich. »Mehr Gebärden. Jetzt!«

Clive sagte: »Ich glaube, das ist dann genug für heute.«

Stella ergänzte. »Sie regt sich sonst zu sehr auf, J. J. Wir hatten uns darüber schon Sorgen gemacht. Sie lernt so schnell – und hat solch einen Appetit aufs Lernen. Aber sie gerät dadurch ganz aus dem Häuschen. Wir haben die Erfahrung gemacht, daß man mit ihr ein bißchen langsam vorgehen muß.«

Ich sah das nicht ein. Man sollte ihrer Aufregung freien Lauf lassen, damit sie ihr Lernen beförderte. Ich hielt den Mund. Ich war ein Neuling, ein Gast. Ich fühlte mich nicht selbstsicher genug, um etwas dagegen einzuwenden.

»Schlaf-Zeit«, sagte Stella zu ihrem Pflegekind mit derselben Schlafgebärde, die ich Eliza auf dem Video hatte gebrauchen sehen.

Eliza schüttelte den Kopf und hielt die Augen auf mich gerichtet.

Ich zeigte ihr eine andere Variante für *Schlaf*: Daumen und Zeigefinger, die auf Augenhöhe zusammenklappen; die Augenlider, die sich schließen.

Sie ahmte die Gebärde begeistert nach – eine weitere Entdeckung. Dann schüttelte sie den Kopf, grinste ihr seltsames Grinsen und führte die Gebärde rückwärts aus: *aufwachen*.

Ich lachte wieder. Sie hatte die Gebärde noch nie gesehen und trotzdem erraten, daß die Gebärde, rückwärts ausgeführt, genau das Gegenteil bedeuten würde.

»Das ist fantastisch«, sagte ich. »*Sie* ist fantastisch. Können wir uns nicht noch ein bißchen unterhalten? Ihr *könnt* sie nicht einfach ins Bett schicken.«

»Ich muß darauf bestehen«, sagte Clive. »Sie ist seit Sonnenaufgang wach. Sie wird schwer kontrollierbar, wenn

sie zu aufgeregt ist. Sie hält morgens immer ein Nickerchen.«
»Kann ich danach mit ihr sprechen? Wenn sie wach wird?«
Sie sahen einander an. Ich spürte, daß Stella, vom Gefühl des Augenblickes mitgerissen, wankte.
»Du mußt uns vertrauen«, sagte Clive, der standhaft blieb. »Sie ist schon eine ganze Weile bei uns. Wir denken, wir kennen sie besser.«
»Bitte, nur eine Stunde. Es ist so – unglaublich. Ein Wunder. Ich habe so etwas noch nie erlebt.«
Clive schüttelte höflich, sogar freundlich den Kopf: »Morgen«, sagte er. »Komm mittags.«
»Kann ich nicht früher kommen?«
»Ich muß an meinem Manuskript arbeiten. Und Stella macht morgens normalerweise Hausbesuche.«
»Eigentlich eher Stallbesuche«, erläuterte Stella.
Ich wandte mich wieder Eliza zu, die immer noch aufmerksam zusah. Sie konnte zwar nicht sprechen, aber konnte sie es hören und verstehen?
»Wir sehen uns wieder«, formte ich, eine glatte Verbindung von *wiedersehen* oder *zweimal sehen*. Dann fügte ich hinzu: »Morgen.«
Sie sah mich verwirrt an. Die Gebärde für *morgen* ist etwas undurchsichtig oder symbolisch, die Zeige-Hand, die sich geradeaus in die unmittelbare Zukunft hineinbewegt. Wie konnte ich es ihr klarmachen? Ich war auf bekanntem Terrain, Klassenzimmeralltag für einen Auslan-Lehrer. Ich zeigte ihr die Gebärde für Sonne, eine einfache und schöne Gebärde: die Runde-Hand, die mit gestreckten Fingern aufspringt; eine Sonne und ihre leuchtenden Lichtstrahlen.
Ich fuhr mit meiner Sonne eine gedachte Linie quer über den Himmel zum Westen, dann sprang ich damit zum Osten und ließ die Sonne wieder steigen, gefolgt von den Gebärden: »Du siehst mich.«

Sie schlug einen Purzelbaum über den Teppich, umarmte mich an der Taille und drückte mir ihren Kopf fest gegen die Brust. Ihre massiven Arme waren wie ein Schraubstock; ich rang um Atem.
Stella kam erschrocken herüber, um uns zu trennen. »Sie kennt ihre eigene Stärke nicht, J. J.«
Eliza trat zurück und wiederholte meine Gebärde für morgen, aber mit der Wunsch-Hand, sah ich, nicht der Zeige-Hand: Zeige- und Mittelfinger hoffnungsvoll gekreuzt. Es war eine schöne persönliche Note, eine improvisierte Variation, ein weiteres Gedicht, was mich beinahe mehr berührte als alles andere, was ich an diesem außergewöhnlichen Morgen erlebt hatte.
Sie sah mir beim Weggehen aus dem Fenster nach, ihre flache Nase noch flacher gegen die Scheibe gedrückt. Ich drehte mich um und winkte noch einmal vom Rand des Wäldchens; sie drückte ihren schwarzen Handteller hart gegen das Glas. Clive und Stella begleiteten mich durch die Bäume, einer auf jeder Seite; ich hatte das Gefühl, vom Gelände geführt und höflich rausgeschmissen zu werden. Die Gegenwart ihres Rattenfängers erzeugte die gewohnte Erregung unter den Tieren im äußeren Feld; verschiedene Invaliden, die bis dahin grasten oder zum Schutz vor der Sommerhitze im Schatten der Bäume gestanden hatten, humpelten zu Stelly.
Ich schloß den Fiat auf und stieg in den Backofen ein. Clive klopfte gegen das Fenster; ich kurbelte es herunter, er gab mir ein Buch. Weitere Pflichtlektüre, schien es. Wieder ein vorgeschriebenes Lehrbuch. Ich las den Titel: *The Education of Koko*.
»Das findest du vielleicht interessant«, sagte er. »Penny Pattersons Werk ist zwar zwanzig Jahre alt, aber immer noch relevant.«
»Ich lese es als Hausaufgabe«, murmelte ich, aber Ironie

lag ihm mal wieder fern, sie war weit unter seinem Niveau.

5

Wie viele Nächte waren vergangen, seit ich acht Stunden ununterbrochen geschlafen hatte? Ich las *The Education of Koko* bis ein Uhr, schlief nur kurz und wachte trotzdem erfrischt und voller Energie auf. Der Morgen konnte gar nicht früh genug kommen; die verbleibenden Stunden krochen vorbei, sie schienen mir ewig lang zu sein. Um fünf zog ich ungeduldig meinen Neoprenanzug an, schlich aus dem Haus und trieb etwa eine Stunde im dunklen Meer. Wieder im Bett und vorübergehend beruhigt, las ich ein paar Stellen aus dem Buch noch einmal, Schlüsselstellen über die Gebärdenunterhaltungen – auf American Sign – zwischen dem Gorilla Koko und ihrer menschlichen Familie.

»Wie fühlen Gorillas, wenn sie sterben?« wurde Koko gefragt.

Ihre Antwort: »Schlafen.«

»Wo gehen Gorillas hin, wenn sie sterben?«

Koko: »Gemütlich Loch-tschüs.«

»Wann sterben Gorillas?«

»Schwierig alt.«

Vor dem gestrigen Tag hätte ich solche Passagen mit großem Mißtrauen gelesen. Ich hätte Pattersons Methoden kritisiert, ihre Statistiken, die Erfassung ihrer Werte, den Mangel an Kontrollen – aber mein drittes Treffen mit Eliza hatte mich bekehrt, aus mir einen Gläubigen gemacht. Der Kontakt mit Eliza hatte auch meine Erwartungen steigen lassen. Ich fühlte nur Ungeduld, als ich von den groben

Kauderwelschgebärden Kokos las; ich wollte Eliza dieselben tiefen Fragen stellen.

Um acht meldete ich dem Institut, daß ich krank sei. Meine Aufregung wuchs; ich konnte die Langeweile meiner Arbeit heute nicht ertragen. Ich verschanzte mich hinter meinem Frühstück, abgelenkt, von der Außenwelt isoliert. Mein Vater kam, aß, las die Morgenzeitung und ging zur Arbeit, alles ohne eine einzige Gebärde. Ohne eine Lehrbuchgebärde jedenfalls. Wie selbstgerecht er seinen Toast mit Anchovispaste beschmierte, war mehr als ausdrucksvoll.

Meine Mutter beendete kurz darauf ihr Frühstück, stand vom Tisch auf und küßte mich aus Gewohnheit oben auf den Kopf.

»Arbeit.« Die gewöhnliche Tischlergebärde des Hackens und Sägens beschrieb ihre Arbeit in der Bibliothek auf so seltsame Weise. Sogar die durchsichtigsten Gebärden verlieren oft jeglichen Zusammenhang mir ihren Ursprüngen und werden so stilisiert wie Worte.

»Warte. Ich komme auch.«

Sie sah mich besorgt an.

»Gleitende Arbeitszeit«, log ich mit meiner eigenen Erfindung, einer Gebärde, die ich schon lange in die Sprache oder wenigstens in die nächste Ausgabe von meinem dünnen Wörterbuch zu schleusen versuchte: einfach die Gebärde für Tag, aber mit einer Gleitbewegung ausgeführt.

Ich spazierte mit ihr die Esplanade hinab. Wieder ein schöner, warmer Morgen, der Himmel blau wie ein Schwimmbad, durch kein Wölkchen getrübt. Die gewohnte stete Westbrise blies vom Golf her, erfrischend, belebend. Ich hatte kaum geschlafen, fühlte mich aber nicht müde, sondern so gehoben wie der kleine rote Drachen, der ein Stück weiter am Strand in der Brise tanzte. Ich fühlte mich viel zu heiter, um mich auf die Plaudergebärden zu konzentrieren, die meine Mutter ab und zu für mich formte.

Sie schloß die Türen zur Bibliothek auf; ich lief direkt zur naturwissenschaftlichen Abteilung. Die 899.8846, G für Gorilla, im Dewey-Decimal-System. Verschiedene Titel fielen mir sofort auf: *Das Jahr des Gorillas. Die Naturgeschichte des Gorillas. Die Menschenaffen: Eine Studie des Lebens der Menschenaffen.*

In drei Stunden sollte ich auf der Farm sein; ich wollte in der Zwischenzeit so viel Wissen in mich hineinstopfen, wie überhaupt möglich war. Ich setzte mich und begann zu lesen, bald darauf kritzelte ich auch Notizen. Natürliches Habitat, Trächtigkeitsdauer, Gehirngröße, Verhalten, Sozialstruktur.

Es gab viel zu lernen, viel zuviel, um es in den paar schnell verstreichenden Stunden in mich hineinzupauken. Ich wurde immer rastloser und wollte so früh, wie sie es erlaubten, in den Hügeln sein. Um elf steckte ich also die Notizen in meine Tasche und schleppte den Stapel Affenbücher zur Ausleihtheke. Meine Mutter drehte sie hin und her und formte dann verwirrt: »Gorilla?«

Mehrere Lesende blickten sie überrascht an; ihre sittsame, taube Bibliothekarin schlug sich mit geballten Fäusten auf die Brust, die Gebärde für Gorilla.

»Beliebte Bücher«, antwortete ich. »Leute mögen Gorillas.«

Sie hob den Rückendeckel von der *Naturgeschichte des Gorillas* und stempelte das Fälligkeitsdatum hinein. Der Zettel war überfüllt mit vorangegangenen Daten.

»Siehst du.«

Ich las beim Fahren weiter, sobald eine Ampel auf Rot stand, das Buch auf das Lesepult des Lenkrads gestützt. Eine Diskrepanz nagte noch an mir: Die Intelligenz erwachsener Gorillas wurde als vergleichbar mit der eines drei- bis vierjährigen Menschenkinds angegeben. Die Gebärdensprache von Koko bildete da keine Ausnahme, ihre Auffassung von Tod und Himmel, ihre Auffassung vom

Selbst schienen alle etwa auf dieser Stufe angesiedelt zu sein. Anspruchsvoll schon, sogar menschlich – aber ein Kindmensch. Bestenfalls die Intelligenz eines Dreijährigen.
Aber wo war dann Eliza? Ihre Intelligenz, ihre Kreativität – und vor allem ihr Sinn für Humor – waren all dem weit voraus. Als ich die Stadtgrenze passierte, legte ich das Buch zur Seite und drückte das Gaspedal hart gegen den Boden. Der winzige Motor beschwerte sich, das Auto zitterte und bebte, kletterte aber gehorsam die lange, gewundene Straße zum Hügelkamm schneller hoch als je zuvor.

6

Ich war überrascht, Eliza allein und nur zum Teil von den Bäumen hinter dem zweiten Gatter verborgen auf mich warten zu sehen.
»Du sehen mich?« fragte ich.
»Ich *hören* dich« – ihre hohle Hand nachdrücklich an ihr Ohr gedrückt.
»Gute Ohren.«
Stella kam zwischen den Bäumen auf uns zu, eine stolze, strahlende Mutter, gefolgt von ihrer kleinen Hundeherde.
»Wir saßen draußen in der Sonne, J. J. Clive und ich haben überhaupt nichts gehört. Eliza spitzte auf einmal die Ohren und sauste wie der Blitz los.«
»Was hält sie eigentlich davon ab wegzulaufen?«
»Sie bleibt unter den Bäumen. Sie haßt offene Flächen – es scheint ein tief verankerter Instinkt zu sein.«
Eliza, von dem Gespräch ausgeschlossen, führte vor meiner Nase einen Wirbel aufgeregter Gebärden aus. Ich hatte die-

se Aufregung schon einmal gesehen, bei gehörlosen Kindern, die zum erstenmal die Gebärdensprache kennenlernen und darin eine neue Welt entdecken.
»Sie war unmöglich«, sagte Stella. »Ich glaube, sie hat die ganze Nacht nicht geschlafen.«
Ich versuchte, den Zeitraffer dieser Hände zu lesen: *Guten Morgen* und *Schönen Morgen* und verschiedene blitzschnelle Fragen waren in dem Gebärdenstrudel verstreut.
»Langsamer.« Ich formte die Gebärde für Langsamerwerden sehr langsam und vorsichtig.
»Tut mir leid«, antwortete sie und ließ darauf die Gebärde für Erinnerung folgen, benutzte aber die gekreuzten Finger: eine seltsame, improvisierte Mischung aus *Wunsch* und *Erinnerung*, ihre eigene schnelle Kurzschrift, so schien mir, für »ich werde versuchen, daran zu denken«.
»Fang noch mal an. Zurück zum Anfang.«
»Schöner Morgen.«
»Ideal.« Ich formte die O.-K.-Hand und fügte hinzu: »Später heiß«, meine Stirn wischend.
Schwitzen Gorillas eigentlich? Die Gebärde war womöglich für Eliza bedeutungslos; ich führte auch eine keuchende Zunge vor.
»Wo hättest du uns denn alle gerne?« fragte Stella. »Im Haus?«
Ich zögerte, momentan durch das Wort »uns« aus dem Konzept gebracht. Ich hatte gehofft, Eliza ganz für mich zu haben, um ihre Gebärdenwelt ohne elterliche Einmischung oder Interpretationen zu erforschen.
Stella, mit ihrer Sensibilität für Körpersprache, sagte: »Du hast doch nichts dagegen, wenn wir zusehen?«
»Natürlich nicht. Müßt ihr denn nicht arbeiten?«
»Fertig für heute. Ich versuche, die Nachmittage freizuhalten.«
»Und Clive?«

Seine leicht gebeugte Gestalt mit den gestreiften Laufschuhen kam ruhig zwischen den Bäumen auf uns zu.
»Er kann sich dieser Tage seine Arbeit selber einteilen. Eine Spitze ohne die dazugehörige Pyramide. Er braucht morgens ein oder zwei Stunden für sein neues Buch – danach hat er frei. Ich denke, es ist wichtig, daß wir mit ihrem Unterricht Schritt halten, J. J. Wir müssen die Sprache lernen, die sie auch lernt. Wir wollen ja nicht den Kontakt mit ihr verlieren.«
Clive hob die Gute-Hand, ich erwiderte den Gruß, wir gingen zusammen durch ihr Wäldchen. Spätmorgen, Spätsommer, ein klarer, emailleblauer Himmel, die Sonne durchflutete die Blätter. Der Tag war jetzt schon heiß – der Spaziergang über das offene Feld und den Hügel hinauf hatten mich ins Schwitzen gebracht –, aber die Luft unter den Bäumen war noch kühl und erfrischend, sogar mit einem kleinen Biß.
»Draußen bleiben in Sonne.« Eliza verwendete dieselbe Gebärde für eine strahlende Sonne, die ich ihr gestern beigebracht hatte, fügte aber ihre Kenngebärde hinzu: »Wunsch«.
Die Wunsch-Hand wird nicht so oft gebraucht; der Effekt war ablenkend, wieder erinnerte es mich an jemanden, der lispelt. Ich bat sie noch einmal, mir ihre Hände zu zeigen – vielleicht war eine Mißbildung daran schuld: ein schlecht gerichteter Bruch, der den Mittelfinger über den Zeigefinger rutschen ließ. Sie ließ ihre Hände sanft zwischen meinen Fingern ruhen; ich fand nichts, was ich nicht schon gestern gesehen hatte: acht breite Finger, zwei kurze, dünne Daumen. Und eine leichte Hautschlüpfrigkeit an der Haut am Rücken dieser Finger, ein natürliches Schmiermittel, um das Gehen auf den Knöcheln zu erleichtern. *Die Naturgeschichte des Gorillas*, Kapitel drei, »Struktur und Funktion«.

Ich formte: »Viele Wünsche in diesen Händen.«
»Berge von Wünschen«, antwortete sie, dann berührte sie mit den Fingerspitzen ihre Stirn: »Hier.«
Ein Ausdruck von großer Schönheit, ein Gebärdengedicht. Ich erschauderte plötzlich unwillkürlich; die Scheiße-Beleidigung auf Video hatte mich erstaunt, aber die Lyrik dieser Gebärden war berauschend, zauberhaft. Gänsehaut prickelte mir auf Hals und Rücken; wieder schien ein Naturgesetz zu stürzen, als würde ein Stein zu mir sprechen, ein Baum, ein Hügel. Oder vielleicht ein Mensch in einem Gorillakostüm. Ein Spalt hatte sich zwischen dem, was das Auge sah, und dem, was das Gehirn zu verstehen bereit war, aufgetan – zwischen Bild und Verständnis. Was ich sah, deckte sich nicht mehr mit dem, was ich wußte. Wenn ich Eliza zusah, fühlte ich mich vorübergehend orientierungslos, sogar ein wenig schwindlig. Ich erwartete, ja hoffte halb, daß sie ihren Kopf abdrehen würde, um zu zeigen, daß das Ganze ein langatmiger Streich war, ein Clownstück oder ein Gorillagramm.
Stella meldete sich zu Wort: »Sie möchte draußen bleiben?«
»Wir setzen uns in die Laube«, entschied Clive.
Wir gingen in eine kleine Rosenlaube vor dem Haus. Morgenzeitungen lagen gestapelt auf einem hölzernen Grilltisch; eine silberne Kaffeekanne blitzte im Sonnenlicht. Ein Aschenbecher war mit Kippen gefüllt. Wir saßen zwischen den Rosen: eine Fülle halbwilder Blüten, klein und ungestutzt. Diese wilden Blumen hatten keinerlei Ähnlichkeit mit der Rosenparade meiner Mutter; es war, als säße ich in der Mitte eines Zimmers mit freiem Blick zum Himmel, umgeben von wirren Dornenwänden.
Ich führte die Gebärde für Rose vor; Eliza ahmte sie eifrig nach; ich fügte die Gebärde für Gartenarbeit hinzu, berührte die Nase mit einer gedachten Blume und schnupperte.
Stella und Clive setzten sich nebeneinander auf eine schma-

le Gartenbank hinter dem Tisch. Stella beugte sich nach vorne, die Beine auseinander, Ellbogen auf den Knien, die Hunde zu ihren Füßen; Clive saß aufrechter.
»Beachte uns einfach nicht«, sagte Stella. »Tue so, als seien wir gar nicht da.«
Sie schüttelte eine Zigarette aus ihrer Schachtel, zündete sie an und sog den Rauch ein. »Wir werden musterhafte Eltern sein – gesehen und nicht gehört.«
Leichter gesagt als getan. Ich fühlte mich, als spräche ich immer noch vor, oder schlimmer noch, als verteidigte ich mich vor Gericht. Dem Grilltisch fehlte nur noch ein Gerichtshammer.
»Mehr Gebärden«, verlangte Eliza. »Du formen mich.«
Wo sollte ich beginnen? Sie war fortgeschrittener als die Schüler in meinem Anfängerkurs, aber es schien mir trotzdem angebracht, ganz von vorne anzufangen, nicht zuletzt, um festzustellen, wieviel sie eigentlich schon wußte. Es würde auch nötig sein, ihre Aussprache zu korrigieren. Mißgebildete – mißhandelte – Gebärden waren die Norm. Der Rückzug auf erprobte und bewährte Unterrichtsmethoden hatte einen weiteren Vorteil. Ich betrat unbekanntes Terrain. Ich hatte die Gebärdensprache Kindern beigebracht, die weder hören noch sprechen konnten. Ich hatte sie Erwachsenen beigebracht, den Eltern dieser tauben Kinder, die sowohl hören als auch sprechen konnten.
Ich hatte noch nie jemanden unterrichtet, der hören, aber nicht sprechen konnte.
Ich begann mit einer Prüfung über alltägliche Substantive, indem ich auf verschiedene Dinge in unserer Umgebung zeigte: Blume, Baum, Schlauch, Busch. Es war bald klar, daß Elizas Wortschatz, trotz gelegentlicher Inspirationen und Anflügen von Gebärdenpoesie, ein zufällig zusammengesetztes Flickwerk ohne Ordnung und Methode war. Sie kannte verschiedene obskure Gebärden – *Rasenmäher,*

Schneckenköder, witzigerweise sogar *Stabjalousie* –, aber nicht die Gebärde für Wolke. Sie konnte jeden sichtbaren Baum beim Namen nennen – *Jarrah-Baum, Flußgummibaum und Malle-Eukalyptus* –, wobei sie jedesmal auf ihren Mund zeigte. Aber sie kannte keine allgemeine Gebärde für Baum.

Ich führte ihr die Gebärde vor, wieder eine Lehngebärde aus dem American Sign. Auslan benutzt die Krallen-Hand, um die flaumige Silhouette des Blattwerkes zu zeigen; ich hatte mich widerstrebend der Mehrheit angeschlossen und benutzte nun das durchsichtigere Ameslan. Elizas Grammatik war genauso unsystematisch wie ihr Wortschatz, ein Kauderwelsch, dessen Gebärdenfolge aus dem Verbalen stammt, wie oft bei denen, die Gebärdensprache als Fremdsprache lernen. Subjekt – Verb – Objekt ist in der Gebärdensprache selten notwendig; wer wem was antut, wird aus der Position der Substantive im Gebärdenraum klar und aus der Richtung der Verben.

Wir mußten also an Elizas Grammatik arbeiten, wenn ihr Affengehirn überhaupt in der Lage war, Grammatik aufzunehmen. Ich kannte jede Menge Linguisten, die diese Möglichkeit heftig bestritten hätten.

Noch eine frühe Entdeckung: Sie hörte gerne gesprochene Sprache.

»Sprechen und formen«, verlangte sie und fügte dann ihre Kenngebärde hinzu: »ich wünsche«.

Diese gekreuzten Finger gaben ihren Gebärden eine besondere Würze, eine Mischung aus Hoffnung und Sehnsucht, einen Konjunktiv aus *wenn* und *könnte* und *sollte,* wie man es selten in der Gebärdensprache findet. Exzentrisch vielleicht, sogar ungrammatisch – aber immer bewegend.

Ich wandte mich an Clive und Stella: »Ich würde gerne einen Namen für sie vorschlagen.«

Sie warteten schweigend, ein seltsames Paar auf einer

schmalen Bank, auch jetzt entschlossen, sich nicht einzumischen.
»Du – Wunsch.« Um es für Eliza in den richtigen Kontext zu bringen, fügte ich hinzu, »ich – Süßmaul«. Ich wand mich ein bißchen wegen der Babysprache dieser Gebärden, das gestische Äquivalent zu Mamaisch, der Sprache, die Eltern mit ihrem Säugling sprechen. Oder vielleicht nicht so sehr Mamaisch als Tarzanisch. Aber der Name schien zu passen – sie zeigte mit der eigenen Wunsch-Hand immer wieder auf sich selbst.
»Benenne das.« Sie zeigte auf ihre Stiefeltern.
Jetzt war ich an der Reihe, ein Urteil zu fällen. Erst Clive. Ich war kurz versucht, die Gebärde für Roboter zu nehmen: zwei steife, ruckartig sich bewegende Arme. Die Gebärde wäre sicherlich für Eliza unverständlich, ein privater Scherz; der Zusammenhang zwischen Roboter und kaltem Intellekt würde ihr nichts sagen. Eine plötzliche Inspiration: Ich umkreiste meinen Kopf mit der Zeige-Hand und zeichnete den gedachten Heiligenschein: »Heiliger«.
Wunsch ahmte die Gebärde perfekt nach; Clive kriegte ein dünnes Lächeln zustande; Stella lachte ihr heiseres, ansteckendes Lachen. Sie erwies sich als leichter zu taufen; eine einfache Übersetzung ihres Namens. »Stern«, eine Handvoll funkelnder Finger, hoch über den Kopf gehalten.
»Danke.« Sie legte die offene Hand auf ihr Herz und sagte dazu: »Das ist sehr schön.«
Schön: eine elegante Mischung aus *gut* und *Gesicht*; ich führte die Gebärden vor.
»Die Gebärde ist *auch* schön«, sagte sie.
Wunsch übte mit gerunzelter Stirn die neuen Namen. Ich erinnerte mich, daß Jill mir erzählt hatte, ein Kind lerne nach dem ersten Lebensjahr alle vierzig Minuten ein neues Wort. Wunsch hatte noch eine Menge aufzuholen. Ich wähl-

te andere Dinge aus der Umgebung und verband sie zu einfachen Sätzen – eher Wortketten als Sätzen –, sie kam mühelos mit ihnen zurecht. Ihr Geist war ein Schwamm; ich lieferte einen Fluß von Gebärden, und sie saugte ihn ohne Anstrengung auf. Ich sprach immer noch Mamaisch, eine Sprache ohne Grammatik. *Sieh die Flasche. Baby will trinken?* Wunsch verdiente sichtlich mehr als Babysprache. Ich führte einen einfachen Nebensatz ein, sie begriff sofort, was ich meinte. Ich zeigte ihr mehrere Wörter, die Verben näher bestimmten, und baute Sätze mit Wörtern, die sie schon kannte. Ich zeigte ihr die Beugungen, die die Gebärdensprache benutzt, um Zeitformen anzugeben, subtile Vorwärtsbewegungen in die Zukunft hinein, Rückwärtsbewegungen in die Vergangenheit.

Zu viel, zu schnell? Ich fand es unmöglich, ein ruhiges Tempo einzuhalten; ihr Geist schien auf solches Wissen nur gewartet zu haben.

Was bedeutete das für die Theorie – eine Lieblingsidee von Jill –, in unserem menschlichen Gehirn sei eine grammatische Struktur verankert, eine eingebaute Sprachmaschine,und zwar ausschließlich bei uns Menschen. Gab es auch im Gehirn des Gorillas reservierte Parkplätze für die einfacheren Regeln der Grammatik?

Die Zeit verging wieder einmal wie im Fluge; die Welt um uns herum kochte in der Sommersonne. Auf der schwarzen Stirn von Wunsch standen tatsächlich Schweißperlen, entzückend menschlich. Die Schatten der Bäume wanderten über das Gras; mehrere Male erwachten die schlafenden Hunde und erhoben sich mühsam, um, der Sonne folgend, neue Plätze zu suchen. Nach ein, zwei Stunden holte Stella ein Tablett mit kalten Getränken und Butterbroten aus dem Haus; sonst saßen wir ungerührt in der Hitze, beschirmt, beschattet von unserer völligen Versunkenheit in die Gebärdensprache. Die Schatten waren schon lang, die Son-

ne beinahe verschwunden, als Clives Armbanduhr piepte und er aufstand.
»Zeit für ihre Pillen.«
Wunsch verzog das Gesicht, sie hatte eindeutig das gesprochene Wort verstanden.
»Was für Pillen?« fragte ich.
»Sie nimmt verschiedene, die ihre Ernährung ergänzen. Und täglich eine Dosis Kortison. Es könnte sehr gefährlich für sie werden, wenn sie die Dosis nicht nimmt.«
»Kortison?«
»Sie wurde ohne Nebennieren geboren«, fügte Stella erklärend hinzu und wechselte dann das Thema. »Vielleicht kannst du uns die Gebärde für Pillen beibringen, J. J.?«
Eine Gebärde der Schlechten-Hand, der Stößel des kleinen Fingers rührt in einem gedachten Mörser. Wunsch ahmte meine Hände genau nach, so verliebt in das Symbol, daß sie für einen Augenblick ihren Abscheu vor dem Ding an sich vergaß.
»Schlechte Pillen.« Sie formte einen anschaulichen Witz mit der Schlechten-Hand, und lachte ihr seltsames, gurrendes Lachen. Freude wallte wieder in mir hoch, eine Woge von Vergnügen und Aufregung.
Clive tippte auf seine Uhr; eine Botschaft, die mehr mir als Wunsch galt. Zeit zu gehen. Zeit, *meine* Pillen zu nehmen, den Unterricht zu beenden, das Abenteuer des Nachmittags zu beenden.
»Morgen«, formte ich für Wunsch und fügte dann hinzu, während ich beim Sprechen den ganzen Satz auch wortwörtlich in Gebärden übertrug: »Selbe Zeit, selber Ort.«
Ich war mir immer noch nicht sicher, wieviel Gesprochenes sie eigentlich verstand – mit Sicherheit ein paar Worte, wahrscheinlich sogar mehr. Es schien mir vernünftig zu versuchen, zusätzlich zur Gebärdensprache auch ihr Hörverständnis zu entwickeln.

Stella und Clive begleiteten mich zum Gatter; Wunsch blieb nach einer langen Abschiedsumarmung – es war eine Verschleppungstaktik, die meine Abfahrt verhindern sollte – widerwillig hinter der Baumgrenze außer Sicht stehen.
Aus Stella sprudelte es nur so hervor; sie war zu sehr mit dem Thema Wunsch beschäftigt, um mehr als einen flüchtigen Blick auf die Tiere, die sich um sie scharten, zu werfen. »Eine erstaunliche Verwandlung, J. J. Ihre ganze Einstellung hat sich über Nacht geändert. Ich kann dir sagen, die letzten paar Monate waren nicht leicht. Ihre Stimmung war, gelinde gesprochen, düster.«
Clive widersprach sanft: »*So* schlimm war es nun auch wieder nicht, Liebling.«
»Du würdest so etwas ja auch nicht merken«, antwortete sie ihm und wandte sich wieder zu mir: »Clive hat die Tendenz, nicht zu sehen, was sie fühlt, sondern nur, was sie sagt. Formt.«
»Ich bin immer vorsichtig, ihr menschliche Gefühle zuzuschreiben. Sie ist ja schließlich ein Tier.«
Stella, vom Erfolg des Tages gerötet, mit gelockerter Zunge, lachte spöttisch. »Clive glaubt nicht an Gefühle.«
Ich spürte mehr als nur eine Spur echten Verdruß hinter dem neckischen Geplänkel.
»Ich glaube schon an Gefühle«, sagte er gewandt. »Ich traue ihnen bloß nicht.«
»Du bist ein kalter Fisch«, sagte sie. »Du hast ein Gehirn wie ein *Tintenfisch*.«
Ihr Gesicht glühte noch vor Freude – aber auch andere Gefühle schienen nah unter der Oberfläche zu liegen. Ich hasse Ehestreit, meinen und anderen. Vielleicht hat meiner mich anderen gegenüber sensibel gemacht, vielleicht übermäßig sensibel – möglicherweise war dies immer noch ein scherzhaftes, stilisiertes Spiel. Clive spielte hin und wieder gerne den Pedanten, verspottete sich dabei selbst und kam

Kritik zuvor. Aber es schien mir ernster zu sein; jedenfalls fühlte ich mich unwohl. Ich versuchte, das Gespräch wieder auf Wunsch zu lenken.
»War sie in letzter Zeit schwierig?«
Stella antwortete: »Eher launisch als schwierig. Himmelhoch jauchzend, zu Tode betrübt. Die ersten Wochen waren wunderbar – es gab so viel Neues zu tun, zu sehen. Sie war zuvor nur in einem Labor eingesperrt. Aber nach ein paar Wochen schien sie sich zu langweilen. Oder vielleicht war sie nur einsam. Sie saß stundenlang in ihrem Baumhaus. Sie konnte uns nicht so sehr viel mitteilen.«
Clive unterbrach sie: »Wir fingen auch an, uns zu langweilen, Stella. Ich glaube, sie hat das gespürt.«
Stella zuckte mit den Achseln. »Vielleicht. Wie dem auch sei – jetzt ist sie wieder begeistert.«
Das kleinere ihrer uralten Pferde, von Stellas Unachtsamkeit frustriert, biß sie recht heftig in den Ellbogen. Sie wandte sich lächelnd um und wühlte in ihrer Tasche nach Zuckerwürfeln.
»Stella hat euch einfach ignoriert, was? Du hast völlig recht, mich darauf hinzuweisen.«
Die Tiere drängelten sich ermutigt um sie herum und trennten sie von Clive und mir. Wir gelangten an das äußere Gatter; da Wunsch jetzt außer Sicht war, konnte ich auf das zu sprechen kommen, was ich in ihrer Anwesenheit nicht erwähnen wollte.
»Eines verstehe ich nicht. All die Affen, denen man Gebärden beigebracht hat – Washoe, Koko, Lucy, Nim Chimsky –, keiner davon läßt sich auch nur im geringsten mit dem vergleichen, was hier geschieht.«
»Na, du warst aber fleißig.«
»Ein bißchen. Ihr Wortschatz umfaßte höchstens ein paar hundert Gebärden, mehr nicht. Ihre Grammatik war minimal, wenn man überhaupt von Grammatik sprechen konn-

te. Sie bildeten Sätze aus höchstens zwei, drei Wörtern. Und das waren in der Regel Wiederholungen von Dingen, die ihnen der Trainer gesagt hatte.«

Stella rief über die fressende Menge herüber: »Vielleicht ist Eliza – Wunsch – ein Genie unter den Gorillas.«

Clive fügte hinzu: »Es gibt riesige Unterschiede zwischen diesen Affen, J. J. Manche konnten keine einzige Gebärde auswendig lernen.«

»Manche wußten nicht einmal, wie sie *sich* gebärden sollten.«

Stella lachte etwas zu laut über ihren eigenen Witz. Clive ließ das Gespräch unter dem Schutz ihres Lachens weitertreiben und schwatzte mit mir über meine Pläne für morgen, während ich ins Auto stieg. Ihre verschiedenen Körpersprachen – ihr lautes Lachen und sein Takt – sagten mir dasselbe: Die hohe Intelligenz von Wunsch war ein heikles Thema. Ich fragte mich beim Wegfahren, ob sie mir wirklich alles erzählt hatten.

7

Unbekannte Gerüche durchzogen die kleine Küche meiner Mutter; ein neues Kochbuch war unter einem durchsichtigen Plexiglashalter aufgeschlagen. *Vegetarische Küche.*

»Ich helfen?«

Sie schüttelte den Kopf: »Zu viele Köche.«

Ich setzte mich mit meinen Bibliotheksbüchern an den Küchentisch, las und machte Notizen, während sie arbeitete. Ihre Hände waren mit Schüsseln und Küchengeräten beschäftigt; ein Gespräch würde es erst später geben, beim Essen.

Ich sah mir noch einmal die Abbildungen an; das Gefühl, irgend etwas stimme mit Wunsch nicht, nagte weiter an mir, ein Gefühl von Unbehagen. Die Form ihres Kopfes schien viel menschlicher zu sein als die Köpfe ihrer in freier Wildbahn lebenden Verwandten, ihre Stirn war höher, die Schläfen traten weniger hervor. Die jungen Gorillas auf den Fotos teilten dieses menschliche Aussehen: einen relativ zum Körper größeren Kopf, eine höhere Stirn, kleinere Kiefer, größere Augen – und zartere Züge. Wunsch, die mit acht Jahren völlig ausgewachsen war, wog mehr als die meisten erwachsenen Menschen – sie wog fast so viel wie ich –, aber sie erschien meinem untrainierten Auge wie ein viel jüngerer Gorilla.

Ein weiteres Problem: Die Fotos waren Einzelaufnahmen, vorsichtig ausgewählt, um bestimmte mehr oder weniger menschliche Züge besonders hervorzuheben, zum Beispiel Wildheit, Niedlichkeit, Neugier, Anzeichen von Intelligenz. Die abgebildeten Gorillas entsprachen lebenden sicherlich ebenso wenig, wie Gebärdenskizzen der tatsächlichen Gebärdensprache ähneln. Ich mußte Affen leibhaftig sehen, wie sie sich bewegen, atmen, essen – sogar wie sie sich auf die Brust schlagen, womit sie den Sammelnamen für sich selber in eine Gebärde fassen und sich auf gewisse Weise vorstellen.

Meine Mutter beugte sich über meine Schulter, um in die Bücher zu sehen, legte ihren Schneebesen weg und schlug amüsiert die eigenen Fäuste gegen die kleine Brust.

»Forschung«, versuchte ich zu erklären. »Mit Rosie zum Zoo Sonntag-nächst.«

Eine glaubhafte Ausrede. Meine Tochter ist eine nie versiegende Quelle von Fragen, eine Maschine, die eine Frage nach der anderen losschießt. *Tennis-Ball-Maschine*, habe ich sie einmal genannt.

»Du besuchst Zoo Sonntag-vergangen.«

»Sah Affen nicht. Rosie wünscht«, ich ertappte mich dabei, völlig ungrammatisch die Wunsch-Hand zu benutzen – »Affen sehen.«

»Du verwöhnst Rosie.«

»Schulprojekt.«

Eine schlichte Lüge, der eine Unterlassung folgte. Ich sagte Mutter nämlich nicht, daß der Zoo, den ich nächsten Sonntag mit Rosie besuchen wollte, in Melbourne war, tausend Kilometer entfernt. Es gab Schimpansen zuhauf in Adelaide, und Orang-Utans – aber keine Gorillas.

Wie sollte ich dort hinkommen? Allein wäre ich, ohne zu murren, gefahren, ich liebe Fahrten über lange Strecken, aber einen ganzen Tag im Auto eingesperrt zu sein würde Rosies Geduld schwer prüfen. Ich stand vom Tisch auf, blätterte im Telephonbuch, nahm den Hörer auf und wählte. Meine Mutter sah mir mißtrauisch zu; für so etwas hat sie eine Nase.

»Telephonieren wen?«

Noch eine Lüge: »Heiliger.«

Ich drehte mich zur Wand und verbarg die Bewegung meiner Lippen. Während ich die Plätze reservierte – ein Erwachsener, ein Kind, Hin- und Rückflug, Sonntag morgen –, fiel mir eine einfachere Variante ein: Ich erinnerte mich an einen Film, den ich vor ein paar Monaten für meine Eltern übersetzt hatte.

Ich legte auf und drehte mich um. »Film mit Gorillas. Erinnerst du dich?«

Sie legte das Messer hin, mit dem sie gerade schwarze Oliven entkernte.

»Gorillas in Nebel«, war ihre Antwort.

»Ich ausleihen den Film heute abend?«

»Ich sehe ihn – vorher.«

»Sehen zweimal? Sehen noch mal?«

Sie schüttelte den Kopf: »Zu deprimierend.«

Depression: die Flache-Hand drückt die Zeige-Hand nieder.
»Sehr wichtig.«
»Frag Vater.« Sie hielt mich hin. »Vielleicht sieht heute abend Football.«
Ich konnte nicht fragen; er arbeitete bis spät. Wie durch ein Wunder erschien während der Mahlzeit eine Entschuldigung per Fernschreiber: er könne erst in ein paar Stunden nach Hause kommen. Wir saßen uns beim Essen gegenüber, sagten aber wenig. Meine Mutter befand sich eindeutig in höchster Alarmbereitschaft und beobachtete mich eindringlich, versuchte aber, ihre Sorge zu verbergen.
»Lecker.« Meine Flache-Hand rieb den Bauch in kreisenden Bewegungen, als hätte ich nicht die geringsten Sorgen.
Nachdem ich das Geschirr gespült hatte, machte ich mich auf den Weg zum nächsten Videoshop. Der Abend war klar und mild, die Sonne stand kurz davor, im Westen in den Golf zu tauchen. Kein Lüftchen wehte, das Meer war glatt und flach und wie Teemilch, so weit von der welligen Gebärde für *Meer* entfernt wie überhaupt möglich. Die Gebärdensprache kennt auch eine Gebärde für ruhige See, es ist dieselbe glättende Bewegung der Flachen-Hand, die man für *Boden* benutzt. Das Meer war an dem Abend ein grauer, flacher Boden, der sich bis zur entfernten Wand des Himmels erstreckte. Ich ging, einem Impuls folgend, die Treppe zum Strand hinunter, setzte mich auf die unterste Stufe, zog Schuhe und Socken aus und stieß die nackten Zehen in den kühlen Sand. Ich spürte, wie Zufriedenheit in mir aufstieg, eine süße Erschöpfung als Nachwirkung dieses aufregenden Tages.
Eine große Warntafel war an einen am Treppenende in der Sand gerammten Pfahl befestigt: Ein Dutzend roter Kreise mit diagonalen Strichen zeigten Silhouetten von allem, was am Strand nicht erlaubt war. Das Verbot war umfassend. Keine Hunde. Keine Motorräder. Kein Alkohol – eine stili-

sierte, etwas undurchsichtige Bierflasche. Ich studierte die Liste, abgelenkt von ihrem einfachen Gebärdenesperanto. Fahrräder waren verboten. Abfall wegwerfen – eine Hand läßt eine zerknüllte Tüte fallen – war verboten. Vom Steg zu tauchen war verboten. Kaum etwas schien auf dem Küstenvorland von Glenelg erlaubt zu sein.

Gorillas waren nicht ausdrücklich verboten. Ich fragte mich träge, ob Wunsch je das Meer gesehen hatte, außer in Büchern, und was sie davon halten würde. Es wärmte mich in der abkühlenden Dämmerung, mir ihre Aufregung vorzustellen, zugleich wußte ich im Innersten, daß ein Besuch am Meer unmöglich war.

Nach geraumer Zeit zog ich die Schuhe wieder an und stieg die Treppe hoch. Der Videoshop war leer, *Gorillas im Nebel* stand bei den Neuerscheinungen; ich nahm die Kassette.

»Haben Sie sonst etwas mit Gorillas?«

Der Filialleiter, der sich einen neuen Film ansah und sich über die Unterbrechung ärgerte, ließ den Abtaster, ohne hinzusehen, über meinen Videoausweis laufen. »Schon *King Kong* versucht?«

Der Gestank von gebratenen Schweinewürstchen erfüllte meine Nase, als ich das Haus betrat. Mein Vater aß gerade zu Abend. Auf dem Teller nebeneinanderliegend sahen die Würstchen aus wie ein Wurf blinder, neugeborener Ferkelchen. Vater beobachtete mich mißtrauisch über den Teller hinweg, es war deutlich, daß die beiden gerade über mich gesprochen hatten, meine neue Ernährungsmacke, meinen Gorillatick. Ich zeigte ihm den Rücken der Videokassette; er überflog kurz den Titel, sah mich noch einmal merkwürdig an und zeigte dann auf sich selber: »Früh Bett«.

Ich legte die Kassette ein, nachdem meine Mutter auch ins Bett gegangen war. Die Szenen, in denen nur Menschen waren, ließ ich im schnellen Vorlauf vorbeisausen, bei den

Gorillasequenzen stoppte ich das Video, um jedes Standbild eingehend zu betrachten. Stammte Wunsch überhaupt aus derselben Art? Sie besaß dieselbe Würde – dieselbe Präsenz – wie die erwachsenen Weibchen und großen Silberrückenmännchen auf dem kleinen Bildschirm, aber ihr fehlte deren furchteinflößender Anblick. Sie hatte unverkennbar feinere Knochen, war weniger stämmig, ein übergroßer Kinder-Affe. Ein Gedanke: Die Affen in dem Film waren Berggorillas, *Gorilla gorilla beringei*. Wunsch würde doch sicherlich von der verbreiteteren westlichen Tieflandunterart *Gorilla gorilla gorilla* abstammen. Ich hatte mich in den letzten Tagen zum Spezialisten in punkto Gorillaklassifizierung entwickelt.

Ich spielte einige wichtige Szenen noch einmal durch, und je öfter ich sie mir ansah, desto mehr erhärtete sich mein Verdacht und wurde zu einer Gewißheit: Der Unterschied zwischen Wunsch und ihren wilden Verwandten war mehr als eine subtile Variation zwischen Unterarten.

8

»Aber wir waren doch schon *letzten* Sonntag im Zoo, Paps.«

»Wir haben nicht alle Tiere gesehen.«

»Ich habe schon alle Tiere gesehen, die ich überhaupt sehen will.«

»Die Affen haben wir nicht gesehen, Schatz.«

»Ich *hasse* Affen. Ich hasse diese roten Teile da. Sie sehen immer aus wie *Wunden*.«

»Du haßt viel zu viele Dinge, Schatz. Du solltest dir deinen Haß für wirklich wichtige Dinge aufsparen.«

Meine Tochter sah mich verständnislos an: »Was denn zum Beispiel?«
»Ach – Krieg. Umweltverschmutzung.«
Ich bin mir nie sicher, wie ich überhaupt mit ihr reden soll. Versuche ich die Kindersprache, schaltet sie unweigerlich auf Weltklugheit um und behandelt mich mit Herablassung. Spreche ich mit ihr wie mit einer Erwachsenen, flüchtet sie sich in die Kindersprache; plötzlich klinge ich, als ob ich Vorträge hielte und herablassend mit ihr sei.
Manchmal ist sie ja auch noch ein Kind. Hinter dem schlauen Gerede und dem frühreifen Schnabel gibt es noch flüchtige Momente, in denen das von mir als Säugling so abgöttisch geliebte kleine Mädchen sichtbar wird.
»Rassismus«, fügte ich hinzu. »Armut. Double-bacon Cheeseburger.«
»Wie bitte?«
»Nur ein Witz, Schatz.«
Sie schüttelte den Kopf und sah mich von unten mit toleranter Verachtung an: »Du bist echt oberseltsam, Paps.«
Ich steuerte sie, die immer noch protestierte, durch den Vordereingang des Zoos und folgte dem gewundenen Pfad zur Primatenabteilung. Ein Eis unterstützte unsere Vorwärtsbewegung, wirkte wie eine Art Schmiere.
Die Menschenaffen waren in einer Reihe von Gräben untergebracht, die eher großen Squashcourts glichen als Käfigen. Auf drei Seiten waren sie von hohen, verputzten Wänden gerahmt, aber nach vorne war jede Grube offen und von den Besuchern durch einen Graben mit abgestandenem Wasser und einem niedrigen Drahtzaun getrennt. Bei den Schimpansen war ein toter Baum einbetoniert, der von einem Wirrwarr von Holzgerüsten umgeben oder vielleicht auch gestützt war. Ein dickes Hanfseil, an dem ein riesiger Traktorreifen zwei Meter über dem Boden baumelte, hing vom obersten Ast des Baumes.

Die großen erwachsenen Schimpansen waren hier und dort in verschiedenen apathischen Stellungen zusammengesackt. Sie hatten wenig mit Wunsch gemein und erschienen mit ihren henkelartigen Ohren und ihren kleineren, oben abgeflachten Schädeln weniger würdevoll als clownartig. Trickfilmaffen. Die mittelgroßen Schimpansen waren aktiver, steckten Strohhalme in einen künstlichen Termitenhügel und saugten an der Belohnung – Honig? Zuckerwasser? –, die man für sie darin versteckt hatte. Die Säuglinge in der Kolonie zeigten am ehesten eine Art Familienähnlichkeit mit Wunsch; sie waren voll frecher Energie und Neugier, noch nicht von ihrer winzigen, engen Welt gelangweilt. Das kleinste und menschlichste Gesicht unter ihnen starrte mich gebannt an; impulsiv winkte ich *hallo*, die einfache Gebärde mit der Flachen-Hand. Natürlich kam keine Erwiderung, nicht einmal ein einfaches Nachäffen.
Rosie verdrehte die Augen und trat einen Schritt zurück, ging auf Distanz.
Hinter einer identischen Umfriedung nebenan waren mehrere Orang-Utans; ein riesiges Männchen war in einer dritten Grube allein untergebracht. Die Orang-Utans schienen sich noch weniger für meinen Gebärdengruß zu interessieren als die Schimpansen.
»Darf ich die Affen füttern, Paps?«
»Nein, das darfst du nicht.«
Überall hingen Warntafeln: rot durchgestrichene Erdnüsse.
Sie zog an meiner Hand: »Ich *hasse* den Zoo. Ich will den Kinderzoo sehen.«
Ich sträubte mich etwas und sah mir den großen Orang-Utan genauer an. Ein Fell aus orangeroten, verfilzten kleinen Zöpfen bedeckte seinen ganzen Körper; seine Augen hatten den abwesenden Ausdruck eines Drogensüchtigen. Rosie zog immer noch an meiner Hand und plapperte in einem fort.

»Du hörst mir gar nicht zu, Paps.«
»Ich versuche zuzuhören, Schatz.«
»Und was habe ich dann gesagt?«
»Tut mir leid, Schatz – ich dachte gerade nach.«
»Deine Hände bewegten sich«, sagte sie. »Du hast laut nachgedacht.«
»Was sagten meine Hände denn?«
»Irgendwas über Affen. Und Wünsche.«
Mein eigener Wunsch – ein Zoobesuch unter anderen Umständen. In anderer Begleitung. Ich stellte mir vor, dasselbe gemeinsam mit Wunsch statt mit Rosie zu sehen, zu riechen, zu hören. Was würde sie von diesen Menschenaffen halten, ihren Cousinen und Cousins, die in öden Squashcourts eingesperrt waren und vor Langweile beinahe eingingen?
»Ich habe Hunger, Paps.«
»Du hast gerade ein Eis gegessen.«
»Ich habe Hunger auf was *Anständiges.* Können wir zu Hungry Jack's gehen?«
»Oma macht dir für heute abend deinen Lieblingsnachtisch.«
»Doch nicht schon *wieder* Trifle.«
»Es ist dein Lieblingsnachtisch.«
»*War's* mal. Bis ich ihn jeden Sonntag essen mußte.«
Ich folgte ihr zum Ausgang, an den Flamingos und Gürteltieren vorbei, den Zwergflußpferden, den Kurzschwanzkänguruhs und dem gelbfüßigen Steinwallaby – kein Tier wurde auch nur eines einzigen Blickes gewürdigt. Ich folgte hilflos, der erschöpfte Partner einer Tennismaschine. *Erschöpfung:* eine Familiengebärde ohne Hände, mit heraushängender Zunge, zur Seite baumelndem Kopf.
»Papa, das ist echt *peinlich*!«
Ich zog die Zunge wieder ein und richtete meinen Kopf auf.
»Tut mir leid, Schatz.«

»Du siehst aus wie ein *Spastiker*.«
Sie eilte voraus; es erinnerte mich schmerzlich daran, wie oft ich einige Schritte vor oder hinter meinen eigenen Eltern gegangen war. Eine große Cola und eine Portion Pommes frites hielten sie gerade noch bei Laune, bis wir zu Hause ankamen.
»Schöner Tag?« fragte meine Mutter.
Rosie formte automatisch die Gute-Hand, ohne Gefühl. Sie erwiderte in der Gebärdensprache die ewiggleichen Sonntagsfragen meines Vaters über ihre Schule – was für ihn Schulsport bedeutete, Punkttabellen und wer der beste Spieler war – und steuerte dann auf den Fernseher zu.
»Schwimmen«, formte ich für meine Mutter.
»Schwimmen hinterher. Essen fertig.«
Später schwamm ich in der stillen Dämmerung. Im ruhigen Wasser treibend und zum Strand blickend, konnte ich die Vorderfenster des Hauses sehen, ein Panoramafenster, die Vorhänge offen, alles von innen beleuchtet. Der Fernseher flackerte gegen die Mondgesichter der Menschen dort drinnen: Rosie, die sich auf einem Sitzsack räkelte, meine Eltern auf dem Sofa hinter ihr. Ich konnte zwar nicht sehen, aber mitfühlend spüren, wie mein Vater ihr ab und zu mit den Zehen ins Kreuz stupste. Rosie formt Gebärden zwar langsam, aber richtig – ich habe ihr die Gebärdensprache in den ersten Lebensmonaten beigebracht und sie zu einem Kindergarten für Gehörlose geschickt, bevor wir zu reisen begannen. Sie benutzt die Sprache immer noch mit ihren Großeltern; mit mir findet sie es sinnlos.
Ich trieb bewegungslos, hypnotisiert von dieser häuslichen Szene – einer Szene aus meiner eigenen Kindheit. Ein winziges Auto bog um die Ecke, kroch die Esplanade entlang, hielt vor dem Haus und verdeckte zum Teil das Fenster. Jills vertraute Gestalt stieg aus, ging rasch durch den ordentlichen Garten und drückte auf die Klingel. Man konnte den

Türalarm durch jedes Fenster aufleuchten sehen, die Tür ging auf, meine Mutter erschien lächelnd. Ich war ein Stück weit draußen, aber ich konnte Jills Gruß mit der Guten-Hand lesen und mit meinem geistigen Auge sogar ihr schwerfälliges Fingerschreiben. Die Antworten meiner Mutter konnte ich auch entziffern, ihre Hände bewegten sich im Schneckentempo und höchst genau, als würde sie mit jemand Schwerhörigem laut und deutlich sprechen.

Ich lernte Jill in einem Gebärdensprachkurs kennen; sie war mehrere Monate lang meine Schülerin und beschäftigte sich für eine Abschlußarbeit ein bißchen mit Auslan. Das wenige, das ich über Linguistik weiß, habe ich von Jill gelernt; sie half mir, mein Wissen über die Gebärdensprache zu ordnen und in einen groben theoretischen Rahmen zu fassen. Als Gegenleistung brachte ich ihr die Grundlagen der Sprache bei. In den ersten Unterrichtsstunden faszinierten mich ihre Fragen. Sie hatte in der Wüste ihre Dissertation geschrieben: über die Gebärdensprache der Witwen der Ureinwohner. Witwen dürfen nach dem Tod ihrer Männer nicht mehr sprechen und haben eine komplexe Gebärdensprache entwickelt. Jill interessierte sich für Vergleiche, für Gebärden, die man als natürlich, als allgemeingültig betrachten könnte. Wir entdeckten bald, daß die Zwei-Hand-Gebärde für Sehen in beiden Sprachen benutzt wird, eine einfache Darstellung der Augen. Sie war weniger daran interessiert, fließend Gebärdensprache zu lernen – sie hatte dazu keine Zeit, erklärte sie mir wiederholt. Ihr Kopf sei schon vollgestopft mit gesprochenen Sprachen. Sie interessierte sich noch weniger für die Welt der Gehörlosen. Ein »Ghetto« nannte sie es einmal in einem unvorsichtigen Moment. Die Gehörlosen sollten sich in die Außenwelt begeben, sich anpassen, sagte sie mir bei einer anderen Gelegenheit und verfestigte dadurch ihren Standpunkt. Natürlich sollten sie ihre Sprache pflegen – aber

auch lernen, von den Lippen abzulesen, zu sprechen oder wenigstens mit den Fingern zu buchstabieren, und sich nicht in die private Welt der Gebärdensprache abseilen.
Sie lernte das Fingeralphabet – ihre Minimalpflicht als Schwiegertochter –, aber sie behielt nie mehr als eine Handvoll Auslan-Gebärden. *Hallo, gut, ja, nein, sehen.*
Am Anfang antwortete ihr meine Mutter im Fingeralphabet, aber es war umständlich und ermüdend. Bald fanden sie es praktischer, durch mich zu kommunizieren. Das hatte einen weiteren Vorteil: ich konnte etwaige Mißverständnisse und unbeabsichtigte Beleidigungen herausfiltern. Und besonders die beabsichtigten Beleidigungen. Ich konnte ihre Gespräche *verbessern*, das Getriebe schmieren, sogar ein paar Komplimente und Höflichkeiten einflechten, die nie beabsichtigt waren.
Eine ganze Weile glaubten deshalb beide, von der anderen mehr geschätzt zu werden, als tatsächlich der Fall war.
Die Hochschätzung war verblaßt, aber die Höflichkeit geblieben, wenigstens bei der Übergabe von Rosie. Ich sah, wie die Hände meiner Mutter Jill einluden, eine geübte Höflichkeit, ich sah, wie Jill höflich nein sagte, ein lächelndes Kopfschütteln und ein Klopfen auf die Armbanduhr. Rosie erschien dann in der Tür, wie immer nach ein, zwei Stunden mit ihren Großeltern erpicht darauf, die Flucht zu ergreifen.
Mutter und Tochter wechselten ein paar Worte, die ich nicht hören konnte, und drehten sich in meine Richtung. Rosie hob eine Zeige-Hand, Jill winkte, ich hob einen tropfenden Arm aus dem Wasser und winkte zurück, Rosie warf mir eine Kußhand zu, dann stiegen sie in ihr Spielzeugauto und verschwanden.

9

»Du gehen-Bäume-hoch«, forderte Wunsch mich auf.

Wir saßen auf ihre Bitte hin wieder im Garten. Der März war gekommen, aber der Sommer machte keine Anstalten, sich zurückzuziehen; der Tag war heiß, der blaue Himmel von Wolkenflöckchen völlig frei.

Clive kritzelte in seinen Notizen; Stella sah zu, auf der Gartenbank zurückgelehnt, die Hände hinter dem Nacken verschränkt; die Hunde schliefen zu ihren Füßen. Wunschs Hände verschwammen wie gewöhnlich.

»Forme es noch einmal«, bat ich sie. »Langsam.«

»Gehen-Bäume-hoch.«

Ich mochte ihre Improvisation – eine elegante Mischung aus drei verschiedenen Gebärden –, aber sie war irgendwie zu langatmig. Ich zeigte ihr die beiden Möglichkeiten von *klettern.* Die Krallen-Hand-Gebärde, Hand über Hand, oder, weniger umständlich, zwei Finger, die einen senkrechten Handteller hochspazieren, ein winziges Beinpaar.

Sie zog die erste Gebärde vor und wiederholte sie schwungvoll. »Klettern Bäume – Freude.«

»Das glaube ich gerne«, antwortete ich mit schwerer Ironie.

Sie grinste breit, zufrieden, die Nuance mitbekommen zu haben. »Nicht wahr!«

Ich malte die Form einer langen Zunge zwischen Daumen und Zeigefinger in die Luft, die Gebärde für Flunkerei.

Sie war verwirrt. »Lange-Zunge?«

»Lange-Zunge gleich Nicht-wahr. Aber gutes Nicht-wahr. Lustiges Nicht-wahr.«

Diese Kombination schien sie nicht erfassen zu können; sie kam auf ihre anfängliche Aufforderung zurück. »Klettern Baum mit mir, Süßmaul.«

»Ich klettere Bäume – nicht.«
»Ich unterrichte dich.«
Ihre Darstellung der Gebärde für *unterrichten* war leicht verdreht; näher an *vergessen* als an *unterrichten*, die Gebärden haben im Auslan eine sonderbare Ähnlichkeit miteinander.
Ich formte: »Du unterrichtest mir Vergessen?«
Diesmal verstand sie mich. Sie lachte ihr kehliges Lachen und sprach *unterrichten* perfekt aus.
Dann war sie auf einmal weg, jagte den nächsten Baumstamm hoch, Arm über Arm, und erreichte innerhalb von Sekunden die höchsten Äste.
Stella sprach zum erstenmal. »Ist das nicht was, J. J.? Hast du so was schon jemals gesehen? Kraft und Geschmeidigkeit, als ob sie fliegt.«
Wir verrenkten uns die Hälse und sahen ihr zu. Das Gesicht von Wunsch blickte verstohlen über den Rand des Baumhauses, dann erschien ihre rechte Hand und winkte mich hinauf.
»J. J. kommen.«
Sie saß zehn Meter über der Erde; ein Sprecher hätte rufen müssen.
Es war nicht mehr als eine geflüsterte Einladung, aber deutlich zu sehen.
»Zu dick.« Ich benutzte die durchsichtige Gebärde unserer Familie. »Vielleicht fallen.«
Sie kannte die Gebärde nicht; ich übertrieb die pantomimischen Teile, um es ihr klarzumachen.
»Fallen auf Fett«, antwortete sie. »Nicht weh. Fallen auf – Kissen.«
Oder auf Polster oder auf Matratze – die Gebärden dafür sind austauschbar. Sie neckte mich ohne Zweifel mit meinem Gewicht. Sie lachte – aber eine Brise bewegte die Blätter um sie herum und trug jeden Laut, der uns hätte errei-

chen können, davon. Sie streckte einen unmöglich langen Arm aus und ließ das dicke Seil, an dem der Reifen hing, tanzen.

»Sitz«, kommandierte ihre freie Hand. »Ich schaukele dich.«

Schaukeln: eine einfache Pendelbewegung, eine Improvisation. Ich wandte mich an Stella, sie nickte mir aufmunternd zu: »Es ist nicht gefährlich.«

Ich schob die Schultern durch den Reifen, setzte meinen Hintern vorsichtig nieder und ergriff mit beiden Händen das Seil. Sofort ging es zügig nach oben. Ich krallte mich mit weißen Knöcheln fest, starr vor Angst. Wunsch holte mich ohne Anstrengung ein; bevor ich wußte, wie mir geschah, war ich zu hoch, um an Flucht überhaupt noch denken zu können. Es war ein erstaunliches Kunststück, das mehr Muskelkraft erforderte, als sie selbst der stärkste Mann hat.

Plötzlich waren wir uns gegenüber, sie ließ mich mit einer Hand über zehn Metern Leere baumeln. Ihre freie Hand klopfte leicht auf die Holzfläche neben sich; ich weigerte mich, den festen Griff am Seil zu lösen. Schließlich schwang sie das gesamte schwere Pendel auf die Fläche; ich rollte aus dem Reifen heraus.

Meine Hände zitterten, es fiel mir schwer, Gebärden zu formen. Ich schaffte es gerade noch zu fragen, wie ich wieder hinunterkommen könnte. Sie sah mir einen Moment lang in die Augen, in ihnen glimmte es böse, dann schlug sie mit den Armen, wie ein Vogel mit den Flügeln flattert. Ich versuchte zu lächeln; meine Gesichtsmuskeln waren noch wie gelähmt. Sie stieß sich ab, sprang zu einem entfernten Ast und verschwand johlend zwischen den Blättern. Ich wartete, gestrandet. Das Geräusch menschlichen Gelächters drang trotz der Brise zu mir herauf. Ich riskierte einen kurzen Blick hinunter. Clive hatte seinen Notizblock hingelegt und lächelte so breit, wie es sein steifer Priestermund überhaupt zuließ. Stella war völlig außer sich und hielt sich lachend die Seiten. Ich versuchte, den Blick zu genießen: Summertown, das etwa eine Meile entfernt in einem Tal lag wie in einem Nest; darüber der dreifache Fernsehturm von Mount Lofty über der entfernten Seite des Tales. Meine Augen wendeten sich wieder zu Wunsch, die amüsiert vom nächsten Baumwipfel zusah.

»Runter jetzt!« bettelte ich. »Bitte!«

Sie schüttelte mit einem breiten Grinsen den Kopf: »Klettern Bäume – Freude.«

10

Der erste Mittwochabendkurs ohne Clive und Stella war irgendwie farblos. Die Klasse war auf die Hälfte zusammengeschrumpft; die Übriggebliebenen hatten sich wenigstens in die ersten Reihen gesetzt und es sich gemütlich gemacht. Die Gebärdensprache machte sie locker, verwandelte, wie es durch diese Kommunikation immer geschieht, Introvertierte in Extrovertierte. Sie stellten mehr Fragen, benutzten ihre Hände auf sinnvollere Weise, aber ich vermißte besonders die schnelle Auffassungsgabe und die schnellen Hände von Stella.

Ich ertappte mich dabei, unkonzentriert zu unterrichten, weil ich hauptsächlich an Wunsch dachte und schon den Lehrplan für den nächsten Tag ausarbeitete.

Rauscht-Vorbei steckte nach der ersten halben Stunde den Kopf durch die Tür, zählte leicht theatralisch die Anwesenden, warf mir einen höchst betroffenen Blick zu und verschwand.

Nach dem Unterricht hoffte ich auf gehörlose Freunde im Gemeinschaftsraum. Zwei Stunden Gebärdenkauderwelsch mit Anfängern war immer unbefriedigend, ein Appetithappen, der den Hunger nur weckt. Ich fühlte mich auch rastlos und fusselig, ich wollte irgendwie jemandem – egal wem – von Wunsch erzählen, obwohl ich versprochen hatte, es nicht zu tun. Und dieses Versprechen würde ich auch halten. Wenigstens meine Aufregung wollte ich mitteilen, wenn auch nicht ihre genaue Ursache; ich wollte etwas mit dieser Aufregung *anfangen*.

Rauscht-Vorbei saß hinten an einem Tisch; er winkte mich heran, bevor ich seinem Blick ausweichen und so tun konnte, als hätte ich ihn nicht gesehen. Seine Frau saß bei ihm: Stelzen, eine geborene Gebärdensprecherin, völlig taub, riesengroß. Sogar im Sitzen überragte sie ihren stämmigen Mann um einiges.

Ich küßte sie kurz auf die Wange, wir plauderten eine Weile in Gebärden. Ich hatte sie jahrelang nicht gesehen; es gab Neuigkeiten auszutauschen, neue Episoden in unseren Lebensgeschichten, die es aufzuholen galt.

»Du verändert – nicht.« Sie erwiderte das Kompliment.

»Kinder?« fragte ich.

Sie zeigte mir die Zwei-Hand, ich fragte nach Alter und Geschlecht, es war der übliche Gesellschaftsfragebogen. Während meine Hände sich bewegten, ertappte ich mich dabei, daß ich die Wunsch-Hand unbewußt in das Gespräch einflocht. Stelzen lächelte bei der Gebärde und kreuzte auch ihre Finger.

»Glück auf deiner Seite, Süßmaul?«

»Immer Glück.« Mit einer Gebärde der Guten-Hand gab ich ihr recht.

Rauscht-Vorbei unterbrach uns.: »Dein Kurs scheint diese Woche viel kleiner zu sein, J. J.«

Stelzen verdrehte den Kopf, um von seinen Lippen ablesen

zu können; er wiederholte geduldig die Wörter mit vorsichtig übertriebenen Lippenbewegungen. Es gab mir einen Stich. Sie hatte sich vielleicht nicht verändert, aber ihr Leben auch nicht. Die Ehe der beiden war immer noch weniger eine Ehe als eine Wohltätigkeitsveranstaltung, sie war weniger eine Ehefrau als ein Fall. Bin ich zu gemein? Hätte Stelzen wirklich Rauscht-Vorbei gewählt, wenn sie nicht so behandelt werden wollte? Wenn seine Eigenliebe nicht groß genug war, um sie irgendwie beide zu umfangen und zu nähren? Wahrscheinlich gehörte die Art ihrer Beziehung zu einem tieferen Problem. Rauscht-Vorbei schlägt mit allen Gehörlosen denselben besitzergreifenden, philanthropischen Ton an. Er meint es gut; was er tut rauscht eben an ihm vorbei.

»Manche springen ab immer«, antwortete ich.

Stelzen lächelte über den Ausdruck »abspringen«, eine durchsichtige Erfindung von mir.

»Ich rühme mich einer niedrigen Aussteigerquote«, sagte er. »In dieser Zeit der Sparmaßnahmen müssen wir für Einkommen sorgen, J. J. Wir *müssen* Hintern auf den Bänken haben und halten.«

Stelzen schien es überhaupt nicht unhöflich oder merkwürdig zu finden, daß er alles sprach. Ich erlag beinahe der Versuchung, seine Worte in die Gebärdensprache zu übersetzen – frech zwischen Mann und Frau zu dolmetschen.

»Kurs schon bezahlt.« Ich blieb eigensinnig bei der Gebärdensprache. »Sie abwesend – kein Problem.«

Er lächelte nachsichtig. »Trotzdem – ich möchte, daß du am Anfang jeder Stunde eine Anwesenheitsliste machst.«

Ich war irritiert und sprach zum erstenmal. Damit schloß auch ich Stelzen aus. Plötzlich wollte ich mich nicht mehr mit Gebärden äußern, die Sprache schien mit zu gut, um sie an ihm zu verschwenden, eine Perlenkette, die man einer Sau vorwirft. Außerdem wollte ich Stelzen nicht in Verle-

genheit bringen – ich hatte sie trotz ihres Geschmacks in Sachen Ehemänner immer gemocht –, indem ich ihn in ihrer Anwesenheit beleidigte.
»Du machst doch hoffentlich Witze, Jeremy. Das hier ist keine verdammte Realschule.«
Er wandte sich zu Stelzen und klopfte auf seine Uhr; der erste Anflug einer Gebärde, den er seit meiner Ankunft überhaupt machte. Er schob seinen Stuhl zurück, stand auf und wandte sich mir wieder zu.
»Ich muß darauf bestehen, J. J.«, sagte er. »Ich will Donnerstag morgen die Anwesenheitsliste auf meinem Schreibtisch vorfinden.«
Stelzen saß noch einen Moment, vom plötzlichen Abkühlen der Atmosphäre verwirrt.
»Bleib«, formte ich. »Mehr Kaffee.«
Sie schüttelte den Kopf, formte *spät* und erhob sich. Auf ihren langen Stelzenbeinen überragte sie ihren Mann. Er nahm Stelzens Arm und steuerte sie sanft aus dem Raum, als ob sie blind sei. Vielleicht *war* es ja eine Art Liebe – jeder Spieler gewinnt dabei. Ich hob die Grobe-Hand hinter ihm, mehr amüsiert als verärgert. Meine Laune war zu gut, um sie von Rauscht-Vorbei verderben zu lassen; ich fühlte mich gegen sein Gemecker gefeit. Jenseits der Nacht wartete Wunsch auf mich, bald würde ich wieder zu meiner eigentlichen Arbeit in die Hügel fahren.

11

Es gibt Morgen, an denen das Bettzeug von einem wegfällt wie eine zersprungene Eierschale. Man steht auf und geht wie neu geschlüpft in die Welt hinaus, wie zum ersten-

mal. Ich hatte mich seit Beginn meiner Ehe und der Geburt von Rosie nicht mehr so euphorisch gefühlt.
Diese ersten Wochen mit Wunsch erfüllten mich auf die gleiche Weise mit Energie. Ihre langen, schwarzen Arme streckten sich jeden Nachmittag nach mir aus wie ein paar Starthilfekabel, luden meine Begeisterung von neuem auf, zwangen mich, Dinge neu zu sehen, die ich längst nicht mehr oder überhaupt kaum bemerkt hatte.
Wunschs Neugier schien unerschöpflich, ihre Vernarrtheit in die Welt und ihre Gebärden richtig gewinnend, geradezu ansteckend. Wir können über die Welt erst nachdenken, wenn wir sie benannt haben, das habe ich immer schon geglaubt. Wir können sie nicht manipulieren, in unserem Kopf hin- und herbewegen, bis wir sie nicht in Sprache gekleidet haben. Solange sie nackt ist, können wir sie nicht einmal sehen. Worte liefern uns die Kostüme, die Etiketten, die Kategorien. Worte erlauben uns, die Welt einzuteilen und zu beherrschen.
Ich hatte unrecht. Nach und nach wurde mir klar, daß die Gebärden, die ich Wunsch beibrachte, einfach Dinge bekleideten, die sie schon wußte. Es waren Ideen, über die sie schon nachgedacht und die sie wortlos verstanden hatte, aber nicht mitteilen konnte. Meine eigene erste Einsicht: Wir brauchen keine Worte oder Gebärden, um mit ihnen zu denken, sondern nur, um anderen mitzuteilen, was wir sowieso schon wissen.

Wie sollte ich die Geschwindigkeit erklären, mit der sie die Gebärdensprache aufsog, wenn ich nicht einfach annahm, daß sie darauf vorbereitet war? Für jede Gebärde hatte sie schon ein Fach – einen Denkschlitz – bereit, den es zu füllen galt. Meine wachsende Begeisterung beunruhigte Clive, der immer wieder betonte, daß man objektiv und vorsichtig bleiben müsse. Unter der Pflichtlektüre, die er mir jeden

Abend mit nach Hause gab, waren zwei Berichte über den Versuch, verwilderte Kinder zu erziehen. Beide waren extrem pessimistisch; weder Victor, der wilde Junge von Aveyron, noch Kamala, ein von Wölfen großgezogenes Mädchen aus Bengalen, hatten gelernt, mehr als nur ein paar Worte zu sagen. Clives Versuch, meine Begeisterung kalt zu duschen, schlug fehl; Wunsch, so argumentierte ich, habe seit ihrer Geburt unter Menschen gelebt, ihr Instinkt für Grammatik sei nicht durch Vernachlässigung verkümmert.

Ich kam in der ersten Zeit jeden Morgen mit einem festen Lehrplan. Die Besuchstage mit Rosie dienten mir als Vorbild. Es galt, die Zeit so zu strukturieren, daß das Zerfließende feste Konturen erhielt. Aber auch die besten Pläne gehen schief. Bald wurde mir klar, daß Struktur egal war, daß der tägliche Lehrplan von der Schülerin und nicht vom Lehrer bestimmt wurde. Ich lernte, ihr zu folgen. Ich war genauso Begleiter wie Lehrer auf diesen täglichen Fahrten ins Blaue. Wo wir am Nachmittag endeten, war selten das Ziel, das ich mir gesetzt hatte. Wunschs endlose Fragen, ihre begeisterte Neugier brachte uns auf merkwürdige, nicht voraussehbare Pfade.

Clive und Stella wachten geduldig über uns; Clive füllte einen Schreibblock nach dem anderen, Stellas Hände hielten mit, soweit es ging, und unterbrachen uns manchmal – selten – mit der Bitte, eine Gebärde langsamer zu wiederholen. Trotz ihres Talents würde sie nie lernen, Gebärden wirklich fließend zu formen; das menschliche Gehirn wird von der Adoleszenz in Beton gegossen; Stellas Kapazität für die Gebärdensprache war nicht annähernd so groß wie die ihres Pflegekindes.

Jede Woche lieh ich für Wunsch einen kleinen Stapel Bücher aus der Bibliothek aus, Clive fügte seine eigenen Lehrbücher hinzu, aber es gab selten genug Zeit zum Lesen oder um Texte in die Gebärdensprache zu übersetzen. Eine ganze Welt umgab uns, zahllose Dinge, unendlich mannigfaltig. Sogar der kleine Zipfel der Welt, der im inneren Zaun eingeschlossen war, konnte nicht in ein paar kurzen Stunden mit einfachen Worten oder Gebärden erschöpft werden. Wir hatten kaum die Zehen – die Fingerspitzen – in diese üppige, dichte Welt eingetaucht.

Selbst das Einfachste – ein Blatt, eine vorbeiziehende Wolke, ein Stein – brachte Wunsch auf andere Gebärden, Ketten von *Wo* und *Warum* und *Wie,* die ihre eigenen Wege zwischen Erklärungen, freien Assoziationen, Ursachen und Wirkungen verfolgten. Die Grenzen meines Wortschatzes wurden immer wieder auf die Probe gestellt. Oft überraschte ich mich selber, wenn ich mich an Gebärden erinnerte, die ich vergessen zu haben meinte; ebenso oft improvisierte ich oder mußte um Rat und Hilfe Wörterbücher und Lexika durchstöbern.

Eine wiederholte Freude: Wunsch schüttelte immer wieder ihren Kopf von Seite zu Seite, nachdem ich eine Gebärde geformt hatte, um dann eine geeignetere vorzuschlagen oder eine neue Mischung aus alten Gebärden, eine Gebärdenkreuzung. Ihr Erfindungsgeist überraschte mich, ihr Sinn für Humor und ihre Verspieltheit entzückten mich.

Trotz der geringen Aussicht auf Erfolg versuchte ich, den Unterricht wenigstens ein bißchen zu strukturieren. Ich wollte die Breite ihres Verstands erkunden, die Lücken und Schwächen finden – die Mängel. Sie konnte ein bißchen lesen, konnte wenigstens einige gesprochene Worte verstehen, sie hatte einen großen, wenn auch exzentrischen Wortschatz von Gebären. Während der dritten Unterrichtswoche, oder besser: Besuchswoche, machte ich eine weitere überraschende Entdeckung: Man hatte ihr beigebracht zu zählen. Ich stoppte ihre schnellen Handbewegungen, als sie bei hundert angelangt war. Konnte sie dann auch addieren? Konnte sie zum Beispiel zwei und zwei addieren? Die Antworten auf einfache Rechenaufgaben liegen in der Gebärdensprache auf der Hand. Sie *sind* das Zählen mit den Fingern. Wunsch gab sofort die richtige Antwort. Nach der fünf ist das Zählen weniger durchsichtig, die Gebärde für *sechs* ist nicht sechs Finger an zwei Händen.

»Drei und drei?« fragte ich.

Wunsch zeigte mir die Gebärde für sechs. Beim ersten Blick undurchsichtig und willkürlich, ähnelt sie mit etwas gutem Willen einer stilisierten Sechs. Clive sagte: »Wir haben ihr die Grundlagen des Rechnens beigebracht.«

Ich war nicht ganz überzeugt. »Vielleicht ist es nur eine Gedächtnisassoziation.«

Er schüttelte den Kopf. »Ich bin mir sicher, daß sie die Sachen durchdenkt – logisch durchdenkt. Wir haben es ihr mit Obst beigebracht, mit einzelnen Trauben. Vom Haufen wegnehmen und hinzutun.«

Stella grinste: »Die richtigen Antworten darf sie *essen*, J. J.«

Ich prüfte sie noch einmal: Subtraktion, fünfzehn minus sechs. Sie war erpicht darauf, mir ihr Können vorzuführen, und sah mich um Lob heischend an. Ich zeigte ihr als Antwort den erhobenen Daumen.

»Manche Leute glauben, die Fähigkeit zu zählen sei angeboren«, sagte Clive.

Ich lächelte höflich skeptisch: »Mathematik ist doch sicherlich etwas, was man lernen muß.«

»Es wurden schon Experimente mit Babys gemacht«, sagte er, »die auf das Gegenteil zu deuten scheinen.«

Das war auch Stella neu; sie verzog das Gesicht. »Experimente mit *Babys*?«

»Ganz harmlose. Ein bekanntes Objekt – ein buntes Spielzeug oder eine Rassel – wird hinter einem Schirm versteckt. Ein zweiter identischer Gegenstand wird dem Baby gezeigt

und dann gleichfalls hinter dem Schirm versteckt. Wenn man den Schirm wegnimmt und beide Objekte sichtbar werden, zeigt das Baby keinerlei Überraschung.«
Stella, sarkastisch: »Na, damit ist ja alles bewiesen.«
»Ich bin noch nicht fertig. Wenn der Schirm weggestellt wird, und es befindet sich nur ein Gegenstand dahinter, sieht das Baby verblüfft aus.«
»Was willst du damit sagen? Daß Babys instinktiv *wissen*, daß eins und eins zwei ist?«
»Jedenfalls wissen sie, daß eins und eins nicht *eins* ist.«
Wunsch sah uns hellwach zu. Wieviel davon verstand sie? Sicherlich sehr wenig. Clive fuhr fort, ohne sie zu beachten: »Diese Ergebnisse wurden auch mit Subtraktion erzielt. Man kann ein Baby mit der falschen Antwort auf eine Subtraktion verblüffen.«
Eine Bestätigung meiner eigenen neuen Gedanken: »Dann können Babys also denken, bevor sie sprechen können?«
»Ist das nicht selbstverständlich?« fragte Stella.
»Überhaupt nicht. Manche Leute behaupten, weil Tiere keine Sprache haben, haben sie auch keine Gedanken. Keinen Geist.«
Sie beugte sich nieder und streichelte liebevoll die Ohren des Hundes, der am nächsten lag und schlief. »Jeder, der einen Hund besitzt, weiß, daß das nicht stimmt.«
Wir saßen zwischen den Rosen. Die meisten dieser ersten Nachmittage verbrachten wir auf Wunschs Drängen draußen, wir sogen die Sonne des Spätsommers und Frühherbstes ein. Nachdem Wunsch ihr früheres Leben in ein Labor eingesperrt verbracht hatte, sehnte sie sich offensichtlich nach der frischen Luft.
Clive beobachtete Wunsch. »Was ich damit sagen will, ist, daß wir hier eine unglaubliche Gelegenheit haben. Wunsch erlaubt uns, einige der gängigsten linguistischen Glaubenssätze unter die Lupe zu nehmen.«

Stella sagte: »Laß uns nicht unser Ziel aus den Augen verlieren, Clive. Wir wollen ja nicht gleichzeitig in zwei Richtungen arbeiten. Vor allem ist Wunsch ein Tier.«
Ich beobachtete immer noch, wie Clive Wunsch beobachtete. Ich spürte plötzlich, daß wir jeder von uns ein anderes Ziel verfolgten. Stella wollte einen Wortführaffen für Tierrechte; Clive wollte wenigstens zum Teil ein Versuchskaninchen, um bestimmte Thesen über den Spracherwerb zu prüfen; ich wollte eine einzige, glückliche Schülerin.
Dann war wohl die Frage, die auf der Hand lag: Was wollte Wunsch eigentlich?
»Sie ist kein Versuchskaninchen, das wäre ja wohl eine Schweinerei«, sagte ich.
Wunsch schnappte das letzte Wort auf und formte scherzhaft die Schnauze eines Schweins, ihre Faust über der Nase geballt. Wie genau diese einfache, komische Gebärde zum Moment paßte, geschickt unsere Unstimmigkeiten überspielte und uns durch Gelächter wieder zusammenführte! Sie lachte selber, fletschte dabei die Zähne und nahm offensichtlich teil an unserem Vergnügen. Während ich dort mit meinen neuen Freunden saß, kam mir plötzlich eine seltsame Erleuchtung: Das Wesen, dessen Gesellschaft ich mehr genoß als alles andere, war ein achtjähriges Gorillaweibchen. Mir war bei dem Gedanken etwas schwindelig, und ich streckte die Hand aus, um die Kante des Grilltisches zu fassen; weniger, um mich zu stützen oder um auf Holz zu klopfen, sondern um wieder den Kontakt mit etwas Alltäglichem und Prosaischem herzustellen, um etwas zu berühren, das unbestreitbar zum Bereich des Normalen gehörte.

12

Der lange Altweibersommer ging im späten April schließlich zu Ende. Die Woche war heiß gewesen, die heißeste des Jahres – es war richtig schwül-heiß, letzter-Atemzug-heiß, die Hitze erntete Wolken vom Golf und stapelte sie zu hohen Gewitterwolken auf. Ich verbrachte den Morgen im Institut und erledigte Schreibarbeiten, um den Anschein zu wahren, daß ich hier einer Ganztagsbeschäftigung nachging. Es überraschte mich, wie düster der Himmel war, als ich am Mittag das Institut verließ. In die Hügel fuhr ich unter Wolken hinein, die sich zusammenballten und vor mir hochragten, oben waren sie locker, ihre dunklen Unterseiten wie abgeschoren oder platt gebügelt. Ich stellte den Wagen am äußeren Gatter der Farm ab und sah zur Stadt zurück. Hinter dem Hügelkamm zuckten Blitze, die den Himmel mit der Erde verbanden. Donner rollte in der Ferne. Während ich das Feld überquerte und den fast halbleeren Teich umschritt, begann der erste Herbstregen auf den staubigen Weg zu fallen: große, runde, einzelne Tropfen, warm und schwer wie Taubeneier.

Wunsch wartete an der Baumgrenze hinter dem zweiten Gatter, der Regen störte sie nicht. Die Tropfen, die ihr auf Kopf und Schultern fielen, perlten von ihrem Fell ab wie von Wachstuch. Wir gingen Hand in Hand auf das Haus zu durch Regentropfen, die so groß waren und so vereinzelt fielen, daß man ihnen beinahe ausweichen konnte.

Stella stand auf der Veranda und begutachtete das Wetter; dann gingen wir ins Wohnzimmer. Draußen blitzte es, ohrenbetäubend krachte ein Donnerschlag direkt über uns. Wunsch, offenbar davon beunruhigt, klammerte

sich an Stellas Hand; ich nutzte die Gelegenheit, um ihr schnell etwas in der Gebärdensprache beizubringen: die Vibrierenden-, Ausgebreiteten-Hände des erderschütternden Donners. Die nach unten laufende Zickzacklinie der Zeige-Hand: ein Blitz schlägt ein. Wunsch machte meine Bewegungen nach, und es schien sie zu beruhigen, diese wilden Elemente benannt zu haben. Und es schien auch wie durch Zauberei den Sturm zu beruhigen: Der Donner rollte noch einmal, aber aus der Ferne, als sei er von der Macht der Sprache vertrieben worden.
Wunsch zog mich zur Treppe hin und formte mit einer Hand: »Zeigen mein Zimmer Süßmaul«.
Wochen waren vergangen, aber ich war noch nicht nach oben gelassen, nach oben eingeladen worden. Lag das an einer Art Hausregel: oben war zum Schlafen, tagsüber nicht erlaubt? Eine so starre Regel hätte man von Clive erwarten können. Ich blickte zu Stella; sie blickte zu Clive. Er nickte ihr zu; sie nickte daraufhin mir zu – und grinste dann etwas verlegen über diese absurde Befehlskette.
Wunsch winkte mich die schmale Treppe hoch; ich folgte ihr auf den Fersen. Oder waren das eher Handgelenke, Hinterhandgelenke?
Das Zimmer hätte jedem Menschenkind gehören können, obwohl es spartanisch ausgestattet war. Das Bett war unbedeckt; schließlich trug Wunsch ja ihre eigene Steppdecke auf dem Rücken. Ein paar Kuscheltiere saßen auf der bloßen Matratze: ein kleiner blauer Elefant, ein mittelgroßer Tiger und ein riesiger grüner Frosch. Es gab keine Spielzeugaffen. Ich fand es merkwürdig, daß das Zimmer trotz dem Alter von Wunsch wie ein Kinderzimmer ausgestattet war. Das mußte im Widerspruch zumindest zu Clives Ansichten stehen. Regale füllten eine Wand, die voller weiter, flacher Bilderbücher waren. Ein kleines Plastikradio stand am Ende eines Regales, aus dem mittelmäßige

Unterhaltungsmusik kam, besänftigend und melodisch, kaum zu hören über dem Trommeln des Regens auf dem Dach. Fahrstuhlmusik. Ein Aquarium mit einer aufsteigenden Kette von perlenden Luftbläschen links und zwei dicken Goldfischen rechts stand auf einem anderen Regal. Ein niedriger Schreibtisch war von hohen Haufen Zeichenpapier und einem Wirrwarr von Wachsmalstiften und Pinseln bedeckt. Zeichnungen und Bilder, die anscheinend mit diesen Mitteln gemalt worden waren, klebten mit Tesa an der Wand. Clive und Stella sahen von der Tür aus zu, wie ich diese Bilder betrachtete. Wunsch hockte an ihrem Schreibtisch und tat so, als zeichne sie etwas Neues – aber ich kannte sie besser, sie sah mir, an meiner Reaktion stark interessiert, aus dem Augenwinkel zu.

Die Bilder schienen grob chronologisch angeordnet zu sein, die frühesten klebten ganz unten an den Wänden, die späteren, anspruchsvolleren weiter oben. Ein Überfluß an grüner Wachsstiftfarbe war auf dem Papier verteilt worden, ein Dschungel üppiger Bäume. Das Haus kam in mehreren Bildern vor, mit dem unüberbrückbaren »Burggraben« des leeren Stoppelfeldes darum, dann auch das Baumhaus. Die Tiergestalten – Pferde, Känguruhs, das dreibeinige Reh – hatten etwas kindlich Naives. Es gab auch Darstellungen menschlicher Figuren, die zwar schematisch waren, aber eindeutig Stella und Clive meinten. Ihre Gebärdennamen – neu hinzugefügt – waren über ihnen skizziert worden: ein kleiner Stern für Stella, ein Heiligenschein für Clive. Oben an der Wand – unter den neuesten Zeichnungen – hing die Skizze einer weiteren Gestalt, eines blassen, dicken Manns, so breit wie hoch, der am ersten Gatter wartete.

Ich betrachtete dieses Bild eine Weile lang verwirrt – dem eindeutigsten Porträt gegenüber blind, dem von mir. Selbst das unverkennbare Seifenblasenauto im Hintergrund regi-

strierte ich nicht. Erst als ich die in die obere Ecke gekritzelten Buchstaben las, fiel der Groschen: J. J.
Ganz oben an dieser ersten Wand war eine Skizze derselben rundlichen Figur – meiner –, die sich durch die Bäume schwang, hoch in der Luft zwischen Ästen flog, mit Wachsstiftflügeln am Rücken; und Wunsch selber wartete mit ausgestreckten Händen, um mich zu fangen.
Ich verdeckte vor gespieltem Schreck die Augen; Wunsch tat immer noch, als sehe sie nicht zu, konnte aber ein amüsiertes Gurren nicht unterdrücken.
An der nächsten Wand sah ich eine Reihe von Wachsstiftskizzen einer anderen Gestalt, die ich nicht erkannte. Ein Mann mit Bart, spindeldünn. Vegetarierdünn.
»Sein Name was?«
Wunsch buchstabierte den Namen mit den Fingern, es war das erstemal seit Tagen, daß sie etwas buchstabierte.
»T-E-R-R-Y«.
»Wer T?«
»Freund«, formte sie, wobei ihre rechte Hand die linke schüttelte.
Ich sah Stella überrascht an.
»Terry Wallace«, sagte sie, als reiche das.
Ich starrte sie bedeutungsvoll an, sie lächelte und fügte hinzu: »Terry ist der Freund, der Wunsch gerettet hat. Der sie hierhergebracht hat. Terry ist Clives, äh, *Protegé*.«
Ich wandte mich wieder den Bildern zu. Die Selbstporträts interessierten mich am meisten. Die menschlichen Gestalten waren deutliche Abbilder der dargestellten Personen, aber die Selbstporträts schienen auf den ersten Blick phantasievoller und impressionistischer zu sein. Es war eindeutig Wunsch, aber die Beine waren länger, die Haltung aufrechter, das Gesicht blasser – und jede Figur war haarlos. Die Ironie raubte mir den Atem – war der Gorilla selber der Sünde des Anthropomorphismus schuldig? Auf

mehreren Bildern trug sie sogar Kleider, obwohl ich sie noch nie in diesen verbotenen Dingen gesehen hatte. Ich nahm mir vor, die Selbstporträts später eingehender zu betrachten. Dort würde doch sicherlich auch der laienhafteste Psychologe Hinweise über ihre Denkart aufspüren können.

»Schöne Zeichnungen.« Ich formte die Gebärde für *malen* oder *zeichnen* und unterstrich sie durch ein plötzliches Einatmen; wörtlicher: Bilder, die den Betrachter mit Ehrfurcht erfüllen.

Sie fuhr fort, große Formen auf ihren Zeichenblock zu kritzeln, und gab sich weiterhin gleichgültig.

Clive sagte: »Sie hat viel Talent.«

Stella fügte hinzu: »Es ist selber wieder eine Sprache, findest du nicht? Man zeichnet die Gebärden, statt sie zu formen.«

Ich hatte andere Dinge im Kopf. »Glaubt ihr, sie könnte schreiben lernen? Oder sogar lesen?«

»Sie erkennt ein paar Wörter«, sagte Clive. »Wir haben eine Reihe von Wortkarten. Leselernkarten. Sie kann das Wort dem Gegenstand zuordnen, obwohl wir nicht ganz sicher sind, was für ein Verständnis des dahinterliegenden Prozesses sie eigentlich hat.«

Wunsch erkannte eindeutig das gesprochene Wort »Karte«. Sie schlug zum Bücherregal einen Purzelbaum – zwei leichte Drehungen, ihre Lieblingsmethode, kurze Strecken zurückzulegen –, zog einen kleinen Schuhkarton herunter und hob den Deckel. Sie rollte wieder zu mir zurück und schüttete die Karten vor meinen Füßen aus: ein Alphabet aus Tieren, Bilder auf den einen Karten, Namen auf den anderen. Aal, Büffel, Chow-Chow …

Ich zeigte auf irgendeine Karte: Känguruh. Sie grabbelte kurz durch den Haufen Bilderkarten und holte die richtige zum Vorschein.

Ich führte die Gebärde vor: ein Paar Känguruhpfoten, die hüpfen. Sie lächelte und machte mir ganz genau nach. Weitere Karten, weitere Bilder und weitere Gebärden folgten. Mit *Aal* wußte ich nichts anzufangen, aber Zoobesuche mit Rosie hatten meine Menagerie an Tiergebärden erweitert. Löwe, Tiger. Die zweihändige Hörnergebärde für Antilope. Der gebogene Schnabel des Adlers, eine Gebärde, die man mit der seltenen Hacken-Hand formt.

Wunsch nahm die neuen Gebärden, etwa zwanzig einfache Tierdarstellungen, mit Leichtigkeit auf. Clive saß auf der Bettkante und schrieb Notizen, Stella übte selber die Gebärden.

Ein schwierigerer Test: Ich wählte eine Namenskarte aus – Eule – und bat Wunsch, nur mit dem Hinweis des geschriebenen Wortes die zugehörige Gebärde auf Auslan zu formen. Ein Schritt nach vorne – ein kognitiver Sprung, ein Stück weiter als die einfache Gedächtnisassoziation zwischen Gebärde und Bild.

Wunsch antwortete beinahe sofort, indem sie große Eulenaugenkreise um ihre eigenen Augen malte.

Ich schüttelte hoch über dem Kopf meine Hände, überrascht, daß sie die Gebärde kannte, überrascht, daß sie den Zusammenhang kapiert hatte. Sie nickte, eine angedeutete Verbeugung.

Sie schien für einen weiteren Riesenschritt bereit zu sein. Ich sprach die Namen mündlich – in mehreren Fällen antwortete sie, indem sie auf das richtige Bild zeigte oder die richtige Gebärde formte.

Ein Gedanke: Warum sollte sie nur die Wörter auf den Karten nutzen? Ich gab ihr den Zeichenblock und die Wachsstifte und begann, andere beliebige Gegenstände laut zu benennen. Ich gab ihr keine Hinweise, sah nie die Gegenstände an und guckte statt dessen auf alles mögliche *außer* auf den gerade genannten Gegenstand.

»Baum«, sagte ich und starrte auf die leere Wand – sie skizzierte einen flotten Cartoonbaum. Und zeigte mir dann die Gebärde, die etwas mißriet, weil sie den grünen Wachsstift noch in der Hand hielt.

»Ich sehe keinen Grund, ihr nicht Lesen und Schreiben beizubringen«, sagte ich.

»Wir haben schon gedacht, daß es möglich sein könnte«, sagte Clive. »Was wir brauchten, war eine Art vermittelnde Sprache – eine Sprache, *in der* wir ihr Lesen und Schreiben beibringen können –, eine Sprache, auf die man zurückgreifen könnte, wenn Lesen und Schreiben versagt.«

»Und das war dann meine Rolle?«

»Das war *auch* deine Rolle. Wir sehen die Gebärdensprache als ihr Hauptkommunikationsmittel – was du sicherlich auch tust.«

Plötzlich war ich mir da nicht mehr so sicher: »Es gibt eine weitere Möglichkeit. Du sagtest, Affen fehle die Anatomie, um Sprache zu erzeugen – ihnen fehlt also der menschliche Kehlkopf?«

Clive nickte; ich faßte endlich eine Idee in Worte, die seit Wochen langsam Gestalt annahm: »Vielleicht kann man ihnen dann stimm*loses* Sprechen beibringen.«

Stella sah mich verwirrt an; Clive sah auch zu mir herüber, aber eher interessiert. Wunsch wandte sich von unserem Gerede gelangweilt wieder ihrem Zeichenblock zu; ein paar gesprochene Worte konnte sie verstehen, komplizierte Sätze aber eindeutig nicht.

»Warum könnte man ihr nicht *geflüstertes* Sprechen beibringen, bei dem man nur Lippen und Zunge benutzt? Sie ist ja eindeutig schlau genug dafür.«

Stella war noch immer verwirrt. »Das kapiere ich nicht.«

Ich nahm ihre Hand, drückte ihre Finger sacht zusammen und führte sie gegen ihren eigenen Kehlkopf.

»Sag www … jetzt fff … Spürst du den Unterschied? Die-

selbe Lippen- und Zungenstellung, aber das eine ist stimmhaft, das andere stimmlos.«
Als ich Anfang Zwanzig war, hatte ich einmal geholfen, gehörlosen Kindern Sprechen beizubringen. Es ist eine Arbeit für Spezialisten; ich spielte eher die Rolle eines Vermittlers, eines Dolmetschers, aber ich hatte in den endlosen Stunden, in denen ich die kleinen Münder und Lippen sah, runde Gesichter in die richtigen Stellungen bewegte und manchmal sogar in Münder griff, um Zungen zu formen, doch einiges über Anatomie aufgeschnappt. Dann ließ ich die Kinder ihre Finger gegen die Kehlköpfe drücken und Vibrationen hervorrufen, die sie spüren, aber nicht hören konnten. Solche Programme sind aus der Mode geraten, von der Flut der Gebärdensprache fortgespült – aber ich erinnerte mich noch an die Methoden.
»Wer wagt, gewinnt«, sagte Stella laut und wiederholte die Wörter dann im Flüsterton, die Fingerspitzen immer noch an den Hals gedrückt.
»Der Kehlkopf wird beim Flüstern nicht benutzt«, sagte ich unnötigerweise.
Clive probierte fasziniert denselben Trick aus. Sein Urteil kam nach einer kurzen Überlegung: »Du darfst gerne versuchen, ihr Flüstern beizubringen.«
»Ich unterrichte Gebärdensprache. Fürs Sprechen bräuchtet ihr einen Profi. Einen Sprachtherapeuten.«
»Aber du könntest doch bestimmt schon mal anfangen«, schlug Stella vor. »Dann kannst du sehen, wie es läuft – ob es vielversprechend ist …«
Es regnete noch, als ich ging, goß gleichmäßig, ohne Punkt und Komma. Stella zog eine Barbourjacke an und setzte einen Hut mit breiter Krempe auf, Clive öffnete den Schirm und nahm meinen Arm, um mich trocken durch die tropfenden Bäume und das äußere Feld zu bugsieren. Der staubige Weg hatte sich in schlüpfrigen Matsch gewandelt, Clives

Schritte waren langsam und genau. Er wählte seine Worte genauso bedächtig wie seine Schritte, er wollte eindeutig etwas loswerden. Er sei mit dem Fortschritt von Wunsch zufrieden, sagte er, aber er wolle noch einmal betonen, daß wir vorsichtig und objektiv sein müßten, daß wir uns nicht von unserer Begeisterung mitreißen lassen dürften.
»Ich glaube, wir sollten den Unterricht etwas stärker strukturieren, J. J.«
Das dachte ich auch, aber ich wollte es mir nicht von ihm sagen lassen.
»Ich finde es wichtig, daß wir uns erst mal anfreunden«, sagte ich.
Er nickte und gab mir damit recht, fügte aber hinzu: »Wenn du nicht jetzt schon ihr Freund bist, dann weiß ich nicht, wer es sonst sein soll.«
»Ich packe die Dinge lieber auf meine Art an. Nämlich sachte, sachte.«
Er verstand die Anspielung nicht; Stella, die uns folgte und von Tieren und Matsch aufgehalten wurde, hörte sie gar nicht erst.
»Natürlich. Du bist der Boß. Aber ich denke, wir sollten wenigstens einen *Teil* der Leseliste bewältigen.«
Nun ging er wirklich zu weit. Ich war als Lehrer der Gebärdensprache angestellt worden, nicht als Dolmetscher. Es fällt mir schwer, Menschen direkt zu kritisieren – wie sonst auch brachte ich meine Kritik merkwürdig verbogen an, ich ging den indirekten Weg:
»Ich dachte, du willst, daß ihr Tiergehirn sich frei von kulturellen Vorurteilen entwickelt.«
Seine Augen blickten ruhig in meine; er hatte meinen Einwand verstanden. »Vielleicht. Aber es gibt Dinge, über die sie etwas wissen sollte. Ein bißchen Geschichte, ein bißchen Wissenschaft. Ein paar Ansätze einfacher Logik wären vielleicht auch angebracht.«

Er zog eine vollgetippte Liste Buchtitel aus seiner Manteltasche; ich überflog sie schnell. Ein oder zwei kannte ich, die meisten hatte ich noch nicht gelesen. Ich war gerne bereit, mich ihrer anzunehmen – für meine Fortbildung und für die von Wunsch.
»Ich möchte, daß du weißt, daß wir mit ihren Fortschritten wirklich zufrieden sind, J. J.«, wiederholte er.
Womit er eigentlich meinte, sie seien mit *meinem* Fortschritt zufrieden. Ich faßte dies indirektes Kompliment eher als eine Art Zwischenzeugnis auf.
Stella kämpfte sich durch die Versammlung nasser Tiere und legte einen feuchten Arm um mich. »Du bist sehr gut, J. J.«, sagte sie beruhigend.

13

Ich versuchte, objektiv zu bleiben. Wenn Wunsch diese ersten Wochen damit verbrachte, meine Hände zu studieren, verbrachte ich die Zeit damit, Wunsch zu studieren. Ihre Hände, ihre dunklen Augen, das glänzende Fell, das einen Großteil ihres Körpers bedeckte. Die schwarze Kreppapierhaut ihrer nackten Brüste und Achseln. Ihre kleinen, zarten Elfenohren, die sehr scharf waren.
Wenn wir draußen in der Sonne saßen, konnte es geschehen, daß Wunsch mitten in einem Gespräch plötzlich aufhorchte, zum Haus hinübersah und *Telefon* für Stella meldete. Sie benutzte eine überholte Gebärde – ein wählender Zeigefinger – statt der Hörer-am-Ohr-Ambivalenten-Hand der offiziellen Gebärdensprache.
Das Rascheln einer Eidechse im Gebüsch, das Lieblingslied im Radio oben, ein Flugzeug, ein Feuer jenseits der Hügel-

kette, außer Sicht – ihr Kopf drehte sich oft, um Geräusche aufzuschnappen, die unter oder jenseits der Schwelle menschlichen Hörens lagen. Wenn sich, was selten vorkam, auf der unbefestigten Straße in der Ferne ein Auto näherte, klettere sie hoch in die Bäume, um gierig einen Blick darauf zu werfen, lange, bevor wir das Motorengeräusch wahrnehmen konnten.
Sie war deutlich hungrig nach der Welt jenseits der Bäume. Ihre Augen waren nicht so scharf wie ihr Gehör. Ich konnte ihre Hände immer aus größerer Entfernung lesen als sie meine. Vielleicht sind die Augen in den dichten Regenwäldern, in der Heimat ihrer Gattung, im Überlebenskampf weniger wichtig als die Ohren.
Als ich Wunsch in ihren Büchern schmökern sah, stellte ich sie mir gerne mit einer Lesebrille vor, aber eigentlich waren kurze Entfernungen nicht das Problem, sondern gerade weite. Diese Schwäche machte es ihr möglich, die Bilder auf einem Fernsehschirm zu erkennen. Für Tiere mit hoher Sehkraft – Hunde etwa – ist Fernsehen bedeutungslos, behauptete Stella; sie sehen letztendlich zu genau und können das grobe Muster nicht von dem feinen Gewebe der etwa fünfhundert Abtasterzeilen unterscheiden.
Wunschs Fernsehzeit wurde rigoros kontrolliert. Sie kannte die Gebärde, T-V, zwei Buchstaben, mit den Fingern geschrieben.
Als ich eines Nachmittags vorschlug, ein Bildungsprogramm anzusehen, stieß ich auf völliges Unverständnis.
»Wir sehen nicht sehr viel fern«, erklärte Stella entschuldigend.
»Wir haben uns doch an meinem ersten Abend hier Clives Interview angesehen.«
»Am zweiten Abend«, verbesserte er mich.
Stella ignorierte seinen pedantischen Zwischenruf. »Wir sehen die Nachrichten«, sagte sie. »Und manchmal, selten,

eine Sendung über Tagespolitik. Wir sehen uns *nie* den Kram an, der tagsüber läuft.«
»Und Filme?«
Sie schüttelte den Kopf. »Aber ich denke, ein Bildungsprogramm müßte man doch mal erlauben.«
Clive sah das nicht so. »So fängt das immer an.«
Darauf folgte ein Streit, obwohl Für und Wider seltsam nah beieinanderlagen. Stella hielt die Programmauswahl für das Problem, die Programme seien durchweg idiotisch; Clive war überzeugt, alle Programme seien per definitionem nicht zu retten – die Natur des Mediums ziehe die Dummheit der Programme nach sich.
Sie sagte: »*Manche* Programme lohnen sich wirklich.«
»Ich habe noch keines gesehen, was sich lohnte.«
»Ich schon«, sagte sie. »Ab und zu mal.«
»Wann denn?«
Sie wandte sich zu mir und zwinkerte. »Manchmal sehe ich ein bißchen fern, nachdem Clive ins Bett gegangen ist. Heimlich.«
Seine Überraschung wuchs. »Das hast du mir nie erzählt.«
Er saß auf dem Sofa, sie stand hinter ihm; sie beugte sich vor und küßte ihn zärtlich aufs Toupet, eine ihrer Lieblingsgesten. »Es gibt eine Menge Dinge, die ich dir nicht erzähle.«
»Ich habe in meiner Kindheit viel ferngesehen«, sagte ich. »Und es hat mir nicht geschadet.«
Stella prustete und versuchte, ihre Belustigung zu unterdrücken; Clive musterte mich, als könne er die Anzeichen von Schäden deutlich an mir ablesen. Ich suchte schnell nach Argumenten, die weniger banal klangen.
»Der Fernseher war mein bester Freund. Er war *viele* Freunde.«
»Na, und deine Freunde sind bei uns immer willkommen, J. J.«, sagte Stella.
»Ich meine das ernst. Das Fernsehen hat mir die Welt außer-

halb der Gehörlosenwelt gezeigt. Wunsch steckt in einem ähnlichen Dilemma. Es scheint mir ungerecht – richtig gemein –, es ihr vorzuenthalten.«

»Wir können ihr die Welt in Büchern zeigen«, sagte Clive.

»Sie kann nicht lesen.«

»Noch nicht. Sie kann ein paar Wörter erkennen. Außerdem gibt's ja Bilderbücher. Sie kann die Welt in Büchern sehen.«

»Das ist ja so, als ob man die Gebärdensprache liest«, sagte ich. »Da bewegt sich nichts. Es ist leblos.«

»Wir versuchen, ihr kritisches Denken beizubringen, J. J. – nicht, wie hypnotisiert auf einer Couch herumzuliegen.«

»Wir könnten doch immer noch kontrollieren, was sie überhaupt sieht«, schlug Stella vor. »J. J. kann die Sendungen für sie in die Gebärdensprache übersetzen.«

Ich sagte: »Es ist ein viel reicheres Medium, als du offensichtlich denkst. Die Möglichkeiten für Weiterbildung, die es bietet, sind zu groß, um sie zu ignorieren.«

Clive sah uns an und dachte nach. Das war ein Vorteil seines kühlen Geistes – er hatte keine emotionellen Vorurteile. Was er glaubte, war nie mehr als eine provisorische Hypothese; er war immer offen für vernünftige Einsprüche, für Widerlegungen.

»Wir müssen vorsichtig sein«, erklärte er schließlich. »Es gibt eine riesige Wanne voll Blödsinn da draußen. Einen *Ozean.* Wir schwimmen darin, ohne es überhaupt zu merken. Es setzt unserem Denken Grenzen – es erlaubt uns nur, bestimmte Dinge zu denken. Bestimmte Dinge zu fühlen.«

Diese letzte Bemerkung erzeugte bei Stella ein weiteres amüsiertes Prusten. Er fuhr unbekümmert fort. »Wir leben alle innerhalb dieses Glaubenssystems. Wir atmen es ein wie Luft – wir merken es nicht einmal. Ich möchte, daß Wunsch außerhalb des ganzen Systems steht und es von außen betrachten kann.«

Der Gegenstand dieser Diskussion saß in der Hocke zwischen uns auf dem Teppich, umarmte sich und sah intensiv zu. Und hörte anscheinend auch zu, den schwarzen Kopf zur Seite geneigt. Ich fragte mich wieder, wieviel sie eigentlich verstand.

Clive fuhr in seinem Dozententon fort. »Wunsch ist das erste Tier, das uns mitteilen kann, was es denkt und sieht.«

»Es?« fragte ich. Er war in seine eigenen Falle gegangen.

Er lächelte, anscheinend dankbar für die Korrektur: »*Sie* steht außerhalb der menschlichen Kultur und schaut von außen darauf – frei von unseren Vorurteilen, frei von unserer Erziehung in dieser Kultur. Wir können viel lernen, wenn wir uns durch ihre Augen betrachten.«

»Ihr Verstand scheint mir in der Hauptsache menschlich zu sein«, sagte ich.

»Was meinst du damit?«

»Ich meine, wenn wir ihr eine menschliche Sprache beibringen, setzten wir doch sicherlich schon dem Grenzen, was sie denken kann. Wir geben ihr den Rahmen. Vielleicht kann sie nur das sehen, was ihr die Sprache zu sehen erlaubt ...«

Er nickte und winkte meine Argumente etwas müde fort – eines der wenigen Male, wo ich auch nur eine Spur von Ungeduld in ihm entdeckte.

»Natürlich, J. J., natürlich. Wir haben alle schon Whorf gelesen. Sie kann ein Stück Einfluß nicht vermeiden. Aber das ist der Vorteil der Gebärdensprache – es ist eine junge Sprache, die sich noch entwickelt. Sie ist offen für Improvisation. Wunsch hat die Freiheit, so viel zu erfinden, wie sie lernt – sie kann die Sprache *ihrem* Verstand anpassen, anstatt ihren Verstand von der Sprache gefangennehmen zu lassen. Ich denke, wir sehen jetzt schon die Beweise dafür.«

Wunsch winkte mit ihrer Erkennungsgebärde vor uns, und

als sie unsere Aufmerksamkeit hatte, sagte sie in einer eleganten Serie von Gebärden: »Ändert-Sprechen-in-Gebärden.«

Ich erwog, ihr die Auslan-Gebärde für *dolmetschen* zu zeigen, aber die Gebärde ist undurchsichtig, nicht so einfach und direkt, wie ihre eigene Erfindung.

»Wir sprechen über Sprechen«, erklärte ich ihr in der Gebärdensprache.

Sie schüttelte den Kopf. »Ich höre Name Wunsch. Heiliger spricht Namen Wunsch.«

Die Gebärdensprache erlaubt verschiedene Wortstellungen im Satz: Subjekt-Objekt-Verb, sogar Objekt-Subjekt-Verb. Die Sprache von Wunsch war weniger flexibel – sie zog eindeutig die Satzstellung Subjekt-Verb-Objekt vor. Ich fragte mich wieder, wieviel sie eigentlich hören und verstehen konnte, wie sehr ihre Gebärdensprache von den Mustern der gesprochenen Sprache beeinflußt – *verseucht* – war. Oder war diese Wortstellung natürlich? Auf der ganzen Welt fallen kreolische Sprachen, das wußte ich, bei ihrer Entwicklung scheinbar instinktiv in das Muster Subjekt-Verb-Objekt.

Ich formte: »Heiliger sagt Wunsch sehr schlau. Sehr – erfinderisch.«

Diese neue, merkwürdige Gebärde verwirrte sie; ich versuchte, sie mit den bekannteren Gebärden *neu* und *machen* und *finden* zu umschreiben.

»Ich denke, wie sollten vor einer bestimmten Person nicht über diese bestimmte Person sprechen«, sagte ich laut. »Ich glaube, diese bestimmte Person versteht viel mehr, als wir annehmen.«

Wunsch grinste breit, wie auf Kommando. Der Effekt war beunruhigend; ich mußte mir einreden, daß das Timing reiner Zufall war.

Stella stand auf und schaltete den Fernseher an; langsam

kam das Bild zustande. Wunsch sah erstaunt zu; sie hatte Schwierigkeiten zu begreifen, daß sie etwas anderes als die Abendschau sehen durfte. Vielleicht begriff sie auch jetzt erst, daß es überhaupt noch andere Sendungen *gab*.
Es liefen Zeichentrickfilme. Daffy Duck und ein drolliger, kecker Hund, dessen Namen ich nicht kannte, schlugen einander abwechselnd bewußtlos. Wunsch sah fasziniert zu. Ein kleiner Schrei des Entsetzens entwich ihrem offenen Mund, als ein fallender Amboß Daffy in tausend Stücke zerspringen ließ; sie wandte sich besorgt zu mir.
Ein Meilenstein – sie hatte sich um Hilfe an mich und nicht an ihre Stiefeltern gewandt.
»Nicht verwundet. Nur als ob.«
Als ob: wörtlich »wahr – nicht«. Ich fragte mich, ob Wachsstifte und Papier helfen würden, eine Demonstration der Grundlagen von Zeichentrickfilmen zu geben; vielleicht wäre sogar das schnelle Durchblättern von Bildern auf Buchseitenecken angebracht.
Aber im Moment war Beruhigung nicht mehr notwendig; die Ente hatte sich aus den vielen Stücken wieder zusammengesetzt. Von den Toten auferstanden, rannte sie schon der nächsten Katastrophe in die Arme. Wunsch sank hypnotisiert wieder auf den Teppich zurück.
»Ich weiß nicht, ob das so eine gute Idee ist«, sagte Clive. »Ich kann mir nicht vorstellen, daß Zeichentrickfilme gut für sie sein können.«
»Unsinn«, sagte Stella und warf mir einen hänselnden Blick zu. »J. J. hat ein Leben lang Zeichentrickfilme geguckt.«

14

Lebst du allein, Süßmaul?«
Ihr Ausdruck war wörtlich »Haus-du-ein-du?« Ich schüttelte den Kopf und hielt drei Finger hoch. »Mit meiner Mutter und meinem Vater.«
»Ich treffen die?«
»Zukunft Tag.«
Wir beiden waren zum erstenmal allein zusammen. Clive arbeitete unten in seinem Arbeitszimmer an den Fahnen seines Buches *Stimmrecht für Primaten,* Stella hatte ihre schwarze Tierarzttasche gepackt und war wegen eines Hilferufes aus einem nahegelegenen Dorf in den strömenden Regen hinausgestiefelt.
Wir hatten uns auf einen neuen Tagesablauf geeinigt. Ich hatte für mehr Zeit mit Wunsch plädiert; Clive und Stella hatten zugestimmt, aber bestimmte Bedingungen gestellt. Ich sollte ihnen jeden Morgen meine Pläne mitteilen; am späten Nachmittag würden wir gemeinsam essen und die Fortschritte des Tages besprechen. Die Stunden dazwischen gehörten mir und Wunsch. Sie hatten überraschend schnell eingelenkt. Hatte ich sie dermaßen gelangweilt, oder waren sie nur glücklich über die Gratisbetreuung ihres Pflegekindes? Clive behauptete, Zeit für sein Buch zu brauchen, Stella sagte: »Ich habe meine Praxis zu sehr vernachlässigt.«
Zwischen Wunsch und mir bestand von dem Moment an, als ich die Tür zumachte und uns von draußen abtrennte, eine neue Intimität – ein Gefühl, das irgendwie zugleich peinlich und befreiend war. Die ersten, vorsichtigen Erkundigungen von Wunsch über mein Privatleben, schüchtern und ohne Blickkontakt geformt, waren deutlich Fragen, die sie schon lange dringend stellen wollte.

Sie formte wieder: »Du besitzt Kinder – nicht?«
»Ich besitze Kinder – ja. Ich besitze Tochter – eine.«
Ich ging auf die Implikationen des Wortes »besitzen« erst mal nicht ein. Es faszinierte mich, ich wollte darauf zurückkommen, um das damit implizierte Gefühl ihrer Selbst und ihres Platzes in der Welt zu erkunden.
»Ihr Name was?«
»Rose.«
Die bekannte Blumengebärde machte ihr keine Schwierigkeit.
»Rose wo?«
»Rose lebt mit Mutter.«
Sie wartete fragend, ich buchstabierte mit den Fingern J-I-L-L. »Rose lebt mit mir – sonntags.« Die Gebärde für Sonntag: die flachen Hände aneinandergedrückt, eine einfache Pantomime für Beten.
»Du lebst mit Jill – nicht?«
Sie hockte auf dem Bett, sah mich eindringlich an und wartete. Mir fiel einen Moment lang keine passende Gebärde ein. Ich konnte ihr die einfachen Gebärden für *Tochter* und *Frau* beibringen. Ich konnte ihr Zählen beibringen. Ich konnte ihr sogar den jährlichen Niederschlag in Zaire beibringen – aber wie sollte ich meine komplizierte Familiensituation erklären? Und welchem Verstand brachte ich diese Dinge nun *bei:* dem eines Menschen oder eines Gorillas? Mit welchen Familiennormen würde sie meine Antwort messen? Naturnormen oder Kulturnormen? Die Normen einer Gruppe von promisken Gorillas mit einem dominanten und verschiedenen subdominanten Männchen – die Norm, deren Befehle ihr doch sicherlich im Blut lagen? Oder die Norm von Clive und Stella, einem verheirateten Paar, das, soweit ich wußte, monogam lebte – die Norm unserer menschlichen Kultur?
Stoff zum Nachdenken: Wenn sie mehr ferngesehen hätte,

besonders die Sendungen, die tagsüber liefen, hätte sie dann vielleicht ein besseres Verständnis der verschiedenen Formen menschlichen Zusammenlebens gewonnen, könnte sie dann meine Familienverhältnisse besser verstehen?

Ich hatte gleichfalls Fragen für diese ersten Momente allein mit ihr gehortet – Fragen, die Clive und Stella immer irgendwie abzublocken gewußt hatten.

»Sag mir deine Mutter.«

»Stern?«

Glaubte sie, Stern sei ihre Mutter? Und wenn ja, was bedeutete dann das Wort genauer für sie?

»Vor Stern. Forme mir deine Leute.«

»Vergessen.« Ihre Faust explodierte von der Schläfe weg: entkommenes Wissen.

Die Gebärde war flüssig, kam ohne Zögern, aber sie sah mir dabei nicht in die Augen.

»Lange-Zunge.«

Sie schüttelte den Kopf, drückte eine geschlossene Faust gegen ihre Brust und verbarg sie schützend mit der Flachen-Hand. »Geheim.«

Clive kam mit dem Lunch herein, Spargelbrote, und unterbrach unser gegenseitiges Verhör. Eines hatten wir jedenfalls gelernt: Wir wollten beide viel mehr über den anderen wissen, als wir gewillt waren, über uns selber zu erzählen. Nachdem Clive gegangen war, vermieden wir für den Rest des Nachmittages das Thema. Ich beschäftigte sie restlos mit dem Abfragen von Leselernkarten, aber das war wahrscheinlich gar nicht nötig. Sie schien meine Zurückhaltung zu respektieren.

Auch am nächsten Tag regnete es. Von einem langen Sommer aufgehalten, konzentrierten sich die Herbstschauer, die normalerweise vereinzelt fielen, auf die letzten paar Tage vor dem Winter, als müßten sie irgendeine statistische Niederschlagsquote erfüllen. Der Dauerregen mehrerer

Tage hatte die unbefestigten Landstraßen zum Hügel in lange, seichte Seen verwandelt, die Rinnen waren zu reißenden Bächen angeschwollen. Ich parkte vor dem ersten Gatter, trottete am schnell sich füllenden Teich entlang und den Hügel hoch. Das zweite Gatter stand offen, Wunsch wartete schon dort und bot mir Clives Regenschirm an.

»Heute draußen?« fragte sie mit ihrer freien Hand.

»Zu kalt.« Ich formte zwei geballte, zitternde Fäuste. Ein Lächeln breitete sich langsam auf ihrem nassen Gesicht aus; ich merkte verspätet, daß sie einen Witz gemacht hatte.

Ich ließ meine verdreckten Schuhe auf der Veranda zurück und legte meinen Bericht bei Clive und Stella im Wohnzimmer ab. Der Stundenplan für den Tag wurde diskutiert – Rechnen, Vokabeln. Clive schlug ein oder zwei Änderungen vor, Wunsch zog mich mit nach oben, schloß die Zimmertür und schob Zeichenblock und Stift in meine Hände. Der Stundenplan war sofort vergessen.

»Zeichne Rose.«

»Kann nicht.«

»Bitte.«

Ich zeichnete widerwillig ein stilisiertes Strichmännchen, dem ein Pferdeschwanz eine persönliche Note gab. Ich erwog, lila Lippenstift hinzuzufügen, malte ihr dann aber lieber ein Eis in die Hände.

»Rose mag Eis«, formte ich.

»Ich auch.«

Wunsch nahm mir das Blatt ab und betrachtete es. Ein komisches Gefühl: der Spieß war umgedreht, *mein* Bild wurde eingehend betrachtet und psychologisch abgesucht. Ich holte aus meiner Geldbörse ein objektiveres, weniger entblößendes Porträt meiner Tochter.

»Foto.« Ich zeigte ihr die Gebärde: Die Gute-Hand hält eine

Kamera an die Augen, und der Zeigefinger drückt auf einen Auslöser. Sie betrachtete den Schnappschuß und gab ihn mir wieder.

»Foto J-I-L-L?«

Ich schüttelte den Kopf: »J. mag Kameras – nicht.«

Ich nahm den Zeichenblock und kritzelte ein paar ziellose Striche. Sie beobachtete mich immer noch – mein Gesicht, nicht meine Hände. »Du innen traurig?«

Ich zwang mir irritiert ein Lächeln ab. »Fröhlich innen.«

Sie war meine Schülerin, nicht meine Vertraute. Ich liebte es, bei ihr zu sein, liebte es, die Gebärdensprache mit ihr zu erforschen, aber mich an ihrer wuscheligen Schulter auszuheulen ging mir doch ein bißchen zu weit.

Ihre Hände bewegten sich wieder. »Form mir über Jill.«

»Vergessen.«

Sie erfaßte die Ironie, ich hatte ihre eigene Antwort von gestern aufgetischt.

»Lange-Zunge.« Sie fletschte grinsend die Zähne. Der Anblick dieser kräftigen Eckzähne war immer noch erschreckend und erinnerte daran, daß sie doch ein Tier war.

Ein Patt; wir sahen uns einen langen Augenblick in die Augen. Endlich formte sie: »Du zeigst Geheimnis, ich zeige Geheimnis.«

»Du erst.«

Sie stieß mit dem Fingerpronomen in meine Richtung: »Du. Du!«

Ich schüttelte bestimmt den Kopf. »Ich frage erst. Ich frage gestern.«

Das Lächeln schwand von ihrem Mund, langsam zogen sich ihre breiten Lippen zusammen, daß es mir eiskalt den Rücken hinunterlief. Konnte Clive auch behaupten, Tiere hätten keine menschlichen Emotionen, aber für mich bestand kein Zweifel, daß ich jetzt Zeichen von Trauer sah.

»Meine Mutter – tot.«

Es gibt eine ganze Reihe von Gebärden für den Tod, vielleicht sogar mehr als Tabuwörter. Sie reichen vom Ausweichenden – eingeschlafen, hinweggegangen – bis zum Lakonischen: einem gedachten Loch im Boden, tschüs winken oder einfach zwei steifen Zeigefingern – parallele Beine in der Leichenstarre. Wunsch benutzte ihre eigene Wortschöpfung: Die Hand fiel um, Bauch nach oben, steife Beine. Was mit den Händen von Menschen ein Witz wäre, schien mir bei ihr in seiner Knappheit ergreifend.
Eine dritte Kategorie von Gebärden für den Tod ist die voll Hoffnung und Versprechen. Ich denke da vor allem an die Zeige-Hände, die zum Himmel weisen, halb fliegend, halb richtungweisend. Ich führte ihr die Gebärden vor; sie kräuselte verwirrt ihre schwarze Nase.
»Forme wieder. Forme zweimal.«
Ich wiederholte; sie ahmte langsam nach, konnte aber den Sinn eindeutig nicht verstehen.
Ich versuchte zu erklären: »Menschen glauben – nach Sterben – gehen zum Himmel.«
Der Himmel oben, eine Variante, die sie nur noch mehr verwirrte: »*Du* glaubst, Süßmaul?«
»Ich weiß – nicht. Nicht ja. Nicht nein. Vielleicht.«
Es gab noch mehr, was ich ihr hätte zeigen können, den gewöhnlichen theologischen Wortschatz von Wiederauferstehung und Verdammnis, Strafe und Lohn. Ich kannte die Gebärden vor- und rückwärts; ich war als Kind jeden Sonntag in die Gehörlosenkirche am Institut geschleppt worden. Die Begriffe waren zu sperrig – zu unhandlich, um sie Wunsch aufzudrängen; ich könnte genausogut versuchen, ihr die Zahnfee zu erklären.
»Himmel – wo?«
»Wissen nicht. Lernen nach Tod.«
Ich benutzte ihre eigene unverblümte Gebärde für den Tod. »Lange-Zunge.« Sie stampfte ungeduldig mit dem Fuß und

drückte die Hände mit Wucht nach unten, in der entgegengesetzten Richtung zum Himmel.
»Sterben im *Boden.* Wie B-I-L-L.«
Jetzt war ich verwirrt. »B« ?
»Hund.« Ihre Flache-Hand klatschte gegen den Oberschenkel zum Komm-Komm.
Sie faßte meine Hand und zog mich zum Fenster. Ihr Zimmer im ersten Stock übersah den Garten hinten, ein Stück grünen Rasen, mehrere Gemüsebeete und eine Wäschespinne, alles von den umliegenden Bäumen umrahmt.
»B« buchstabierte sie noch einmal mit den Fingern und zeigte auf den Garten.
Ich sah in die Richtung, in die ihr Finger wies. Am Rand der Bäume war eine kleine Grasfläche von einem hölzernen Zaun umschlossen. Zunächst dachte ich, es sei ein weiteres Gemüsebeet, aber als ich genauer hinsah, wurden fünf oder sechs kleine Erdhügel von verschiedenen Längen und Breiten sichtbar, die in zwei ungleichmäßigen Reihen arrangiert waren. Am Kopfende eines jeden steckte ein Stück Holz aufrecht in der Erde. Es waren eindeutig Grabmale, letzte Ruhestätten der Exmitglieder von Stellas Herde.
Wunsch machte Schaufelbewegungen, kniff sich dann die Nase mit Daumen und Zeigefinger zu und drehte ihr Gesicht weg. Sie zitterte ein bißchen und drückte meine Hand – offensichtlich hatte sie bei den nackten Tatsachen der Verwesung ein ungutes Gefühl. Während sie mich ansah, spürte ich, daß sie meine Hand hielt, um sich selbst, aber auch mich zu beruhigen. *Sie* erteilte hier den Unterricht, brachte mir eine schwere Wahrheit bei, von der sie annahm, daß ich sie nicht kannte, daß ich sie hinter sentimentalen Euphemismen vor mir selber verborgen hatte.

15

Ich forme Geheimnis. Jetzt *du* formst Geheimnis.«
Ein Tag war vergangen, aber sie hatte unser inoffizielles Abkommen nicht vergessen. Wieder waren wir allein in ihrem Zimmer.
»Was für ein Geheimnis? »
»J-I-L-L.«
Sie hockte und wartete. Die Tür war zu, es waren noch Stunden bis zum Mittagessen. Es gab kein Entkommen.
»Ich liebe Jill früher. Sie liebt mich. Jetzt – nicht.«
Eine minimalistische Zusammenfassung der letzten sieben Jahre meines Lebens. Und trotzdem hatte ich viel mehr gesagt, als ich eigentlich wollte. Ich sage immer entweder zu viel oder zu wenig. Sogar die einfache Gebärde für Liebe fand ich unendlich schmerzlich und schwierig.
»Warum? Warum lieben – nicht?«
»Liebe weg.«
»Wohin?«
»Verschwunden.« Ich formte eine Gebärde, die ich das Rückwärtskaninchen nenne. Die rechte Hand verschwindet im improvisierten Zauberhut der linken.
Es ist auch die Gebärde für Ertrinken und ergreifenderweise auch für Aussterben. Ich hatte diese Dinge noch mit keinem besprochen, vor allem nicht mit meinen Eltern. Es war schwieriger, den naiven, direkten Fragen von Wunsch, die frei von Erwartungen und Annahmen waren, auszuweichen. Ich wandte mein Gesicht ab und wußte nicht weiter. Dann stand ich auf und formte die Gebärde für *pissen*, ein stilisiertes *p*, und sagte, ich müsse mal verschwinden. Im Badezimmer auf der anderen Seite des Flurs versteckte ich mich, um Fassung ringend.

Nach ein paar Minuten ging ich zurück. Wieder schien Wunsch meine Gemütsverfassung zu spüren und vermied taktvoll die Themen Liebe und Familie. Den Rest des Nachmittags verbrachten wir damit, geflüstertes Sprechen zu üben.

Das war, wie sich in den nächsten Wochen herausstellte, eine vergebliche Anstrengung, die weniger meine als die Fähigkeiten von Wunsch überstieg. Die Anatomie ihres zu breiten Mundes, der scharfen Eckzähne und der dicken rosa Ochsenzunge machten ihr das Flüstern unmöglich.

Sie hatte recht schnell einen brauchbaren Verschlußlaut *p* zustande gebracht, länger dauerte der Reibelaut *f*, ein beherrschtes Ausatmen zwischen den Lippen. Laute, die weiter hinten im Mund gebildet werden, bereiteten ihr noch größere Schwierigkeiten. Sogar der einfache Zischlaut eines *s* zwischen ihren glänzenden Zähnen oder mit der Zungenspitze ein *t* gegen den Gaumen zu klopfen, stellten sich als unüberwindbare oder unkontrollierbare Hindernisse heraus. Einige Zeit versuchte ich, ihre große, ungelenke Zunge mit meinen Fingern zu formen, ließ sie mit ihren daumenhaften Fingern meine Zungen- und Zahnpositionen ertasten. Der Erfolg war gering, und die Schwierigkeiten waren nicht nur mechanischer Art; andere Einwände begannen aufzutauchen. Die paar Laute, die sie irgendwie flüstern konnte, hätte jeder produzieren können. Leute, die flüstern, klingen immer gleich – Flüsterstimme ist universal zu Drama und Tonfall nicht fähig. Wozu sollten wir wertvolle Zeit damit vergeuden, ihr Flüstern beizubringen, wenn sie mit ihren eigenen, individuellen Gebärden laut und deutlich »sprechen« konnte?

Ich gab das Projekt nach mehreren stets frustrierenderen Wochen auf, überdies war es mir immer etwas seltsam vorgekommen. So reizvoll ich die Vorstellung fand, so sehr hat-

te ich den praktischen Implikationen mißtraut. Clive und Stella waren enttäuscht; ein flüsternder Gorilla wäre überzeugender, schockierender gewesen als einer, der Gebärden formen kann – es wäre *nützlicher* gewesen.
»Wir *könnten* einen Sprachtherapeuten versuchen«, schlug Stella vor.
»Wie sollen wir einen zuverlässigen finden«, sagte Clive. »Jemanden, der ... diskret ist?«
»Wir haben doch J. J.«
Beide wandten sich mir zu und luden mich indirekt ein, an der Diskussion teilzunehmen. Ich war zum Essen geblieben, eine gelegentliche Einladung, die ich nie ablehnte. Draußen in der Dunkelheit fiel Regen. Eliza lag oben im Bett und schlief wie immer, wenn die Sonne untergegangen war.
»Ich glaube, ihr versteht das Wesentliche nicht ganz. Die Zeit reicht nicht, um das Flüstern zu lernen. Wir haben schon wenig genug Zeit für die Gebärdensprache.«
Mein Protest war erfolgreich, obwohl ich etwas heuchelte und einen weiteren Einwand nicht erwähnt hatte: Ich stellte inzwischen Besitzansprüche an meine beste Schülerin und war nicht willens, sie mit jemand anderem zu teilen.

16

Längere Nächte, kürzere Tage. Die Welt drehte sich, ja – aber die schwindenden Tageslichtstunden waren auch eine Sache der Wahrnehmung. Meine Tage mit Wunsch vergingen allzu schnell, meine Nächte und Wochenenden ohne sie zogen sich dahin.

Ich verbrachte weniger Zeit am Institut; jeden Tag kam ich früher zur Farm und verlängerte so geschickt meine Stunden mit Wunsch. Man hatte mich in die Liste der Gebärdendolmetscher aufgenommen, aber die Arbeit war eher sporadisch. Wenn ich nicht arbeitete, wurde ich nicht bezahlt. Ich verspürte keine Gewissensbisse. Die Besuchstage bei Rosie bereiteten mir viel mehr Kummer. Ich ärgerte mich immer mehr über diese endlosen Sonntage mit Eis und Hamburgern und Filmen für Halbwüchsige und Spielhallen und Eislaufen und Zoobesuchen, und ich schämte mich auch immer mehr über meinen Ärger.
Jeden Sonntag abend verbrachte ich Stunden im Meer und meditierte, um mich zu entspannen. Ich ließ die Vorfreude auf den Unterricht am Montag, nachdem die Langeweile des Wochenendes jede Freude erstickt hatte, wieder in mir aufflammen, ein Gefühl reinen Vergnügens.
Noch immer gingen die Unterrichtsstunden unstrukturiert ihren eigenen, umherschweifenden Weg – aber ich versuchte wenigstens, den Überblick zu behalten und in einen groben Plan zwischen den Regionen, die wir schon besucht hatten, und denen, die uns noch bevorstanden, zu unterscheiden. Als wir zwei Monate gemeinsam gearbeitet hatten, führte ich Wunsch in die Musik ein.
Wie immer wartete sie am zweiten Gatter; ich kam mit einem sperrigen, unbeholfen eingewickelten Paket an.
»Was das?«
»Geschenk.« Eine Geste, bei der man die Handinnenflächen zeigt.
Sie folgte mir aufgeregt ins Haus und winkte Clive und Stella heran. Wir stiegen zu viert zu ihrem Zimmer hoch; ich überreichte ihr feierlich das Paket. Stella war neugierig; Clive wirkte eher zurückhaltend.
Wunsch riß das Papier herunter und brachte die Gitarre zum Vorschein, die ich mir als Halbwüchsiger gekauft und

seitdem selten gespielt hatte. Ich stimmte das Instrument und klimperte die ersten paar Akkorde von »Blowin' in the Wind«, eine Kindergartenfassung, auf drei Saiten gespielt, aus dem »Bob Dylan Songbook«.

»Ich?«

Ich nickte. Vorsichtig nahm sie die Gitarre und legte sie in etwa der richtigen Position auf ihren Oberschenkel. Ich saß hinter ihr, legte eine Hand um ihren breiten Rücken, um ihre rechte Hand zu führen, mit meiner anderen Hand leitete ich ihre Finger in die Position für einen einfachen Akkord. Sie klimperte ungeschickt, genoß aber den Klang. Ich zeigte ihr noch ein paar Akkorde; wir musizierten die ersten Takte des Liedes. Ich sang, sie klimperte; nach einer kleinen Weile ließ ich ihre Hände los, ihre dicken Daumenfinger schafften die Akkordwechsel zwar nur langsam, aber dennoch genau, was ein taktiles Gedächtnis und einen Sinn für Fingerführung anzeigte, der meinem bei weitem überlegen war.

Kurz darauf fing sie an, unmelodisch und sanft mitzusingen. Den Text konnte sie nicht vermitteln; es war eher eine Form von Skatgesang, ein kehliges, kläffendes Gekicher, rhythmisch, aber ohne Melodie.

»Ich weiß ja nicht, ob ich das gut finde«, sagte Clive.

Stella murmelte mir ins Ohr: »Beachte ihn gar nicht. Er ist völlig unmusikalisch.«

Clive lächelte geduldig.

»Musik ist ihm nicht berechenbar genug«, fügte sie neckend hinzu.

Er hielt spitzfindig einen Finger in die Höhe. »Da muß ich aber widersprechen. Musik ist sehr berechenbar. Die Tonleiter ist nichts weiter als eine Tabelle von Logarithmen.«

Stella lachte; ein Hinweis, daß er scherzte, sich selber auf den Arm nahm.

»Ich möchte, daß Wunsch ein Verständnis von Musik ent-

wickelt«, sagte er. »Aber das sind ja nur Tricks auf einer Gitarre. Ein Leierkastenaffe.«
Stella schob ihn, immer noch protestierend, aus dem Zimmer hinaus, folgte ihm und schloß von außen die Tür.
Ich nahm sanft die Gitarre aus Wunschs Händen.
»Spielen zu viel«, sagte ich. »Fingerspitzen – bluten.«
Sie zeigte mir ihre Fingerspitzen, menschliche Fingerabdrücke, aber auf animalische Haut geprägt, die dick wie Kalbsleder war. Sie hätte die ganze Nacht spielen können, ohne diese harten Polster zu verletzen.
Ich klimperte mich durch ein weiteres Lied aus demselben Buch: »Mr. Tambourine Man«.
»Deine Musik traurig. Weinen-weh hier«, sie klopfte sich an die Brust, »will heraus.«
Sie hörte noch eine Weile zu. Ich konnte mich nur noch an die Worte des Refrains erinnern und summte ansonsten die Strophen. Vielleicht weckte mein Gesang etwas Schwermütiges in ihr; als ich aufhörte, kam sie wieder auf die persönlichen Fragen von vor ein paar Wochen zurück.
»Du nicht leben J-I-L-L – warum?«
Wunschs Sprache als eine Art Kauderwelsch zu bezeichnen scheint mir genauso unzulänglich, wie die Gebärdensprache meiner Eltern so zu nennen. Es war nicht fließendes Auslan – aber auch kein einfaches Sprechen wie das von Koko oder Washoe. Wunsch benutzte eine Melange: ihre eigenen Improvisationen, ihre eigenen Erfindungen, die auf den Auslan-Stamm gepfropft wurden. Und ihre Sprache war immer schnell und intelligent – oft viel schneller, als ich verstehen konnte. Diese Ausdrucksweise durch reiche, poetische Sprache wiederzugeben wäre nicht weniger falsch als mein knappes Kauderwelsch, aber an dem Tag lag eine Sanftheit in ihren Bewegungen und ihrem Ton, dem ich hier nicht gerecht werden kann. »Möchtest du darüber

reden, wie es war?« kommt der Sache vielleicht am nächsten.

Was sollte ich ihr erzählen? Wenn ich an die Jahre meiner Ehe zurückdenke, kommen mir nur blöde, triviale Dinge in den Kopf.

»J. zwang ich weniger essen.«

»Du *mehr* essen.« Sie schlug mit ihrer eigenen stämmigen Figur einen Purzelbaum quer durchs Zimmer in meine Richtung, stand plötzlich aufrecht neben mir und umarmte sanft meine Schultern, während sie ihr Gesicht an meine Schulter drückte.

»Knuddelig. Kitzelt gut.«

Als Stella und Clive mich am Abend zum Auto begleiteten, hielt Wunsch meine Hand. Zum erstenmal folgte sie mir, immer noch Hand in Hand, durch das erste Gatter ins Feld hinaus, statt mich zum Abschied am Rande des Wäldchens zu umarmen. Ich spürte Angst, ja, sogar Panik in ihrem festen Griff, als sie ins Offene trat – aber sie weigerte sich, meine Hand loszulassen.

Clive blieb stehen und sah zur Straße. Weder waren Autos in Sicht, noch konnte man welche kommen hören, aber daß Wunsch dort so exponiert im Stoppelfeld stand, machte ihn eindeutig besorgt.

»Ich komme«, sagte Wunsch.

»Du bleibst«, sagte ich.

»*Du* bleibst. Du schläfst hier.«

Ich umarmte sie, sie drückte mich mit ihren starken Armen so fest, daß ich keine Luft mehr bekam. Endlich befreite ich mich und ließ sie zurück, eine hockende, einsame Gestalt am Rand der Bäume. Am äußeren Gatter drehte ich mich um und winkte; sie starrte bewegungslos zurück und weigerte sich, meine Geste zu erwidern.

»Ich glaube, sie hat sich in dich verknallt«, sagte Stella und lachte leise.

Ein schwacher Scherz, aber sie sagte da auch etwas, was ich mir nicht eingestehen wollte: Wunschs zunehmende Schwärmerei für mich, wie sie mich anhimmelte, auch wenn sie mich neckte, das trug enorm zur Freude dieser Tage bei.

17

Immer weniger Leute kamen zu meinen Abendkursen, was mit Sicherheit daran lag, daß ich in Gedanken woanders war. An einem der letzten und nassesten Tage im Herbst fand ich ein völlig leeres Klassenzimmer vor. Der Regen schien mir eine gute Ausrede für das Fehlen der Schüler zu sein. Ich saß am Pult und drehte Däumchen, eine inoffizielle Gebärde für Langeweile, als wollte ich mir selber meine Gefühle mitteilen. Ich gähnte ein- oder zweimal – die Textbuchgebärde.

Als nach einer halben Stunde noch keiner aufgetaucht war, begann ich, meine Bücher einzupacken. Rauscht-Vorbei steckte den Kopf durch die Tür.

»Wo in Teufels Namen stecken die alle, J. J.?«

Ich bot ihm eine Wettergebärde, zehn Regenfinger, ein zweihändiger Platzregen.

Er ließ sich davon nicht beeindrucken. »Ist es nicht ein bißchen zu einfach, alles aufs Wetter zu schieben?«

Ich packte irritiert meine Bücher weiter ein. Hier bahnte sich eindeutig ein Vortrag an.

»Ich muß schon sagen, J. J., es überrascht mich nicht, daß keiner gekommen ist. Ich hatte in letzter Zeit die ein oder andere Beschwerde über dich. Die Schüler sagen, dein Unterricht sei zu komplex.«

»Welche Schüler?«

»Ich kann dir doch wohl kaum ohne ihre Zustimmung die Namen nennen.«
Meine Entrüstung stieg. Wunsch brauchte Tag und Nacht meine Gesellschaft. Warum verschwendete ich meine Zeit in einem leeren Klassenraum? Ich sollte *wirklich* in dem Haus in den Hügeln wohnen.
»Sie wollen alles vorgekaut bekommen, Jeremy. Sie besuchen so nebenbei den Kurs, lernen ein paar Gebärden und glauben, ihren gehörlosen Verwandten damit einen Riesengefallen zu tun.«
Diese Kritik wandte sich indirekt an ihn. Auch das rauschte einfach an ihm vorbei.
»J. J., wir können uns nicht erlauben, es uns mit der ganzen Gemeinde zu verscherzen.«
»Ich scheiße auf die ganze Gemeinde.«
Er wich einen Schritt zurück und täuschte Schock vor – vielleicht auch wegen der vulgären Gebärde, mit der ich meinen Satz begleitete.
»Geht's um Jill? Willst du darüber reden?«
»Nein – und auch wenn es um sie ginge, wärst du der letzte, mit dem ich darüber reden würde.«
Diese direkte Beleidigung überraschte uns beide – aber ich fand es richtig therapeutisch, endlich mal das zu sagen, was ich dachte: das Äquivalent davon, einen Rasensprenger durchs Fenster zu schieben, auf das Bett zu stellen und den Hahn aufzudrehen. Indem ich dies aussprach, wurde es mir auch richtig klar. Ich sah, daß mich dieser Job einen feuchten Dreck interessierte.
»Reg dich nicht so auf, J. J., ich wollte ja nur helfen.«
»Mein Privatleben geht dich gar nichts an.«
»Doch, wenn es anfängt, deine Arbeit zu beeinträchtigen, dann schon.«
»Wenn meine Arbeit zu wünschen übrigläßt, dann sollte ich wohl kündigen.«

Ich konnte sehen, daß ihm der Gedanke gefiel.
»Äh … Immer mit der Ruhe. Aber es wäre vielleicht ganz gut, wenn du den Rest des Semesters freinimmst. Ein bißchen Zeit für dich. Um dein Leben zu ordnen. Du scheinst da ganz viel Wut aufgebaut zu haben, J. J. – viele ungelöste Probleme, die an dir nagen. Ich bin jederzeit bereit, den Kurs für dich zu übernehmen.«
Rauscht-Vorbei konnte sogar einen Rausschmiß so formulieren, daß er wie einen philanthropischer Akt klang.
»Nein, ich habe die Nase voll. Es war eine schlechte Idee – es hätte gar nicht klappen können.«
Er wartete wieder hinter seiner Maske aus selbstgefälliger Besorgnis.
»Ich glaube nicht, daß wir überhaupt zusammen arbeiten können, Jeremy.«
»Wieso nicht?«
»Weil du dir in den eigenen Arsch kriechst.« Ich formte eine Improvisation, wörtlich »du-hoch-du«, eine Improvisation, aber diesmal rauschte sie eindeutig nicht an ihm vorbei. Durch meine neue Freiheit in Hochstimmung versetzt, hatte ich das Gefühl, jetzt könne ich alles sagen.
Also fügte ich noch eine ausdrucksvolle Gebärde hinzu, die ebenso unmißverständlich war: dieselbe Gebärde für *ficken*, aber in diesem Kontext wörtlich: »Schieb-Job-hoch-dein-Arsch.«

18

Unterricht heute abend – nicht?«
»Kurs abgesagt.«
War meiner Mutter etwas zu Ohren – beziehungsweise zu

Augen – gekommen? Wir saßen am Küchentisch und aßen zu Abend. Ich beschäftigte meine Hände mit dem Besteck, da ich die Sache nicht weiterdiskutieren wollte; mein Vater kaute mit Tigerblicken gleichmäßig sein Fleisch und kauerte wie zum Sprung bereit. Meine Mutter stocherte mit unterdrückter Aufregung in ihrem Essen herum. Sie war zu diplomatisch, um das Thema anzuschneiden, bevor ich dazu bereit war, statt dessen gab sie mir Stichworte, stellte Öffnungen im Gespräch bereit, in die ich selber die Nachricht hätte einbringen können.
»Ferien?« Ferien ist eine Variation mit der Groben-Hand auf die Gebärde für *faul* – wörtlich eine faule Zeit, in der man einen Scheiß tut.
Mein Vater zeigte trotz ihrer flehenden Blicke deutliche Ungeduld mit ihrer Vorgehensweise. Nach ein paar Minuten konnte er seine Frustration nicht mehr bändigen und warf Messer und Gabel hin.
»Um heißen Brei reden – nicht! *Rausgeschmissen* warum?« Rausgeschmissen: die Abbürstgeste von *Entlassung,* aber mit knapper Gewalt ausgeführt.
Ich legte mein Besteck etwas vorsichtiger nieder. »Rausgeschmissen – nicht. Ich gekündigt.«
Die undurchsichtige, emotionslose Gebärde beruhigte ihn nicht. Er wiederholte die Frage: »Warum?«
»Rauscht-Vorbei.«
Er rollte die Augen; schüttelte den Kopf. »Bettler sollten keine Ansprüche stellen«, wörtlich: Bettler können nicht wählerisch sein.
»Ich Bettler – *nicht*!«
Mein Protest wurde nicht beachtet. »Deine Mutter macht Riesenarbeit. Findet Job. Ein Bein ausgerissen, zu helfen.« Um sein Argument zu unterstreichen, zerrte er eine Weile wütend an seinem Bein. »Du wirfst Job ins Gesicht zurück. Du lebst hier, unser Haus, du ißt hier, unser Essen.«

»Ich bezahle Miete.«
»Du bezahlst sonst nichts. Nichts Wichtiges. Du nie hier. Du leistest Gesellschaft – nicht. Benutzt Haus wie Hotel. Jetzt du wirfst weg guten Job.«
Er formte einen guten Job mit den Händen und warf ihn höhnisch Richtung Tür.
»Ich *habe* guten Job – unterrichte Privatschüler.«
»Wenn du nicht Bettler – vielleicht aussuchen anderes Hotel zum Leben.«
»Du schmeißt mich raus?«
»Nicht schmeißen. Gebe dir Zeit – zu wählen ein anderes Hotel.«
Meine Mutter schien der Mitteilung zuzustimmen, wenn auch in einem weniger harten Ton. »Wir lieben dich – aber du mußt auf eigenen Füßen stehen.«
Eine Pause, dann fügte sie hinzu: »J. hat recht – vielleicht. Du wirst nie erwachsen.«
Es machte mich stinksauer, Jill zitiert zu hören – es war das erste Mal überhaupt, daß meine Mutter die Partei meiner Exfrau ergriff. Ich stand auf und beugte mich über den Tisch, um meine Hände in ihren Gebärdenraum zu schieben, um ihnen sozusagen ins Gesicht zu brüllen. Wenn wir schon die Wahrheit sprechen wollten, dann konnte ich das genauso gut wie sie und besser.
»Was ich denke – ich denke, ihr vergebt meinen Ohren – nie. Ihr liebt mich – nicht. Weil ich gehörlos bin – nicht.«
Sie sahen erst mich und dann einander schockiert an. Meine Mutter begann, traurig etwas zu formen, aber ihre Mitteilung wurde vom Zorn meines Vaters überschwemmt.
»Raus«, sagte er wutentbrannt. »Jetzt – heute abend.«
Er stand auf und stieß mich hart vor die Brust, um mich wegzuschubsen, aber er schaffte nur, sich selber nach hinten zu schieben. Er hätte genausogut versuchen können, einen Sumokämpfer zu werfen.

»Ich gehe nächste Woche. Ich gehe, wenn es mir paßt. Ich zahle hier Miete.«
Ich flüchtete durch die Küchentür. Mein Neoprenanzug hing an der Wäscheleine; ich nahm ihn wütend herunter und ließ die Wäscheklammern auf den Rasen fliegen, schnappte meine Schwimmflossen aus meinem Zimmer und lief zum Strand.
Ich hatte viel Stoff zum Nachdenken, während ich, innerlich kochend, im dunklen Meer trieb: Meine Exfrau weigerte sich, mich ins Haus zu lassen, jetzt hatten mich meine Eltern hinausgeschmissen. Gab es etwa einen Funken Wahrheit in ihrem gemeinsamen Vorwurf – daß ich nie erwachsen geworden war?
Das Schwimmen beruhigte mich langsam; ich paddelte allmählich an den zerbröckelten Fundamenten des alten Piers vorbei, wendete dann und ließ mich von der einsetzenden Flut heben und zum Strand zurücktragen. An der ganzen Esplanade war nur im Schlafzimmerfenster meiner Eltern noch Licht, ein trübes Leuchtfeuer mit Gardinen. Von meiner eigenen Schwerelosigkeit beruhigt, vom rhythmischen Heben und Senken der Brandung, versuchte ich mir den Händestreit vorzustellen, der sicher dort drinnen in wütender Stille stattfand. Meine Entlassung oder Kündigung würde lang und breit diskutiert werden, bis die Wut darüber langsam verklingt. Dann würde die Schuld für meine Schwächen wieder Rauscht-Vorbei in die Schuhe geschoben werden, jedenfalls von meiner Mutter. Sie findet es am Ende immer leichter, jemand anderen verantwortlich zu machen und nicht ihren eigenen Sohn.
Das Verandalicht flammte auf, ein viel helleres Leuchtfeuer; die Haustür öffnete sich; ihre schlanke, dunkle Gestalt erschien. Sie trug eine Taschenlampe; sie folgte dem schwachen, tanzenden Strahl über die Esplanade und dann die Strandtreppe hinunter.

Sie wartete schon, als ich ein paar Minuten später tropfend aus der milden Brandung stieg. Ich watschelte ungeschickt aus dem seichten Wasser und ließ mich neben sie in den trockenen Sand fallen, um umständlich meine Schwimmflossen auszuziehen.
Die Taschenlampe steckte nach oben gerichtet zwischen ihren Beinen im Sand.
»Tut mir leid.« Sie hielt ihre Hände in den schmalen Lichtkegel der Lampe. »Tut deinem Vater leid.«
»Nein«, antwortete ich. »Beide – recht.«
Die Überraschung auf ihrem Gesicht spürte ich mehr, als daß ich sie in der Dunkelheit sehen konnte.
»Ich muß auf diesen Füßen stehen«, fügte ich hinzu und zog mit Schwierigkeiten eine Flosse aus, verlor das Gleichgewicht und fiel der Längc nach rückwärts in den Sand.

19

Ich fuhr über die letzte Steigung vor der Farm und sah Wunsch sofort am äußeren Gatter hocken. Stella und Clive waren nirgendwo zu sehen. Hatte sie allein das Stoppelfeld überquert, um am Gatter zu warten? Ihr Rücken war fest gegen den Torpfosten gedrückt, sie sah sich vorsichtig um, ein uralter Instinkt ließ Kopf und Augen nicht zur Ruhe kommen.
Ich hielt das Auto an, kletterte hinaus und ließ meine Augen über die Hügelketten wandern, um zu sehen, ob es Zeugen dieses merkwürdigen Anblickes gab.
»Stern weiß du hier?«
Ohne zu antworten, sprang sie über den Zaun und lief auf allen vieren auf mich zu. So liefen ihre Vettern in der Wild-

nis; ihre übliche Anstrengung, menschliches Gehen nachzuahmen, war vergessen. Sie umarmte mich und rieb ihre Nase gegen mein Gesicht. Meine Vorbehalte schmolzen dahin; ich wußte, daß sie sich aus Liebe zu mir zum erstenmal der offenen Savanne ausgesetzt hatte, die in ihrem Artengedächtnis mit Leoparden und Hyänen bevölkert war.

Auch begriff ich mit einem erneuten Schwindelgefühl, daß es einer der reinsten Ausdrücke von Liebe war, den man mir je entgegengebracht hatte, ein völlig bedingungsloses Geschenk.

Nach einer Weile befreite ich mich aus der Umklammerung und drückte auf den Knopf der Gegensprechanlage; Stellas Stimme knackte ein paar Sekunden später aus dem Lautsprecher. »Es ist auf, J. J.«

Sie hatte anscheinend keine Ahnung, wo sich ihr Pflegekind im Moment befand.

»Erzähl Heiligen-Stern – nicht.«

»Steiligen« wäre vielleicht eine bessere Niederschrift als Heiligen-Stern. Die zwei Gebärdennamen waren in den letzten Wochen zu einer einzigen, fließenden Abkürzung verschwommen – ein weiterer Hinweis, so wollte mir scheinen, daß Clive und Stella eine immer kleinere Rolle in ihrem Leben spielten.

»Ich erzähle nicht«, antwortete ich, »wenn du bei Bäumen bleibst morgen.«

Sie nickte widerwillig.

»Komm allein hier – nie«, sagte ich.

Sie starrte gerügt zu mir hoch – aber doch eher widerspenstig als mit Schuldgefühlen.

»Ich erzähle Steiligen – nicht.«

Wir überquerten das Feld Hand in Hand, während sie aufmerksam umhersah, nach Raubtieren Ausschau haltend. Ihr fester Griff lockerte sich ein wenig, als wir durch das zweite Gatter gingen und uns wieder in der Sicherheit von Bäumen befanden. Clive wartete im Wohnzimmer auf die morgendliche Besprechung, Stella kam von oben und gesellte sich zu uns. Wunsch hielt meine Hand fest und sah mir nervös ins Gesicht, aber ich hielt mein Versprechen. Ich hatte andere Dinge zu diskutieren.

»Ich brauche noch mehr Zeit mit Wunsch«, verkündete ich.

»Ich würde gerne jeden Abend bleiben – bis sie ins Bett geht.«

»Und was ist mit deinen Verpflichtungen am Institut?« fragte Clive.

»Ich habe gekündigt.«

Sie warfen sich kurze Blicke zu, ich spürte eine Andeutung von Spannung. »Äh ... J. J., du bist ein wichtiges Mitglied unseres Teams. Aber es wäre vielleicht keine so gute Idee, alles auf eine Karte zu setzen.«

Seine Worte überraschten mich. Ich hatte gedacht, er würde sich freuen.

»Mir wäre unwohl bei dem Gefühl, daß du andere Chancen in den Wind für etwas geschlagen hast, was doch ein recht ungewisser und womöglich kurzfristiger Job ist.«

»Es hatte nichts mit Wunsch zu tun. Ein persönlicher Konflikt mit meinem Vorgesetzten – das ist alles.«

Nicht die reine Wahrheit, aber es beruhigte Clive, und seine verspannte Körperhaltung wurde sichtlich entspannter. Ich fühlte mich weniger wohl. Zum erstenmal war klar ausgesprochen worden, daß meine Anwesenheit in dem Haus nur vorübergehend sein würde. Wunschs erste vorsichtige Frage über mein Familienleben kam mir wieder in den Sinn – ob ich Kinder »besaß«? Daß Wunsch dieses Wort verwendet hatte, ergriff mich nun noch mehr. Ich war zur wichtigsten Person in ihrem Leben geworden, aber Clive und Stella waren noch ihre Besitzer. Nicht zum erstenmal ahnte ich, daß sie andere Prioritäten hatten. Sie genossen Wunschs Gesellschaft, Stella liebte sie sicherlich sogar, wie all ihre Tiere, aber für beide kam erst das Projekt Wunsch, auch wenn der Preis dafür Wunschs Glück sein sollte.

»Glücklicher Zufall?« sagte Stella unverständlicherweise zu Clive.

Ich wartete; er erklärte. »Mein Verleger möchte, daß ich ein paar Wochen in die Staaten fliege. Öffentlichkeitsarbeit für das neue Buch.«

»Es wäre ganz gut, sozusagen ein zweites Paar Hände im Haus zu haben«, sagte Stella.

»Ich wäre gerne bereit einzuziehen«, sagte ich zögernd.

Wieder tauschten sie Blicke, deren Sinn ich nicht entziffern konnte. Sie sprachen beide nacheinander.

»Das ist sehr viel verlangt, J. J.«

»Deine Hilfe ist unbezahlbar, aber wir können nicht erwarten, daß du uns deine ganze Zeit opferst.«

Ich beachtete die unbeabsichtigte Beleidigung nicht. Aus meiner Perspektive hatten sie ja mir geholfen.

»Wie lange wirst du denn weg sein?«

»*Falls* ich fahre.«

»Falls du fährst.«

»Zwei Wochen. Vielleicht drei. Es ist wirklich sehr lästig. Eine vertragliche Abmachung. Mein Vertrag – den ich unterschrieben habe, bevor ich Vater eines Gorillas wurde – verpflichtet mich, für Interviews bereitzustehen.«

Stella lachte laut. »Der arme Clive! *Zwingt* ihn sein Verleger doch geradezu, berühmt zu werden!«

Clive beachtete sie nicht. »Es wäre uns eine große Hilfe, J. J. Auch wenn du nur ein paar Nächte bleibst. Und nicht nur für Stella. Wunsch braucht dann auch mehr Zuwendung.«

Stella beugte sich auf dem Sofa vor, ihre Körpersprache war wach und interessiert. »Glaubst du, du wirst ihr *fehlen*?«

»Es gibt dafür einen Präzedenzfall. Als Terry nach Melbourne zurückgegangen ist – sie war gerade zu uns gekommen –, fehlte er ihr doch sehr.«

»Was du da wirklich sagen willst«, meinte Stella, »ist, daß sie *dir* fehlen wird.«

Er lächelte und erwiderte übertrieben pedantisch: »Das behaupte ich nun wirklich gar nicht, meine Liebe. Ich sage nur, daß wir aus unseren Fehlern lernen sollten.«

Sie spielten wieder ihr Lieblingsspiel: die Jagd nach einer Emotion. Clive genoß den Wettstreit genauso sehr wie Stella, glitt in die reine Eigenparodie, errichtete immer höhere Barrieren.

»Natürlich bleibe ich«, warf ich ein. »Sehr gerne sogar.«

»Ich brauche dich vielleicht nicht die ganzen drei Wochen«, fügte Stella schnell hinzu, als wolle sie mich daran erinnern, daß mein Aufenthalt nur vorübergehend sein würde.

20

An dem Nachmittag, an dem Clive abreisen sollte, stopfte ich den Fiat voll mit Wintersachen und Büchern und fuhr raus in die Hügel. Mein Gepäck wog wirklich nicht viel, aber es war doch genug, um mein Tempo zu bremsen. Mein kleines Auto kämpfte; ich kam zu spät an. Stella hatte geplant, Clive zum Flughafen zu bringen und mir Wunsch anzuvertrauen; sie hatte offenbar nicht mehr mit mir gerechnet, denn ein Taxi wartete schon am äußeren Gatter. Das Gesicht des Taxifahrers kannte ich, es war derselbe Riese, der mich nach meinem ersten Besuch nach Hause gefahren hatte. Vielleicht wohnte er in der Nähe. Er erkannte mich nicht; sein Fenster war offen, er spähte aufmerksam nach der Baumlinie.

»Sagen Sie, mein Herr«, sagte er. »Sehen Sie, daß sich etwas dort drüben zwischen den Bäumen bewegt? Etwas Großes?«
»Ein Koalabär?«
»Größer.«
Er war neugierig, aber nicht neugierig genug, um seinen Riesenkörper aus dem Taxi zu winden und einen näheren Blick zu riskieren. Stellas Jeep erschien mit geschlossenem Segeltuchverdeck zwischen den Bäumen und quälte sich langsam über den matschigen Weg zu uns herüber, wie immer gefolgt von ihren Tieren.
»Wer ist das denn?« fragte der Taxifahrer. »Der Rattenfänger von Hameln?«
»Die Dichterin«, sagte ich, aber er erinnerte sich immer noch nicht.
Der Jeep hielt am Gatter; Clive kletterte heraus, streckte die Hand nach innen und brachte einen großen Koffer zum Vorschein. Ich schob das Gatter auf und ging, um ihm zu helfen.
»Nett, daß du gekommen bist, J. J.«, sagte Stella.
»Tut mir leid. Ich hatte Probleme mit dem Auto.«
Sie beachtete meine Ausrede nicht und wandte sich an ihren Mann. »Da J. J. jetzt endlich hier ist, könnte ich hinter dir herfahren.«
Der Vorschlag verwirrte ihn; er schien nicht zu verstehen, warum seine Frau sich gerne am Flughafen von ihm verabschieden würde, ihre wertvolle Zeit verschwendend. Er schüttelte mir die Hand und war drauf und dran – so schien es mir wenigstens –, seine Hand auch Stella in den Jeep hinaufzustrecken, aber sie rutschte herunter, trat in seinen ausgestreckten Arm und umarmte ihn herzlich.
Sie sah dem Taxi nach, während es hinter der Steigung verschwand. Ihr Mann blickte nicht zurück. Ich stieg in meinen Fiat und fuhr dem Jeep hinterher durch das Gatter.

Wunsch wartete am zweiten Gatter, wo sie von der Straße aus nicht gesehen werden konnte. Falls es sie traurig machte, daß Clive abgereist war, so wurde dieses Gefühl durch die Freude, mich zu sehen, übertönt. Sie fischte mit einem langen, alles umschlingenden Arm die Taschen aus dem Auto und zog mich durch die Bäume auf das Haus zu. Ihre großen, nassen Füße waren mit Matsch bedeckt; trotz ihrer Aufregung hielt sie brav an, um sie wie Stiefel hart an den Verandastufen abzureiben. Ich fragte mich, ob sie je Schuhe getragen hatte. Im Gästezimmer warf Wunsch meine Taschen auf das Bett und sah neugierig und aufgeregt zu, während ich auspackte. Mein Neoprenanzug kam als erstes zum Vorschein; sie faßte ihn verwirrt an. Die schwarzen Schwimmflossen erzeugten eine heftigere Reaktion; sie wich mit besorgter Miene einen Schritt zurück.

Ich setzte mich auf die Bettkante, zog Schuhe und Strümpfe aus und zeigte ihr, wie man die Schwimmflossen benutzt – was sie nur noch mehr erstaunte.

»Gehen auf Wasser?«

»Unter Wasser – wie Fisch.«

Präpositionen haben im Auslan eine direkte, natürliche Klarheit. *Auf*: der Rücken der einen Hand klatscht auf den Handteller der anderen.

Unter: eine Flache-Hand gleitet unter die andere hindurch.

Ich zog die linke Flosse aus, kniete vor Wunsch nieder und hielt ihre Ferse in meiner Hand wie ein Prinz, der ein aquatisches Schneewittchen sucht. Ihr merkwürdig geformter Fuß, eigentlich mehr Hand als Fuß, hatte gar keine Chance, in meinen Gummischuh zu passen.

»Schwimmen im Teich.«

In: der Zeigefinger wird in das Loch einer beinah geschlossenen Faust gesteckt, eine alte Familiengebärde.

Sie verzog entsetzt das Gesicht. »Ich hasse Wasser.«

Sie angelte in meinen Taschen nach weiteren Schätzen: Musikkassetten, die sie sofort hören wollte, Bilderbücher und ein bißchen ausrangiertes Spielzeug von Rosie, das ich irgendwie gerettet hatte. Am Spätnachmittag erschien Stella mit einem Tablett in der Tür.

»Essen fassen!«

Sie setzte das Tablett auf meinem Nachttisch ab und reichte Wunsch eine Riesenschüssel mit dampfendem Gemüse. Wunsch kreuzte die Beine, stellte die Schüssel auf ihren Schoß und schaufelte sich mit den Fingern ihrer rechten Hand Essen in den Mund. Eine geöffnete Sektflasche stand auch auf dem Tablett; Stella füllte zwei schlanke Gläser und reichte mir eins.

»Willkommen, J. J.«

»Danke.«

Wir stießen an. Ich bot Wunsch ein Schlückchen an; sie schüttelte heftig den Kopf und ließ die Schlechte-Hand um die Lippen kreisen, die Gebärde für Bitteres oder etwas, was schlecht schmeckt. Stella leerte ihr Glas, goß sich noch eins ein, zündete sich eine Zigarette an und schien es sich für den Abend hier bequem machen zu wollen. Ihre Anwesenheit hemmte mich; die einfache Intimität, die ich mit Wunsch hatte, verschwand. Sie musterte skeptisch meinen Neoprenanzug.

»Planst du, hier schwimmen zu gehen, J. J.?«

»So entspanne ich mich.«

»Wir sind hier weit weg von der Küste.«

»Ich dachte, ich benutze vielleicht den Teich.«

Sie lachte. »Mein Gott, J. J. – wir *trinken* das Wasser.«

Ich packte meinen zweiten Koffer aus, sie lieferte dazu einen ununterbrochenen Kommentar. Das Auspacken brauchte seine Zeit, da ich nur eine Hand frei hatte. Wunsch hielt die andere fest in ihrer, saß neben Stella auf dem Bett und schaute in den Koffer, aber ohne ihre vorherige Begei-

sterung. Sie schien auch zu spüren, daß bei dreien einer zuviel ist.
»Wann essen *wir* denn eigentlich?« sagte ich schließlich.
»Hast du Hunger, J. J.?«
»Einen Bärenhunger!«
Stella stand auf und sammelte die Gläser und die leere Schüssel ein.
»Ich habe etwas Besonderes zum Essen gemacht.«
»Spargel?«
Ein alter Witz, beinahe eher eine rituelle Antwort als ein Versuch, witzig zu sein – aber sie fand irgendwie ein Lächeln dafür.
»Ich dachte – vielleicht kannst du Wunsch als besondere Freude eine Gutenachtgeschichte erzählen: Dann können wir zwei essen.«
Sie wandte sich an Wunsch, formte eine Zahnputzgeste und öffnete die Arme für eine Gutenachtumarmung. Wunsch hielt immer noch meine Hand fest; sie umarmte Stella kurz mit dem freien Arm und zog mich dann mit ins Badezimmer. Da ich nun im Haus wohnte, hatte sie nicht vor, mich sobald loszulassen. Mit einer Hand balancierte sie vorsichtig die Zahnbürste auf dem Rand des Waschbeckens, die Borsten nach oben, nahm die Zahnpastatube und drückte ein Stückchen Zahnpasta heraus. Sie putzte heftig ihre starken Zähne und schluckte mit sichtbarem Genuß den weißen Schaum. Nachdem das erledigt war, ließ sie sich unvermittelt auf die Klobrille fallen, hielt aber immer noch meine Hand fest. Ein Strom Pisse spritzte sofort und klangvoll in die Porzellantuba, das Zimmer füllte sich mit dem strengen Geruch von Urin, mit einem deutlichen Hauch von Spargel, wie ich nun erkannte. Ich sah weg, dann zurück. Sie grinste mich breit an, als sei öffentliches Pissen das Natürlichste auf der Welt. Oder neckte sie mich nur, genoß sie den Anblick menschlicher Verlegenheit?

Auf dem Weg ins Schlafzimmer zog sie mich immer noch hinter sich her. Sie nahm einen Haufen Bücher vom Regal und kletterte auf ihr Bett; ich setzte mich auf die Bettkante und begann, das oberste Buch mit meiner freien Hand zu übersetzen, die Geschichte von einem glücklichen Löwen in einem französischen Zoo.

»Sprechen auch.«

Ich legte das offene Buch auf meinen Schoß und las die Geschichte laut vor, während ich die Gebärden formte, was nicht leicht war. Nach ein paar Minuten fielen Wunsch die Augen zu. Ich fragte mich, ob sie von dem, was ich vorlas, überhaupt etwas mitbekam. Vielleicht war meine Stimme beruhigend genug, eine Art Hintergrundmusik. Als ich das Buch ausgelesen hatte, hob sie schlaftrunken die Hände und formte mit geschlossenen Augen: »Mehr Buch.«

Obwohl es nicht viel Sinn zu haben schien, tat ich ihr den Gefallen und las weiter, bis Stellas Stimme von der Treppe kam: »Es wird schon kalt, J. J.«

Sogar im Schlaf hielt Wunsch meine Hand fest umklammert. Ich befreite sie mit einiger Schwierigkeit und trabte halb verhungert nach unten. Mir bot sich ein erstaunlicher Anblick: mitten auf dem Tisch lag ein großer, gekochter Fisch, in Palmblätter eingeschlagen, mit Gewürzen getränkt.

»Ist das nicht illegal?« fragte ich.

Stella beobachtete mich mit einem Ausdruck großer Erwartung und genoß den Schock, den sie mir verpaßt hatte.

»Der Fisch ist für dich, J. J. Ich halte mich an die Salate.«

»Ich bin doch auch Vegetarier geworden«, protestierte ich.

Sie machte die Gebärde für Lange-Zunge und fügte laut hinzu: »Erzähl keine Märchen. Ich kann einen Fleischfresser drei Meilen gegen den Wind riechen.«

»Riechen wir so schlecht?«

»Ranzig.«

Sie legte ein großes Stück weißen Fisch auf einen Teller und reichte ihn mir. Ihre Nase hatte recht: Mein vegetarischer Eifer hatte kaum einen Monat angehalten. Meeresfrüchte hatten die verbotene Tür wieder geöffnet, dann machten Fische mit Flossen sie etwas weiter auf. Fische haben keine Gefühle, hatte ich mir irgendwie eingeredet. Kleine Mengen Fleisch aus artgerechter Tierhaltung folgten, während ich Schweinefleisch und Speck immer noch mied – die Bilder von leidenden Schweinen, die sich ihrer selbst bewußt sind, waren in Clives Buch die lebendigsten und nicht so schnell zu vertreiben.

»Ich möchte nicht, daß du meinetwegen Hausregeln brichst, Stella.«

»Ach, Unsinn. Du tust uns einen großen Gefallen. Ich will, daß du dich hier wohl fühlst. Ich will, daß du dich wie zu Hause fühlst.«

»Ich bitte dich. Alles, nur das nicht!«

Sie lachte gefällig; ich kostete ein Stückchen Fisch.

»Hervorragend.«

»Ich prüfe doch lieber selber, ob er richtig gekocht ist«, sagte sie und streckte, fröhlich und böse blinzelnd, ihre Gabel über den Tisch, um sich ein kleines Stück von meinem Teller zu angeln. Ich fand diese Vertraulichkeit so aufregend wie das Zigarettenteilen.

»Ich koche wahnsinnig gerne, J. J. Ich habe bloß selten Gelegenheit, mich so richtig in der Küche auszutoben.«

»Wenn die Katze weg ist, tanzen die Mäuse auf dem Tisch«, sagte ich.

»Die Katze ist noch hier«, sagte sie. »Die *Maus* ist verreist.« Sie amüsierte sich laut über ihren Witz. Ich lachte mit ihr mit, spürte aber ein kleines Prickeln der Überraschung. Solche Respektlosigkeit ihrem Mann gegenüber, so kurz nach seiner Abreise, offenbarte ein bißchen Untreue.

»Ich liebe ihn sehr«, sagte sie, als habe sie meine Gedanken gelesen. »Aber er ist ein entsetzlicher Fundamentalist.«

Sie beugte sich über den Tisch und nahm noch eine Gabel voll Fisch.

»Clive glaubt, Fische fangen sei eine Art Folter, aber ich zweifle daran. Können Fische Schmerz spüren, J. J.?«

»Sie winden sich am Haken.«

»Linguistisch«, sagte sie, »denke ich, daß wir es natürlicher und akzeptabler finden, Fisch zu essen.«

Ich kam nicht mehr mit; doch sie führte den Gedanken weiter aus. »Kühe werden zu Rindfleisch, Schweine werden zu Filets und Koteletts. Reh wird zu Wild – man tut alles, um die Wahrheit zu verstecken, so zu tun, als hätten wir das Fleisch von einem Baum gepflückt wie eine Frucht. Aber Fisch bleibt Fisch. Wir haben das Gefühl, es nicht beschönigen zu *müssen.* Wir fühlen uns auch bei der nackten Tatsache wohl.«

Ich hatte Clives Text über dieses Thema gelesen. Ein Teil des Kampfes für Tierrechte, hatte er geschrieben, sei, das Kind beim Namen zu nennen.

»Wir scheinen es vom Gefühl her zu akzeptieren«, sagte Stella, die immer weiter ausschweifte. »Wir müssen uns nicht distanzieren. Wir können damit *zurechtkommen.*«

Sie nippte an ihrem Wein und dachte weiter laut nach. »Oder liegt es daran, daß Fisch das einzige Lebewesen ist, daß wir gewöhnlich noch selber töten? Persönlich töten. Was bringt es schon, so zu tun, als wäre Fisch etwas anderes – wozu der Sache einen neuen Namen geben –, wenn man den Haken mit den eigenen Händen aus dem Maul gerissen und gesehen hat, wie das Tier sich auf dem Pier totzappelt?«

»Du willst also sagen, es gibt womöglich *Grenzen* für unsere Selbsttäuschung?«

Stella lachte leise. »Wir zwei werden blendend miteinander auskommen.«

Das Telefon klingelte im Nachbarzimmer; sie stand auf, ein

bißchen schwankend, und ging ran. Ich konnte den Sinn ihrer Worte nicht verstehen, aber der Ton war verspielt und vertraut. Vermutlich meldete sich Clive aus irgendeinem Transitraum. Ich füllte unsere beiden Gläser wieder mit Wein und löste vorsichtig noch ein dickes Stück Fisch von der Wirbelsäule.

»Clive läßt freundlich grüßen«, sagte Stella, als sie zurückkam.

»Wie geht's ihm?«

»Clive geht es immer gut.«

Dieses Mal war es nicht so sehr die Spur Spott, die mich beunruhigte, als die plötzliche Veränderung im Ton. Noch vor ein paar Augenblicken hatte sie liebevoll mit ihm geredet. Ich suchte nach einem oberflächlichen Thema.

»Kein Jet-lag?«

»Clive glaubt nicht an Jet-lag. Er glaubt, das sei alles Einbildung.«

Sie trank ihren Wein aus, schüttelte eine weitere Zigarette aus der Packung und beugte sich vor, um sie anzuzünden. Ihre Persönlichkeit schien genauso lose an ihr zu hängen wie ihr üppiges Fleisch: eine Mischung aus dickem Fell und weichem Herz, witziger Pietätlosigkeit und naiver Sentimentalität. Ich sah zu, wie sie ihr Glas zum vierten- oder fünftenmal füllte, und vermutete, daß all diese unvereinbaren Aspekte in Alkohol gleichermaßen löslich waren.

Im Flur vor dem Badezimmer beugte sie sich ohne Vorwarnung zu mir herüber und küßte mich feucht und betrunken auf den Mund.

»Träum was Schönes, Süßmaul«, sagte sie und schwankte Richtung Schlafzimmer.

21

Wunsch weckte mich bei Tagesanbruch; ich tauchte aus einem schweren Kater auf und sah, daß sie ihre Finger um meine gewickelt hatte und sie wie Marionetten formte, Worte in meine fügsamen Hände legte, Gebärdenbauchreden.

»Wach Zeit«, sagte ich so. »Wunsch kitzeln.«

Ich kitzelte sie; sie johlte und rollte mit mir auf dem Bett herum. Mein Kopf tat weh; meine Blase stand kurz vorm Platzen. Draußen fiel schon wieder Regen, flüssiges Gluckern auf dem Dach und in den Rinnen. Ich stand auf, ging ins Badezimmer und schloß Wunsch mit Mühe aus. Eine absurde Scham? Es ging nicht um meine Gefühle. Scham oder Verlegenheit in ihrer Anwesenheit zu fühlen, sogar eine gespielte Verlegenheit, bedeutete, ihr einen gewissen Status und eine gewisse Würde zuzugestehen. Ich könnte nackt völlig unbefangen vor einem Hund oder einer Katze erscheinen – aber nicht vor Wunsch. Ich duschte, trocknete mich ab und steckte den Kopf durch Stellas halboffene Tür. Sie schnarchte irgendwo sanft im Dunkeln.

Wunsch wartete in meinem Schlafzimmer und stülpte versunken meinen Neoprenanzug um.

»Sieh Wand.«

Sie schien verwirrt, tat es aber; ich ließ das Handtuch fallen und zog frische Sachen an. Ich machte die brei-löffelnde Gebärde für Frühstück; sie antwortete nachdrücklich: »*Ich* koche Frühstück.«

Wir gingen Hand in Hand nach unten. Als wir unten waren, ließ sie meine Hand los und schnüffelte auf einmal aufmerksam. Ich folgte ihr in die Küche; sogar ich konnte jetzt den nachhaltigen Gestank vom gestrigen Fisch rie-

chen. Wunsch schnüffelte sich durch die Küche wie ein Hund. Sie fand schnell den Abfalleimer und starrte hinein. Schließlich zog sie das Fischskelett vorsichtig am Schwanz heraus.
Der Kopf kam zuletzt, intakt und mit weichen Augen; sie starrte entsetzt auf die letzten Teile diese Rätsels und ließ das Skelett dann wieder in den Eimer fallen.
»Du essen Fisch?«
»Die meisten Menschen essen Fisch.«
Sie mußte das doch wissen, oder? Aber sie schien diese einfache Tatsache nicht verstehen zu können; ich sah wieder, wie behütet sie gelebt hatte.
»*Fische* essen Fische«, formte ich. »Große Fische essen kleine Fische.«
Daraufhin floh sie aus dem Zimmer. Ich hörte, wie die Haustür geöffnet und zugeworfen wurde; ich öffnete sie wieder und trat auf die Veranda. Wunsch erkletterte den nächsten Baum und saß bald auf der Plattform ihres Baumhauses, ein trostloses schwarzes Bündel, das die langen Arme beschützend um sich geschlagen hielt. Sie starrte über diese Arme hinweg auf mich herunter; ich stand am Rande der Veranda und hielt meine Hände in den Regen, um es ihr zu erklären.
»Fische essen Menschen«, formte ich. »Haie essen Menschen.«
Keine Antwort; die Rückenflosse der Flachen-Hand war ihr wahrscheinlich nicht bekannt. Ich benutzte etwas Direkteres: großer-Fisch-mit-Zähnen.
Sie starrte unbewegt hinunter. Für einen Moment zog ich in Erwägung, selber den Baum hochzuklettern, dann lösten sich die langen Arme und streckten sich in den Gebärdenraum.
»Schlecht Fisch essen Fisch.«
»Alle Fische essen Fische«, sagte ich nachdrücklich. »Große Fische essen kleine Fische. Wenn nicht – sie sterben.«

Ich benutzte ihre eigene knappe Gebärde, die Hand lag regungslos auf dem Rücken.
»Du essen Tiere?«
»Manchmal.«
»Welche Tiere?«
»Kühe. Schafe.« Ich formte die Gebärden langsam und versuchte, keines der Tiere zu nennen, die auf dem äußeren Feld grasten, wo man sie vom Baum aus sehen könnte.
»Du essen mich?«
»Nie!«
»Warum essen die?«
Was konnte ich dazu sagen? Es gab keine einfache Antwort auf ihre einfache Logik. Außer, daß es eine erlernte Logik war, eine menschliche Logik. Sie hatte nichts mit den Naturgesetzen der Regenwälder Zentralafrikas zu tun. Ich versuchte, statt dessen an ihre Gefühle zu appellieren, an jenen Teil von ihr, von uns allen, der eher tierischer Natur ist und prärational.
»Komm herunter. Umarme mich.«
Sie schüttelte den nassen Kopf. »Traurige Gedanken. Ich traurig innen.«
Stella erschien mit verschlafenen Augen und verstrupptem Haar, in ihre Steppdecke gewickelt, in der Tür.
»Was ist denn hier los? Worum geht es denn, J. J.?«
»Wunsch hat die Gräten gefunden.«
Sie schlug sich gegen die Stirn. »Scheiße! Ich hätte sie wirklich vergraben sollen.«
»Ich sagen Heiligem«, formte Wunsch hoch oben im Nieselregen. »Heiliger essen Fisch – nicht.«
»Was ist die Gebärde für Petze?« fragte Stella amüsiert.
Ich hatte den Verdacht, daß Clive sich eher freuen als aufregen würde, obwohl das vielleicht nicht die richtigen Worte für die Gefühlsskala dieses Mannes waren. Er wäre zumindest zufrieden. Wunsch sprach sich für alle Tiere aus,

sogar für Fische. Ihre Reaktion zeigte auch neue Aspekte ihres Selbstverständnisses. Entweder sie sah sich eher als Tier denn als Mensch, oder sie betrachtete *alle* Tiere als Menschen. Hierin war sie eindeutig anders als andere Affen, die unter Menschen aufgewachsen waren; die glaubten alle, Menschen zu sein.

»Kennt sie die Gebärde für Versprechen?« fragte ich.

»Das Kreuz über dem Herzen?«

Ich nickte und trat noch ein Stück weiter in den Regen: »Ich verspreche ich werde Tiere essen – nie. Ich verspreche.«

Ich wiederholte die Gebärde bittend, bis sie endlich herunterkletterte, das Gras zwischen uns überquerte und mich umarmte, was mich noch mehr durchnäßte als der Regen. Sie war den Rest des Nachmittages beinahe wieder in Ordnung, kooperativ, wach, interessiert am Unterricht. Erst der Anblick ihrer Abendmahlzeit, der Anblick von Essen, erinnerte sie an das Verbrechen, das sie am Morgen entdeckt hatte.

»Nicht hungrig«, sagte sie abrupt.

Zum erstenmal saßen wir mit ihr zusammen am Tisch. Während ich schon eine Weile darauf gedrängt hatte, war Stella nach der Geschichte mit dem Fisch endlich damit einverstanden. Wir aßen beide mit übertriebenem Genuß unser Gemüse; trotzdem weigerte Wunsch sich, ihres anzurühren. Sie ging früh ins Bett und weigerte sich auch, eine Gutenachtgeschichte zu hören – zu sehen. Das Aquarium blubberte auf dem Regal vor sich hin; ihr vorwurfsvoller Blick in seine Richtung erinnerte mich daran, wie blöd wir gewesen waren.

»Zu traurig«, formte sie. »Mengen von Gedanken.«

Sie umarmte mich, weigerte sich aber, Stella zu umarmen, der sie ungerechterweise die Hauptschuld gab. Eine feine moralische Unterscheidung: War es ein größeres Verbrechen, Fisch zu kochen als zu essen? Ich ließ sie schließlich

im Dunkeln liegen, wo sie der Unterhaltungsmusik ihres Lieblingssenders lauschte, beruhigender Filmmusik, langsamen, traurigen Balladen.
Stella zog ihren Overall an. Probleme beim Kalben in einer der umliegenden Molkereien. Sie entschuldigte sich dafür, mich allein zurückzulassen – es gäbe keine Alternative. Wenn sie nicht ginge, würde irgendein als Hebamme getarnter Schlächter den Job vermurksen. Ich machte mir ein Toastbrot mit Käse, nachdem sie gegangen war, und zog mich bald ins Bett zurück, froh, von einem weiteren alkoholgetränkten Abend verschont zu bleiben.

22

Wunsch war am nächsten Morgen wie ausgewechselt. Sie weckte mich wieder bei Tagesanbruch. In einer Hand hielt sie ein Tablett mit dem Frühstück, die Knöchel der anderen waren gegen den Teppich gedrückt, um das Gleichgewicht zu halten. Sie stellte das Tablett vor mich hin: Orangensaft, Corn-flakes, Brötchen, Marmelade. Und eine einzelne Rose in einer schlanken Vase – ein Gedeck, das sie wohl irgendwo in einem Buch gesehen hatte. Mein Kannibalismus war mir verziehen; sie saß auf meinem Bett, nahm sich, während ich aß, hungrig von den Sachen auf dem Tablett und kitzelte mich hin und wieder.
Stella steckte eindeutig erleichtert den Kopf durch die Tür. Wunsch nahm ihre Anwesenheit ohne Begeisterung zur Kenntnis. Alles war beinahe wieder normal, die Ferienstimmung, die Clives Abwesenheit uns beschert hatte, wiederhergestellt. Ich stand auf und zog die Vorhänge zurück. Der Regen hatte endlich aufgehört, der Himmel

war klar, die Morgensonne schien über dem östlichen Ende des Tals.

Nach dem Frühstück stapfte Stella, in Overalls und Gummistiefel gezwängt und von ihren Hunden gefolgt, in die Felder, um nach ihrer Herde zu sehen; ich setzte mich mit Wunsch draußen in den Rosengarten. Zurück zu den Grundlagen: Lesen, Schreiben, Rechnen. Am Nachmittag sahen wir zu dritt mit den drei Hunden einen Film, ein Musical aus den fünfziger Jahren, das voll von der zuckrigen Musik war, die Wunsch besonders mochte. Als sie die Augen schloß und ihren Kopf im Takt wiegte, wurde mir klar, daß die Hauptsache an diesen süßen Liedern die Melodie ist; die Worte bedürfen keiner Übersetzung.

Während des Nachspanns bat Wunsch, den Film noch einmal sehen zu dürfen, wobei sie ihre Kenngebärde, die gekreuzten Finger, die Gebärde für Hoffnung, verwendete. Stella schüttelte den Kopf und formte: »Abendessen.«

Wir aßen zusammen am Eßtisch, und Wunsch bat dreimal um mehr Obst. Ich erinnerte mich wieder an den Ausspruch von Clive: daß den Menschen nach einem Besuch der Schlachthöfe vielleicht der Appetit aufs Abendessen vergeht, sie aber normalerweise ein deftiges Frühstück schaffen. Nach dem Essen sah ich ihr wieder beim einhändigen Zähneputzen und beim weiteren unverlegenen Pissen zu. Ich las gestikulierend eine Reihe von Geschichten und saß bei ihr, bis ihre Augen zufielen und ich mein Handgelenk aus ihrem starken Griff befreien konnte.

Stella räkelte sich auf dem Sofa und sah im Fernsehen Nachrichten, während sie mit der Zunge eine klumpige selbstgedrehte Zigarette anfeuchtete, die sie dann fertigrollte. Sie rauchte selten selbstgedrehte; das mußte Cannabis sein, mutmaßte ich. Clives Abwesenheit schien ihre Exzesse zu verschlimmern: das späte Aufstehen, das Trinken, das Fernsehen. Der Fisch. Vielleicht war es auch nur die Ferienstimmung, das moralische Gegenstück zu Strandsandalen und Shorts, sich nicht zu rasieren.

»Komm, setz dich hierher«, sagte sie und klopfte auf das Sofa.

Sie schob sanft ihre Hunde zur Seite, um Platz zu schaffen; ich ließ meine massige Gestalt vorsichtig zwischen ihnen nieder. Wir tranken Wein und sprachen ein bißchen über Wunsch; ich ließ die Zigarette, die sie mir aufdrängte, eine Weile zwischen meinen Fingern kokeln und reichte sie ihr dann zurück.

Um neun rief Clive aus New York an; danach sprachen wir über ihn.

»Er ist ein ganz besonderer Mensch«, sagte Stella. »Er ist ein Nationalheiligtum, mein Gott. Aber manchmal ist es auch schön, ein bißchen Raum ganz für sich zu haben.«

Sie lehnte ihren Kopf gemütlich gegen meine Schulter. Die drei Hunde sahen eifersüchtig zu; Binky, der kleinste, knurrte leise und schob sich zwischen uns.

»Du bist sehr warm, J. J. Du *glühst* förmlich.«

»Es gibt auch viel von mir. Viel Stoffwechsel. Ich produziere jede Menge Wärme.«

»Clive ist kein warmer Mensch«, sagte sie.

Ich fühlte mich unwohl dabei, über ihren Mann in seiner Abwesenheit so zu diskutieren, es erschien mir wie eine Art Vertrauensbruch.

»Natürlich fehlt er mir, wenn er weg ist.«

Ich wartete auf das implizierte »Aber«.

»Aber er saugt mich aus, J. J. Er ist nicht warm. Er zeigt seine Gefühle nicht.«

Wieder schwieg ich. Sie schob Binky sacht vom Sofa, schwang ihre Beine über das Sofaende und bettete ihren Hinterkopf auf meinen Schoß.

»Stört dich das, J. J.?«

Ich war zu überrascht, um zu antworten. Der schwere

Druck ihres Kopfes erregte mich, mein erster Steifer seit langem. Das Gefühl war unerwartet und aufregend, ich war schon seit einigen Jahren unter der Gürtellinie wie tot.
»Anscheinend freust du dich über meinen Besuch«, sagte sie und lachte.
Mein Puls schoß in die Höhe, mein verschreckter Schwanz wurde sofort wieder klein; so hatte er sich in den letzten Jahren meiner Ehe oft vor Jill versteckt.
Ohne etwas zu bemerken, kam sie wieder auf Clive zurück.
»Er ist nicht besonders gut in der Gebärdensprache, oder?«
»Es geht so.«
Sie rückte ihren Kopf zurecht. Ich erwartete beinahe, daß sie sich umdrehen und meinen Bauch wie ein Kissen aufschütteln würde.
Sie sagte scherzhaft: »Knuddeln Stella, Süßmaul?«
Ich legte verlegen einen Arm um sie.
»Ich fühle mich so einsam, wenn Clive weg ist«, sagte sie.
»Ich *brauche* menschlichen Kontakt.«
Ihr großer, loser Körper war von Alkohol und Cannabis noch loser, war fügsam geworden – aber die Augen, die zu mir hochstarrten, hatten noch einen Rest Härte, den der Alkohol nicht aufgelöst hatte.
»Weißt du, was ich *wirklich* brauche, J. J.?«
Mein Herz machte einen Sprung – reine Nervosität jetzt, keine Spur sexueller Erregung.
»Ich brauche Erleichterung«, sagte sie. »Dieser Blutstau in der Beckengegend. Hier – sieh mal.«
Sie nahm meine Hand und pflanzte sie zwischen ihre Schenkel. Ich spürte, wie ich noch kleiner wurde, wie ich schrumpfte. Das wird in der Gebärdensprache knapp und direkt mitgeteilt, und sehr ausdrucksvoll: das schlaffe Absinken eines steifen Armes.
Das Schrillen des Telefons rettete mich wie durch ein Wunder. Stella stand auf und ging ran, eine Kollegin, die offen-

bar einen Rat brauchte. Trotz ihres Rausches konnte sie ihn geben oder wenigstens so tun. Ich schlich unter dem Schutz der Fachsimpelei die Treppe hoch: Herzwurm, aktive und passive Impfungen, Immunproteine.
Ich warf einen Blick in Wunschs Zimmer. Sie lag schlafend auf dem Rücken, alle viere von sich gestreckt, offen, arglos.
Ich machte meine Schlafzimmertür zu. Abschließen konnte man sie nicht. Stella klopfte und kam herein, sobald ich ins Bett gekrabbelt war. Sie setzte sich auf die Bettkante und legte ihre Hand auf meinen Oberschenkel. Mein Schwanz wurde noch kleiner, um von ihren Fingern wegzukommen. Sie lachte und zog die Hand zurück, als sei das Ganze nicht die Mühe wert.
»Es ist bloß Sex, J. J. Es ist ja nicht so, als ob ich dich bitte, mich zu *küssen*.«
»Ich habe mit keinem mehr geschlafen, seit Jill und ich auseinandergingen«, sagte ich entschuldigend. »Es hat mich nicht einmal mehr interessiert.«
»Es ist reine Gewohnheit, J. J. Je weniger man hat, desto weniger will man auch.«
»Ich bin *sehr* müde.«
Sie lächelte betrunken-tolerant. »Wir müssen ja nicht miteinander schlafen. Du kannst mich bloß knuddeln. Ich brauche ein bißchen Zuneigung. Ein bißchen Zärtlichkeit. Oder ist das zuviel verlangt?«
»Das kriege ich noch hin.«
Sie schälte sich geschickt aus ihren Kleidern und war innerhalb von Sekunden nackt. Ich versuchte, nicht zu starren, während sie ins Bett stieg, aber ihre Brüste waren riesig, sie baumelten, vom eigenen Gewicht gezogen, herab und bewegten sich halb autonom. Ich war in der Welt der kleinbrüstigen Frauen aufgewachsen und hatte in sie hineingeheiratet, etwas Vergleichbares hatte ich noch nie gesehen.
Die höfliche Gebärde für Brüste ist undurchsichtig und

wird mit einer einzigen Flachen-Hand gemacht. Die Größe kann man taktvoll mit zwei Guten-Händen angeben – aber wenn ich an Stella denke, denke ich nur in einer deftigen Sprache, denke an eine extravagante, doppelhändige Gebärde mit zwei hohlen Händen, die unter Gehörlosen als geschmacklos gilt.
»Komm, wir verändern die Regeln ein bißchen, J. J. Wir können knuddeln, wir können miteinander spielen, aber kein echtes Eindringen.«
Sie sprach undeutlich, aber ihre Worte klangen merkwürdig logisch, durchdacht. Mein Schwanz zog sich nun vollends zurück und war drauf und dran, eine Scheide zu werden. Dann wurde ich wieder wie durch ein Wunder gerettet: Stella schlief ohne Warnung ein, halb über mich drapiert und leise schnarchend. Ich zog mein Bein vorsichtig unter ihrem schweren Schenkel hervor und lag hellwach und mit sich überschlagenden Gedanken an ihrer Seite. Die Situation war mir zu bekannt, die letzten paar Monate meiner gescheiterten Ehe lagen noch nicht so lange zurück. Tränen sprangen mir in die Augen. Ich dachte an die verwirrten Fragen von Wunsch, Finger, die eine schmerzende Wunde berühren. Ich hatte Jill tatsächlich sehr geliebt. Wohin war diese Liebe verschwunden?
Stella bewegte sich gegen Mitternacht, faßte zwischen meine Beine und murmelte beinahe zu sich: »Ich glaube, es sollte einfach nicht sein, J. J.«
»Tut mir leid.«
»Ist doch nicht deine Schuld.«
Ich drehte ihr den Rücken zu und lag mit dem Gesicht zur Wand. Ich spürte, daß sie noch wach war, und kniff die Augen zu, aber ihre Bewegungen konnte ich nicht ausblenden: das rhythmische Schaukeln ihres schweren Körpers, dann das immer schneller werdende Gequietsche der Matratze und ihres Atems – und schließlich der klei-

ne, unterdrückte, explosive Seufzer zwischen ihren Lippen.
Sie lag nach dieser Selbsterlösung still; bald schnarchte sie wieder leise. Ich mußte auch eingeschlafen sein, denn als ich das nächstemal die Augen öffnete, sickerte Licht durch das Fenster; rotglühende Ziffern in der Ecke des Zimmers zeigten undeutlich die Zeit an: 5.55. Vorsichtig, um meine Gefährtin nicht zu stören, schlüpfte ich aus dem Bett. Ich zog mich an und hoffte verzweifelt, daß Wunsch noch nicht aufgestanden war. Zu spät; ihr Zimmer am Ende des Flurs war leer. Es gab immer noch die kleine Chance, daß sie keinen Blick in mein Zimmer geworfen hatte, noch geringer war die Chance, daß sie es wohl getan, sich dabei aber nichts gedacht hatte: zwei Erwachsene knuddelten sich freundlich und im gegenseitigen Einverständnis, einer von ihnen war nackt. Ich durchsuchte die Räume unten und steckte dann den Kopf aus der Haustür, die Augen gegen die Morgensonne zusammengekniffen. In den Baumwipfeln war sie auch nicht zu sehen.
Ich wandte mich wieder nach drinnen und ging die Treppe hoch. Stella schlief noch tief und schnarchte leise.
Meine Blase stellte ihre gewöhnlichen Morgenansprüche; ich lief zum Badezimmer – und trat an der Tür verblüfft zurück. Wunsch hockte auf den Kacheln vor dem großen Wandspiegel, die Arme und Schultern mit Rasierschaum bedeckt. Eine geöffnete Schere lag auf den Kacheln, abgeschnittenes Haar rund um Wunsch herum auf dem Boden. Sie hielt meinen Rasierapparat fest in der rechten Hand und war gerade dabei, sich die linke Schulter zu rasieren.
Ein komischer Anblick, sogar lächerlich, aber ich spürte den schrecklichen Ernst ihrer Absicht.
Sie hatte mich nicht bemerkt. Sie beugte sich zur Seite; jetzt sah ich entsetzt, daß sie bereits den größten Teil ihrer Haare an den Beinen abrasiert oder abgeschnitten hatte. Ich sah

auch das Blut; die schwarze Haut ihres Oberschenkels war ein einziges Gewirr von Schnittwunden.
Ich trat ins Badezimmer; sie drehte sich erschrocken zu mir um, wandte mir dann schnell den Rücken zu und kauerte sich wieder, um ihre Verletzungen vor mir zu verbergen. Ich erinnerte mich an unsere erste Begegnung vor Monaten – wie sie sich wie ein Krebs seitwärts ins Zimmer geschlichen hatte, durch ihre Nacktheit, so schien es mir damals, verlegen gemacht.
Meine Hände bewegten sich: »Warum?«
Ihr Spiegelbild starrte mich an. Es lag etwas Neues in diesem Blick – eine Härte, eine Direktheit, die ich vorher nie bemerkt hatte. Das Zimmer war auf einmal von ihrem charakteristischen Geruch durchströmt, aber sie roch noch strenger als sonst. Dann kam sie plötzlich rückwärts auf mich zu, streckte einen ihrer langen Arme nach hinten, um meinen Oberschenkel zu fassen, beugte sich vor, das Gewicht auf dem anderen Ellbogen, und drückte meine Leistengegend gegen ihren Hintern. Erschrocken befreite ich mich so schnell wie möglich. Eine klebrige Nässe befleckte vorne meine Jeans; ich erkannte schockiert, daß sie in der Brunst war.
Sie präsentierte sich mir, ein Wort, das in keinem Wörterbuch der Gebärdensprache steht.
»Unrecht«, sagte ich hektisch. »Schlecht.«
Sie drehte sich halb verwirrt zu mir. »Warum?«
Meinen Händen fiel keine direkte Antwort ein; sie umfaßte mich wieder und zog mich an sich. Ihr Griff war sanft, aber unerbittlich; ihr nasser Hintern drückte sich wieder fest gegen mich – und dann wurde ich plötzlich von Panik übermannt und drosch mit beiden Fäusten auf sie ein, schlug ihren schwarzen Rücken mit seinem dichten Fell, so hart ich nur konnte. Ihre Überraschung gab mir Zeit freizukommen.

Ich floh hinunter in die Waschküche, ließ heißes Wasser über einen Lappen laufen und wischte, *schruppte* diese Flecken vorne auf meinen Jeans. Die Hitze des Lappens schien einen neuen, flüchtigen Geruch zu befreien oder zu erhöhen: streng, fischig, genau wie der Geruch einer Frau. Ich rieb verzweifelt an dem Stoff und bemerkte eine wachsende Steife in dem eingezwängten Schwanz darunter. Entsetzt streifte ich die Jeans ab, schmiß sie ins Becken und ließ einen Strom heißes Wasser über sie laufen. Mein Schwanz blieb weiterhin steif, meine leichte Unterhose spannte sich. Es war doch sicherlich nur ein Reflex – die Wirkung dieses universellen weiblichen Geruches. Oder war es der Rest einer Morgenerektion? Aber schon während ich flehte *Bitte laß es das sein*, überfiel mich ein anderer, beunruhigenderer Gedanke. Wenn es ein Reflex sein sollte, wo war dieser Reflex dann gestern abend? Stella war auch brünstig gewesen. »Ich bin vom Typ, der es jeden Tag braucht«, hatte sie während der Nacht trunken gemurmelt. Mein steifer Schwanz weigerte sich immer noch zu sinken; er war härter als seit Jahren. Wie früher mußte auch jetzt etwas geschehen, und zwar sofort. Ich drückte die Oberschenkel hart gegen den Rand des Waschbeckens, umfaßte meinen Schwanz, der über das Becken ragte, und packte zu. Schon am Rand des Ergusses, wurde ich sofort über diese letzte Schwelle katapultiert. Ein stöhnender Schrei entfuhr meinen Lippen. Und das Bild, das meinen Kopf in diesem Moment erfüllte – sosehr ich es auch in meiner Panik zu unterdrücken suchte –, war, wie Wunsch sich mir präsentierte, ihren geschwollenen Hintern hart an mich drückte, während ihr langer Arm meinen Hintern hielt und ich mein Gesicht in dem dichten, warmen Fell ihrer Schultern vergrub.

Ich sank mit zitternden Knien wie gelähmt auf das Becken. Entsetzen über das, was ich getan hatte, erfüllte mich, die Hände der Gebärdenscham hoben sich, um mein Gesicht zu verdecken. Wunsch würde doch sicherlich das Geräusch meines Kommens gehört haben und die Treppe hinabeilen. Ich konnte ihr jetzt nicht ins Auge blicken; ich konnte mir selber kaum ins Auge blicken. Ich zog mir irgendwie die nassen, dampfenden Jeans an und floh durch die Tür der Waschküche aus dem Haus.

Ich eilte durch die Bäume und über das äußere Feld. Stellas Herde war ich gleichgültig; automatisch stiegen meine Hände wieder, um mein Gesicht zu verdecken. Ich mußte im Schutz meiner Fiat-Schildkrötenschale fahren und nachdenken. Ich mußte zum nächsten Strand und mich ins Salzwasser stürzen, um gereinigt weit ins Meer hinauszutreiben.

Drittes Buch

Handzeichen des Auslan

Becher

Okay

Löffel

Schreiben

1

Die höfliche Gebärde für Sex, ein Geste des Kehledurchschneidens, aber mit der Guten-Hand; eine merkwürdige Mischung aus *süß* und *sauer*. Der kleine Tod des Orgasmus: das Aufgeben des Selbst? Oder etwas Tieferes und Merkwürdigeres: Sex ist gefährlich, Sex ist eine Art Selbstmord. Jedenfalls eine durchsichtige Gebärde; eine Bifokalbrille, die erst dies zeigt und dann das, die verschiedene Brennpunkte hat, eine weitere Bedeutung hervorbringt.
Es war eine Lieblingsgebärde von Jill. Derselbe Widerspruch ist auch in der Sprache vergraben, hat sie mir einmal erzählt – sie fand gerne Schemas und Verbindungen zwischen Sprachen. *Fechten* und *ficken* haben dieselbe uralte Wurzel: *ficken*, was »schlagen« bedeutet.
Ich bin keine Kämpfernatur. Ich würde fünf Kilometer rennen, um einem Konflikt auszuweichen. Und keiner, schon gar nicht Jill, würde sagen, daß ich einen übermäßig starken Sexualtrieb habe, daß ich ein Mann bin, der mit dem Schwanz denkt. Ein ordinärer Ausdruck? Im Gegenteil. Sprache, wie sie besser nicht sein kann, eine Annäherung an die einfache Poesie der Gebärden.

Ich fuhr aus der Talsenke hinaus, überquerte die Hügel Richtung Westen und rollte schnell die Greenhill Road durch die Stadt zur Brandung hinunter.
Das Meer war grau und aufgewühlt, ein starker Westwind ließ weiße Schaumkronen entstehen. Mein Neoprenanzug hing noch im Gästezimmer in den Hügeln; ich hatte als Isoliermaterial nichts weiter als meinen eigenen dicken Wabbelspeck. Sand und eiskalte, salzige Gischt peitschten mein Gesicht, während ich mich bis auf die Unterhose auszog und hineinwatete. Der erste atemberaubende Kälteschock verging schnell, und ich spürte nur ein warmes Glühen, während ich über die Brandung hinaustrieb, der einzige Schwimmer weit und breit. Ich hatte zwar nicht soviel Auftrieb wie mit dem Neoprenanzug, aber ich war immer noch unsinkbar, mehr Walroß als Mensch.
Der Schock darüber, daß Wunsch sich mir präsentiert hatte, schwand langsam. Ich fühlte abermals zitternde Erregung, als ich mich an die Szene im Badezimmer erinnerte, eine Zündflamme war irgendwo in mir angesteckt worden und brannte langsam, aber sicher immer stärker. Freude über meine Erregbarkeit nährte diese Flamme noch weiter. Schuldgefühle, Scham, Dankbarkeit, Erleichterung – auf jeden Fall eine süßsaure Mischung. Ich trieb mit geschlossenen Augen dahin, Arme und Beine schlaff, ein schwimmender Korken, den Launen des Meeres ausgeliefert. Ich wollte eine Antwort fühlen, statt sie nur zu denken – aber es war genauso einfach, Selbstrechtfertigungen zu finden oder zu erfinden. Eine Stimme der Logik ließ mir keine Ruhe: Wenn Wunsch Menschenrechte gebühren, warum nicht auch Menschenfreuden?
Nichts als Ausreden? Ich sah ihr Gesicht deutlich vor mir, während die Wogen mich hoben und senkten. Ihre breite Nase, ihre dunklen, verschmitzten Augen. Ihr dichter »Nerzmantel«. Die Wärme ihres großen Körpers. Vor allem

erinnerte ich mich an ihre Hände, ihre nackten, schwarzen Finger, die aus dem dichten Fell herausragten wie aus Handschuhen ohne Fingerlinge.
Clive hätte diese Vergleiche verurteilt: Ich beging die Sünde des Anthropomorphismus. Aber solche Skrupel erschienen mir jetzt unwichtig und irrelevant. Während ich dort glühend trieb, kämpfte sich ein einziges, dringendes Verlangen durch die Vielzahl widersprüchlicher Gefühle zu mir durch: Sie fehlte mir.
Mußte ich mich schuldig fühlen, weil ich lieber mit ihr als mit anderen zusammen war, weil ich es liebte, bei ihr zu sein?
Liebte. Das Wort hatte sich indirekt ins Offene geschlichen, hatte sich listig in dem unschuldigen Satz verborgen. Jetzt bestand es darauf, klarer ausgedrückt zu werden: Ich wußte auf einmal, daß ich mehr liebte, als *bei ihr zu sein*.
Ich liebte *sie*.
Die Klassifizierung dieser Liebe, ihre Art, ihre genaue Beschreibung ließ sich jetzt nicht mehr aufschieben. Die Liebe eines Lehrers zu einer begabten Schülerin? Die Liebe eines Stiefvaters? Die auch, ja. Wenigstens die. Zum Thema Liebe ist die Gebärdensprache weniger vieldeutig als die gesprochene; sie ist unfähiger, ihre Gefühle zu verbergen und auf Nummer Sicher zu gehen hinter Euphemismen für Vernarrtheit, Bezirztsein, vorübergehenden Wahnsinn.
Ich wußte auch genauso deutlich, daß diese Gefühle erwidert wurden. Wunsch liebte mich, ich liebte sie. Gerüstet mit diesem Wissen, dadurch gewappnet gegen Schuld und Zweifel, paddelte ich zum Strand und zu den ordentlich gefalteten Kleidern zurück, die im trockenen Sand über der Flutmarke lagen.

2

Stella öffnete aufgeregt und verstrubbelt die Tür und trat nervös von einem Fuß auf den anderen. Ihr Haar sah nächtlich verheddert aus, aber sie hatte sich etwas angezogen. Um ihren Hals baumelte ein Stethoskop.

»Wo hast du denn *gesteckt*, J. J.? Ich habe Wunsch im Badezimmer gefunden. Sie rasierte sich gerade mit deinem Rasierapparat. Wo *warst* du?«

»Es tut mir leid – ich mußte ein paar Sachen erledigen.«

»Sie ist in einem grauenhaften Zustand. Sie hätte verbluten können.«

Stella verstellte mir den Weg; ich wollte mich an ihr vorbeischieben und die Treppe hochlaufen. Was sollte das Stethoskop?

»Ist sie in Ordnung?«

»Dir hat sie ihr Leben sicher nicht zu verdanken. Ich habe sie, so gut es ging, wieder zusammengeflickt.«

Sie fuhr mit beiden Händen verzweifelt durch ihr verheddertes Haar.

»Du hättest sie nicht *allein* lassen dürfen, J. J.«

Dachte sie, ich hätte das Haus vor der Geschichte mit dem Rasierapparat verlassen? Ich würde sie in dem Glauben lassen.

»Ich habe sie ja nicht allein gelassen. Du warst doch im Haus.«

»Ich habe mal ausgeschlafen, weil ich dachte, du bist da. Du hättest mich wecken sollen. Du hättest deinen Rasierapparat nicht herumliegen lassen dürfen.«

Sie verstummte langsam, als ob sie gemerkt hätte, wie absurd ihre Vorwürfe klangen, daß sie ein Versuch waren, irgendeinem oder irgendwas die Schuld zu geben.

»Ich will sie sehen.«
Sie trat beiseite und folgte mir die Treppe hoch, ihr Ton war jetzt schon eher versöhnlich. »Es tut mir leid, J. J. Das war ziemlich ungerecht. Ich will keinem die Schuld zuschieben. Wir sollten uns lieber um Wunsch Sorgen machen. Es ist *sehr* beunruhigend.«
Ihre Schlafzimmertür war abgeschlossen, diese Sicherheitsmaßnahme hatten wir in Clives Abwesenheit vernachlässigt. Stella drehte den Schlüssel um und schob die Tür auf. Wunsch lag mit dem Gesicht zur Wand auf ihrem Bett. Ihr früher mit dichtem Fell bedeckter Rücken glich jetzt einer Savanne: nackte, geschorene Haut mit ein paar Haarbüscheln in der Mitte, wo der Rasierapparat nicht hingekommen war. Hier und dort klebten Pflaster, die sich rosa wie Fleisch gegen den schwarzen Hintergrund abhoben. Hals und Arme waren glatter rasiert; eine zerhackte Mähne erhob sich noch auf ihrem Kopf. Sie erinnerte mich absurderweise an Clives schlechtsitzendes Toupet.
Ich setzte mich auf die Bettkante und berührte vorsichtig ihre verletzte Haut mit meinen Fingerspitzen. Sie zitterte leicht, vielleicht weinte sie. Sie wollte sich nicht zu mir umdrehen; sie nahm überhaupt keine Notiz von mir. Ihre Matratze war übersät mit Flecken, war ziegelrot und rostbraun vor trockenem Blut.
»Ich konnte Clive nicht erreichen«, brabbelte Stella irgendwo im Hintergrund. »Ich habe in Chicago eine Nachricht für ihn hinterlassen. Ich war völlig verzweifelt.«
Ich legte meinen linken Arm um Wunsch, die Hand in den Gebärdenraum zwischen ihrer Brust und der Wand, wo Stella sie nicht sehen konnte. »Nerz wächst wieder.«
Keine Reaktion.
»Es tut mir leid.«
Sie bebte stark, ein Schüttelkrampf hatte sie überfallen – mir wurde klar, daß ihr Zittern eher körperlichen als see-

lischen Ursprung hatte. Schwarze Gänsehaut, menschliche Gänsehaut, bedeckte ihren ganzen Körper. Ich drehte den Kopf zu Stella. »Sie erfriert uns. Hol was zum Anziehen.«

»Ich habe die Heizung aufgedreht, J. J. Es ist richtig *heiß* hier drin.«

»Sie kann unmöglich vor einer Heizung sitzen, bis ihr Fell nachgewachsen ist.«

»Wir können doch sowas nicht mit Kleidern belohnen.«

»Du klingst ja wie *ein verdammter Dresseur!* Ich dachte, du hältst sie für einen Menschen.«

Ich brüllte; zum erstenmal erhob ich in diesem Haus meine Stimme. Daß jemand anderes sich Sorgen machte und Gefühle zeigte, erlaubte Stella, sich etwas zu entspannen.

»Kein Mensch, J. J. Sie ist ja *offensichtlich* kein Mensch. Ich dachte bloß, sie sollte Menschenrechte haben.«

»Menschen dürfen normalerweise Kleider tragen. Und rasieren dürfen sie sich eigentlich auch.«

In diesem Argument lag eine Clive-Logik, die sie völlig aus dem Konzept zu bringen schien; sie sah scharf zur Seite, als sei er in der Nähe.

»Ich hole eine Steppdecke.« Das war ein vernünftiger Kompromiß. Stella verließ das Zimmer.

»Du krank?« Ich hatte die Hände immer noch um Wunschs breiten Rücken in ihren Gebärdenraum gestreckt.

»Kalt«, formte sie knapp mit einer Hand – das erstemal, daß sie meine Anwesenheit zur Kenntnis nahm.

Ich hob die Beine auf das Bett und drückte mich der Länge nach an sie. Schritte näherten sich; eine dicke Steppdecke wurde über uns ausgebreitet, hing einen Augenblick in der Luft und fiel dann langsam und sanft herab.

Stella hatte recht: das Zimmer war heiß, die Steppdecke unnötig. Ich schwitzte bald stark – aber Wunsch zitterte wieder unkontrolliert. Sie atmete schwer; hatte sie Fieber?

»Sie ist krank. Vielleicht hat sie sich eine Lungenentzündung geholt.«
»Sie ist nicht krank, J. J. Ich habe sie genau unter die Lupe genommen.«
»Bist du sicher? Du bist doch nur Tierärztin.«
Nicht die taktvollste Wortwahl; und auch gar nicht, was ich eigentlich sagen wollte.
»Tut mir leid, Stella. Ich meine bloß – sie ist kein Hund, kein Pferd. Ihre Anatomie ist doch sicherlich menschlich. Vielleicht brauchen wir einen echten Arzt.«
Wieder eine schlechte Formulierung. Ich bereute das Wort *echt*, sobald es meinem Mund entfahren war.
»Einen Spezialisten«, verbesserte ich mich diplomatischer. »Einen Brustspezialisten.«
»J. J., sie ist ein Tier, und ich bin eine Tierärztin. Glaub mir, ich weiß mehr über Primatenphysiologie als jeder andere Arzt in dieser Gegend. Das Problem ist nicht ihr Körper – es ist ihr Kopf.«
»Was willst du denn damit sagen – daß sie einen *Psychiater* braucht?«
Ich hatte wieder die Stimme erhoben; Wunsch bewegte sich auf dem Bett und hielt sich die Ohren zu, eine deutliche Zurechtweisung. Sie hätte besser ihre Augen bedecken sollen; wie immer in gereizten Situationen formten meine Hände ungewollt mit. Die Gebärde für *Geist*.
Dann *Arzt*, zwei Finger, die den Puls fühlen.
Geist-Arzt. Ich legte meine Arme wieder um sie; sie schüttelte sie mit einem Zucken ihrer kräftigen Schultern ab, rollte dann auf den Rücken und hielt die Hände hoch in die Luft, wo wir sie sehen konnten.
»Ihr geht«, formte sie. »Ich wünsche allein.«
Allein war ihr eigenes Wort, aber sofort lesbar: das Personalpronomen der Zeige-Hand – ich, Nummer eins – in der gekrümmten Flachen-Hand behütet.

Diese Gebärde hatte ich noch nie gesehen, aber sie schien mir viel mehr von Herzen zu kommen als die offizielle Gebärde für Alleinsein oder Einsamkeit, eine undurchsichtige Lehngebärde.
»Geht!« wiederholten ihre Hände eindringlicher. »Ich – allein!«
Über die Schulter sah ich Stella an; sie starrte schuldbewußt und schweigend zurück. Endlich zuckte sie mit den Achseln und nickte in Richtung Tür; ich kam behutsam unter der Steppdecke hervor und folgte ihr widerstrebend hinaus.

3

Wir sahen einander völlig verwirrt in dem unaufgeräumten Wohnzimmer an. Ich lag zusammengesunken auf dem Sofa, Stella saß gegen ein Regal gelehnt auf dem Boden, umgeben von ihren Hunden. Ich erinnerte mich an ein Wort der Ureinwohner, das Jill von einer Forschungsreise in der Wüste zurückgebracht hatte, die Beschreibung einer sehr kalten Nacht: eine Dreihundenacht. Stella schien ähnlichen Schutzes zu bedürfen, oder ähnlichen Trostes.
»Wollen wir sie wirklich allein lassen, J. J.?«
»Sie will allein sein.«
»Trotzdem ...«
Sie drückte die Wange an Binky, die rittlings auf ihrem Schoß saß, aber ich merkte, daß sie eigentlich Clive am meisten brauchte. Sie konnte sich über seine ruhige Rationalität lustig machen und ab und zu eine Nacht mit einem anderen Mann verbringen, aber ohne dieses Fundament war sie doch verloren.

»Vielleicht sollte ich trotzdem bei ihr sitzen, J. J.«
»Sie wird dich rauswerfen.«
»Dann sitze ich vor der Tür, damit ich sie im Auge behalten kann. Bis Terry kommt.«
Das war mir neu; sie warf mir noch einen Brocken zu, während sie sich von der Steppdecke ihrer Hunde befreite. »Es tut mir leid. In dem ganzen Durcheinander habe ich vergessen, dir davon zu erzählen. Ich habe Terry in Melbourne angerufen, als ich Clive nicht erreichen konnte. Er fliegt mit dem erstbesten Flugzeug her. Irgendwann am Spätnachmittag kommt er an.«
Ich rief ihr nach: »Was hast du ihm denn erzählt?«
»Daß Wunsch sich verstümmelt hat.«
»Hast du ihm gesagt, warum sie es getan hat?«
Ihr Ton war ungeduldig. »Wir wissen doch nicht warum – das ist es ja gerade.«
Einen Moment lang war ich sprachlos vor Überraschung. Der Zusammenhang schien mir völlig klar: Stella hatte die Nacht nackt in meinem Bett verbracht; Wunsch hatte sich das Fell abrasiert.
Ich sagte vorsichtig: »Es wäre vielleicht am besten, Wunsch nicht zu erzählen, daß Terry kommt.«
Sie blieb verdutzt auf der Treppe stehen. »Ich denke, wir sollten das Ganze herunterspielen«, fügte ich hinzu. »Es ist alles ein bißchen außer Kontrolle geraten. Es ist möglich, daß deine Reaktion einfach Öl in die Flammen gegossen hat – alles nur schlimmer gemacht hat. Ich glaube so langsam, wir sollten das Ganze als … eine Art Witz behandeln.«
»Es ist ja wohl kaum ein Witz, J. J.«
»Ich habe gesagt, wir sollten es als Witz *behandeln*.«
Sie kam eine Stufe die Treppe herunter und sah mich an. »Wenn du irgendwelche Theorien hast, dann teile sie mir doch bitte mit.«
Wir hatten einen Wendepunkt erreicht, eine Stunde der

Wahrheit. Sollte ich es ihr erzählen oder nicht? Ich konnte der Frage nicht mehr ausweichen, die Antwort nicht mehr hinausschieben.
Ich sagte erst mal vorsichtig: »Vielleicht will sie mehr wie ein Mensch sein.«
Stella wurde noch ungeduldiger. »Natürlich. Aber es ist eine so *neurotische* Geste.«
Ich entschied, daß ich noch nicht bereit war, ihr meine Theorie mitzuteilen. Sie wartete; als dann nichts mehr kam, wandte sie sich wieder um und stieg, von ihren Hunden gefolgt, die schmale Treppe hinauf.
Ich lag auf dem Sofa und dachte nach. Draußen fiel wieder Regen, er trommelte gegen das Dach, goß aus den Rinnen – beruhigende Wassergeräusche. Ich hatte keinen Beweis dafür, daß Wunsch uns im Bett gesehen hatte. Existierte der Zusammenhang nur in meinem Kopf, war er das Resultat einer Schuldfantasie? Dies anzunehmen war sehr verlockend, eine Dreihundefantasie, die man gern zur Beruhigung ergreift. Aber ich *wußte,* daß Wunsch sich aus sexueller Eifersucht rasiert hatte.
Mittags machte ich ein paar Salatbrote und trug sie hoch. Stella saß von ihren Hunden umgeben auf dem Boden vor der verschlossenen Tür.
»Irgendein Zeichen?«
»Ich habe ein- oder zweimal reingeguckt. Sie hat sich nicht bewegt.«
Sie reichte jedem Hund ein halbes Butterbrot. Ich ging wieder hinunter zum Sofa und zu meinen Gedanken. Die Gegensprechanlage vom Gatter summte, als das Nachmittagslicht schon langsam schwand. Stellas Stimme kam von oben. »Könntest du rangehen, J. J.? Ich will sie nicht allein lassen.«
Ich drückte auf den Knopf, aber es kam keine Antwort. Ich zwang meine großen Füße in ein Paar von Stellas Gummi-

stiefeln, öffnete einen Schirm und machte mich durch den Regen und den schlüpfrigen Matsch auf den Weg zum äußeren Gatter. Ein Taxi wartete am Ende der Straße mit laufendem Motor; als ich näher kam, stieg ein großer Mann mit Bart und einem Rucksack aus. Das mußte Terry sein – er entsprach den Wachsstiftzeichnungen in Wunschs Schlafzimmer. Er formte mit einer Hand ein *Hallo,* ließ dann seinen Rucksack auf den Boden fallen, um den zweiten Arm frei zu haben, und schrieb mit den Fingern seinen Namen: T-E-R-R-Y.

Er war nicht gehörlos. Es wäre viel einfacher und schneller gewesen, den Namen laut zu sagen, zumal wir im Regen standen. Vielleicht wollte er etwas demonstrieren. Ich trat näher und teilte den Regenschirm mit ihm.

Seine Hände bewegten sich wieder. »Dein Name Süßmaul?«

Diese versuchte Vertraulichkeit irritierte mich, mehr noch, daß er die Gebärdensprache benutzte – es schien mir der Versuch zu sein, eine professionelle Intimität zu schaffen, die er sich noch nicht verdient hatte. Es hatte etwas Egoistisches, etwas Selbstzufriedenes. Er war wegen Wunsch aus Melbourne hergeflogen, aber mehr daran interessiert, mir durch Gebärdensprache zu imponieren, als zu fragen, wie es ihr geht. Ich beobachtete kritisch seine Hände. Er war eindeutig Autodidakt, seine Sprache steckte voller eingefahrener schlechter Angewohnheiten. Man konnte auch Spuren eines halb verdauten Auslan-Kurses erkennen. Seine Bewegungen waren langsam, er verließ sich zu sehr auf das Fingeralphabet, es fehlte jeder Fluß. Dieselben falschen Aussprachen und Grammatikfehler, die ich vor Monaten bei Wunsch korrigiert hatte, waren schon in diesen ersten Grüßen zu sehen.

»Es regnet, gehen wir rein«, sagte ich laut. »Nimm du den Schirm.«

Er winkte ab. »Es bringt nichts, wenn wir beide naß werden.«
Er schulterte seinen Rucksack und schritt mit Schlagseite vor mir durch den Matsch, durch das innere Gatter und zwischen den Bäumen hindurch. Das durchweichte Hemd klebte an seinem knöcherigen Rücken; sein langes, nasses Haar hing steif und glänzend wie ein Rattenschwanz hinten an seinem Kopf runter, wie ein Stück Elektrokabel. Auf der Veranda warf er seinen Rucksack nieder und schüttelte sich wie ein nasser Hund.
»Wunsch – wie?« fragte er schließlich in der Gebärdensprache.
Die Wahl des Mediums schien ihm immer noch wichtiger als die Mitteilung.
»Ich glaube, sie hat Fieber«, sagte ich laut.
Mehr Gebärdensprache konnte er anscheinend nicht; er fiel auf die gesprochene Sprache zurück. »Was denkt Stella denn?«
»Sie denkt nicht, daß es ernst ist.«
Stellas Stimme war vage von oben zu hören, mit der Monotonie des Vorlesens. Wir stiegen die Treppe hoch und fanden die Tür offen. Stella saß auf einem Stuhl neben dem Bett und las Wunsch vor, las ihrem *Rücken* vor, versuchte ohne Erfolg, sie aus ihrer Apathie zu locken.
Terry ging zu Stella hinüber und drückte ihre Schulter. Er starrte Wunsch einige Zeit wortlos an, ihr zerhacktes Kopffell und den verwundeten Rücken. Falls er Kummer fühlte, dann konnte er ihn gut verbergen. Wasser tropfte ihm aus den Haaren; Stella stand auf, verließ das Zimmer und kam mit einem Handtuch zurück; er rieb seinen nassen Kopf und drückte seinen Rattenschwanz aus, als würde er ihn melken.
»Du mußt die nassen Klamotten ausziehen, Terry.«
»Es geht schon.«

Es waren die ersten Worte von ihm, die Wunsch hören konnte; sie hob leicht den Kopf – und ließ ihn wieder aufs Kissen sinken, blieb zur Wand gedreht liegen, fest entschlossen, unsere Gegenwart nicht zur Kenntnis zu nehmen.
Terry beobachtete sie genau. »Wenn ihr nichts dagegen habt, möchte ich gerne eine Weile mit ihr allein sein. Ich habe sie lange nicht mehr gesehen, wir müssen uns wieder kennenlernen.«
Stella sah mich an; ich folgte ihr widerwillig aus dem Zimmer. Terry zog die Tür hinter uns zu; wir waren ausgeschlossen und gingen nach unten. Stella öffnete eine Flasche Wein, und wir setzten uns an die Küchentheke, um wortkarg an unseren Gläsern zu nippen. Ihre drei Hunde plätteten sich zu ihren Füßen gegen den Boden und sahen zu ihr hoch, ließen ihr Gesicht keinen Augenblick aus den Augen, spürten ihre Unruhe. Der Regen fiel gleichmäßig, die Zigarettenstummel häuften sich, der Zeiger der Küchenuhr zählte unerbittlich in kleinen Rucken die Minuten. Dreißig waren mindestens vergangen, und Stella hatte schon die zweite Flasche geöffnet, als Terry endlich mit einer Neuigkeit herunterkam.
»Sie hat meine Hand gehalten.«
Stellas Erleichterung war kurz und wurde sofort von neuen Sorgen verdrängt. »Hat sie gesagt, was mit ihr los ist?«
Er schüttelte den Kopf. »Ich glaube, sie will nur in Ruhe gelassen werden.«
Er sank in einen Lehnstuhl; ich setzte mich zu Stella auf das Sofa gegenüber und wartete auf weitere Informationen.
»Jetzt denke ich, es war ein Fehler zu kommen.«
»Was meinst du denn damit?«
»Ich denke, wir machen aus einer Mücke einen Elefanten, Stella. Was ist schon passiert? Wunsch hat versucht, ihr Aussehen zu verändern – sie wollte mehr wie ein Mensch aussehen.«

»Sie hat sich *verstümmelt.*«

Ein Lächeln kämpfte sich aus seinem Bart hervor. »Wohl kaum. Bleiben wir mal auf dem Teppich. Ihr Fell wird wieder wachsen.«

Seine entspannte Art, den Elefanten wieder zur Mücke zu machen, beruhigte Stella; seine professionellen Beteuerungen – als Zoologe, als Primatologe – beeindruckten sie sichtlich mehr als meine Beruhigungsversuche. Auch ihre Hunde, die sensibel auf Körpersprache reagierten, entspannten sich. Binky erhob sich mühsam, watschelte zu ihrer Wasserschüssel und trank ein bißchen.

Terry murmelte weiter, beruhigend, mit einer klangvollen Baßstimme, die bei einem so dünnen Mann mit einer flachen Brust überraschend war. »Sie will sich nur anpassen. Vielleicht könnte man das sogar für beruhigend halten. Sie denkt offensichtlich tief darüber nach, wer sie ist und wo sie hingehört. Ich habe an anderen Waisenaffen ähnliches Verhalten beobachtet.«

Ich begann etwas widerwillig, ihn zu mögen. Sein Sprechen war viel fließender und weniger hochgestochen als seine Gebärdensprache.

Stella wollte es ganz genau wissen: »Auch Affen, die in Menschenfamilien aufwuchsen?«

»*Gerade* Affen, die in Menschenfamilien aufwuchsen. Und vielleicht ganz besonders Affen mit erhöhter Intelligenz.«

Ich ließ das beinahe durchgehen; er sagte es so nüchtern und in einem so beruhigenden Tonfall, daß es kaum auffiel. Stellas unterdrückter Blick in meine Richtung machte mich aufmerksam.

»Das verstehe ich nicht. Was meinst du mit erhöhter Intelligenz?«

Terry sah Stella überrascht an. »Er weiß es nicht?«

»Clive dachte, es sei besser so – schon wegen der rechtlichen Lage. Der *unrechtlichen* Lage.« Sie wandte sich zu mir und legte ihre Hand aufs Herz. »Es tut mir leid, J. J. – glaub mir, wir wollten es dir erzählen. Aber du mußt es doch geahnt haben. Du hast ja selber gesagt, Wunsch sei *viel* schlauer als die Washoes und Kokoes dieser Welt. Und sie sieht anders aus.«

»Worüber *redest* du denn?«

»Ich rede darüber, warum Wunsch so eine besondere – Person ist.«

Ich saß ahnungslos da, eher neugierig als irritiert. Der Wein hatte Stella die Zunge gelöst; auch ohne die Andeutung von Terry hätte sie es mir früher oder später gesagt.

»Wunsch ist schlauer als der Durchschnittsaffe, J. J.«

Ich sah sie verständnislos an. Als sie merkte, daß sie sich nicht klar ausgedrückt hatte, fügte sie hinzu: »Man hat ihr ein größeres Gehirn *gegeben*.«

Die Worte waren atemberaubend, ließen das Herz stocken wie der erste Sprung in die eiskalte See. Meine erschrockenen Hände bewegten sich gleichzeitig mit meinem Mund und sagten das erste, was mir in den Sinn kam, eine Krallen-Hand, die ein Blumenkohlgehirn an der Schläfe zeigt. »Sie hat doch nicht etwa das Gehirn eines *Menschen*?«

Terry schüttelte leicht amüsiert den Kopf. »Gehirne können wir noch nicht verpflanzen, John.«

Wir? Es lag etwas Angeberisches in diesem Pronomen, dieser ersten Person Plural, als nehme er die Wunder der Wissenschaft für sich in Anspruch. Ich spürte, wie ich ihm gegenüber wieder etwas abkühlte.

Sie sahen mich beide an; anscheinend mußte ich weiterraten. »Genmanipulation?«

»Etwas viel Einfacheres. Wir haben die embryonalen Nebennieren *in utero* herausoperiert.«

»Du hast an einem Gorillafötus operiert?«

Er nickte; ich fragte weiter. »Das verstehe ich nicht. Wie wirkt sich das denn auf das Gehirn aus?«

»Die Theorie ist da ein bißchen dünn. Es funktioniert – aber wir wissen nicht genau, wieso. Du weißt vielleicht, daß die Nebennieren Kortison produzieren. Hormone. Es scheint – ich betone *scheint* –, daß diese Hormone eine Rolle dabei spielen, das Wachstum im Säuglingsgehirn zu unterdrükken. Die ersten Versuche wurden an Ratten ausgeführt – wenn man die Nebennieren herausnimmt, vermehren sich ihre Gehirnzellen schlagartig.«

»Ach was, und dann können sie sich schneller in einem Labyrinth zurechtfinden?«

Er machte überrascht und beeindruckt große Augen; vielleicht war mein Sarkasmus doch etwas zu subtil. »Du hast die frühen Berichte gelesen, J. J.? Rachel Yehuda, University of Massachusetts?«

Stella warf ein: »Ich glaube, J. J. hat einen Witz gemacht, Terry.«

Seine Stimme wurde vorsichtiger. »Die Laborratten haben tatsächlich Probleme besser gelöst. Die Großhirnrinde von Ratten wurde *post mortem* seziert und war größer geworden, hatte eine höhere Zelldichte.«

»Von Ratten zu Gorillas ist aber ein großer Schritt.«

»Wir haben die Arbeit Yehudas erst mit kleineren Primaten wiederholt. *Rhesus macaques.* Wir haben da ein paar wirklich schlaue Affen in Melbourne.«

Wieder hatte sein Ton etwas eigenartig Zufriedenes, etwas Stolzes. Der war mit Sicherheit kein Vegetarier. Vielleicht ein Protegé von Clive, das schon, aber kein Anhänger der Tierbefreiung. Warum hatte er dann Wunsch aus dem Labor gerettet? Er fuhr in seinem Dozententon fort, seine volltönende Stimme füllte den Raum.

»Menschengehirne und Gorillagehirne sind in der embryonalen Phase etwa gleich groß. Der Unterschied ist, daß ein Kindergehirn nach der Geburt weiterwächst, ein Gorillagehirn nicht. Wenn man die Nebennieren entfernt, hört das

Wachstum eben nicht auf. Das Gehirn wächst weiter – etwa so, wie das Gehirn eines Menschenkindes in den ersten Jahren nach der Geburt weiterwächst.«

Wunsch war erst mal vergessen; ich ertappte mich dabei, von absurden Fragen abgelenkt zu werden. »Aber wenn das Gehirn weiterwächst, wie paßt es dann in den Schädel hinein?«

»Zum Teil dank höherer Dichte. Die Schädelkapazität ist da. Die Hirnschale des Menschen ist oft nicht größer als die eines durchschnittlichen Gorillas.«

Stella, die jetzt ruhiger war und sich mit mehr Wein gestärkt hatte, kriegte einen schlappen Witz zustande. »Es geht nicht nur darum, wie groß das Ding ist, J. J.«

»Natürlich ist es auch nicht *nur* die Dichte«, sagte Terry. »Während das Gehirn weiterwuchs, beobachteten wir auch, daß der Schädel mitwuchs – auf den Druck reagierte. Wunsch hat tatsächlich einen größeren Kopf. Eine höhere Stirn.«

»Ich dachte, es wäre einfach ein noch etwas kindlicher Kopf.«

Terry schüttelte den Kopf. »Sie hat einen IQ von 110 auf der Stanford-Binet-Skala.« Er fügte unnötigerweise hinzu: »Gut überdurchschnittlich, sogar für Menschen.«

Es kam alles zu plötzlich, um sofort zu begreifen. »Es muß doch Probleme geben.«

Die leichte Spur Stolz verschwand aus seiner Stimme. Ich hatte ihn daran erinnert, wie ernst das Ganze war oder daß er es gewesen ist, der Wunsch gestohlen – gerettet – hatte.

»Es gibt technische Probleme. Die Tiere sind ohne Ersatzmedizin nicht überlebensfähig. Eine tägliche Dosis Kortikosteron. Sie haben schon eine ganze Menge Tiere in Melbourne geopfert.«

Sie? Konnte das Wir so leicht verschwinden, ohne Verantwortung, ohne Entschuldigung?

»Scheiße! Bei der ganzen Aufregung habe ich vergessen, ihr die Pillen zu geben.« Stella stand mit einem Ruck auf und ging zur Treppe.

Ich war froh, daß sie wegging, weil ich Terry, der schließlich Gast in ihrem Hause war, leichter hinter ihrem Rücken kritisieren konnte.

»Und wozu ist das Ganze *gut*?«

Die Frage schien ihm weh zu tun; seine Stimme verlor an Resonanz. »Ursprünglich war es reine Forschung. Aber wir leben in der wirklichen Welt – einer Welt der Kompromisse. Geld war nötig.«

Wer brauchte Geld, hätte ich am liebsten gefragt: Du oder sie? *Geld war nötig.* Hier war nun eine dritte Kategorie grammatischer Verantwortung, ein Satz ohne jeglichen menschlichen Urheber, der Schwarze Peter wandert einfach immer weiter, alles wird zwischen transitiven Verben und verschwindenden Subjekten hin und her geschoben.

»Die Sache mit dem Geld hatte einen Haken. Das Ziel war, Primaten zu produzieren, die eine Reihe von intelligenten Tätigkeiten ausführen können.«

Ich erkannte plötzlich durch den Nebel seiner Schönmalerei die Wahrheit. »Sklaven für die Fließbänder! Ihr Schweine!«

»Na hör mal, verdamme doch nicht den Boten, Süßmaul. Ich bin auf deiner Seite und deshalb hier.«

Wir sahen einander einen Moment lang an; endlich wandte er die Augen ab.

»Süßmaul ist ein Familienname«, antwortete ich kühl.

In die ausgedehnte Familie der Gehörlosen schloß ich ihn wirklich nicht ein.

Er zuckte mit den Achseln und nahm mir die Zurechtweisung nicht übel. »Es *gibt* ein Argument, John, auch wenn es kein besonders starkes ist. Man kann Menschen nicht mehr dazu bringen, bestimmte Arbeiten zu verrichten. Hausar-

beiten, zum Beispiel. Sieh dich doch mal um; wir haben die Arbeiterklasse mit unserer Bildung abgeschafft.«
Er sprach allgemein und ohne jede Ironie, aber ich mußte meinen Blick durch das vollgestopfte, verwahrloste Wohnzimmer schweifen lassen; Bücher und Papiere waren auf dem Boden gestapelt, die Kaffeetassen und Weingläser und Hundenäpfe ungespült, Schuhe lagen herum.
»Wir können vielleicht nicht alle Gehirnchirurgen und Filmregisseure sein, aber wir möchten auch nicht mehr am Fließband punktschweißen. Wir glauben, die Welt schuldet uns ein vernünftiges Leben – und Glück, Erfüllung, eine Karriere … Das ist jedenfalls die Theorie.«
Er versuchte noch einmal, sich von diesem Gedanken zu distanzieren, aber der theoretische Teil gefiel ihm offensichtlich. Ich fragte mich wieder, an welchem Punkt er sich eigentlich von seinem eigenen Projekt abgewendet hatte.
»Was ist denn passiert, nachdem Wunsch verschwunden ist? Es muß doch eine regelrechte Hexenjagd gegeben haben.«
»Die Kacke war ein paar Wochen lang mächtig am Dampfen, aber ich anscheinend über jeden Verdacht erhaben.«
»Ach, wirklich?«
Diesmal traf mein Sarkasmus allzu leicht sein Ziel. Seine Augen wichen meinen aus, er lächelte wehmütig. »Ich blieb bei dem Projekt. Es schien mir angebracht, von innen zu arbeiten. Sie haben es geschafft, an ein paar Gibbons zu kommen. Auch Siamangs. Damit kann ich leben – es ist eine Art Schadensbegrenzung. Eine pragmatische Entscheidung. Ich bin nur ein kleines Rädchen, John. Ich führe einige der Operationen durch. Wenn ich die Arbeit nicht mache, macht es halt jemand anders.«
Wieder einmal bewegten sich meine Hände mit ihrer eigenen Dringlichkeit und sagten dasselbe, was mein Mund sagte. »Du redest nur Müll.«

Er sah mir direkt in die Augen. »Mag sein. Stella würde ich das nicht erzählen und Clive schon gar nicht, aber mein halbes Leben ist mit diesem Projekt verbunden. Es ist zuviel verlangt, es ganz zu schmeißen.«
Logik hatte mich nicht überzeugt, jetzt versuchte er es mit Vertraulichkeiten. Da er als Antwort darauf nichts als Feindseligkeit spürte, fiel er auf allgemeinere Argumente zurück. »Ich *glaube* immer noch daran – es ist eine wichtige Sache. Denk mal an die Implikationen für die menschliche Intelligenz. Diese Fragen sind immer viel komplizierter, als sie Außenstehenden erscheinen.«
Was alles immer noch nicht erklärte, warum er Wunsch gerettet hatte. Ich versuchte, den Grund zu erraten: »Aber du hast dich emotionell an ein Tier gebunden?«
Er lächelte dünn, ertappt. Ich spürte eine kleine Welle von Mitgefühl; zum erstenmal verstand ich seine Verwirrung. Sentimentalität und nicht moralisches Prinzip war sein Wegweiser.
»Sie wollten gefrorene Sektionen ihres Gehirns«, sagte er. »Das konnte ich unmöglich erlauben.«
Andere Affen, ja, Gibbons, *Rhesus macaques* – aber nicht sein Lieblingstier. Stella kam zurück, bevor ich ihn darüber ausfragen konnte. Sie schien besorgt zu sein.
»Sie weigert sich, ihr Kortison zu nehmen. Sie hat es an die Wand geschmissen.«
Terrys Stimme war warm, schmeichlerisch, beruhigend. »Vielleicht ist das ein gutes Zeichen. Sie reagiert wieder.«
»Sie kommuniziert«, sagte ich. »Es ist eine wohlbekannte Auslan-Gebärde.«
Er stellte brav die naheliegende Frage: »Was bedeutet sie denn?«
»Sie bedeutet: Ich will meine Pillen nicht nehmen.«
Er lachte leise; sogar Stella konnte sich ein kleines Lächeln abringen.

»Ich gehe besser wieder hoch«, sagte sie.
Terry schüttelte den Kopf. »Ich denke, du mußt ihr noch Zeit lassen. Sie ist eine Jugendliche – in menschlichen Jahren gemessen ein Teenager. Sie will nicht, daß ihre Mutter in ihrem Zimmer rumschnüffelt. Sie braucht ein bißchen Raum ganz für sich.«
»Ich bringe ihr was zu essen.«
»Später. Reg dich doch nicht auf, Stella.«
»Nein, ich nehme es jetzt hoch.«
»Wenn es sein muß. Aber ich schlage vor, du klopfst bloß an und läßt das Tablett vor der Tür stehen.«

4

Stella trug eine Stunde später das Tablett wieder herunter; Wunschs Schüssel war leer.
»Gebärde für – fühle mich etwas besser«, scherzte Terry.
Er schob seine losen Stiefel mit den Zehen des jeweils anderen Fußes ab und machte es sich der Länge nach auf dem Sofa bequem. Stella angelte Gemüse aus dem Eisschrank, wie es ihr gerade in die Hände kam; ich gesellte mich hinter der Theke zu ihr und schälte und schnitt, während sie in einem Wok Öl erhitzte. Die Probleme der Gegenwart verblaßten ein wenig; ich war gespannt darauf, mehr über Wunschs frühe Kindheit zu erfahren. Terry wollte genauso dringend alles über die letzten paar Monate wissen. Wer sollte anfangen? Eine Art stillschweigendes Abkommen, ein Muster für einen Austausch, kristallisierte sich heraus. Mal ich, mal du.
»Ich hatte natürlich telefonisch Kontakt mit Clive und Stella. Sie erzählten mir über Wunschs Fortschritte. Ich muß

dir gratulieren, John – was du geschafft hast, ist erstaunlich.«
»*Sie* verdient das Lob. Ich kann mich an keinen einzigen beim Erlernen der Gebärdensprache so begabten Menschen erinnern.«
Stella warf Chili und eine Handvoll gehackter frischer Knoblauchzehen in das zischende Öl; ein scharfes Aroma, das einem das Wasser in die Augen trieb, erfüllte das Zimmer. Die Welt draußen war naß und kalt, die unteren Zimmer waren ungeheizt, aber der Geruch des Essens wärmte, tröstete, nährte mich, bevor es überhaupt auf dem Tisch erschien. Der Wein half auch. Ich beantwortete Terrys Fragen frei und ausführlich, legte sogar das Hackmesser weg, um ein paar von Wunsch erfundene Gebärden vorzuführen. Als wir dann aßen, hatte ich Gelegenheit, Fragen zu stellen. Auf die erste erhielt ich eine schonungslose Antwort.
»Ihr Vater war ein Reagenzglas voll gefrorenem Sperma, John.«
»Und ihre Mutter?«
»Tot.«
»An Altersschwäche gestorben?«
Er schüttelte den Kopf. »Bei der Geburt. Sie mußten die Mutter opfern. Geburtsunmögliche Lage.«
Ich sah verwirrt vom Primatologen zur Tierärztin.
»Der Kopf ist steckengeblieben, J. J.«, sagte sie.
»Hättest du nicht eine Zange benutzen können? Oder einen Kaiserschnitt machen?«
Terry ignorierte die Implikationen des Wortes »du«, das zu benutzen ich nicht widerstehen konnte. »Da habe ich keine Fachkenntnisse. Du mußt verstehen, das war für uns alle Neuland.«
»Ich habe angenommen, ihr hattet schon jahrelang mit Primaten gearbeitet.«

»Mit normalen Primaten – ja. Nicht Primaten mit extra Nervenzellen. Das durchschnittliche Gorillaneugeborene wiegt höchstens ein paar Kilo; es wird leicht herausgedrückt.«

Noch ein Hinweis, den ich verdauen mußte. »Das muß ich mir erst mal richtig klarmachen. Die Mutter ist gestorben, weil Wunschs Kopf zu *groß* war, um herausgedrückt zu werden?«

»Der Preis der Intelligenz, John. Der Mensch ist die einzige Spezies, die während der Geburt Schmerzen erleidet.«

Stella beugte sich vor und legte ihre Hand leicht auf seine. »Nur die Frau«, korrigierte sie ihn.

Etwas an dieser Berührung ließ mich aufmerksam werden; ich begann, auf andere Zeichen einer intimen Beziehung zu achten.

Terry sagte: »Ein Fehler im Design, könnte man argumentieren. Unser Gehirn ist zu groß für die Öffnung unseres Beckens geworden.«

»Klingt wie eine Fabel mit einer Moral.«

Stella meldete sich auch zu Wort. »Sie ist schon geschrieben worden, J. J. Die Schöpfung. Evas Strafe, nachdem sie vom Baum der Erkenntnis gegessen hatte.«

Ich sah sie verständnislos an, sie psalmodierte: »Ich will dir viel Schmerzen schaffen, wenn du schwanger wirst. Du sollst mit Schmerzen Kinder gebären ...«

Terry lachte leise und füllte ihr Weinglas ermunternd wieder auf.

»Aber ihr müßt doch gewußt haben, daß das Baby einen großen Kopf hat«, sagte ich.

»Ein Kaiserschnitt war auch geplant. Die Mutter bekam ihre Wehen frühzeitig: auf einmal war es zu spät. Der Kopf saß fest. Die Monitore für den Fötus spielten völlig verrückt – wir ...« – sein Blick flackerte ein wenig – »... sie dachten, sie verlieren vielleicht das Baby. Es wurde plötzlich zu einer einfachen Entscheidung, aber alles geschah sehr schnell.«

»Die dumme Mutter wurde um des schlauen Kindes willen geopfert?«

»Nicht absichtlich. Fruchtbare ausgewachsene Gorillaweibchen wachsen auch nicht gerade auf Bäumen.«

Ich öffnete den Mund, um noch eine Frage zu stellen, aber er hielt lächelnd seine Hand hoch.

»Jetzt bin ich dran, John. Gerechtigkeit muß sein.«

Ich nickte und beugte mich widerwillig.

»Stella hat deine Experimente mit Musik erwähnt«, sagte er. »Darüber würde ich gerne mehr wissen.«

»Sie hat ein paarmal auf meiner Gitarre geklimpert. Ich würde das kaum ein Experiment nennen ...«

Ich skizzierte kurz die Geschichte mit der Gitarre; Stella, durch den Wein immer gesprächiger, setzte Farbtupfer in meine Erzählung. Später wurde sie, obwohl sie immer weitertrank, plötzlich stiller, als habe der Alkohol in ihrem Blut die schmale Grenze zwischen seiner Wirkung als Aufputschmittel und als Beruhigungsmittel überschritten. Nachdem sie den letzten Schluck Wein getrunken hatte, stieg sie gähnend die Treppe hoch, brachte kurz darauf ein Kissen und eine zusammengelegte Steppdecke und teilte uns mit, daß unser Pflegekind friedlich schlafe.

»Ich bin bettreif«, sagte sie. Sie warf das Bettzeug auf das Sofa und wandte sich an Terry. »Ist das Sofa okay?«

»Prima. Aber ich bin noch nicht müde. Ich bleibe noch eine Weile wach.«

Ich beobachtete diesen Dialog mit Adleraugen, konnte aber keine versteckten Botschaften oder Einladungen entdecken – keine Hinweise darauf, daß ich verschwinden sollte. Ich wollte auch gerne noch eine Weile wach bleiben und ein bißchen reden. Der Tag war lang gewesen, eine schwere Brandung aus Emotionen und Ideen; ich war erschöpft,

aber nicht unangenehm, und befand mich in einem Zustand friedlicher Ausgeglichenheit.
Stella schien uns nur ungern unbeaufsichtigt zu lassen, als befürchte sie, wir würden weitere Geheimnisse austauschen. Sie drängte uns noch einmal, ins Bett zu gehen, stapfte dann aber allein die Treppe hoch. Ich machte keine Anstalten, ihr zu folgen. Mein Bett schien mir unmöglich weit entfernt, die Belohnung nach vielen Herkulesarbeiten: die Treppe hochklettern, schwere Kleider ausziehen, Blase entleeren, zu viele Zähne putzen. Wassermusik kam zu uns herunter; das Gurgeln von Badezimmerrohren in verschiedenen Tonlagen, von der Decke verstärkt; nach ein paar Minuten war Ruhe.
Wir sahen einander an, beide tief in die kunstledernen Sessel versunken. Das Zimmer mit seinen vielen Bücherregalen hatte im Halbdunkel etwas von einem Club – wenn ich gewußt hätte, wo Stella den Portwein aufbewahrt, hätte ich uns direkt zwei Gläser eingeschüttet. Ich beschäftigte mich wieder mit Terrys Beweggründen, dachte an das offenherzige Geständnis seiner Amoral. Seine Schuld wurde nur zum Teil dadurch gemildert, daß er sich sentimental verhalten hatte. Er beantwortete meine Fragen, aber nur knapp, denn er war mehr interessiert zu fragen, als zu antworten.
»Ich habe dir genug von meinen Geheimnissen erzählt, John. Vielleicht ist es mal Zeit, daß du mir einige von deinen erzählst.«
Mein Herz machte einen Satz: Ahnte er etwas?
»Wunsch ist in der Brunst«, sagte er offen. »Ich konnte es riechen, als ich das Haus betrat.«
Er wartete; endlich sagte ich: »Ich glaube, du kannst es erraten.«
»Ich würde es lieber von dir hören.« Sein Tonfall war neutral, unkritisch – genau der Tonfall von seinem Lehrer und Mentor Clive.

»Es ist mir fürchterlich peinlich, darüber zu reden.«
»Ich höre ...«
Ein Zögern, ein tiefes Atemholen. »Sie ... hat sich mir präsentiert.«
Der zoologische Begriff schien mir am ungefährlichsten; ich wollte die Tatsachen im Lehrbuchmodus diskutieren und mich dabei möglichst heraushalten, weniger Beteiligter als Beobachter sein. Ich zügelte meine Hände, die das Gespräch illustrieren wollten.
Terry zuckte unbeeindruckt mit den Achseln. »Hat noch nie ein erregter Hund dein Bein bestiegen?«
»Ich fürchte, es war mehr daran. Es war spezifisch auf *mich* gerichtet.«
»Und du hast sie abgewiesen?«
»Natürlich!«
Er beobachtete mich skeptisch. Hatte mein »natürlich« zu sehr nach Protest geklungen, um glaubhaft zu sein? War sein Auge durch das Erlernen der Gebärdensprache genug trainiert, um die Enthüllungen der Körpersprache zu verstehen? Nach mehreren langen Sekunden sagte er: »So was ist früher schon mal in Primateninstituten geschehen. Es ist nichts Besonderes. Du mußt es als eine Art – Schülerschwarm sehen.«
»Ist es normal, daß die Schülerin sich hinterher das ganze Fell abrasiert?«
Er lehnte sich in den Sessel zurück und verschränkte die Hände hinter dem Nacken. Sein Pferdeschwanz hing zwischen den Fingern durch, er spielte damit, während er sprach, laut nachdachte. »Ein Schülerschwarm ist nicht die beste Analogie. Clive würde mir jetzt sagen, ich denke zu sehr in menschlichen Mustern. Es ist wahrscheinlich eine rituelle Sache – Unterwerfung unter das dominante Männchen.«
Ich mußte erleichtert lachen. Die Idee war absurd.

»*Ich* bin das dominante Männchen?«

»Du bist tatsächlich der Größte. Das ist nicht böse gemeint.«

»Schon gut.«

»Du bist der Silberrücken dieser Gruppe, John.«

Er war sichtlich von der Idee angetan und grinste. Ich versuchte, mich durch einen Scherz aus der Schlinge zu ziehen.

»Ich weiß schon, daß ich ein paar graue Haare habe ...«

»In der Wildnis geht es eben immer um Größe. Das Überleben der stärksten Gene. Ein Weibchen muß immer den stärksten Partner wählen.«

»Das sollte jemand mal meiner Exfrau erzählen.«

Jetzt geriet ich an Geheimnisse, an intime Beichten – aber er hörte nicht zu, interessierte sich nicht im geringsten für mein Leben vor Wunsch, verfolgte bereits einen anderen Gedanken.

»Die Adoleszenz ist schon für Menschen schwer genug – man versucht, Denken und Fühlen zu versöhnen. Instinkt mit gesellschaftlichen Schranken. Stell dir vor, wie das für Wunsch sein muß – mit einem ganz anderen Instinktapparat.«

»Was willst du damit sagen? Affen sind nun einmal so?«

»Das Interessante an der Tatsache, daß Wunsch sich dir präsentiert hat«, sagte er, »ist, daß Gorillas keine ungebundenen Geschlechtsbeziehungen eingehen.«

»Was meinst du damit?«

Ein halb schelmischer, halb neugieriger Ausdruck stand ihm ins Gesicht geschrieben. »Gorillas paaren sich fürs Leben, John. Der Silberrücken hat mehrere Weibchen in seinem Harem, aber sie gehören ihm und nur ihm. Die Männchen konkurrieren nicht alle für ein Weibchen. Weibliche Gorillas schlafen nicht wahllos mit Männchen – wie es Schimpansen tun. Oder Menschen.«

Er lächelte noch einmal.

»Ich verstehe es immer noch nicht.«

»Wenn Wunsch sich für dich entschieden hat, dann ist sie auf dem besten Wege, eine alte Jungfer zu werden.«
Ich schwieg halb überzeugt; er fuhr fort: »Es wäre vielleicht am besten, wenn du jetzt erst mal etwas Abstand suchst. Und vielleicht sollten wir den Unterricht eine Weile suspendieren.«
Die feindlichen Gefühle, die seit dem Morgen in mir schlummerten, flammten wieder empor. »Du willst den Lehrer suspendieren?«
»Wir müssen diese Situation sehr behutsam überdenken. Ich war am Anfang etwas schnoddrig – aber es hat alles indirekte Folgen.«
»*Ich* werde es überdenken müssen«, sagte ich. »Das Projekt bedeutet mir sehr viel.«
Wunsch bedeutet mir sehr viel, wollte ich sagen – aber vielleicht hatte ich es indirekt schon gesagt.
»Na gut«, sagte er. »Ich bin jetzt nur noch ein Außenseiter, der hineinschaut. Ich verstehe schon, daß es für dich ein großes Opfer wäre, das Projekt aufzugeben. Aber wir wollen ja auch nicht, daß die Situation außer Kontrolle gerät.«
Ich blickte in dem kleinen Zimmer zu ihm hinüber; die Hände hinter dem Nacken verschränkt, wippte er seinen Pferdeschwanz auf und ab. Er schien meine Gedanken lesen zu können.
»Gute Nacht«, formte er und fügte dann mit einem schiefen Lächeln langsam im Fingeralphabet hinzu: »S-I-L-B-E-R-R-Ü-C-K-E-N«.
Ich rettete mich in meine Lehrerrolle und zeigte ihm den schnellen Weg: die Gebärde für *Silber* – eine kunstvolle Ausschmückung des Buchstaben *S*, gefolgt von einem einfachen Klopfen auf den Rücken. Auf meinen eigenen breiten Rücken.
Silberrücken. Ich unterdrückte die weiteren Folgerungen; es war etwas an dem Spitznamen, das mir gefiel, eine

Andeutung von graubärtiger Weisheit, die meiner Eitelkeit schmeichelte.
»Stelle es dir als eine Art Titel vor«, sagte Terry. »Wie Herzog. Oder König.«
Soviel zum Thema Weisheit. Während ich die Treppe hochstieg, um ins Bett zu gehen, hallte dieses Wort noch spöttisch in mir nach: König der Affen.

5

Nicht einmal die begabtesten Hände könnten richtig beschreiben, was in dieser Nacht noch geschah. Und was Worte angeht, da kann ich nur folgendes versprechen: Ich werde die Ereignisse weder beschönigen noch mit Euphemismen zudecken. Was nun folgt, ist der Kern der Geschichte – was folgt, *ist* im wesentlichen die Geschichte.
Ich lag auf meinem Bett und brütete vor mich hin. Terrys Worte verschwanden aus meinem Kopf, ich konnte nur noch an Wunsch denken, die dort im Nebenzimmer lag. Schlief sie, wie Stella behauptet hatte? Ihre Nähe reizte mich gegen meinen Willen; ich verspürte wieder das Zittern meiner Erregung.
Ich stand auf und zog meinen Neoprenanzug an. Ich wollte die körperliche Tatsache nicht wahrhaben. Mit den Schwimmflossen auf der Schulter schlich ich auf Zehenspitzen die Treppe hinunter. Terry war zwar nicht zu sehen, aber zu hören – ein undeutliches, blasses Bündel auf dem Sofa, das rhythmisch schnurrte. Ich schlüpfte aus dem Haus und zwischen den Bäumen durch. Drei Pferde tranken am Rand des Teichs, sie nahmen vor dem schwerfälligen Wesen, das sich, ganz in schwarzes Gummi gekleidet,

aus dem Wäldchen näherte, Reißaus. Ich watete mühsam durch das seichte Wasser, der weiche Schlamm saugte meine Flossen fest; endlich war ich tief genug und trieb befreit. Süßwasser trägt nicht so gut wie Salzwasser; ich trieb, bis zur Oberlippe versunken, und atmete nur mit Mühe, die Nasenlöcher wenige Millimeter über der spiegelglatten Oberfläche. Das eiskalte Wasser ließ meine halbe Erektion schrumpfen, aber meine Gedanken blieben erregt.

Der Name Silberrücken – dieser Titel – schloß bestimmte Pflichten ein, argumentierte ich mit mir und gegen mich. Wunsch war letztlich doch meine Verantwortung. Wir teilten mehr als nur die Sprache; wir teilten auch die annähernd natürlichste Beziehung, die sie in ihrem Leben je hatte. Sie mußte sich am Ende Rat und Führung bei mir suchen.

Von Liebe ganz zu schweigen.

Das Schwimmen entspannte mich nicht, weil das Wasser irgendwie zu nachgiebig war und mich nicht richtig trug. Nach einer halben Stunde watete ich wieder aus dem Teich hinaus, meine rechte Schwimmflosse blieb im Schlamm stecken. Ich spülte mir unter dem Gartenschlauch den Matsch von den Füßen ab, hing den Neoprenanzug über das Geländer der Veranda und schlich zitternd ins Haus zurück. Der Rhythmus von Terrys Atem änderte sich nicht, während ich nach oben kroch. Stellas Tür war zu; ich trocknete mich ab, zog einen losen Jogginganzug an, schloß die Tür zu Wunschs Zimmer auf und öffnete sie. Wunsch schlief auf dem Bauch, den Kopf zur Wand gedreht, die Arme unter sich, den Hintern in der Luft. Clive glaubte, ihr Schlafrhythmus folge dem natürlichen Rhythmus von hell und dunkel. Die Fenster hatten keine Vorhänge, Wunschs schwarze Krepphaut war vom Mondschein silbern. Sie war selber zu einem Silberrücken geworden, würde es bleiben, bis der Mond unterging. Ihr Geruch – die vertraute süße

Strenge – wurde überwältigend, während ich mich ihr näherte.
Als ich mich neben dem Bett hinkniete, drehte sie mir plötzlich den Kopf zu und sah mich an. Ich erschrak. Sie hatte nicht geschlafen. Abwartend sah sie mich an; ich war an der Reihe, etwas zu tun – etwas zu beweisen.
»Ich traurig. Komm zurück. Du fehlst mir.«
Worte oder Gebärden waren anscheinend nicht genug. Sie drehte den Kopf wieder zur Wand.
Ich streckte zögernd meine Hand zu ihr hinüber und streichelte leise den dunklen, verkrusteten Hügel ihrer Schulter; sie schüttelte meine Hand mühelos ab.
Vielleicht war ihr die Haarlosigkeit – ihre Nacktheit – immer noch peinlich. Ich stand auf, zog erst das Oberteil von meinem Trainingsanzug aus, dann die Hose, dann balancierte ich auf einem Fuß, versuchte, meine Unterhose abzustreifen, und kam mir plötzlich lächerlich vor. Sie drehte wegen meiner Geräusche den Kopf nach mir um, und diesmal wandte sie sich nicht wieder ab. Ich war vom Mondlicht umspült; ihre Blicke wanderten über meinen nackten Körper und hielten sich hier und dort auf, ihre Zurückhaltung war durch Neugier besiegt. Nach ein paar Momenten streckte sie einen langen Arm nach mir aus und streichelte leicht die Haare auf meiner Brust. Es schien sie zu beruhigen, eine andere Art menschliche Oberfläche gefunden zu haben, eine Oberfläche, die eher ihrer entsprach, wenn es auch nur ein paar symbolische Härchen waren. Sie ergriff meine Schulter und sah mich direkt an; ich spürte eine Welle der Liebe.
Sie verlagerte ihren Hintern ein bißchen, hob ihn höher, und ihr Geruch wehte zu mir herüber; nicht der normale Geruch von Spargelmoschus, sondern der rohe Geruch ihrer Brunst, ein heißer, universaler Frauengeruch. Ich wurde wieder hart. Ihre Augen ließen meine los, blickten hin-

unter, um dieses merkwürdige Wachsen zu beobachten. Diesmal wandte ich mich nicht ab. Ich stand mit dem Gesicht zum unverhängten Fenster am Bett, nur in Mondlicht gekleidet, vollständig erregt. Ich fühlte mich dieses eine Mal in meinem Leben schön: ein riesiger Mann, ein menschlicher Silberrücken in voller sexueller Brunst.

6

Eine Kindheitserinnerung: Als ich eines Morgens aus dem Bett kam, fand ich meine Eltern am Frühstückstisch kauernd, die Köpfe zusammengesteckt, über einen Zeitungsartikel kichernd. Ich schob neugierig meinen Kopf dazwischen, aber mein Vater blätterte schnell weiter und wechselte das Thema. Die Zeitung verschwand nach dem Frühstück und ward nicht mehr gesehen – »Tut mir leid, Süßmaul – Abfall eingewickelt.«

Ich kaufte die Zeitung auf dem Weg zur Schule am Kiosk, verbrachte den Morgen auf einem sandigen Strand im Wind und durchsuchte die großen, flatternden Blätter nach Hinweisen. Ich fand nur eine kurze Nachricht über einen einsamen Farmer und sein Lieblingsschaf. Das Ganze schien mir eher bemitleidenswert als obszön. Das Schaf war nicht sein erstes. Er beklagte sich, daß er schon mehrfach »verwitwet« war. Die Gesetze über Sodomie müßten das Schicksal all derer in Betracht ziehen, die Tiere mit einer kurzen Lebenserwartung als Geliebte wählten. So viele Trauerfälle, schien er zu argumentieren, seien Strafe genug. Jahre später stieß ich beim Frisör in einer belanglosen Männerzeitschrift auf einen anderen Fall. Diesmal waren die Rollen vertauscht: Stripperin mit männlicher Dogge.

Der Ton, den beide Artikel anschlugen, war eher amüsiert als ernst – was, so würde Clive mit Sicherheit argumentieren, den Tieren gegenüber ungerecht ist. Sie sind genauso Opfer wie jedes menschliche Opfer, ein Verbrechen gegen sie wiegt genauso schwer wie ein Verbrechen gegen einen Menschen.

Ich legte mich auf das Bett und umarmte Wunsch, aber unbeholfen, weil ich versuchte, sie nicht mit dem Unterleib zu berühren. Sie rollte plötzlich auf den Rücken und zog mich auf sich; der Zwang ihrer kräftigen Arme war sanft, aber unwiderstehlich. Zum erstenmal berührten sich unsere unteren Hälften. Ich gab meinen Widerstand auf. Ich wollte plötzlich in sie hinein – nicht wegen des Kitzels einer verbotenen sexuellen Handlung, sondern weil ich sie liebte. Und doch konnte ich in der Position irgendwie nicht in sie eindringen; unsere Arme und Beine schienen nicht zusammenzupassen, die Formen unserer Körper waren nicht aufeinander abgestimmt.

Vielleicht war es meine Ungeschicklichkeit; vielleicht war das letzte Mal zu lange her. Mit Jill hätten solche Verzögerungen sofort zur Deflation geführt, aber da ich in Wunschs Gegenwart warm glühte, da der Duft ihrer Erregung meine Nase füllte, blieb ich hart. Sie rollte sich wieder auf den Bauch und hob das Gesäß.

Das Wort dafür ist »bespringen«, häßlich, lieblos – veterinär. »Decken« ebenso. Nicht einmal die Gebärdensprache bietet da Abhilfe. Ich schnitt mir mit Sicherheit die Kehle durch – aber die Gebärde ist ungenau, nicht spezifisch. Ich mußte *exakt* sein. Die verschiedenen Unterarten des Geschlechtsaktes sind im Auslan einfach zweihändige Imitationen der angewendeten Position. Die linke Hand spielt die Rolle des einen Partners, die rechte die des anderen. Zeige- und Mittelfinger werden zu einem Paar Beine, die linke Hand kann die rechte von hinten oder von vorne oder mit dem Kopf zwischen den Beinen »bespringen«. Eine schöne Sprache manchmal, das auf jeden Fall; manchmal aber auch direkt und sparsam. Veränderungen der Position, Geschwindigkeit und Spannung können weitere Nuancen geben.

Nachher drehte sie sich zu mir, wir lagen im hellen Mondschein und hielten einander fest. Die Gehörlosen formen manchmal eine einhändige Gebärde zur Betonung mit beiden Händen, eine Art Schrei in Stereo. Während wir auf dem Bett lagen, ging Wunsch noch weiter, hob ihre Füße – diese längeren, flacheren Hände – in den Gebärdenraum zwischen uns. Alle vier Flachen-Hände bewegten sich abwechselnd von ihrem Kinn aus weg und entfalteten sich in die Du-Gebärde der Zeige-Hand.

Dank dir. Dank dir, dank dir, dank dir.

Ich sah erschüttert – betäubt – zu, während ihre Glieder sich immer wieder schweigend in dem mondhellen Zimmer bewegten. Ich hatte so etwas noch nie gesehen: ein Ausdruck von Liebe und Dankbarkeit, bizarr und aufregend. Das Schuldgefühl war vorerst verdrängt. Ihre vier Hände, die wie die Hände einer dieser dunklen Hindugottheiten winkten, schienen mir in dem Moment das Schönste zu sein, was ich je gesehen hatte.

7

Ich lag bei ihr und wiegte sie, bis ihr schnelles Atmen sich zum Rhythmus des Schlafes verlangsamte, dann schlüpfte ich vom Bett und aus dem Zimmer. Ich hätte die Nacht bei ihr verbringen sollen, meine Glieder mit ihren verwoben, hätte sie im weiteren Sinne lieben sollen – aber ich mußte

allein sein, um meine immer dissonanteren Gefühle zu ordnen. Zwar fühlte ich mich immer noch überglücklich – aber es mischten sich auch andere, problematischere Gefühle darunter. Hätte ich vier Hände gehabt, würde sicherlich jede etwas anderes gesagt haben: Freude und Dankbarkeit, ja – aber auch Schuldgefühl und Scham.
Die Gebärdensprache trennt Schuld und Scham nicht; in diesem Fall können Wörter genauer unterscheiden. Aber wo ich sie nun benannt habe, welches Gefühl ist schlimmer? Schuldgefühl oder Scham? Das Unvermögen, uns selber unter die Augen zu treten oder anderen unter die Augen zu treten? Selbstverachtung oder die Verachtung der Welt? Auch andere Körperteile meldeten sich. Als ich wieder in meinem eigenen Bett lag, merkte ich überrascht, daß ich wieder erregt war. Meine Haut kribbelte, als sei sie mit sexueller Elektrizität geladen, die Bettwäsche klebte an meinem Körper, haftete, war magnetisiert. Ich hatte seit Jahren nicht mehr eine solche Verzückung gespürt.
Ich stand auf und schloß die Schlafzimmertür, um jeden weiblichen Geruch, der noch aus ihrem Zimmer strömen könnte, auszusperren, dann ging ich ans Fenster und starrte hinaus. Der Teich glitzerte im Mondlicht zwischen den Bäumen; ich zog die Tür wieder auf und ging auf Zehenspitzen nach unten. Terry schlief, immer noch in die Steppdecke gehüllt, friedlich auf dem Sofa. Stellas Zigaretten lagen auf dem Sofatisch; ich nahm die Packung und das Einwegfeuerzeug. Mein Neoprenanzug hing noch über dem Geländer der Veranda; ich zog ihn zum zweitenmal in dieser Nacht an, was wegen seiner Feuchtigkeit nicht leicht war. Ich ging schnell zwischen den Bäumen hindurch und watete barfuß ins Wasser, während ich eine angezündete Zigarette hoch über den Kopf hielt. Und dann trieb ich rauchend umher und paddelte langsam mit den Beinen.
Weder Wasser noch Nikotin konnten mich beruhigen, und

der starke Druck des Neoprenanzugs steigerte sogar meine Erregung. Ich versuchte, Bilder als Gegenmittel aufzurufen: Erinnerungen an Liebesnächte mit Jill, auf Menschenart, einander zugewandt. Es schien mir ein nützlicher Test zu sein, die Gegenwart an der Vergangenheit zu messen. Ich hatte diese Erinnerungen an Jill einst wie einen Schatz gehütet. Ich hatte es geliebt, wie die Lust ihren Ausdruck völlig veränderte, wie ihr ruhiges, kühles Gesicht zur Maske von jemand anderem wurde, jemand viel – Häßlicherem. Ich liebte es, wie ihre Grübchen und Lachfalten verschwanden, ihr breites Lächeln sich zu einem schmerzhaften Loch zusammenzog, ihr Gesicht erst humorlos, dann verzerrt aussah.

Zu Beginn liebte ich diese Veränderungen. Ich fühlte mich geschmeichelt, fühlte, ich sei jemand Besonderes, wir zwei seien gemeinsam etwas Besonderes. Mit der Zeit begann ich mich zu fragen, ob nur Jill etwas Besonderes war, ob ich vielleicht gar nicht *dazusein* brauchte. Viel zu schnell erreichte sie einen Punkt, wo sie allein war, ihre Augen nach oben und nach innen wendete. Zwar war ihr Schaudern mit dem Rhythmus eines tieferen, langsameren Schrittmachers verbunden, aber mit mir hatte es nichts gemein.

Am Ende unserer Ehe fühlte ich mich durch diese Veränderungen nur allein gelassen. Erzeugt allzu große Vertrautheit Verachtung? Es war doch sicherlich mehr als nur das. Ich verlor Jill jede Nacht, gerade wenn wir uns am nächsten hätten kommen sollen; zwar nur für ein paar Momente, aber es war genug, um mich unzufrieden werden zu lassen, während sie aus welchem Bereich der Wonne auch immer zurückkehrte, allein, ohne mich.

Diese Bilder aus der Vergangenheit hatten lange schon ihre Macht über mich eingebüßt. Jill bot keinen Schutz vor Wunsch.

Unsere Begegnung war körperlich nicht übermäßig erfolg-

reich gewesen. Und doch wuchs in mir die Erkenntnis: Sooft und so ausgedehnt Jill und ich sogenannte Liebe gemacht haben, in diesem kurzen »Besteigen« gab es mehr Liebe, mehr Nähe.
Eine Erkenntnis: Meine tiefste Sehnsucht war die nach Zärtlichkeit, nach Nähe. Stellas betrunkene Worte von gestern abend kamen mir mit Macht wieder in den Sinn: *Es ist bloß Sex, J. J. Es ist ja nicht so, als ob ich dich bitte, mich zu küssen.* Das hätte genausogut von Jill stammen können.
Während ich in dem kalten, trüben Wasser trieb, schwanden meine Schuldgefühle. Und was die Scham anging: Interessierte ich mich überhaupt für die Ansichten anderer? Ich watete hinaus und schritt zwischen den Bäumen zum Haus zurück, bereit, allen in die Augen zu blicken.
Wunsch war entweder schon wach, oder sie wachte auf, als ich hereinkam; sie nahm dieselbe Position von natürlicher Unterwerfung oder Einladung ein. Ich streifte den Neoprenanzug ab und bestieg sie sofort, als wäre es das Natürlichste auf der Welt. Ich kam sofort, mit mehr Erleichterung als Genuß, anschließend lag ich neben ihr, gegen ihren rauhen Rücken gepreßt. Wir kuschelten uns aneinander wie breite Suppenlöffel. Nichts mußte gesagt oder geformt werden. Mit ihrem langen Arm drückte sie mich sachte an sich, das Glühen ihres rasierten Körpers strahlte meine eigene Wärme verstärkt zurück, ihr süßer Moschusgeruch füllte meine Nase.
Ich hatte vorgehabt, vor der Dämmerung in mein eigenes Zimmer zurückzukehren, aber ich schlief den Schaf der Zufriedenen, den tiefen, traumlosen Schlaf des gesättigten Liebhabers. Ihre riesige Gegenwart bedeckte mich wie ein Federbett und schützte mich vor allem Kontakt mit der Außenwelt.
Ich verschlief das Summen der Gegensprechanlage, das kurz vor Sonnenaufgang ertönte. Die Schritte, die sich kurz

darauf langsam und gelassen über die Treppe näherten, hörte ich nicht. Ich erwachte blinzelnd, vom Licht geblendet. Clive stand in der Tür, die Hand auf dem Lichtschalter, und starrte uns erstaunt an. Einen Moment lang war alles ruhig, dann erschien Stella eher wütend als erstaunt hinter ihm.

Viertes Buch

Handzeichen des Auslan

Zwei

Tier

Pistole

Merkwürdig

Haken

1

Wenn Terry an dem Morgen das Licht angeschaltet hätte, hätte er es vielleicht einfach wieder ausgeschaltet und wäre ins Bett zurückgegangen. Wenn Clives Flug aus Amerika Verspätung gehabt hätte, hätte Stella vielleicht bis in den späten Morgen hinein geschlafen und ich hätte in mein Bett schleichen können, bevor sie wach wurde.

Wenn.

Das Wort ist in der Gebärdensprache weniger eine Gebärde als eine Intonation: eine gehobene Augenbraue, eine gezuckte Achsel, ein schiefgestellter Kopf. Eine Begleitung. Der Gebärdensubjunktiv bietet die Gebärde der Guten-Hand für *so tun, als ob* als zusätzliche Hervorhebung. *So tun, als ob* Terry uns entdeckt hätte, dann wäre vielleicht …

Die Zeit des So-tun-als-ob, der Heuchelei mit *wenn* und *aber* und *könnte* war vorbei. Ich zog die erstbesten Sachen an, die mir in meinem Zimmer in die Hände fielen, während unten ein Streit wütete. Regen trommelte gegen das Dach und übertönte die Einzelheiten dieses Streits. Nur die ungefähre Melodie wehte zu mir hoch, die Böen des Pro und Kontra überschütteten mich. Ich konnte Stellas erhobene Stim-

me hören, das beständige Hintergrundgemurmel von Clive, Terrys gelegentliche Einwürfe.
Diese Stimmen ertragen zu müssen – besonders die kratzige Sandpapierstimme von Stella – überstieg meine Kräfte. Ich schlich aus meinem Zimmer und versuchte, Wunschs Tür zu öffnen; sie war abgeschlossen, der Schlüssel nirgendwo zu sehen. Ich sank auf den Boden, lehnte mich gegen die Tür und versuchte, durch die drei Zentimeter Holz mit ihr zu sprechen. Die Gebärdensprache nützte mir jetzt nichts; ich konnte nur beruhigende Worte murmeln. Ich war sicher, daß sie mich hörte; ich konnte den Druck ihres Gewichts gegen die andere Seite der Tür erahnen, spüren, wie sie meinen Druck erwiderte.
Es verging Zeit. Es fiel Regen. Das Gemurmel von Stimmen unten verstummte, begann erneut, verstummte wieder. Am Spätmorgen kamen Schritte die Treppe hoch, langsame Taktmesserschritte, die Clives Erscheinen ankündigten. Er stand einen Augenblick über mir, dann sank er mir gegenüber auf den Boden, die dünnen Beine wie eine Gottesanbeterin gefaltet.
»Stella kann sich im Moment nicht überwinden, mit dir zu reden, J. J.«
Er sprach ohne Groll und ohne Vorwurf.
»Eine verschmähte Frau ist hinterher immer ziemlich sauer«, murmelte ich.
Keine Reaktion. Diese üble Nachrede, von der ich annahm, sie sei so durchsichtig wie jede Gebärde, ging nicht so sehr über seinen Verstand als unter seiner Wahrnehmung hindurch, war zu trivial, um überhaupt zur Kenntnis genommen zu werden.
»Nun«, sagte er endlich, »ein schöner Schlamassel.«
Er umschlang seine Knie und drückte sie gegen die Brust. Es schien ihm etwas unbequem zu sein, er war ein älterer Mann mit steifen Gelenken, der zuviel Wert darauf legt,

sich ungezwungen zu geben. Trotz meiner mißlichen Lage tat er mir ein bißchen leid. Das ingwerfarbene Toupet und die weißen Turnschuhe umschlossen seinen Körper an beiden Enden wie Klammern, als wollten sie den Körper dazwischen vorm Zahn der Zeit beschützen – aber die Perücke saß etwas schief und an einem der Schuhe war der Senkel lose. Er zeigte sein Alter, die Jahre sickerten durch und ließen sich nicht verleugnen.

»Ich will den Schlüssel, Clive. Wir haben heute Unterricht.«

»Du kannst doch nicht im Ernst erwarten, daß du sie weiter unterrichtest.«

»Wieso nicht?«

Er sah weg und dachte nach.

»Es scheinen mehrere ethische Gründe dagegen zu sprechen. Erstens hast du eine Schülerin für dein eigenes sexuelles Vergnügen ausgenutzt.«

Das klang ziemlich halbherzig; wie ein Zitat aus einer Anleitung für gutes Benehmen.

»*Sie* hat sich *mir* präsentiert.«

»Darüber kann man streiten. Du würdest argumentieren, daß sie eingewilligt hat?«

Nur Clive konnte nach so einem Morgen bei null Grad Gefühlstemperatur auf dem Boden sitzen und so etwas diskutieren. Seine akademische Ruhe hätte mich schützen, ein Puffer gegen die wilden Gefühle im Erdgeschoß sein können, aber ein Teil von mir wollte diesen Schutz zurückweisen, weil er mir unmenschlich vorkam. Clive erinnerte mich zu sehr an Jill, an ihr irritierendes Beharren auf der Macht der Worte, der Diskussion, an ihr ewiges Drängen, die Dinge »durchzuarbeiten«. Ich zog es beinahe vor, mein Glück mit Stella zu versuchen, bei der man nicht wußte, wie sie reagieren würde. Heuchelei war wenigstens menschlich.

»Ich hätte gedacht, eine geschwollene Vulva zu präsentie-

ren, sei in jeder erdenklichen Sprache ein Zeichen der Einwilligung.«
Ich wollte ihn schockieren, ihn so erschüttern, daß seine Gefühle sichtbar würden und nicht nur seine Gedanken. Aber er zuckte nur mit den Achseln.
Ich gab mir mehr Mühe. »Wenn sie einen Anspruch auf Menschenrechte hat, dann könnte man glatt denken, sie habe auch ein Recht darauf zu *ficken*.«
Er öffnete den Mund, um etwas zu sagen, wandte sich dann aber, von einer lauten Stimme abgelenkt, zur Treppe. Unten versuchte Terry, Stella zurückzuhalten oder zu beruhigen. Die Unterbrechung ließ Clives Gedanken entgleisen; statt auf mein Argument einzugehen, setzte er woanders an.
»Zweitens ist da die Frage ihres Alters. Wie Stella schon sagte – sie ist schließlich minderjährig. Jedenfalls vor dem Gesetz.«
»Sie ist geschlechtsreif und voll entwickelt. Und Stella ist eifersüchtig.«
Er sah mich überrascht an; ich sagte ihm abrupt, direkt: »Wir waren zusammen im Bett, als du weg warst.«
Wenn das seine Gedanken durcheinanderbrachte, dann verbarg er es gründlich. »Stella schläft ab und zu mit anderen Freunden, wenn ich weg bin. Es ist eine Abmachung, die wir getroffen haben.«
»Red doch nicht so einen Scheiß.«
Er starrte nun unkonzentriert an mir vorbei.
»Der Ehebruch ist uns in die Gene geschrieben, J. J. Man sollte sich nicht zu sehr darüber aufregen. Ich muß dir mal die Statistiken zeigen. Es gibt ein paar nette mathematische Modelle, die auf der Spieltheorie beruhen. Die Soziobiologen sprechen vom Verfolgen einer gemischten reproduktiven Strategie.«
»Wir reden nicht über Spieltheorie. Wir reden über Stella.«
Er sah mich wieder an. »Ich bin kein eifersüchtiger Mensch,

J. J. Und ich bin kein junger Mann. Es ist völlig natürlich, daß sich ihr Appetit nicht immer genau mit meinem deckt.« Sein Tonfall war wohlwollend, väterlich – irritierend *einfühlsam*.
»Ich habe mich damit schon vor einiger Zeit abgefunden. Es ist eine der Gnaden des Alters, J. J. – vom Zwang seiner Eier befreit zu sein.«
Er lächelte leise, der ungewohnte Klang eines aus seinem Mund so uncharakteristischen Wortes amüsierte ihn wohl.
»Vielleicht solltest du es mal mit Affenhormonspritzen versuchen.«
»Sarkasmus steht dir nicht, J. J. Ich bin wirklich dankbar für die heitere Gelassenheit des Alters.«
»Trägst du deshalb eine Perücke?«
Sein Lächeln wurde breiter, er räumte mir diesen Punkt ein.
»Rutscht mein Heiligenschein etwa?« sagte er und rührte mit dem Zeigefinger vage über seinem Kopf herum.
Ich wartete unbewegt; sein Lächeln verebbte.
»Keiner ist vollkommen, J. J. – aber ich vermute, daß Heiligsein im Alter etwas weniger Mühe kostet. Die Gefühle verlieren die Herrschaft über einen – man bewegt sich auf einer engeren Bandbreite. Vielleicht ist die angebliche Weisheit des Alters nichts weiter als das – der Geist schüttelt sich endlich vom Fleisch los.«
Vernunft ohne Gefühl. Seine Vernunft fand ich immer noch provozierend. »Dann kannst du ja verstehen, daß Wunsch vielleicht ähnliche Bedürfnisse hat.«
»Kann schon sein. Ich erlaube mir nicht, ein Urteil über dich zu fällen, J. J. Ich käme gar nicht auf die Idee, das zu tun.«
Er fügte seine eigene Gebärde hinzu, zwei Tassen-Hände, die Handflächen nach oben, die einander balancieren, das Wägen eines Urteils.
Das irritierte mich auch; als ob er mit mir Kindersprache

sprechen müsse, als ob Kauderwelschgebärden die einzige Art wären, sich mir verständlich zu machen.
»Prima. Aber ich urteile sehr wohl über *dich*. Ich halte dich für eine verdammte *Maschine*!«
Habe ich diese Beleidigung ausgesprochen oder nur wortlos geformt? Ich kann mich nicht erinnern; jedenfalls haben sich meine Hände bewegt. *Maschine*: zwei Gespreizte-Hände, ein wildes Ineinandergreifen von Zahnrädern.
Sein Tonfall blieb mild. »Ich schlage vor, wir diskutieren das alles später, J. J. Wenn die Wogen sich geglättet haben. Aber vorerst wäre es für alle wohl am besten, wenn du gehst.«
Der Druck auf der anderen Seite der Tür verlagerte sich leicht, kaum spürbar buchtete sie sich aus, die winzige Luftritze zwischen Tür und Rahmen wurde verschlossen.
»Ich weigere mich zu gehen, bevor ich Wunsch gesehen habe.«
»Ich denke, das würde zu große Schwierigkeiten mit sich bringen.«
»Sie muß fürchterlich durcheinander sein. Sie braucht mich.«
»Wir sind sehr wohl in der Lage, uns um Wunsch zu kümmern. Terry ist hier. Seine Bindung zu ihr ist älter als deine.«
Ich saß gegen die Tür gedrückt, taub für jede Vernunft. Er klang wie ein Rechtsanwalt. Er machte seine sperrigen Stockbeinchen wieder gerade und stand auf.
»Es tut mir leid, J. J. – ich kann dir nicht erlauben zu bleiben. Wir brauchen alle etwas Zeit zum Nachdenken. Stella ist sehr aufgeregt. Sie will die Polizei einschalten. Wenn du nicht freiwillig gehst, sehe ich auch keine andere Möglichkeit mehr.«
»Es regnet aber«, sagte ich absurderweise.
»Du kannst den Schirm nehmen.«

2

Das Haus meiner Eltern war leer. Ich fiel mit dem Gesicht nach unten auf mein Bett. Der stetige Regen war ein besänftigendes Schlaginstrument, das mit weichen Bürsten auf dem Zinndach gespielt wurde. Seine Musik erinnerte mich an die beruhigende Wirkung des Schwimmens, die heilende Kraft einer Wasserkur. Ich stand auf, nahm meine zweite Haut aus der Tasche, streifte sie über und ging hinaus. Der kalte Regen auf meinem Gesicht war weniger beruhigend als belebend. Die Oberfläche des Meeres schien vom Druck des fallenden Wassers glattgewalzt worden zu sein. Nachdem ich weit genug hinausgewatet war, um den Boden unter den Füßen zu verlieren, hatte ich auch die Orientierung verloren; ich konnte nur einen Armweit sehen. Die regengekräuselte Oberfläche verschwamm gegen den grauen Hintergrund. Ich trieb ziellos umher, eingehüllt und isoliert. Eiskalter Regen schlug dumpf auf meinen Kopf, aber das Gefühl war nicht unangenehm; es war wenigstens ein Gefühl, das andere Gefühle vertrieb, das eine Art Vergessen mit sich brachte.

Als der Regen nachließ, sah ich, daß ich mich kaum von der Stelle bewegt hatte; die Welt, die um mich herum Konturen annahm, war die gleiche, die ich verlassen hatte. Nichts fehlte. Das Puppenhaus stand mir genau gegenüber auf der Esplanade; sogar die Umrisse der Hügel wurden durch einen entfernteren Regenschleier langsam sichtbar.

Ich stieg die Strandtreppe hoch und fand meine Mutter in der Küche. Sie packte gerade eine kleine Tüte Einkäufe aus. Falls sie überrascht war, daß ich so bald von meinem neuen Zuhause in den Hügeln zurückgekehrt war, ließ sie es sich jedenfalls nicht anmerken. Vielleicht wurde ihre Überraschung aber auch einfach von den gewöhnlichen mütterlichen Sorgen überlagert. Es war kalt, ich war durchnäßt und tropfte.

»Du verrückt«, formte sie mit der Zeige-Hand.

»Zum Schwimmen – ideal«, formte ich, eine nachdrückliche O.-K.-Hand.

»Du kriegst Schnupfen.«

»Drinnen warm.« Neckend fügte ich hinzu: »Du borgen Neoprenanzug?«

Wörtlich: Naßkleidung. Sie lachte, eine kurze, heisere Explosion. Nachdem ich sie für mich gewonnen hatte, stellte ich die Frage, die ich stellen mußte.

»Ich nach Hause?«

»Dieses Zuhause oder anderes Zuhause?«

Trotz dieses Hinweises, daß ich ihre Hilfe nicht einfach als selbstverständlich betrachten durfte, war ihr Gesichtsausdruck verspielt, und ich wußte, daß ich hier unterkommen konnte. Mein Vater würde sich vielleicht dagegen wehren, aber mit ihm würde sie schon fertig werden. Sie pflückte ein dünnes Stück Faxpapier von einem Magneten am Eisschrank und hielt es mir hin.

»Von J. Sie weiß, du ausgezogen?«

»Ich plane zu erzählen nächsten Sonntag. Jetzt nicht nötig.«

Ruf mich an – Jill. Ich lehnte das Fax gegen das Telefon; ich würde nachher anrufen. Erst mal die wichtigen Dinge. Ich streifte im Badezimmer den Neoprenanzug ab und trat in die kleine Dusche, um mein Gesicht dem Dampf und heißen Wasser entgegenzuhalten. Die Dusche ist eine ergänzende Variante des Schwimmens: auch die Massage dieser Hochdruckfinger bietet eine vorübergehende Amnesie. Nach ein paar Minuten schreckte mich ein Klopfen gegen das vernebelte Glas auf. Ich schob die Tür zur Seite, die Hand meiner Mutter erschien durch den entweichenden Dampf. »Besuch.«

Ihr grimmiges Gesicht warnte mich: große Besorgnis.
»Wer?«
»Polizei.« Sie formte: die rechte Hand ergreift das linke Handgelenk, das Anlegen von Handschellen.

3

Mir wurden keine Handschellen angelegt. Die zwei Polizeibeamten, die höflich im Wohnzimmer saßen, paßten auch nicht zu der volkstümlichen Gebärde, die jüngere Gehörlose gerne verwenden: die mit der Faust-Hand geformte Schweineschnauze. Sie stellten sich kurz vor: Kriminalbeamter Sergeant Crilly – er war ein großer Mann mittleren Alters, der einen gelangweilten Ausdruck auf seinem abgestumpften Boxergesicht trug – und Kriminalbeamte Oberwachtmeisterin Vogel. Die junge Frau hatte scharfe Züge, trug einen Rock und einen Sakko mit einer Tasche voll Kugelschreiber, außerdem ein Funkgerät, ein Klemmbrett und eine schwere Taschenlampe, die eher wie ein Schlagstock aussah; Crillys Hände waren frei, vielleicht ein Privileg seines höheren Ranges.
Er setzte mich darüber in Kenntnis, daß er mir wegen »eingegangener Information« einige Fragen stellen müsse. Sein Tonfall war weltverdrossen, ein »Hab-es-alles-schon-gesehen-und-erlebt«-Tonfall. Er blickte kurz zu meiner Mutter hinüber, die während unseres Gespräches in der Nähe war, und sagte, es würde seinen Nachforschungen womöglich nützen, wenn ich mich einverstanden erklärte, ihn ins Präsidium zu begleiten.
»Bin ich denn verhaftet?«
»Nein – aber wir müssen uns über eine Menge Dinge unter-

halten, Sir. Es wäre vielleicht besser, das unter vier Augen zu tun.«

Meine Mutter formte: »Was los?«

»Nichts.« Ich formte eine nachdrückliche Null mit der O.-K.-Hand.

Es beruhigte sie nicht. Ich wiederholte die Gebärde mit verschiedenen Variationen: *Routine, Polizei braucht Hilfe* – wobei *Hilfe* eine Gebärde ist, bei der man jemanden am Arm nimmt, als wolle ihm die Polizei über eine befahrene Straße helfen. Über diese Ironie hätte meine Mutter in einer anderen Situation vielleicht gelacht.

Vogel beobachtete unsere flatternden Hände neugierig. Sogar Crilly hob eine Augenbraue, willens, sich ein bißchen von der täglichen Monotonie ablenken zu lassen. Ich wiederholte die Gebärden mehrmals, während uns meine Mutter nach draußen begleitete.

»Bald zurück«, formte ich. »Sorge – nicht.«

Wörtlich »denk-zu-viel – nicht«. Als ich dann allein hinten im Auto saß, konnte ich selber nicht aufhören, viel zuviel zu denken. Ich starrte, ohne etwas zu sehen, aus dem Fenster. Eingegangene Information? Von wem? Und wo war Wunsch, was dachte *sie* denn? Vogel fuhr aufrecht wie eine Gouvernante, ihr Sakko war ordentlich auf dem Kleiderbügel neben meiner Schulter aufgehängt. Crilly, ein großer, völlig entspannter Mann, saß auf seinem zurückgelehnten Sitz, sein Ellbogen hing gesetzwidrig zum offenen Fenster hinaus. Zweimal drehte er sich nach mir um und blinzelte mir grundlos zu. In dem kleinen Auto bemerkte ich zum erstenmal, daß sein breites Gesicht gerötet war und daß er im Dienst am frühen Nachmittag schon eine Weinfahne hatte.

Das Präsidium in der Angas Street betraten wir von hinten, vor den Augen der Öffentlichkeit durch die hohen Mauern des Parkplatzes versteckt. Ich wurde drei Treppen hoch und in ein leeres Verhörzimmer geführt – drei Stühle, ein einziger Tisch. Mein eingespieltes männlich-weibliches Team verhörte mich recht höflich. Sie blendeten mich nicht mit einer starken Lampe und boten mir keine Zigarette an. Wir redeten ein paar Minuten über dies und das; endlich sagte Crilly: »Ich werde Ihnen jetzt ein paar weitere Fragen zu dieser Sache stellen. Sie müssen auf diese Fragen keine Antworten geben; wenn Sie doch antworten, können wir diese Antworten aufschreiben und vor einem Gericht als Beweismaterial verwenden. Ist Ihnen das klar?«

Die übliche Warnung, mechanisch vorgetragen.

Vogel verließ das Zimmer und kam mit einer uralten Schreibmaschine zurück, die sie vorsichtig auf den Tisch stellte. Von dann an tippte sie meine Antworten, während ich sprach.

Ich antwortete auf jede Frage wahrheitsgemäß. Es hatte keinen Zweck zu lügen; Crilly behauptete, eine unterschriebene Aussage von einem ungenannten Augenzeugen zu haben, und ich bezweifelte das keine Sekunde. Ich würde aber gerne glauben, daß meine Offenheit mehr war als nur das Resultat dieses Zwanges – daß sie mit Mut und Überzeugung zu tun hatte. Ich hatte meine Gefühle für Wunsch akzeptiert; die Beschuldigung zu leugnen war doch sicherlich gleichbedeutend damit, sie und die Tiefe dieser Gefühle zu leugnen.

Machte ich mir da etwas vor? Ich glaube nicht; es schien mir – scheint mir immer noch – eine wichtige Differenzierung zu sein. Der Gedanke, daß ich mich mit Würde benahm, gab mir die Kraft, das burleske Verhör zu überstehen. Crillys Gesichtsausdruck war mit der Zeit erst weniger gequält und dann immer mehr belustigt. Er war nicht gewillt, über mich ein Urteil zu fällen; das Ganze hatte zumindest den Reiz des Neuen: ein einsamer, dicker Mann ist in einen Gorilla verliebt. Vogel war auch amüsiert, aber voller Verachtung. Die

Fragen, die sie beim Tippen ab und zu einwarf, schienen mir schärfer als die Crillys zu sein und mehr zur Sache; verbale Pinzetten, die mich hin- und herdrehten.

Was ab und zu sowohl hinter seiner Belustigung als auch ihrer Verachtung zum Vorschein kam, war dieselbe Neugier: Wie *war* es denn eigentlich? Diese Frage wurde mir nie direkt gestellt. Crilly verlagerte bei bestimmten Fragen sein Gewicht, und eine Augenbraue hob sich. Vogel, die hinter ihrer riesigen, klappernden Maschine kauerte, verbarg ihre Lüsternheit noch verblümter in der Suche nach dem, was sie gerne »die Tatbestände in diesem Fall« und die »genauen Einzelheiten« nannte.

»Ein Gentleman spricht über so etwas nicht«, raunte Crilly ihr einmal neckend zu. Sie senkte ertappt ihren Blick auf die Schreibmaschine.

Beide zeigten viel weniger Interesse für meine Rolle als Lehrer von Wunsch. Die Tatsache, daß ein Gorilla gelernt hatte, sich mit den Händen mitzuteilen, wurde ohne Widerspruch hingenommen; es weckte genauso wenig Neugier wie etwa das Betteln eines Hundes oder das Sprechen eines Papageis. Das lag eher daran, daß sie keine hohe Meinung von der Gebärdensprache hatten, als daß sie viel von Wunschs Intelligenz hielten. Und auch daran, daß sie nur mit einem Ohr zuhörten. Sie amüsierten sich eigentlich viel mehr über sich selber als über mich. Sie blätterten immer wieder fröhlich durch die Gesetzessammlung – ein riesiger grüner Schinken –, um die genaue Formulierung für ein Delikt zu finden, das ihnen beiden eindeutig neu war.

»Crimes Act, Abschnitt 69«, verkündete Vogel. »›Ein Mensch darf keinen Akt der Sodomie begehen. Strafe: Freiheitsstrafe von fünf Jahren.‹«

Ich murmelte ungehört: »Es war keine Sodomie. Sie ist kein Tier, sie ist eine Person.«

»›Folgendes sind Akte der Sodomie: Eindringen des Penis

eines Mannes in die Vagina eines Tieres; oder Eindringen des Penis eines Tieres in die Vagina einer Frau; oder Analverkehr mit …«

»Moment«, sagte Crilly, »lies das bitte noch einmal vor.«

»Analverkehr?«

»Nein, das mit der Frau.«

»Eindringen des Penis eines Tieres in die Vagina einer Frau?«

Er nickte. »Komische Formulierung. Wer wird denn da verhaftet – die Frau oder Struppi?«

Zum erstenmal lachte er laut; Vogel entrang sich ein kurzes, scharfes Lächeln.

Ich wiederholte etwas lauter: »Sie ist kein Tier. Sie ist eine Person.«

Das war mein Ernst; ich sah auch sofort, daß man mich nicht ernst nehmen würde. Mein Text war der eines Clowns, ob ich ihn nun ernst vortrug oder witzig. Meine Rolle war klar: weniger Perverser als Hanswurst.

Crilly sagte: »Das Ganze ist doch nicht etwa ein Trick, um auf sich aufmerksam zu machen, Kumpel, oder doch?«

»Was meinen Sie denn damit?«

»Dieser Professor – der Tierrechtstyp. Er hat sich genauso ausgedrückt. Stecken Sie vielleicht mit ihm unter einer Decke?«

»Was *genau* hat er denn gesagt?«

Vogel blätterte durch ein Heft auf ihrem Tisch. »Daß wir Sie wegen illegalem geschlechtlichen Umgang anklagen sollten. Mit einer Minderjährigen. Daß er sich weigern würde, bei Anklage auf Sodomie eine Zeugenaussage zu machen.« Sie blickte zu ihrem Kollegen und verdrehte die Augen; er schüttelte nur müde den Kopf: Er kannte die Menschen. Sie blätterte um und las weiter. »Er sagt, das Gesetz gegen Sodomie sei erniedrigend für Tiere. Tiere sollten denselben Schutz – und dieselben Rechte – wie Menschen haben.«

»Er denkt sehr logisch«, sagte ich.
»Ach nee.«
Crilly fügte hinzu: »Das wird er auch müssen.«
»Was meinen Sie denn damit?«
Sie sahen einander kurz an; endlich sagte Vogel: »Die Bundeskriminalpolizei hat vor, ihn richtig in die Mangel zu nehmen. Und seine Frau. Das Gesetz zur Schädlingsbekämpfung, Abteilung Wirbeltiere. Das Quarantänegesetz. Die stecken viel mehr in der Bredouille als Sie.«
»Sind sie verhaftet worden?«
»Sie werden gerade verhört. Dann folgt vielleicht eine Anklage. Wegen illegaler Tierhaltung.«
Diese Nachricht erfüllte mich mit Panik. Wenn sie Clive und Stella verhaftet hatten, *wo war dann Wunsch*?
»Wo ist wer?«
»Der Gorilla. So heißt sie. Wunsch. Wo ist sie?«
»Da kann ich Ihnen nicht weiterhelfen, Kumpel. Aber die Beamten vom Bund werden von Ihnen ein Aussage haben wollen. Sie können die ja fragen.« Er streckte die Arme und lehnte sich in seinem Stuhl zurück. »Ich würde mal schätzen, der Tierschutzverein hat sie in sicherem Gewahrsam.«
Vogel sagte: »Das Gesetz ist da völlig klar, Tom – sie muß in einem Zoo der Klasse A verwahrt werden.«
Ich stand auf, ich konnte unmöglich stillbleiben. »Ich muß wirklich wissen, wo sie ist.«
»Bitte setzen Sie sich, Sir«, sagte Vogel mit ernsterer Stimme.
Meine Hände formten Gebärden, während ich sprach, zerbrachen gedachte Fesseln. »Ich muß hier *raus*.«
Ihre eigene Hand bewegte sich zur Taschenlampe, diesem schweren, stumpfen Gegenstand. »Noch einmal werde ich Sie nicht bitten, Sir.«
Ich zwang mich, Platz zu nehmen, blieb aber rastlos und zappelig. »Wann kann ich gehen?«

Wann: die Gespreizte-Hand, die ihre Finger gegen die Wange trommelt, eine undurchsichtige Gebärde, die ich, ohne es zu wollen, spastisch wiederholte, während ich sprach. Ich muß ausgesehen haben, als hätte ich eine Art Anfall.
Vogel beobachtete mich genau. »Erst unterschreiben Sie Ihre Aussage.«
»Ist das alles?«
»Dann erheben wir Anklage. Dann ziehen wir in Erwägung, Sie gegen Kaution freizulassen.«
»Was meinen Sie damit?«
»Ich meine, Sie haben sich während des Verhörs sichtlich aufgeregt. Ich will nicht die Verantwortung tragen, wenn wir Sie heute abend laufenlassen. Eine Nacht auf der Wache könnte Ihnen helfen, sich zu beruhigen.«
Ich stand wieder auf. »Sie verstehen einfach nicht. Ich *kann* hier nicht bleiben!«
Vogels Hand ging wieder zur Taschenlampe auf dem Tisch. »Zum letztenmal, Sir – *setzen Sie sich*!«
Ich setzte mich. Sie sagte etwas ruhiger: »Ihr Anwalt kann morgen eine Kaution für Sie beantragen. Vor dem Richter.«
»Ich wünsch' Ihnen was«, sagte Crilly und blinzelte mir beruhigend zu. Ich hatte ein, zwei Stunden Unterhaltung geliefert, etwas Außergewöhnliches geboten. Ich hatte ihm geholfen, einen weiteren Nachmittag durchzustehen – er fühlte sich gnädiger.
»Und wie *lautet* die Anklage?«
Er wandte sich an seine Kollegin. »Gute Frage. Was sagst du dazu, du Superfrau? Schwere Unzucht?«
Sie holte wieder die dicke Gesetzessammlung hervor, blätterte, las einen Augenblick, schüttelte den kleinen, scharfen Kopf und schob das Buch zu Crilly hinüber, den Finger auf eine Schlüsselstelle gedrückt.
»Es muß schon Sodomie sein, Tom.«
»Fünf Jahre Gefängnis?« fragte ich.

Crilly schüttelte den Kopf.
»Erste Straftat – man wird Ihnen mit einer feuchten Nudel auf die Finger klopfen.«
Vogel fügte etwas steifer hinzu: »Unter der Voraussetzung natürlich, daß Sie eine Therapie machen.«
»Soll das heißen, ich muß zu einem Psychiater?«
»Quasseln Sie einfach darüber, wie Ihr Vater Sie mißhandelt hat, und Sie sind in Null Komma nichts wieder draußen. Ihre Freunde stecken viel tiefer in der Scheiße. Für die sind die Bundesgerichte zuständig.«
Meine Aussage, die »Niederschrift des Verhörs«, wurde mir gereicht: Ich unterschrieb mit zitternden Fingern. Die Objektivität dieser Wörter – »Aussage«, »Niederschrift des Verhörs« – schien mir angebracht; ich hatte auf keinen Fall das Gefühl, daß ich ein Geständnis unterschrieb. Gestehen würde bedeuten, daß ich eine Schuld anerkenne. Ich hatte nicht um die Anwesenheit eines Anwalts während des Verhörs gebeten, auch nicht beim Unterschreiben der Aussage; ich hatte nichts zu verbergen. Aber jetzt, wo ich verzweifelt Wunsch erreichen wollte, brauchte ich dringend einen Anwalt.
»Sie können von der Wache aus anrufen«, sagte Vogel. »Stehen Sie auf, Sir. Hände auf den Rücken.«
Sie legte mir geschickt Handschellen an, was meine Unruhe nur steigerte.
»Sind die wirklich nötig?«
»Vorschrift.«
Obwohl die beiden die Gebärdensprache nicht verstanden, fühlte ich mich geknebelt. Die kalten Handschellen schienen irgendwie mein Denken zu beeinträchtigen. Sogar das Sprechen fiel mir schwer.
»Bitte – ich brauche meine Hände zum Denken.«
Crilly zuckte lächelnd mit den Achseln – Vorschrift ist nun mal Vorschrift, schien die Geste auszudrücken. Er öffnete

die Tür und geleitete uns hinaus. »Wir sehen uns im Gerichtssaal, Kumpel.«

Vogel marschierte mit mir dieselben drei Treppen wieder hinunter und dann noch eine weitere zu einem hell beleuchteten unterirdischen Gang. Am anderen Ende führte eine Treppe hoch – vermutlich war dort die Wache. Ein diensthabender Polizist in Uniform grüßte Vogel, Dokumente wurden ausgetauscht, die Handschellen abgenommen, mein Gürtel und die Schuhbänder beschlagnahmt. Nachdem man meine Fingerabdrücke abgenommen hatte, durfte ich telefonieren. Ich rief die einzige Anwältin an, die ich kannte: Linda Kelly, die Anwältin, die meine Scheidung vor dem Familiengericht betrieben oder doch eher verpatzt hatte. Ihr Anrufbeantworter teilte mir mit, daß sie nicht zu sprechen sei; ich hinterließ eine Nachricht nach dem Pfeifton.

»Darf ich ein Fax schicken?«

Der diensthabende Beamte, ein Pummeliger mit grauem Bart, der bis dahin freundlich gewesen war, nahm an, daß ich scherzte.

»Die Situation ist nicht zum Lachen, Sir«, sagte er ernst, ein Satz direkt aus dem Polizeihandbuch für strenge Klischees. Er setzte noch eins drauf. »Ich hätte gedacht, Sie haben jetzt schon genug Schwierigkeiten.«

»Meine Mutter ist taub. Ich kann sie sonst nicht erreichen.«

Sein Gesichtsausdruck wurde weicher, blieb aber skeptisch. »Es tut mir leid, Sir. Das ist nicht mein Problem.«

Er nahm mich am Ellbogen und »half« mir zu meiner Zelle, ein kleines, sauberes Zimmer mit einem Bett, einem Waschbecken und einer Toilette. Eine Videokamera war hoch oben in einer Ecke angebracht. Die Zelle war bis auf den Geruch ganz gemütlich: irgendein eklig süß riechendes Deo-plus-Desinfektionsmittel. Ich lag schlaflos unter einer Decke, den hygienischen Chemiegestank in der Nase. Es war der Geruch von Motelzimmern und Mietwagen, aber ich reiste nirgendwo hin. Anfangs konnte ich an nichts denken als an Wunsch; dann begannen andere, kleinere Sorgen in mein Bewußtsein zu sickern: die Reaktion meiner Eltern, Jills Reaktion, wie ich Rosie Bescheid geben konnte, die ja morgen meinen Besuch erwartete. In den frühen Morgenstunden schwebte ich in einem deliriumähnlichen Zustand; ich hatte keine Kontrolle mehr darüber, was ich dachte, es war der Dämmerzustand einer Schlaflosigkeit, wo sich die Gedanken von selber wählen.

Ich stand mit schweren Kopfschmerzen und einem betäubten, erschöpften Geist auf und hätte dringend meinen Neoprenanzug und eine Wasserkur gebraucht.

Das Frühstück kam um sechs auf einem winzigen Tablett: eine Dose Cola und eine alte Fleischpastete, die wenigstens vorübergehend den Motelgestank überdeckte.

Ich fragte den Wärter, einen stämmigen Schlägertyp mit Rugbyhals, nach einer Morgenzeitung. Er lachte. »Die sollten Sie sich besser nicht ansehen.«

Linda kam kurz danach. Sie saß auf der Kante meines Bettes, eine dickliche Frau mit einem unverhältnismäßig kleinen Kopf, die sich in dieser Umgebung sichtlich unwohl fühlte, aber versuchte, Zuversicht vorzuspielen.

»Ich muß hier raus.«

»Geduld, J. J.«

Sie blickte sich nervös in der kleinen Zelle um. »Nicht gerade eine Fünfsterneunterkunft.«

»Warst du noch nie hier?«

»Ich bin keine Strafrechtlerin, J. J. Meine Klienten enden normalerweise nicht an solchen Orten.« Sie lächelte verlegen. Eine gefaltete Zeitung lugte aus ihrer Aktentasche. Ich bat darum, sie sehen zu dürfen, aber sie weigerte sich, sie mir zu geben, bevor wir uns unterhalten hatten.

»Ich habe sie selber noch nicht gelesen. Ich habe die Schlagzeilen gelesen – wollte aber erst deine Sicht davon hören.«

Wieder ungewollte Handbewegungen, während ich sprach.
»Die *Schlagzeilen*?«
»Nicht auf der ersten Seite. Noch nicht. Und wir können beantragen, daß die Veröffentlichung deines Namens und aller Einzelheiten verboten wird, alles, wodurch man dich identifizieren könnte.«
Trotz Lindas offensichtlichem Unbehagen beruhigte ihre Stimme mich allmählich, eine Stimme wie die einer gurrenden Taube. Sie nickte beim Sprechen mit ihrem kleinen Kopf, eine weitere merkwürdig an Tauben erinnernde Angewohnheit, die ich auch beruhigend fand. Klammerte ich mich da an einen Strohhalm? Sie war zu zurückhaltend, um vor Gericht Erfolg zu haben. Ich vermutete, daß ihre besten Auftritte immer hinterher folgten, wenn sie ihre enttäuschten Klienten tröstete.
»Ich kriege dich hier heraus, J. J. Aber alles der Reihe nach. Es gibt bei der Anklage ein Problem. Sie ändert sich vielleicht noch vor dem Vorverhör. Meine Quellen berichten mir, daß der Hauptbelastungszeuge womöglich die Aussage verweigert, wenn die Anklage auf Sodomie lautet.«
»Das geschieht auf jeden Fall.«
»Ich habe gehört, du hast schon ein Geständnis unterzeichnet.«
Meine Hände brausten wieder auf, um mein Sprechen zu begleiten. »*Nicht* ein Geständnis der Sodomie. Ich habe gestanden, mich mit Wunsch geliebt zu haben – was ganz und gar nicht dasselbe ist.«
Selbe – *nicht*! Die anliegenden Zeigefinger für *nahe* oder *eng* fliegen schnell auseinander.
»Hast du etwa vor, deine Unschuld zu beteuern?«
Ich nickte. »Natürlich.«
Sie verzog das Gesicht, als schmeckten meine Worte schlecht, bitter.
»Ich will etwas klarstellen«, sagte ich bestimmt. »Wunsch

ist kein Tier. Und selbst wenn ich verurteilt werde, sagt die Polizei, komme ich auf Bewährung raus.«

»*Wenn* du dich schuldig bekennst. Wenn du es ihnen schwermachst, werden sie den Einsatz erhöhen.« Sie wühlte in ihrer Aktentasche und zog ein Blatt Papier hervor. »Erzähl mir etwas über die Aussage des angeblichen Augenzeugen.«

»Sie hat mich auf dem Bett gesehen. So einfach ist das.«

Sie sah auf einmal verwirrt aus. »*Wer* hat dich gesehen?«

Meine Hände formten einen wütenden, glitzernden Stern, während ich sprach: »Stella.«

Linda sah sich wieder ihre Aufzeichnungen an. »Stella Todd? Die Frau von Professor Kinnear?«

»Natürlich. Sie hat die Aussage gemacht. Sie war eifersüchtig.«

Eifersucht: eine nachdrückliche Bewegung mit der bösesten der Bösen-Hände.

»Ich glaube, du befindest dich da im Irrtum, J. J. Ich rede nicht davon, ob Stella *eifersüchtig* ist, ich rede von der Aussage. Kinnear hat dich angeschwärzt – nicht seine Frau.«

Ich saß verblüfft da und schwieg.

»Anscheinend hat seine Frau ihn deswegen auch verlassen.«

Eine weitere Nachricht, die ich nicht so ohne weiteres verdauen konnte; sie begriff mein betretenes Schweigen als Aufforderung fortzufahren.

»Professor Kinnear besteht darauf, daß die Anklage auf Verführung Minderjähriger lauten soll. Er hat gestern abend eine Pressekonferenz abgehalten.«

Sie warf mir endlich die Morgenzeitung mit ihren Comic-Heft-Schlagzeilen zu: **LEHRER WEGEN SEX MIT AFFE ANGEKLAGT**. Mein Name wurde nicht genannt, und es gab wenig Einzelheiten. Clives Gesicht starrte mich unter einer kleineren Schlagzeile an. **GORILLA ZU VOLLEM SCHUTZ DES GESETZES BERECHTIGT: PROFESSOR.**

»Hat er dich auch gesehen, J. J.? Ich muß es wissen.«
Ich hob die Augen von der Zeitung und erwiderte ihren Blick ohne Scham. »Ja, das hat er.«
»In flagranti?«
»Nicht beim *Akt* selbst. Aber wir waren nackt.«
Sie schien das für wichtig zu halten; sie malte einen großen Stern auf ihr Blatt.
»Und was ist mit Stella?« fragte ich. »Sie ist, äh, auch im falschen Moment hereinspaziert. Sie hat alles gesehen.«
»Meine Quellen berichten, daß sie jede Aussage verweigert. Sie behauptet, sie habe nichts gesehen.«
Während ich versuchte, auch dies zu verdauen, fuhr Linda fort. »Die Polizei hat zwei Alternativen. Entweder sie bestehen auf der Anklage der Sodomie – dann können sie Kinnear als feindselig eingestellten Zeugen vorladen –, oder sie ändern die Anklage, vielleicht zu schwerer Unzucht. Ich glaube, die kämen nicht im Traum auf die Idee, eine Anklage auf Beischlaf zu akzeptieren.«
Die Einzelheiten interessierten mich nicht; ich wollte nur wissen, was mit Wunsch geschehen war. »Das ist alles sicherlich sehr spannend, Linda, aber ich muß hier raus.«
»Bis morgen hängst du hier noch fest. Das Verhör ist für zehn Uhr angesetzt. Danach erwarte ich keine Probleme.« Sie zögerte und sah mich an: »Jedenfalls keine Probleme vor dem Gericht.« Sie klopfte auf die offene Zeitung. »Ich sollte dich warnen, das ist nur der Anfang. Es gibt mit Sicherheit eine Menge Interesse von seiten der Medien. Fernsehen.«
»Das hat mir gerade noch gefehlt.«
»Ich kann vielleicht arrangieren, daß wir durch den Hintereingang verschwinden.«
»Du klingst nicht so sicher.«
»Ich habe so etwas noch nie gemacht. So was kenne ich nur vom Fernsehen.«

»Ich gehe vorne raus. Ich schäme mich nicht. Wie ich schon sagte – ich will etwas klarstellen.«
Aber vielleicht doch noch nicht meinen Eltern oder Jill und Rosie gegenüber.
Linda holte, als fälle sie widerwillig eine Entscheidung, tief Luft. »Ich sollte dich auch warnen – ich bin hier etwas überfordert. Das hier ist nicht gerade eine durchschnittliche, freundliche Rechtsvertretung vor dem Familiengericht. *Wenn* du darauf bestehst, dich nicht schuldig zu bekennen – gegen meinen Rat –, dann würde ich dir dringend empfehlen, einen guten Rechtsanwalt für Strafsachen zu verpflichten. Am besten einen Justizrat. Kannst du dir das leisten?«
»Jill hat mein ganzes Geld gekriegt, oder weißt du das nicht mehr?«
Sie wich meinem Blick aus und schloß verlegen ihre Aktentasche. Die Gebärde für Anwalt: der rechte Zeigefinger tippt auf den linken Handteller, legt entschlossen das Gesetz fest. Wenn ich an Linda denke, sehe ich die Gebärde weit zögernder, ein Finger erreicht irgendwie nie sein Ziel oder gelangt nur auf Umwegen dorthin, ohne Kraft und ohne Überzeugung.
»Wir können uns sicher auf etwas verständigen, J. J. Ich kenne da ein paar Medienjunkies, die würden *dich* bezahlen, um den Fall zu kriegen. Ich sehe dich morgen um zehn vor Gericht.«
»Kannst du inzwischen etwas über Wunsch in Erfahrung bringen?«
»Ich werde es versuchen.«
»Bitte. Es ist *lebenswichtig*.«
Sie sah mich mit einem Blick an, der halb verwirrt und halb mitleidig war, stand auf und verließ die Zelle.

4

Mein Vorverhör, Krone gegen John James, war das fünfte an dem Morgen. Ein halbes Dutzend gestriegelter junger Männer und gut frisierter junger Frauen saßen im Gerichtssaal und hielten Notizblöcke parat. Ihre Stifte rührten sich während der ersten vier Fälle gar nicht: zwei Einbrüche, eine Anklage wegen Hehlerei, ein tätlicher Angriff. Als der Protokollführer meinen Namen aufrief, wurden alle Notizblöcke auf einmal aufgeklappt, die Kugelschreiber klickend entsichert. Es gab kaum etwas Spannendes zum Aufschreiben. Der Fall wurde überhaupt nicht diskutiert. Die Anklage lautete weiterhin auf Sodomie, Linda erhob Einspruch, ich wurde gegen eine Kaution freigelassen. Ein Termin für die Verhandlung wurde festgesetzt, ich folgte Linda aus dem Gerichtssaal.

»Wo ist Wunsch?«

»Später«, murmelte sie. »Wir haben jetzt unsere eigenen Probleme.«

Sie nickte in Richtung Glastür. Die jungen Reporter hatten sich draußen auf den Stufen aufgestellt, hinter ihnen ragte wie ein Periskop eine einzige Fernsehkamera drohend auf.

»Ich könnte dich immer noch hinten mit dem Auto abholen.«

Ihre Stimme klang hoffnungsvoll; ich hatte das Gefühl, sie begann das ganze Drama zu genießen.

»Ich schäme mich *nicht*.«

»Das ist deine Entscheidung. Aber ich muß dich warnen – wenn du den Mund aufmachst, fressen sie dich bei lebendigem Leibe.«

»Ich will meinen Standpunkt vortragen. *Wunschs* Standpunkt.«

Sie lachte abschätzig. »Keiner von denen da draußen interessiert sich bei dieser Sache für deinen Standpunkt. Sie haben schon entschieden, was du sagen wirst. Sieh sie dir an, J. J. – Haie, die Blut gerochen haben.«
Ich sah hin: ein halbes Dutzend junger, frischer, unschuldig aussehender Menschen, kein Zahn, keine Rückenflosse in Sicht. Linda hatte mit Sicherheit zu viel Fernsehen geguckt, war zum erstenmal eine berühmte Anwältin, die ihre fünfzehn Minuten Ruhm gerne auf sechzehn Minuten ausdehnen möchte.
»Auch wenn du glaubst, etwas ganz anderes gesagt zu haben, J. J., du stellst heute abend den Fernseher an und traust deinen Ohren nicht. Mein Rat ist, jetzt erst mal nichts zu sagen. Wenn wir mit der Presse reden, dann zu unseren Bedingungen. Mit den Quellen, die wir uns ausgesucht haben. Außerdem könnte auch alles andere als Mißachtung des Gerichts ausgelegt werden.«
Sie klang geradezu kompetent. Ich folgte ihr schweigend durch die Kugelschreiber und Notizblöcke. Ein Mikrofon wurde meinem Mund angeboten wie eine Kugel Eis in einer Waffel, nahe genug, um daran zu lecken; ich ignorierte es. Der doch eher kleine Mob teilte sich widerstandslos; vielleicht war es nur eine Gruppe Journalistikstudenten auf einer Studienfahrt. Eine Tasche voll von Stellas Zuckerwürfeln wären mir jetzt gelegen gekommen, wenigstens um Linda etwas zu beweisen. Als wir im Auto sicher waren, fragte ich sie wieder: »Wo ist sie denn?«
Linda öffnete den Mund, um etwas zu sagen, und schloß ihn wieder. Ich konnte beinahe die verschluckte Antwort – »wo ist wer?« – hören, aber sie konnte einfach nicht mit einer langen Zunge sprechen, nicht einmal mit einer unaufrichtigen.
»Sie ist im Zoo.«
»Fahr mich dorthin.«

»Du machst wohl Witze.«
»Warst du schon mal im Zoo, Linda? Wie würde es dir gefallen, in einer Grube aufbewahrt zu werden?«
»Wenn ich ein Gorilla wäre, würde es mir vielleicht sogar ganz gut gefallen.«
»Ach Quatsch, das glaubst du doch selber nicht!«
»J. J. – du *darfst* sie einfach nicht sehen. So ist das nun mal. Ich rate dir stark – nein, ich *bestehe* darauf, daß du ihr fernbleibst.«
Ich saß und schmorte. Flucht war ausgeschlossen. Das Auto fuhr schnell, ich hatte meinen Sicherheitsgurt um, die Türen waren zentral verriegelt.
»Es gibt Wichtigeres zu diskutieren. Willst du erst die gute oder erst die schlechte Nachricht hören?«
Ich formte, ohne zu denken, die Böse-Hand; sie schien mich zu verstehen, oder vielleicht nur meinen Gesichtsausdruck zu lesen.
»Jills Anwalt hat angerufen. Jill hat eine einstweilige Verfügung erreicht, um dich daran zu hindern, Rosie zu sehen – bis es zu einem Verhör vor dem Familiengericht kommt. Sie will alle Besuche unterbinden.«
»Wie weiß *sie* das nun wieder? Die Zeitungen haben doch nicht einmal meinen Namen genannt.«
»Früher oder später mußte das ja rauskommen.« Sie redete schnell weiter, als wollte sie jedem Brüten zuvorkommen. »Die gute Nachricht ist, daß ich glaube, wir können bei deiner Verteidigung doch die Unschuld behaupten.«
»Gestern hast du noch etwas ganz anderes gesagt.«
»Ich habe mich mal umgehört. Habe mit Leuten gesprochen.«
Ihre Körpersprache war auf einmal ein bißchen ausweichend, war irgendwie verschlagen. Ich versuchte, ihr in die Augen zu sehen, aber sie lehnte jeden Blickkontakt ab, tat, als sei sie vom Fahren ganz in Anspruch genommen. »Ich

glaube, wir können in der Verteidigung die Frage nach der rechtlichen Definition eines Tieres aufwerfen. Und – als natürliche Folge – die Definition einer Person.«
Ihr ausweichender Ton machte mich neugierig. Ich wartete ab, bereit, ihr Gehör zu schenken.
»Das Problem ist, wenn man akzeptiert, daß ein Gorilla ein Mensch ist, mit den dazu gehörenden rechtlichen Ansprüchen, dann könntest du einer ernsteren Anklage ausgesetzt werden. Zum Beispiel illegaler geschlechtlicher Umgang.«
Ihre Stimme wurde zu einem Singsang, als habe sie Zugriff auf die Teile ihres Gedächtnisses, wo Wissen früher rein mechanisch abgespeichert und bisher weder genutzt noch richtig verstanden worden war.
»Eine Person, die Geschlechtsverkehr mit einer Person unter zwölf Jahren hat, ist eines Schwerverbrechens schuldig und wird durch eine lebenslängliche Haftstrafe bestraft.«
»Sie ist in Menschenjahren sechzehn oder siebzehn, Linda. Sie ist geschlechtsreif.«
»Auf ihrem Geburtsschein ist sie *acht*. Aber das ist so ziemlich das Schlimmste, was passieren kann. So wird es nicht laufen. Der Schlüssel zum Ganzen ist die Definition einer ›Person‹.«
»Du bist ja auf einmal richtig Feuer und Flamme. Ich bin pleite, weißt du noch? Oder machst du das jetzt aus reiner Nächstenliebe?«
»Nicht unbedingt.«
Ich wandte mich erstaunt zu ihr und wartete auf eine Erklärung. Sie hatte bei Rot gehalten, sah aber stur geradeaus, um meinem Blick auszuweichen.
»Du hast ja Freunde«, sagte sie endlich und machte eine Pause, so daß die Tür dieses Gespräches ein Stück weit offenblieb.

Überraschung wurde zu Skepsis. »Hat etwa jemand angeboten, die Kosten zu tragen?«
»Er fühlt sich zum Teil verantwortlich.«
Er? Es bedurfte keiner großen Intuition, dieses Pronomen war mir sofort durchsichtig. Ich fühlte mich noch mehr als bloße Schachfigur, ich spielte eine kleine Nebenrolle im Stück eines anderen. Ich fühlte mich vor allem ausgenutzt.
»Heiliger.« Meine Hände formten für einen knappen, wütenden Heiligenschein.
Die Ampel sprang auf Grün, das Auto fuhr weiter vom Stadtzentrum weg, in Richtung Glenelg zum Haus meiner Eltern.
»Ist er nicht selber in Haft?«
»Er wurde gegen Kaution freigelassen. Du mußt dir doch im klaren sein, daß eure Interessen sich decken.«
Ich weigerte mich, das zu akzeptieren. »Überhaupt nicht. Nicht im *geringsten*. Ich will nur Wunsch beschützen. Clive will einen Schauprozeß auf der Weltbühne. Er will ein *Wortführ*tier.«
Lindas Gesicht glühte, ihr kleiner Taubenkopf wippte aufgeregt auf ihrem Körper.
»Er will ein *was?*«
»Einen Propheten für die Tierrechtsbewegung. Einen Tiermessias.«
Meine Hände bewegten sich gleichzeitig und mit Nachdruck. Die offizielle Gebärde für Jesus: der Mittelfinger einer Hand, der auf die Kreuzigungswunde in dem Handteller der anderen klopft.
Das war mit Sicherheit auch eine bifokale Gebärde – sie enthüllte eine weitere Dimension, gab halb formulierten Gedanken eine Form. Wunsch könnte auch, sagten mir meine Hände, ein Opfer werden, wenn Clive seinen Willen durchsetzte.
Die Gebärden wurden von Linda nicht bemerkt. Sie starrte

geradeaus und lachte leise; sie fühlte sich immer mehr zu Hause in einem Fall, der ihr vor ein paar Stunden noch völlig fremd vorgekommen war.

»Ich finde das *Spitze*, J. J. Es wird immer besser. Er ist verrückt, ja. Aber wenn er aus seinem Wahnsinn heraus deine Verteidigung bezahlt, warum sollten wir uns dagegen wehren?«

»Er ist eben nicht verrückt. Verrückt ist haargenau das, was er *nicht* ist.«

»Clive ist nebensächlich, J. J. Ich vertrete dich, nicht ihn. Wenn eure Interessen auseinandergehen – ich verteidige deine. Was denkst du also?«

»Ich denke, ich muß mal eine Weile nachdenken.«

Meine Hände bewegten sich wieder; sie machten sich eher Sorgen, als daß sie dachten. Linda wandte sich zum erstenmal zu mir. »Also sieh her, wenn du die Kosten selber tragen willst, kannst du das gerne tun. Aber wir müssen es durchdiskutieren. Und Professor Kinnear wird bei deiner Verteidigung eine entscheidende Rolle spielen. Ich habe schon provisorisch für morgen einen Termin ausgemacht.«

»Laß mich aussteigen.«

»Ich kann dich nach Hause fahren.«

»Mach dir keine Sorgen. Ich brauche ein bißchen Bewegung.«

Sie hielt an am Straßenrand, drehte mir den Kopf zu und sah mich lange argwöhnisch an. Sie wollte mir offensichtlich gerne glauben.

»Dann bis morgen? Zwölf Uhr?«

»Bis morgen«, log ich.

5

Ich brauchte mir den Weg zu den Primaten nicht zeigen lassen, ich war ihn in Gedanken oft gegangen. Dieselbe Kolonie gelangweilter erwachsener Schimpansen und lebhafter Jungen füllte den ersten verputzten Squashcourt. Orang-Utans lebten immer noch im zweiten und dritten. Eine vierte Grube, die letzte auf dieser Terrasse, war für Besucher gesperrt: **ZUTRITT VERBOTEN**. Ich stieg über die provisorische Absperrung und lief zur hölzernen Aussichtsplattform hoch. Das Gehege schien leer zu sein. Ein Gerüst aus Holz nahm einen guten Teil des Raumes ein: ein künstlicher »Baum«, der den Eindruck machte, schnell zusammengenagelt worden zu sein. Dicke Hanftaue hingen in Schleifen von der obersten Strebe; an zwei baumelten Gummireifen.

Ich wandte mich enttäuscht ab. Als ich wieder über die Absperrung stieg, hörte ich ein bekanntes, leises Geräusch und drehte mich um. Am Ende des Geheges sah sich hinter einem umgestürzten Baumstamm Wunsch hervortreten. Sie winkte mir hektisch und mit schmerzverzerrtem Gesicht zu. Dann schlüpfte sie durch das unordentliche Gerüst und hockte sich an den Rand des schleimigen Wassergrabens, starrte flehentlich zu mir hoch und schwang die Hände.

»Wunsch raus. Wunsch frei.«

Das Befreien gefesselter Hände. Mein Herz sank. Ihr Körper war immer noch haarlos; sogar die paar Büschel, die der Rasierapparat nicht getroffen hatte, waren verschwunden. Der schwarze Krepp ihrer Haut war stellenweise rot und wund; ihre Hände juckten zwischen den Gebärden zwanghaft diese Stellen. Sogar ihre Gebärden waren eher ein nervöses, verzweifeltes Jucken in der Luft.

Ich formte zurück: »Sorgen – nicht. Ich helfe.«
Eine kleine Familie, die sich die Schimpansen nebenan anschaute, wandten sich neugierig um und sah mir über die Absperrung zu. Ein oder zwei reckten den Hals, um in die Grube zu sehen. Wunsch war hinter Gebüsch verborgen, sie konnten nichts sehen.
»Geduld.«
Sie kannte die Gebärde gut: ein rhythmisches Streicheln der Brust, als beruhige man sich selber. Ich hatte die Gebärde oft im Unterricht geformt, um ihre Aufregung zu dämpfen. Sie schwankte am Rand des Wassergrabens und wollte springen oder schwimmen, konnte aber ihre Abneigung gegen Wasser nicht überwinden.
»Ich befreie dich.«
Sie machte hektische Kreuze vor der Brust. »Versprichst du?«
Eine junge, patent wirkende Frau in Khakishorts und Wüstenstiefeln erschien hinter der Absperrung. Ihr grünes Hemd trug das Emblem des Zoos.
»Entschuldigen Sie, Sir. Dieses Gehege ist zur Zeit nicht für Besucher freigegeben.«
»Nur ein paar Minuten. Bitte.«
»Ich fürchte, das kann ich nicht erlauben, Sir. Es gibt andere Gehege, die Sie sich gerne ansehen dürfen.«
Sie wies auf die Affen; ich rührte mich nicht.
»Sie ist *krank*«, sagte ich. »Sehen Sie sich mal ihre Haut an.«
»Der Gorilla ist hier in guten Händen, Sir. Wir tun alles, was möglich ist.«
»Ich weigere mich, sie in diesem Zustand zu verlassen. Kriegt sie denn ihr Kortison?«
Diese Worte überraschten sie. Sie sah sich mein Gesicht genauer an, als wolle sie meine Züge mit einer Beschreibung vergleichen.
Ihr Ausdruck ruhiger Höflichkeit änderte sich und wurde

zu einem Gemisch aus Nervosität und Mißbilligung. »Heißen Sie James?«
»J. J.«, formte ich.
Sie ging wachsam und vorsichtig einen Schritt zurück. »Sie sollten nicht hiersein.«
»Haben Sie doch um Gottes willen ein Herz – sie ist doch ganz *außer* sich!«
Sie wandte sich widerwillig um und sah in die Grube hinunter. Wunsch saß noch am Rand des Grabens, stämmig, mit rundem Bauch, und fuchtelte wild mit den Armen.
»Herr James, wir kennen ihre Krankengeschichte. Doktor Todd war sehr hilfreich.«
»Dann wissen Sie auch über ihre Intelligenz Bescheid?«
Sie blickte mich verwirrt an; offensichtlich wußte sie nichts darüber. »Ich weiß schon, daß sie einsam ist. Ich verbringe so viel Zeit mit ihr, wie ich kann.«
»Sehen Sie sich ihre Haut an. Sie zieht sich ja selber die Haut vom Leib!«
»Unsere Tierärzte haben ihr eine Creme verschrieben – ich trage sie zweimal am Tag auf.«
»Es liegt doch nicht an ihrer *Haut.* Es ist psychisch.«
Sie trat auf mich zu und nahm meinen Ellbogen, aber sanft, als wollte sie mich führen, nicht zwingen.
»Lassen Sie mich doch bitte bleiben.«
»Das würde mich meine Stelle kosten.«
»Dann sollten Sie sich vielleicht eine Stelle suchen, mit der Sie leben können.«
Sie verstärkte den Griff an meinem Ellbogen. »Glauben Sie, *Sie* wissen alles besser? Wo Sie doch einen Gorilla für Ihren eigenen … für Ihre eigenen *Zwecke* mißbraucht haben!«
Sie stemmte sich gegen mich; ich hielt ihrem Druck stand, passiv, unbeweglich. Frustriert ließ sie meinen Arm fallen und verschwand auf der Suche nach Verstärkung. Ich wandte mich wieder an Wunsch. Ich hatte nicht mehr viel Zeit.

»Wir gehen – jetzt!« Ihre Flache-Hand drückte mit Nachdruck nach unten: *dieser* Moment, hier und jetzt.
»Bald«, formte ich zurück; eine undurchsichtige Gebärde, ein Federn mit der Schreib-Hand, Daumen und Zeigefinger zusammengedrückt, als hielten sie einen Stift.
Sie sah die Gebärde mit Entsetzen und wandte mir dann abrupt den Rücken zu. Eine kleine Menschenmenge – mehrere Familien – hatten sich nun auf der anderen Seite der Absperrung versammelt; unbeeindruckt davon, sprach ich zum erstenmal laut zu Wunsch.
»Bitte! Wunsch – sprich mit mir.«
Ungläubiges Gelächter von der Absperrung, das anschwoll, als ich die Aufforderung wiederholte: »Bitte.«
Sie wandte sich langsam wieder um. Alles Leben war ihr nun aus den Händen gewichen; ihre Bewegungen waren langsam und deprimiert, ihr Tonfall monoton. Die Wunsch-Hand, ihr Kennzeichen, war nirgends zu erblicken; mit ihr war die implizite Hoffnung verschwunden, die ihre Gebärdensprache immer mitfärbte. Ich hatte sie im Stich gelassen; ich konnte nicht helfen.
»Morgen. Ich hier morgen. Ich verspreche.«
Mehrere Khakiuniformen schoben sich durch die Schaulustigen; ich fügte noch schnell hinzu: »Ich liebe dich.«
»Ich liebe dich – nicht!«
Der größte Wärter hatte sich ein zusammengelegtes Netz über die Schulter geworfen. Für mich? Der Gedanke hätte mich in einer anderen Situation vielleicht amüsiert. Für einen Augenblick stellte ich mir vor, wie ein Stück Wild gestellt zu werden, in eine Ecke getrieben – sie zu zwingen, Abstand zu halten oder sogar einen Betäubungsschuß auf mich abzugeben. Aber das Netz war sicherlich für Wunsch – eine Vorsichtsmaßnahme, falls es mir gelungen sein sollte, Wunsch zu befreien. Gegen diese Verstärkung war Widerstand zwecklos. Ich erlaubte ihnen, mich durch

eine Tür mit der Aufschrift **NUR FÜR MITARBEITER** von der Aussichtsplattform wegzudrängen, wo mich die Besucher nicht mehr sehen konnten. Ich war jeden Zentimeter dieses Zoos schon Dutzende Male mit Rosie abgegangen, fand mich aber nun in einer verborgenen, alternativen Welt von Zugangswegen, Wartungsschuppen, Futterlagern und Transportkäfigen wieder. Das war vielleicht der wirkliche Zoo, mit der öffentlichen Fassade verzahnt und dahinter verborgen. Während wir durch das Labyrinth eilten, fragte ich mich absurderweise, ob ich wohl auch für solch einen Transportkäfig bestimmt war; statt dessen wurde ich die Treppe zu einem großen Verwaltungsgebäude hochgeführt. Eine Tür mit der Aufschrift **JONATHAN TIDDY, DIREKTOR DER PRIMATENABTEILUNG** öffnete sich, ein älterer Mann mit grauem Bart und einem T-Shirt mit bunten Orang-Utang-Motiven winkte seine Khakitruppen fort und führte mich in sein Büro. Die Polizei sei schon unterwegs, informierte er mich ruhig – ob ich einen Kaffee wolle, während wir warten? Er zeigte freundliches Bedauern und schien weniger versessen darauf, mich zu verurteilen, als seine Lakaien es waren.

»Wie bedauerlich, daß es vor Gericht kommen mußte, Herr James.«

»Das war nicht gerade meine Idee.«

»Natürlich nicht.«

Auf einem Anrichtetisch kochte Wasser in einem kleinen Elektrokocher. Das Gerät klickte aus; er löffelte Pulverkaffee in zwei Becher. Ich spürte, daß ich hier vielleicht eine verwandte Seele vor mir hatte, einen Menschen, der vernünftigen Argumenten zugänglich war oder in dem ich wenigstens eine kleine, moralische Unsicherheit erzeugen konnte.

»Sie wissen, daß Sie ein menschliches, denkendes Wesen dort eingesperrt haben.«

»Einen denkendes Wesen vielleicht«, mußte er eingestehen. »Aber wohl kaum ein menschliches.«
Was konnte ich ihm sagen? Daß man ihr Gehirn künstlich vergrößert, mit Hormonen zum Wachsen angetrieben hatte wie irgendeinen Blumenkohl in der Hydrokultur? In der Richtung lag eine Tragödie, da war ich mir sicher: die Anhänger der Vivisektion, die Gehirnphysiologen würden Wunsch in ihre blutbesudelten Finger kriegen.
Ich sagte: »Ob sie nun Mensch oder Tier ist, tut nichts zur Sache. Ihr Geist ist krank – das müssen Sie doch sehen. Sie kratzt sich zu Tode. Stellen Sie sich vor, was sie durchmacht – plötzlich in dieses Loch eingesperrt zu sein. Stellen Sie sich vor, man nimmt ein Menschenkind aus seiner Familie und läßt es in so eine Schlangengrube fallen. Sie hat entsetzliche Angst.«
»Eine Schlangengrube ist es ja nun nicht gerade«, sagte er freundlich. »Und es ist nur vorübergehend. Wir haben einfach keine andere Möglichkeit, sie unterzubringen.«
»Sie sollte bei Menschen sein. Sie *denkt*, sie ist ein Mensch. Könnten Sie nicht irgend etwas anderes finden – dieses Büro zum Beispiel?«
»Sie wird nur noch einen Tag in der Grube sein«, sagte er und reichte mir den Kaffee herüber.
Ich setzte mich erschrocken auf seinen Schreibtisch. »Und dann?«
»Es gibt im Zoo in Melbourne eine große Gruppe Gorillas – und viel mehr Platz.«
»Sie ist *kein* Gorilla!«
Meine Hände schlugen unwillkürlich gegen meine Brust: »Gorilla – *nicht!*«
Zum erstenmal gab es Anzeichen, daß seine Geduld irgendwann ein Ende hatte. »Ich glaube kaum, daß ausgerechnet Sie mir Vorträge über ihre Pflege und ihr Wohlbefinden halten sollten, Herr James. Einen Gorilla von acht

Jahren für Ihr eigenes sexuelles Vergnügen mißbraucht zu haben ist eine ernste Beschuldigung …«
Eine merkwürdige Wortwahl. Würde er das Verbrechen weniger schlimm finden, wenn der Gorilla achtzehn gewesen wäre? Es schien mir eine vielversprechende Richtung, die ich erkunden sollte, ein Knackpunkt.
»Sie ist kein Kind. Sechzehn oder siebzehn in Menschenjahren. Und was man mir vorwirft, muß noch lange nicht der Wahrheit entsprechen.«
Er nickte und winkte nun wieder ruhig mit einer Hand, er hatte verstanden. »Es tut mir leid, ich will Sie nicht vorschnell verurteilen. Im Zweifel für den Angeklagten. Aber bis der Prozeß abgeschlossen ist, ist es doch für alle das beste, wenn Sie sich von ihr fernhalten.«
Das hätte Clive sagen können. Diese zivilisierte Ruhe ging mir langsam genauso auf den Wecker wie die von Clive – und die von Jill. Menschen ohne Gefühle, so kamen sie mir allmählich vor – Menschen, deren Hände immer gefroren, ausdruckslos an ihrer Seite hingen. Ich versuchte, meine eigenen feindlichen Gefühle zu verbergen, es ging um wichtigere Dinge.
Ich sagte: »Meine einzige Sorge ist und bleibt, daß es ihr gutgeht.«
Er sah mir einen Augenblick in die Augen, dann nickte er beruhigend. »Ich habe mit meinen Kollegen in Melbourne gesprochen. Man plant, sie bei den anderen Gorillas in der Gruppe langsam einzuführen – wir halten uns bei so etwas an ein strenges Protokoll. Wenn eine Sozialisation nicht klappt, werden wir andere Möglichkeiten ins Auge fassen. Es hat schon Fälle gegeben, wo man Gorillas mit Erfolg wieder in ihre Heimat nach Westafrika zurückgeführt hat.«
Noch eine vielversprechende Wortwahl: »Heimat« – mit den menschlichen Nebentönen. Ich zwang mich, ruhig zu

bleiben, so vernünftig wie nur möglich zu sagen: »Sie *ist* nicht wild und war es auch nie.«

Ehe er antworten konnte, klopfte es; der junge Wärter steckte seinen Kopf durch den Spalt und verkündete die Ankunft der Polizei. Ich erwartete die örtliche Polizeistreife und war erstaunt, Crilly in der Tür erscheinen zu sehen. Vogel folgte ihm auf den Fersen, ihr Klemmbrett in der einen Hand, in der anderen trotz Tageslicht die schwere Taschenlampe.

Sie schienen Tiddy zu kennen; wahrscheinlich war er schon von ihnen verhört worden.

»Unser Kumpel war doch hoffentlich nicht bei seiner Freundin im Käfig mit drin, Dr. Tiddy?«

Crilly grinste amüsiert. Tiddy antwortete kühl: »Wir halten im Adelaider Zoo unsere Primaten nicht in Käfigen, Detective.«

Das war Crilly völlig gleichgültig. Er wandte sich wieder an mich. »Was sollen wir bloß mit Ihnen machen, Tarzan? Vielleicht sollte man Sie gleich hierbehalten. Sie könnten ein Mitglied der Kolonie werden.«

Er schien aufgeschlossener zu sein als zuvor, weniger weltverdrossen. Ich sagte: »Ich weiß nicht, was Sie von mir wollen. Es geht Sie überhaupt nichts an, wenn ich dem Zoo einen Besuch abstatte. Ich habe kein Gesetz gebrochen.«

Vogel sagte knapp »Sie sind schließlich gegen Kaution auf freiem Fuß.«

Ich fühlte mich etwas sicherer als bei meiner ersten Verhaftung, war ich doch jetzt ein bißchen erfahrener. Meine Rechte waren mir bekannt.

»Es war keine Bedingung meiner Freilassung, dem Zoo fernzubleiben.«

Crilly sagte mit einem gezwungenen Lächeln: »Wir könnten Sie wegen Belästigung einer Zeugin festnehmen.«

Er warf Vogel einen verschwörerischen Blick zu und wandte sich wieder an mich. Ich hielt mir die Faust-Hand wie eine Schnauze vor die Nase und blickte ihm ins Auge. Eine Cartoon-Beleidigung? Vielleicht schon, aber wenigstens besser als Cartoon-Worte. Und nichts, was er mir bisher gesagt hatte, hätte auf etwas deuten können, was über diese einfache Schnauzengebärde hinausging.
Glücklicherweise hatte er keine Ahnung, was ich da sagte.
»Wir nehmen Sie wegen unbefugten Betretens fest.«
Wieder wurden mir Handschellen angelegt. Tiddy führte uns mit offensichtlichem Bedauern aus dem Gebäude und durch seine verborgene Welt. Am hohen Außenzaun drückte er auf einen Hebel, ein elektrisches Tor rollte behäbig zur Seite. Wir wurden hinten am Zoo hinausgespien; zwischen den Bäumen wartete ein mir bekanntes Auto. Während das schwere Tor hinter uns wieder zurollte, blickte ich mich noch einmal um. Tiddy sah uns durch den kleiner werdenden Spalt nach. Er winkte zögernd, und obwohl ich nicht zurückwinken konnte, machte mir die Geste wieder ein bißchen Mut. Ich nickte ihm zu und hoffte, daß ich ihm zu denken gegeben hatte.

6

Ich kann dich wieder hier rausholen, wenn du versprichst, dich dann zu benehmen.«
»Was meinst du damit?«
»Das weißt du ganz genau. Ich habe eine schriftliche Vereinbarung aufgesetzt. Und mit dem Staatsanwalt gesprochen – er ist einverstanden.«
Linda zog ein Blatt Papier aus ihrer Aktentasche und reich-

te es mir. Es war nicht nötig, es genau durchzulesen, ich wußte schon, was drinstand.
»Wenn ich das unterschreibe, komme ich dann raus?«
»Es müßte noch vom Richter abgestempelt werden. Aber ich denke nicht, daß es Schwierigkeiten gibt.«
»Wann kann ich gehen?«
»Morgen früh.«
»Morgen? Mein Gott, Linda – ich muß *heute abend* noch hier raus.«
Sie starrte mich mit geschürzten Lippen schweigend an und wartete. Nach einer Weile nahm ich den Füller, die längste Zunge, die ich je auf Papier gebracht hatte, und unterschrieb. Linda schob das Blatt vorsichtig wieder in ihre Aktentasche und brachte ein weiteres, reispapierdünnes Blatt zum Vorschein.
»Ich habe auch eine Nachricht für dich. Ein Fax. Von deiner Mutter.«
Sie reichte es mir, schloß ihre Aktentasche und stand auf.
»Wenn ich dich weiterhin vertreten soll, erwarte ich, daß du dich in Zukunft an meinen Rat hältst.«
Eine Antwort darauf war nicht nötig; es war eine Zurechtweisung, keine Frage.
»Wir sehen uns vor Gericht, J. J. Morgen früh.«
Sie klopfte an die Zellentür, die sich wie auf Kommando öffnete und sie entließ. Diese Zauberei galt nicht für mich; ich blieb eingeschlossen. Ich überflog das Fax. Die Mitteilung klang eher besorgt als vorwurfsvoll und schaffte es irgendwie, meine Situation gar nicht zu erwähnen, obwohl der Nachtrag – *Papa schickt Dir liebe Grüße* – erfunden war, da war ich mir sicher.
Ich legte das Blatt weg. Meine eigenen Probleme verblaßten im Vergleich zu den Problemen, die Wunsch jetzt hatte. Das Abendessen kam: eine Fleischpastete und eine Dose Cola, diesmal mit trübem Kaffee und einer Cremeschnitte, um

diese Mahlzeit vom Frühstück zu unterscheiden. Es stank wieder nach Disinfektionsmitteln und alten Fleischpasteten. Ich warf mich auf meiner Pritsche die ganze Nacht hin und her und fand keine Ruhe. Bilder von Wunsch am Rande ihres verdreckten Wassergrabens, mit wunder, blutender Haut, plagten mich. Verzweifelt formte sie ihre Bitten um Hilfe.

Mein zweites Erscheinen vor Gericht war kurz, ein dreißigsekündiger Vortrag vom Richter. Die Gebärde für Richter: eine Perückengeste, natürlich. Und vielleicht lag noch ein Stück vom Ursprung dieser Tradition in der Geste, ein Schauspieler, der die Gravitas-Maske trägt. Berichte über meinen Zoobesuch mußten sich herumgesprochen haben, die kleine Menge Reporter im Gerichtssaal war angeschwollen und älter geworden. Mehrere der älteren Journalisten hatten einen eindeutig raubtierhaften Blick. Linda schien ein bißchen weniger ratlos zu sein, aber die Vorstellung, vor Gericht oder in den Medien um Gerechtigkeit zu kämpfen, kam mir reichlich absurd vor. Wunsch litt jetzt – es mußte sofort eine Lösung gefunden werden. Und hier erreichte ich die Grenze meiner Geduld mit Polizisten und ihren Schnauzen, mit Anwälten und ihren zitternden Fingern, mit Richtern samt Perücken – und mit meinem Verhalten ihnen gegenüber. Diese eiligen Beschreibungen sind schon nicht mehr als Skizzen, ein kaum lebendiges Flimmern von Papierecken. Mir bleibt für mehr einfach keine Zeit. Meine Gedanken waren – sind – bei Wunsch, meine eigene Situation scheint mir im Vergleich bestenfalls komisch zu sein. Ich war so verzweifelt, wollte so schnell wegkommen, daß ich Lindas Angebot, mich hinten mit ihrem Auto abzuholen, akzeptierte. Sie brachte mich an den Hintereingang. Ich solle ein paar Minuten warten, während sie ihr Auto vom Parkplatz hole.

Ich hatte keine Lust zu warten. Ich steckte den Kopf durch

die Tür, es war eine Art Dienstboteneingang. Weit und breit kein Reporter. Ich ging zur Straße und winkte die erstbeste leere Taxe heran.

7

Die Auslan-Gebärde für *sich Sorgen machen* ist eine falsche Beschreibung, wörtlich: zu-viel-Denken. Es ist jedenfalls ein Werturteil. Oft ist es notwendig, sich zu sorgen, weil gerade dadurch die hohe Energie erzeugt werden kann, die man braucht, um Möglichkeiten, Lösungen, Auswege zu finden. Diese Art Sorge bedarf einer anderen Gebärde – nicht-genug-Denken vielleicht. Oder hartnäckiges-Denken, entschlossenes-Denken.

Meine Eltern waren nicht zu Hause. Ich zog den Neoprenanzug an, überquerte die Esplanade und watete hinaus in die Brandung, um mir kontrolliert und methodisch Sorgen zu machen.

Oder ist *methodisch* eine weitere falsche Beschreibung? Die Gebärdensprache benutzt hier die Gebärde für Straße, eine Straße, die geradeaus führt.

Ich sorgte mich weniger methodisch als gewunden, untersuchte jede Abzweigung dieser Straße, jede Nebenstraße und jede Umleitung. Erschöpfendes-Denken vielleicht. Denken, das ganz war, abgeschlossen, allumfassend.

Über Nacht hatte sich ein Plan geformt, der nur Erfolg haben konnte, wenn ich jede Einzelheit ganz genau berücksichtigt hatte. Während die Strömung mich hin und her bewegte, begannen sich diese Einzelheiten zusammenzufügen. Und doch mußte ich auch unbedingt schnell handeln – ich war nicht sicher, wie lange Wunsch in ihrem

Gefängnis überleben würde. Nach etwa einer Stunde ging ich wieder an Land, spülte das Salz im wärmeren Kaltwasser der Dusche am Fuß der Strandtreppe ab, trocknete mit einem Handtuch die Haare und den Neoprenanzug und stieg zum leeren Haus hinauf.

Ich kritzelte auf die Rückseite des Faxes von meiner Mutter eine kurze Nachricht, in der ich die Tatsachen knapp und ohne Entschuldigungen so erklärte, wie ich sie sah, und fügte *liebe Grüße an Vater* als ironischen Nachsatz hinzu. Dann zog ich die Gelben Seiten aus dem Telefonschränkchen. *Autovermietung*.

8

Rosies Schule lag in den Vorhügeln, im Herzen der östlichen Vorstädte, dem Volvo-Gürtel: eine teure Mädchenschule im Grünen. Da Rosie akademisch talentiert und umgänglich war, wurde ihr Schulgeld als Begabtenstipendium gezahlt.

Ich kam um die Mittagszeit an. Das Getobe spielender Kinder erfüllte meine Ohren, während ich in einer Nebenstraße parkte, ein anhaltendes, freudiges Geschrei.

Ich dachte an Wunsch, die in ihrer Grube kauerte, und diese sorglosen Stimmen kamen mir plötzlich unerträglich ergreifend vor.

Rosie erblickte mich sofort – ich bin schwer zu übersehen. Obwohl sie mich normalerweise vor ihren Freunden nur ungern zur Kenntnis nahm, winkte sie und kam strahlend zu mir herüber. War es der Anblick des Mietwagens hinter mir – ein glänzender Menschentransporter mit Vierradantrieb, mehr Minibus als Auto? Sie hatte mir immer verboten, sie mit dem alten Fiat von der Schule abzuholen. Es gab

vielleicht noch dickere Väter im Volvo-Gürtel, aber kein peinlicheres Auto.
»Neues Auto, Papa?«
Ihr Tonfall erstaunte mich genauso wie ihr glückliches Lächeln. Sie war froh, mich zu sehen.
»Ich verreise.«
»Wohin?«
»Das weiß ich noch nicht sicher.«
»Ich kann nicht mitkommen«, sagte sie, falls ich sie fragen sollte. »Mama will im Moment nicht, daß ich dich sehe. Ich hoffe, du bist nicht enttäuscht.«
Ihr Tonfall – besorgt, sogar sanft – überraschte mich noch immer. Vielleicht hatte ich zu Unrecht gedacht, das Auto sei so wichtig. Sie hatte sich jahrelang wie ein frühreifer Teenager benommen, aber jetzt, wo sie zwölf war und beinahe ein echter Teenager, schien sie auf einmal durch die Adoleszenz in einen empfindsameren, erwachseneren Zustand gerutscht zu sein.
»Hat sie gesagt, warum?«
Sie zögerte, als überlege sie, ob sie mich vor der Wahrheit beschützen sollte. »Sie sagt, du seist im Moment labil. Du seist … unberechenbar.«
Um zu beweisen, daß sie diesen Erwachsenenjargon auch verstand, machte sie mit ihrem Zeigefinger kleine Kreise an ihrer Schläfe. Sie sah amüsiert aus, als ob das nun wirklich nichts Neues sei. Ich sei immer schon verrückt gewesen. Liebenswert verrückt.
»Ich wollte bloß auf Wiedersehen sagen«, sagte ich ihr. »Wir sehen uns vielleicht eine ganze Weile nicht mehr.«
»Mach dir keine Sorgen, Papa. Mama wird ihre Meinung schon ändern.«
»Es geht nicht um sie, es geht um mich. Was auch immer geschieht – was auch immer du über mich liest –, ich möchte, daß du weißt, daß ich dich liebe.«

Sie sah sich verlegen um. Ich wurde langsam sentimental und erkundete dadurch die Grenzen ihrer neuen Reife. Aber sie wandte sich wieder zu mir, lächelte strahlend und kreuzte die Arme über der Brust, die Liebesumarmung.

»Ich dich auch, Papa.«

»Danke.«

Sie betrachtete mich von oben bis unten. »Hast du zugenommen?«

Mit Daumen und Zeigefinger schob ich den Stoff meines Hemdes ein bißchen zur Seite, damit sie meinen Neoprenanzug sehen konnte.

»Ich gehe schwimmen.«

»Verrückt – wahr!« formte sie und kicherte.

Eine Lehrerin, die Pausenaufsicht, eine junge, modisch gekleidete Frau von etwa dreißig Jahren, kam zu uns herüber.

»Entschuldigen Sie, Herr Jones?«

»Ja.«

»Ich muß Sie bitten, das Schulgelände zu verlassen. Ihre Frau hat heute morgen angerufen – wegen der einstweiligen Verfügung. Die Direktorin hat uns aufgetragen, Ausschau nach Ihnen zu halten.«

»Ich bin harmlos«, sagte sich. »Ich bin nur gekommen, um mich zu verabschieden.«

Sie stellte sich vor meine Tochter, ein menschlicher Schild.

»Dann gehen Sie jetzt bitte«, sagte sie, »oder ich sehe mich gezwungen, die Polizei zu rufen.«

Ich sah noch einmal zurück, als ich ins Auto stieg. Rosie ging, von der Lehrerin geführt, rückwärts in die Schule hinein und ließ mich nicht aus den Augen. Sie hob die Wunsch-Hand, als ich abfuhr – viel Glück.

9

Ich parkte unter den Bäumen beim Hintereingang des Zoos und folgte dem hohen Außenzaun bis hin zum Eingang des Kinderzoos. Möglicherweise hielten die Angestellten am Haupteingang nach mir Ausschau, vielleicht hatten sie ein Foto von mir bekommen. Ich setzte mir eine Sonnenbrille auf und gesellte mich in der Schlange vor dem Kartenfenster unauffällig zu einer Mutter mit ihren zwei Kindern, tat so, als ob ich zu dieser kleinen Familie gehörte. War das Paranoia oder Intuition? Paranoia ist eine weitere Modifikation der Gebärde für *denken*, aber mit der Schlechten- statt der Guten-Hand ausgeführt.

Es war aber nicht so sehr schlechtes-Denken als Denken-auf-Nummer-Sicher, würde ich argumentieren; ich konnte mir nicht leisten, ein Risiko einzugehen. Und ich begann auch, meiner Intuition zu vertrauen, sie hatte oft recht behalten.

Während meine adoptierte Frau durch das Drehkreuz ging und dann außer Hörweite war, murmelte ich zur Kassiererin: »Jill hat nicht für mich bezahlt?«

»Nein, Sir – das hat sie nicht.«

Ich schob eine Handvoll Münzen unter der Glasscheibe durch, passierte das Drehkreuz, ließ sofort meine neue Familie im Stich und ging aus dem Kinderzoo.

Eine andere kleine Familie starrte zu den Schimpansen im Squashcourt hinunter; ich gesellte mich zu ihr. Nirgends ein Wärter. Als die Mutter mit ihren Kindern weiterging, stieg ich schnell über die Barriere, auf der **NUR FÜR MITARBEITER** stand, und ging zur Plattform über der Grube. Zunächst konnte ich Wunsch nicht sehen, aber sie hatte mich schon erblickt; sie tauchte hinten in der Einfriedung

wie aus dem Nichts auf, glitt mühelos durch das Gerüst und stand sofort am Rand des Wassergrabens, wo sie hektisch Gebärden formte.
»Einsam.« Immer wieder, ihre eigene bekannte Erfindung.
»Ich weiß. Ich fühle auch.«
Ich sah mich noch einmal kurz um, zog mich bis auf den Neoprenanzug aus, stieg über die niedrige Barriere und rutschte so geräuschlos wie möglich in das dreckige Wasser. Mein Kopf ging kurz unter – aber hier war ich ja schließlich in meinem eigentlichen Element. Ich kam hoch, spuckte aus und schwamm im Bruststil durch die Brühe voller Verpackungen, faulender Pflanzen und Zigarettenkippen. Auf der anderen Seite hinauszukommen war gar nicht so einfach. Der Rand war schlüpfrig von grünem Schleim, die glatte Wand unter dem Wasser bot keinen Halt. Ich kämpfte bis zur Brust im Wasser, bis zwei starke Arme mich griffen und aus dem Sumpf hievten.
»Verstecken.« Hastig formte ich eine Flache-Hand, die die andere bedeckt und verbirgt.
Sie drehte sich um; ich folgte ihr durch das Gewirr des Gerüsts zum hinteren Teil der Grube. Man hatte dort einen kleinen Unterschlupf gezimmert: ein Dach aus Baumrinde zwischen zwei horizontalen Stämmen. Ich schob mich hinein, sie folgte mir und versteckte mich so vor der Außenwelt. Das Wasser, das zwischen den Neoprenanzug und meine Haut gedrungen war, hatte sich noch nicht auf Körpertemperatur erwärmt; ich zitterte vor Kälte. Wunsch drückte mich fest an sich, liebkoste mich sanft. Ihre Hände waren zu sehr damit beschäftigt, mich zu berühren und zu halten, um Gebärden zu formen. Ich war eingekeilt, es war schrecklich unbequem dort, und ich war mit Schleim bedeckt – aber ich konnte nicht riskieren, den Unterschlupf vor Anbruch der Nacht zu verlassen. Ich ließ meine Finger über ihre Haut gleiten, spürte die Abschürfungen und tie-

fen Kratzer. Hier und dort stachen mich Stoppel, neues Fell, hart wie Stahlwolle.

Während ich mich an diese Eskapade erinnere, während ich diese Worte hinschreibe, fliegen meine Hände immer noch ungewollt hoch, um mein Gesicht zu bedecken. Ich schäme mich nicht wegen meiner Gefühle gegenüber Wunsch, aber ich schäme mich entsetzlich über meine eigene Dummheit, die geradezu groteske Idiotie dieses versuchten Zooausbruchs. Was hatte ich mir eigentlich dabei gedacht, wo sollte ich sie denn verstecken? Meine Pläne waren immer noch vage, nur halb überlegt – Ergebnisse einer inneren Panik. Erst wollte ich sie nach Einbruch der Dunkelheit durch den Hintereingang hinausschmuggeln. Dann wollte ich Richtung Süden zum Cape Jervis fahren – eine Stunde Fahrzeit – und die Fähre nach Kangaroo Island nehmen. Danach wurden die Einzelheiten sehr vage – aber ich hätte wenigstens Zeit gewonnen. Das Übersetzen mit der Fähre – eine Stunde über Backstairs Passage – wäre sicherlich schwierig geworden; Wunsch würde nie als Mensch durchgehen. Ich hatte geplant, sie auf dem Boden des Autos zu verstecken, sie mit Decken zu verbergen und die Daumen zu drücken.

Während ich nun eingekeilt in ihrer Notunterkunft lag, versuchte ich, die Sache noch einmal zu durchdenken. Tiddys Idee, Wunsch bei ihren Artgenossen in der Wildnis Afrikas laufenzulassen, hatte mich wütend gemacht – aber als letzter Ausweg war es vielleicht eine Möglichkeit. In der Wildnis hätte sie wenigstens eine Chance zu überleben. Als Pflanzenfresser würde sie nie verhungern. Auf Kangaroo Island gibt es keine Raubtiere außer den Menschen: Die nächsten Krokodile leben auf der anderen Seite des Kontinents. Es gab viele Schlangen, aber gegen die hatte Wunsch einen angeborenen Selbsterhaltungstrieb. Ich hatte ihr an einem der ersten Tage unseres Unterrichts eine Lehrkarte mit dem Bild einer Schlange gezeigt; sie war sofort in heller Panik den nächsten Baum hochgesaust, konnte offensichtlich zwischen der Darstellung und dem Ding an sich nicht unterscheiden.

Von Cape Jervis ging jede Stunde eine Fähre, das hatte ich in Erfahrung gebracht. Allerdings hatte die Zeit nicht gereicht, um mich nach Unterkünften zu erkundigen – ich hatte geplant, wild zu zelten, bis ich auf der dicht bewaldeten Westseite der Insel eine verlassene Farm oder Fischerhütte finden konnte. Daß die Blätter auf der Insel für einen Gorilla giftig waren, kam mir nicht in den Sinn; ich dachte nur, daß der Wald uns Schutz bieten würde, falls wir dort ein sicheres Zuhause finden könnten. Da war ich nicht besonders optimistisch, aber wenn ich dem Schicksal wenigstens ein paar Wochen mit Wunsch – oder ein paar kostbare Tage – abtrotzen könnte, würde das mir erlauben, sie auf die schweren Prüfungen vorzubereiten, die mit Sicherheit auf sie zukommen würden.

Sie mußte noch eine wichtige Lektion lernen, vielleicht die wichtigste überhaupt: daß die Dummheit und Grausamkeit ihres Vetters, des *Homo sapiens*, keine Grenzen kennt.

Der Zoo schloß um fünf; das Läuten entfernter Glocken drang zu uns herüber, ihm folgte eine vage, verzerrte Ansage durch die Lautsprecher. Ich wartete noch eine halbe Stunde und kroch dann aus dem Versteck, um meine verkrampften Beine zu strecken. Die Luft schien rein zu sein; ich folgte Wunsch durch das Gerüst und schleppte einen Baumstamm an den Rand des Wassergrabens. Wenn sie sich weigerte zu schwimmen, konnte ich sie vielleicht hinter mir herziehen. Am Rand des Wassers blickte ich hoch. Tiddy, der Direktor der Primatenabteilung, stand auf der Aussichtsplattform und starrte überrascht in die Grube hinunter, in der Hand hielt er ein Exemplar der *Gebärdensprache für Anfänger.*

10

Linda weigerte sich, mich weiterhin zu vertreten; ich hatte ihren Rat einmal zu oft mißachtet. Sogar mein wachsender Ruhm half nicht. Die Freilassung auf Kaution wurde aufgehoben; ich wurde bis zum Prozeß in Untersuchungshaft gesetzt.

Meine Proteste blieben ungehört, ein gereizter Richter setzte mich in Kenntnis, daß ein vom Gericht ernannter Rechtsanwalt mich »wahrscheinlich« am folgenden Tag besuchen würde.

Ich verbrachte eine weitere Nacht ruhelos und nervös in derselben desodorisierten Zelle.

Die Morgenzeitung lag sauber gefaltet auf dem Frühstückstablett zwischen der Cola und der alten Fleischpastete. Daß ich in der Arrestzelle eine Zeitung zu Gesicht bekam, hätte mich warnen sollen. Ich beobachtete sie eine Weile geistesabwesend. Noch als ich die Zeitung ausbreitete, um mich abzulenken, und die Titelseite überflog, registrierte ich die Schlagzeile nicht.

LIEBESAFFE STIRBT DURCH BIZARREN UNFALL

Es war die Art Schlagzeile, die zu überlesen man gelernt hat. Aber das entsetzliche Foto neben dem Artikel ließ sich nicht ausblenden.

Wunsch hing tot von einem Strick in ihrer Grube. Das Bild war unscharf, aber eine Art Schlinge, um Wunschs Hals geknotet, war zu erkennen. Der Reifen baumelte unter ihr. Ihre Glieder waren verdreht, durch den Todeskampf verzerrt, ihr Gesichtsausdruck war – gequält.

Das sind die nackten Tatsachen. Weder Worte noch Gebärden können mehr sagen.

Crilly besuchte mich später an dem Morgen, er war allein

und legte mir eine weitere Ausgabe der Morgenzeitung wie ein Geschenk in die Hände.
»Ihre Freundin konnte ohne Sie nicht leben, Kumpel.«
Er saß auf dem Bett und sah mich genau an, als Schüler der menschlichen Natur, der mit allen Wassern gewaschen, aber immer noch willens ist, etwas Neues zu lernen – oder wenigstens seinen Gaumen mit einem letzten Kitzel zu reizen. Beleidigt, daß ich die Schlagzeilen schon gesehen hatte, ging er nach ein paar Minuten wieder.
»Ja«, rief ich ihm hinterher, *»ich habe sie geliebt.«* Nicht so sehr, um ihm einen Gefallen zu tun, als um es jemandem zu erzählen. Egal wem.
Ich habe geliebt. Lieben. Die Vergangenheitsform ist in der Gebärdensprache nicht so knapp, aber, wie immer, ausdrucksvoller: dem Verb geht die Gebärde für *vergangen* voraus, für *vorbei, aus, getan.*
Vergangene-Liebe, Vorbei-Liebe. Vielleicht liegt etwas in diesem nach hinten weisenden Ruck der Hand, in der körperlichen Handlung selber, was therapeutisch ist, ein Abschließen, ein Fortwerfen. Oder verhindert es einfach das Denken gewisser Gedanken, das Fühlen gewisser Emotionen? Die Zeitformen des Auslan haben einen eingebauten Optimismus, der in die tatsächliche Bewegung und die Richtung der Hände hineingelegt ist. Morgen liegt vor uns, eine Straße geradeaus. Gestern ist hinter uns, rückwärts, über der Schulter. Die gesprochene Sprache ist auch nicht anders. Wir bringen die Vergangenheit *hinter* uns, wir bewegen uns *voraus* in die Zukunft. Aber stimmt das überhaupt? Während ich mit meiner Trauer kämpfte, schien mir die Gebärdensprache plötzlich hoffnungslos unzureichend zu sein. Die Struktur meiner Sprache erlaubte mir, auf eine Art zu denken, mein Herz verlangte nach einer anderen. Während ich dort in meiner Zelle saß, versuchte ich mir eine Gebärdensprache vorzustellen, in der die Bewegung

der Hände andersherum läuft, in der die Vergangenheit vor uns liegt, die Zukunft hinter uns. Denn wir gehen doch sicherlich alle rückwärts, blind in die Zukunft hinein. Wir wissen nicht, wohin wir gehen – wir können es nicht *sehen*. Es ist die Vergangenheit, die immer bei uns ist; *sie* müssen wir in alle Ewigkeit ansehen.

Ich wurde bis zum Prozeß in ein Gefängnis am Fluß mit geringer Sicherheitsstufe verlegt; auf den ersten Blick weniger Gefängnis als Ferienlager. Die Tage vergingen unendlich langsam; ihre eintönigen Abläufe und Wiederholungen zu erzählen wäre witzlos. Es gibt einfach nichts Wichtiges darüber zu berichten. Meine Mutter besuchte mich in der ersten Woche, mein Vater nicht. Der Besuch war kein Erfolg. Sie vermied es immer noch, sich auf mein angebliches Verbrechen zu beziehen; wir formten etwa eine halbe Stunde lang Gebärden, wobei wir um die Sache nicht so sehr herumredeten als herumfuchtelten.

»Ich bringen etwas nächste Woche?«

»Neoprenanzug. Schwimmflossen.«

Das Gefängnis hatte ein großes Schwimmbecken; einmal am Tag durfte ich schwimmen gehen. Da ich trauerte, blieb ich meistens allein; die anderen Gefangenen schienen meine Trauer zu respektieren und hielten sich fern. Ab und zu wurde ich aufgezogen – den Spitznamen Tarzan hätte man mir eigentlich auf die Stirn tätowieren können –, aber vielleicht war dieses Necken eher ein Versuch, sich mit jemandem zu verständigen, der sich nicht verständigen wollte, der sich der Außenwelt verschloß. Vielleicht war es auch eine Art Aushorchen, ein Necken, das durch Neugier verschärft wurde. Es handelte sich hier schließlich um Männer, die weiter in verbotene Regionen vorgedrungen waren als die meisten anderen. Nur die Pädophilen lagen eindeutig jenseits der Grenze des Erlaubten: Sie waren der Abschaum, *Steinspinnen* im Patois, eine Bezeichnung, die in

der Gebärdensprache sogar noch abwertender ist, bei der es einem kalt den Rücken hinunterläuft, wortwörtlich, während die Spinne der einen Hand über den anderen Arm krabbelt.
Was war ich schon im Vergleich zu denen? Ein harmloser Exzentriker. Ich war zufrieden, die Rolle des Clowns zu spielen, eine Rolle, die ich schon auswendig gelernt hatte, als ich noch ein dicker Junge in der Schule war. Eines war allerdings merkwürdig: Die anderen Gefangenen hänselten mich viel weniger grausam als damals meine Schulkameraden.
Manchmal spürte ich einen perversen Neid gegenüber den Steinspinnen, die zur Krankenstation getragen werden mußten, nachdem sie in den Gemeinschaftsduschen gefallen waren oder sich von den Teemaschinen hatten verbrühen lassen. Ihr Verbrechen galt wenigstens als echtes Verbrechen, das zu hassen wert war. Man nahm sie ernst. Und viel wichtiger, man nahm ihre Opfer ernst, hielt sie für wert, beschützt und respektiert zu werden. Der eine oder andere von denen, die schon lange hier waren, schien eine rowdyhafte Ambition in meinem Verbrechen zu erkennen, die man wenigstens ein bißchen respektieren mußte – wie einen schwierigen Zirkustrick: Das ist der Typ, der den Affen gevögelt hat. Aber letztendlich war ich nur eine Lachnummer, und deshalb war Wunsch auch ein Witz, wieder in die Welt der Nichtmenschen zurückgestoßen, vielleicht sogar in die Welt des Leblosen. Ein Gegenstand, ein Sexualobjekt. Ein Indiz in einem Verbrechen, wie eine Pistole oder eine Lohnliste.
Mehrere Wochen nachdem dieses schreckliche Foto erschienen war, meldete sich überraschend eine Besucherin. Anfangs weigerte ich mich, sie zu empfangen – ich vermutete, daß sie gekommen war, um mir Schuld zuzuweisen. Andererseits mußte ich mit jemandem reden, mußte

meiner Wut Luft machen. Und vielleicht auch jemanden haben, dem ich meine Trauer mitteilen konnte.
Wir saßen auf dem Rasen vor dem Besucherzentrum, getrennt von den verschiedenen Familien. Ich sah sofort, daß sie nicht gekommen war, um mir irgendwie Schuld zuzusprechen – sie schrieb sich selbst die größte Schuld zu, der Rest ging an Clive.
»Ich habe ihn verlassen. Er ist ein Monomane.«
Die gewaltigen Veränderungen in ihrer Einstellung spiegelten sich auch in Stellas Körpersprache, die gedämpfter und reumütiger war, als ich sie je gesehen hatte.
»Weißt du, was ich glaube – er hat die Vivisektion gar nicht aufgegeben. Das hier ist eine einzige *gigantische* Vivisektion. Die allergrößte.«
»Du warst auch ein Teil davon.«
Sie kniete wie eine Bußfertige neben mir im Gras.
»Darf man hier rauchen?«
»Wir rauchen hier alles, was uns über den Weg kommt.«
Sie nahm eine Schachtel aus ihrer Tasche, ich hielt meine Hand hin. »Laß mich machen.«
Es fiel mir schwer, böse zu bleiben. Ich steckte mir eine Zigarette zwischen die Lippen, zündete sie an und reichte sie ihr. Sie lächelte bei der Erinnerung dünn. Ich zündete mir selber eine zweite Zigarette an und zog den Rauch tief in die Lunge. In den letzten Wochen war ich auf den Geschmack gekommen.
»Ich war mehr als nur ein Teil davon, J. J. Es ist meine Schuld, daß es soweit gekommen ist. Ich habe ihm die Idee in den Kopf gesetzt.«
Wenn sie Widerspruch und Absolution suchte, war ich nicht bereit, ihr den Gefallen zu tun – noch nicht.
»Ja, das stimmt.«
»Er hatte immer vor, Wunsch für seine Zwecke zu *gebrauchen*. Ich hätte es erkennen müssen.«

Es wäre zu einfach gewesen, gemeinsame Sache gegen Clive zu machen, zu zweit Lynchjustiz zu üben.
»Ja, das hättest du wirklich.«
»Ich habe viel darüber nachgedacht, J. J. Du hattest recht. Du hast ihr mehr, äh, Zuneigung gegeben als alle anderen. Du hast sie auf deine Art *geliebt*. Es fiel mir bloß so schwer, das zu akzeptieren.«
Plötzlich hatte ich einen Kloß im Hals und mußte mich abwenden. Stella war so mit ihrer Entschuldigung beschäftigt, daß sie es nicht merkte.
»Ich habe ein paar Gedichte über Wunsch geschrieben – würdest du gerne eins hören?«
Ich war zu überrascht, um eine Antwort darauf zu geben. Ich spürte, wie ich mich wieder gegen sie verhärtete – das schien mir nun allzu egoistisch zu sein. Sie las meinen Gesichtsausdruck und lächelte entschuldigend. »Vielleicht ein andermal.«
Wir saßen und rauchten schweigend. Ich zündete noch zwei an. Die Sonne schien unerwartet warm, es war ein Frühlingstag, obwohl wir eigentlich noch Winter hatten. Verschiedene Familien saßen auf dem Rasen und unter den großen Flußeukalypten. Väter in ihren besten Gefängnisklamotten spielten Fußball mit ihren Söhnen, knuddelten ihre Töchter und Frauen. Es sah aus wie ein Gemeindepicknick im Park.
»Clive zieht seine Anzeige zurück, J. J. Sein Traum war, Wunsch im Zeugenstand zu sehen – sie sollte durch einen Gebärdendolmetscher aussagen.«
Plötzlich sah ich im Geiste Rauscht-Vorbei die Gebärden eines Gorillas übersetzen, und das in einem Gerichtssaal. Fast mußte ich lächeln.
»Er sah das Ganze als einen riesigen Werbefeldzug. Die Sache ist noch nicht vorbei. Er will andere Weg versuchen.«
»Das Bundesgericht?«

Sie nickte. »Damit will ich nichts zu tun haben. Wir haben uns wie die Wilden gestritten.« Sie machte eine kleine Pause und korrigierte sich. »*Ich* war wie wild. Clive argumentierte, daß Wunsch tot sei – und das sei traurig –, aber die Arbeit müsse weitergehen. Wir müßten uns ihren Tod *zunutze machen*.«

Ich zündete mir noch eine Zigarette an, so daß sie sich diesmal selbst eine anstecken mußte.

»Ich muß wissen, wo sie ist, Stella.«

»Ich habe versucht, die Leiche zurückzufordern. Ich hatte vor, sie irgendwie zu begraben. Eine Totenfeier zu Hause.«

»Auf deinem Friedhof?«

Sie nickte, dann schüttelte sie verwirrt den Kopf, während sich ihre Augen mit Tränen füllten.

»Sie haben dir die Leiche nicht zurückgegeben?«

»Es gab nichts zurückzugeben, J. J. Sie haben eine Autopsie gemacht, um die Todesursache zu bestätigen.«

»Selbstmord?«

Sie zog lang an ihrer Zigarette, dann lachte sie, nicht ohne Bitterkeit, eine Reihe von rauchigen Explosionen. »Auf *die* Möglichkeit würden die mit ihren Spatzenhirnen doch nie kommen. Ein Tier, das Selbstmord verübt?«

»Tiddy hätte es gewußt.«

»Wenn er es weiß, schweigt er sich jedenfalls darüber aus. Es wäre schlecht für seinen Zoo.«

»Wo ist sie denn dann?«

»Teile von ihr sind im Institut für Medizin und Tiermedizin – neben dem Krankenhaus in der Frome Road. Ihr Gehirn. Verschiedene Organe. Ihre Füße. Ihre *Hände*.«

Eine Pause, um die Worte wirken zu lassen.

»Der Rest wurde verbrannt.«

»Eingeäschert?«

»*Verbrannt*. Im Hochofen des Krankenhauses. Hinter dem Institut.«

11

Ich besuchte am Tag, an dem sie die Anklage zurückzogen, das Krankenhaus. Ein Wächter verweigerte mir den Zugang zum Parkplatz, noch ein Bereich, der **NUR FÜR MITARBEITER** war. Ich parkte auf der Frome Road und ging zu Fuß ungehindert an dem Kontrollpunkt vorbei. Der Hochofen hinter dem Hauptgebäude war leicht zu finden: Ein hoher Schornstein ragte wie ein Leuchtturm über einem fensterlosen Bunker aus rotem Ziegelstein empor. Die metallenen Doppeltüren waren verriegelt; es gab keine Fenster. Ich stand draußen und versuchte, meine Gedanken zu sammeln. Trauer hatte mich an diesen Ort gebracht, aber wozu? Um ein Zeichen ihres Verscheidens zu finden? Etwas Greifbares, eine letzte Erinnerung, die ich aufbewahren konnte? Nicht so sehr das, vielleicht als ein Zwang, alles zu wissen, alles zu sehen. Ein Arbeiter im blauen Kittel kam mit einem Zug grüner, aneinandergekoppelter Mülltonnen: **ACHTUNG! BIOLOGISCHER ABFALL**. Er sah mich fragend an, schloß dann die Tür auf und ging in das Häuschen hinein. Kurz darauf quoll Rauch aus dem hohen Schornstein. Vielleicht war es menschlicher Rauch: verbrennende Gallenblasen, Mandeln, amputierte Glieder, das überflüssige Fleisch der Chirurgie, Abfallprodukte der Gesundheitsindustrie. Vielleicht war es auch tierischer Abfall. Und vielleicht nur der gänzlich unbiologische Abfall der Verwaltungsbüros.

Ich saß auf einem winzigen Stück Rasen und sah zu, wie ein schlankes Fädchen Rauch in die kalte Morgenluft stieg. Ich erinnerte mich an das erste und letzte Gespräch, das ich mit Wunsch über den Tod geführt hatte. Gegen meine beschönigenden Worte über den Himmel bestand sie schonungslos darauf, sich die Nase zuzuhalten: die Gebärde für *stinken*.

»Vielleicht Himmel, vielleicht stinken.«

Sie hatte skeptisch auf meine Hände geschaut.

»Aber es herauszufinden – welch ein Abenteuer.«

Abenteuer war meine eigene Erfindung, eine Mischung aus dem sich windenden Weg einer Reise und den beflügelten Händen eines Vogels. Eine weitere Beschönigung? Damals hatte ich mit dem Gedanken gespielt, sie Sonntag morgens zur Gehörlosenkirche mitzunehmen, den Plan aber schnell aufgegeben. Die Gemeinde hätte mich geteert und gefedert, nicht so sehr wegen der Blasphemie, ein Tier zur Kirche mitzubringen – die Idee, daß Tiere vielleicht eine Seele haben, geht mindestens bis zum heiligen Franziskus zurück –, sondern für das Verbrechen, das viel schlimmere Sakrileg, ihre schöne Sprache dadurch zu schänden, daß ich sie einem Affen beibrachte.

Was hätte Wunsch schon in einer Kirche lernen können, selbst in einer Gebärdenkirche? Die Gebärdensprache, natürlichste Sprache der Welt, erscheint mir genauso verloren wie jedes gesprochene Wort im Bereich des Unnatürlichen, des Übernatürlichen. Die eingebauten Zeitformen, der strukturierte Optimismus, der die Zukunft als endlose Straße sieht – solche Ideen können nur zu Verzweiflung führen. Ich legte mich ins weiche Wintergras zurück und versuchte erneut, mir eine andere Sprache vorzustellen, eine wirklich religiöse Sprache, die vielleicht resonantere Vorstellungen von Vergangenheit und Zukunft erlauben würde, von Leben und Tod. Konnte ich die Zukunft hinter mich bringen? Konnte jemand, der in der Vergangenheit gelebt hatte und gestorben war, immer bei mir sein, vor mir, mir zugewandt? Es schien ein platter Trost zu sein, wieder eine Beschönigung, aber besser als gar keine. Vielleicht ist religiöser Glaube an sich jenseits dessen, was Sprache auszudrücken vermag. Vielleicht macht das wirklichen Glauben aus.

Ich konnte wenigstens hoffen – die Finger eng über Kreuz –, daß ihre letzten Gedanken durch eigenen Trost gemildert wurden, durch das Gefühl, egal wie unplausibel, einen neuen Anfang zu machen.

Eine Brise bewegte sich irgendwo; ich hörte das Rauschen der Baumwipfel, das Heranfegen von Blättern und Müll auf dem Parkplatz, dann sah ich, wie der Wind den steigenden Rauch erfaßte, verzierte und dann zerteilte. Zwei Finger verstrickten sich kurz, als kreuzten sich Zeige- und Mittelfinger, dann fanden sie wieder zusammen und stiegen als glatte Säule ins Blaue.

Danksagung

Ich möchte Trevor Johnston vom Fachbereich Linguistik der Universität Sydney für seine Ratschläge und Unterstützung danken. Das von ihm verfaßte *Auslan Dictionary: A Dictionary of the Sign Language of the Australian Deaf Community* (erschienen bei Deafness Resources Australia Ltd.) ist nach wie vor ein Klassiker.

Ferner möchte ich mich bei meinem Lehrer für Basic Auslan an der Royal Australian Deaf Society, Barry Priori, für seine wundervollen Unterrichtsstunden bedanken. Er trägt keinerlei Verantwortung für das Monster, das sein Unterricht hervorgebracht hat.

Andrew Male, Michael Jacobs und Lind Powell, QC, fungierten als interaktive Nachschlagewerke. Sandy Mc Farlane machte mich auf Rachel Yehudas Studien zur künstlich verstärkten Intelligenz von Ratten aufmerksam.

Wie immer verdient meine Familie, Helen, Anna, Daniel und Alexandra, ganz besondere Anerkennung für ihre hilfreiche Kritik.